Das Buch

Dem Tod durch einen Flugzeugabsturz nur knapp entkommen, ist Bella ruhebedürftig wie nie zuvor und sie verzieht sich in ein kleines Dorf. Doch hier schreckt sie schon bald der Fund zweier verstümmelter Kinderleichen im Wald auf. Nach dieser rätselhaften Entdeckung ist an Erholung natürlich nicht mehr zu denken: Warum vermisst die Kinder niemand? Dann erhält Bella auch noch überraschenden Besuch von ihrer Freundin Hannah. Diese berichtet von einer internationalen Konferenz zum Thema »Verelendung von Kindern in allen Teilen der Welt«, die gerade in Hamburg vorbereitet wird, und von zahllosen Flüchtlingskindern aus aller Herren Länder, die sich plötzlich in Hamburg einfinden. Hannah befürchtet, dass fanatische Ordnungshüter die Kinder aus dem Weg räumen könnten. Plötzlich hat Bella das Bild der zerstörten Kinderleichen wieder vor Augen. Besteht ein Zusammenhang zwischen den Vorfällen?

»Doris Gerckes Bella-Block-Romane sind glaubwürdig, ihre Milieus sorgfältig studiert.« *Stuttgarter Nachrichten*

Die Autorin

Doris Gercke, 1937 in Greifswald geboren, war Verwaltungsbeamtin, Hausfrau und Mutter, bevor 1988 ihre Karriere als Schriftstellerin begann. 1991 wurde sie als Krimi-Autorin des Jahres in Deutschland und Schweden preisgekrönt. Heute lebt Doris Gercke in Hamburg. Ihre Krimis um die charismatische Heldin Bella Block wurden mit Hannelore Hoger in der Hauptrolle erfolgreich für das Fernsehen verfilmt.

Von Doris Gercke sind in unserem Hause bereits erschienen:

Bello Ciao
Die schöne Mörderin

Doris Gercke

Schlaf, Kindchen, schlaf

Ein Bella-Block-Roman

Ullstein

Besuchen Sie uns im Internet:
www.ullstein-taschenbuch.de

Umwelthinweis:
Dieses Buch wurde auf chlor- und säurefreiem Papier gedruckt.

Ungekürzte Ausgabe im Ullstein Taschenbuch
1. Auflage April 2006

Umschlaggestaltung: Büro Hamburg
Titelabbildung: © Christian Schad Stiftung,
Aschaffenburg/VG Bild-Kunst, Bonn 2006
Titel des Bildes: Kinderbildnis Elena, 1972
Kinderbild Elena v. Christian Schad, 1972/VG Bild-Kunst, Bonn 2004
Gesetzt aus der Stempel Garamond
Satz: LVD GmbH, Berlin
Druck und Bindearbeiten: Ebner & Spiegel, Ulm
Printed in Germany
ISBN-13: 978-3-548-26394-6
ISBN-10: 3-548-26394-1

Später erinnerte sie sich an Bilder. Da war der dunkelgraue Stamm einer sehr alten Eiche. Ihre Blätter leuchteten gelb gegen einen blauen, klaren Sommerhimmel. Ein anderes Bild: der rosafarbene, mit rötlich-braunen Futterresten verklebte Fressnapf eines Hundes. Der Hund: ein fetter, schwarzer Schäferhund, der stumm war und beim Gehen von einem Bein auf das andere fiel; eine kleine, blonde Frau, in Hosen und Pullover, Kindergrößen. Betrunken. Dieses Bild blieb dann. Sie merkte es zuerst am Geruch. Die anderen Bilder waren aufgetaucht und verschwunden, wie Träume auftauchen und wieder verschwinden, ohne Töne und ohne Gerüche. Sie hatte auch beim Anblick der Betrunkenen die Augen wieder geschlossen, so, wie sie es bei den anderen Bildern getan hatte. Aber der Geruch war geblieben. Sie versuchte herauszufinden, was sie roch, und nahm abwehrend die Hand vor den Mund. Es roch nach Bier und abgestandenem Zigarettenrauch. Sie spürte, dass sie den Geruch nicht ertrug. Der Brechreiz verschwand, und sie blieb still liegen, öffnete auch die Augen erst, als sie ihre Fassung wiedergefunden hatte und sicher war, den Anblick der kleinen Frau ertragen zu können. Sie hielt auch die Hände still. Es war klar, dass sich irgendetwas bewegen würde, wenn sie sich bewegte; das Leben, vermutlich. Sie hätte sich gern tot gestellt.

Die kleine Frau stand neben ihr und sah auf sie herunter. Sie stand noch immer an derselben Stelle, öffnete und schloss die Hände.

Die Hände sind die Enden der Arme, dachte Bella.

Die kleine Frau bewegte den Mund, ohne zu sprechen.

Sie mümmelt, wie ein alter Mann ohne Zähne, dachte Bella. Sie schloss die Augen noch einmal, aber es war zu spät. Sie versank nicht mehr, im Gegenteil. Sie war nun wach. Sie spürte die viel zu schmale Unterlage, links stieß die Schulter gegen eine kalte Wand. Sie öffnete die Augen und sah die Frau an.

»Ja, das ist ja schön, dass Sie endlich wach werden. Ich hab schon gedacht, Sie bleiben ganz weg. Aber ich hab gesehen, dass Sie nicht ganz weggeblieben sind. Ich hab das genau gesehen. Sie haben nämlich gezuckt. Das hab ich genau gesehen. Wer noch zuckt, der wird wieder, hab ich gedacht. Auch wenn Sie nicht wieder geworden wären, dann hätte ich mich auch nicht gefürchtet. Ich hab ja schon Tote gesehen. Da hätten Sie ruhig tot sein können. Das hätte mir nichts ausgemacht. Hier sind ja schon mehrere gestorben, hier im Haus, mein ich. Mein Großvater und meine Tante. Ja, ich hab beide gepflegt. Auch gewaschen. Ich hätte Sie auch gewaschen. Das macht mir gar nichts aus. Meine Tante, die ...«

Bella schloss die Augen und die Frau schwieg. Sie hatte das sichere Gefühl, dass die Frau weitersprechen würde, sobald sie die Augen wieder öffnete. Deshalb ließ sie sie geschlossen und versuchte, aus den Bruchstücken, die sie mit geschlossenen Augen wahrgenommen hatte, den Raum zusammenzusetzen, in dem sie sich befand. Hinter der Frau hatte in einiger Entfernung eine polierte, goldene Zapfanlage gestanden. Die Decke über ihr war dunkelbraun und in Kassetten unterteilt. Das Ding, auf dem sie lag, war eine Bank aus hellem Holz. Von diesem hellen Holz gab es mehr, aber sie wusste nicht, in welcher Form. Ein Gestell aus schwarzem, eisenähnlichem Material hing an der Wand ihr gegenüber. Eine Garderobe?

Sie öffnete die Augen, ohne daran zu denken, dass der Redefluss damit wieder in Gang gesetzt werden könnte. Es blieb still, während Bella auf das Eisengestell starrte, das tatsächlich eine Garderobe war, an der eloxierte Teilchen hingen, die Blätter darstellen sollten. Weshalb denn Blätter, dachte sie, weil man sich entblättert, vermutlich. Vorsichtig wandte sie den Kopf nach rechts. Der Platz, an dem die kleine Frau gestanden hatte, war leer. Der Fußboden bestand aus abgelaufenen Dielenbrettern. Im Hintergrund stand tatsächlich eine ganz gewöhnliche, blank geputzte Zapfanlage.

»Ich mach uns erst mal ein Bier«, sagte die Frau.

Sie blieb still, während sie nach und nach zwei Gläser füllte. Ihre Hände hantierten sicher und ohne zu zittern, weil das Bier, das sie gerade zapfte, nicht ihr erstes, sondern das fünfte oder sechste sein würde.

»Wie spät ist es?«, fragte Bella.

»Halb vier«, antwortete die Frau.

Vielleicht ist es auch das siebte oder achte Bier, dachte Bella. Erst jetzt entdeckte sie den Mann. Er stand in der geöffneten Tür hinter der Theke. Die Tür ließ den Blick in einen angrenzenden Raum frei. Sie sah eine Regalwand aus hellem Holz, die mit einer Gruppe umeinander tanzender Delfine und einem Trockenblumenstrauß geschmückt war. Die Delfine waren aus Porzellan und glänzten silbrig-blau.

»Hat sie Geld?«, fragte der Mann.

Die Frau hinter der Theke zuckte zusammen. Sie hatte den Mann in ihrem Rücken nicht bemerkt.

Die Verfärbung der Haut unter ihrem Auge kommt von einem Schlag, dachte Bella.

»Ich weiß nicht«, antwortete die Frau.

Ihre Stimme war nun kleiner und nicht mehr fröhlich. Der Ton der Stimme ist ihrem Körper wieder ähnlicher geworden, dachte Bella. Eine kleine, dumme Person, die das bisschen Verstand, das sie vielleicht einmal hatte, versoffen hat. Das Bier war fertig. Die Frau blieb am Tresen stehen, die mit Schaumkronen versehenen Gläser standen vor ihr.

»Und? Was nun?«, sagte der Mann.

Die Frau nahm in jede Hand eines der großen Gläser und ging damit auf den Mann in der Tür zu. Als sie vor ihm stand, hielt sie ihm eines der Gläser hin. Der Mann nahm das Bier entgegen, hielt es einen Augenblick in der Hand, betrachtete anscheinend nachdenklich den Schaum –

Er wird ihr das Bier ins Gesicht schütten, dachte Bella. Und wenn ich das weiß, dann weiß sie es auch.

– und hob die Hand mit einem plötzlichen Ruck. Das Bier schoss der Frau ins Gesicht und lief über ihren Hals und über ihren Pullover. Sie wandte sich ab, stellte das zweite Glas auf den Tresen, nahm ein Handtuch von der Wand und trocknete sich das Gesicht. Sie nahm das Glas vom Tresen, nachdem sie das Handtuch zurück an die Wand gehängt hatte, und trank. Der Mann, der sie nicht aus den Augen gelassen hatte, trat an den Tresen, stellte das leere Bierglas ab und verschwand in der geöffneten Tür. Er ließ die Tür offen.

Ich muss hier weg, dachte Bella. Kann man weggehen, wenn man nicht weiß, wo man ist?

Sie versuchte, sich aufzusetzen. Sie hatte Schmerzen im Nacken und am unteren Ende der Wirbelsäule, aber die Schmerzen waren nicht besonders groß. Vorsichtig stellte sie ihre Füße auf den Dielenboden.

»Die Schuhe sind von mir«, sagte die Frau hinter dem Tresen. »Sie sind nicht von mir, aber von der toten Tante. Meine Schuhe wären Ihnen zu klein gewesen.«

Ihre Stimme klang wieder normal. Bella sah auf ihre Füße. Sie trug dunkelblaue Leinen-Turnschuhe mit dicken, weißen Sohlen.

»Ihre Freundin hat gesagt, sie kommt nicht wieder. Soll ich Ihnen ausrichten«, sagte die Frau. »Ihre Freundin hat gesagt, Sie würden sich allein zurechtfinden. Und Geld hätten Sie auch. Das stimmt doch, oder?«

Bella meinte ein Geräusch aus dem Nebenzimmer zu hören. Vielleicht war der Mann vom Sofa aufgestanden und hatte sich hinter die Tür gestellt, um zu lauschen.

»Meine Freundin«, sagte Bella. Sie starrte die kleine Frau hinter dem Tresen an, deren Gesicht einen ängstlichen Ausdruck angenommen hatte. »Sie ist weggegangen und hat Ihnen gesagt, Sie möchten sich um mich kümmern?«, fragte sie.

»Nein, weggegangen schon. Aber kümmern nicht.«

Ich kann sie unmöglich fragen, wie meine Freundin heißt, dachte Bella.

»Sie hat sowieso nicht viel geredet, Ihre Freundin. Sie war eine unfreundliche Person, tut mir Leid, wenn ich das sage, ich will Ihnen ja nicht zu nahe treten, aber solche Freunde. In dem Zustand ... Das tut man nicht ... In unserer Familie tut man das nicht. Wir sind ...«

Im Nebenzimmer fiel ein Stuhl um. Die Frau sah zur Wohnzimmertür. Es gab nichts zu sehen außer einer Regalwand, auf der zwei blau-silberne Porzellanfische umeinander tanzten.

»Könnte ich etwas zu trinken haben?«, fragte Bella. »Am liebsten Kaffee und ein Glas Wasser.«

»Entschuldigung«, sagte die Frau. »Ich hätte Sie schon längst fragen müssen. Ich bin ja die Wirtin, nicht? Na klar, ich bring erst das Wasser und gehe dann in die Küche. Die Kaffeemaschine steht nämlich in der Küche. Sie ist noch von meiner Großmutter, aber der Kaffee ist in Ordnung. Werden Sie gleich merken. Hier ist schon mal das Wasser.«

Die Wirtin brachte ihr das Glas und verschwand hinter der offen stehenden Wohnzimmertür. Sie berührte die Türklinke nicht. Die Tür ging trotzdem zu. Sie fiel mit einem kleinen Krach ins Schloss. Bella war allein. Sie trank das Wasser, gierig, als habe sie zu lange nichts getrunken. Sie hätte gern noch ein Glas Wasser gehabt, aber sie traute sich nicht zu, aufzustehen und zum Tresen zu gehen. Sie fühlte sich schwach. Sie war müde. Sie wollte nichts weiter als ungestört schlafen.

Ich werde ein Bett brauchen, dachte sie und sah sich um. Ob man hier ein Zimmer mieten kann?

Die Kneipentür wurde geöffnet, und ein Mann kam herein. Er warf Bella einen kurzen Blick zu, bevor er grußlos an ihr vorüberging. Bella beobachtete ihn, während er an dem runden Tisch in der Mitte Platz nahm. Der Mann trug Gummistiefel, in die er eine mit grün-braunem Tarnmuster bedruckte Hose gestopft hatte. Auch sein Hemd war mit einem Tarnmuster bedruckt, allerdings in schwarz-weiß. Darüber hatte er eine grüne Weste gezogen, die, vielleicht, aus einem Laden mit ausgemusterter Militärbekleidung kam. Auf den Schultern der Weste waren schwarz-rot-goldene Achselstücke angebracht. Der Mann hatte die Hände vor sich auf den Tisch gelegt und besah seine Handrücken. Es war so still im Raum, dass eine Fliege zu hören gewesen wäre, wenn es eine gegeben hätte.

Dann stieß jemand heftig gegen die Tür, und zwei Männer betraten den Schankraum. Bella zuckte zusammen. Sie war zur Seite gerutscht und beinahe schon wieder eingeschlafen. Im Halbschlaf hatte sie Bilder gesehen, über die sie unbedingt nachdenken musste. Sie setzte sich aufrecht hin. Als die kleine Frau erschien, war sie soweit klar, dass sie sich freundlich bedanken und der Frau ein kleines, silberfarbenes Tablett aus den Händen nehmen konnte, auf dem unter dem Kännchen und der Kaffeetasse eine Spitzendecke aus gespritztem Kunststoff lag. Die Frau hatte es eilig. Sie verschwand hinter dem Tresen und begann, Bier zu zapfen. Die Männer, die dazugekommen waren, trugen blaue Trainingsanzüge und weiße Turnschuhe Sie hatten eine leise Unterhaltung begonnen. Hin und wieder sahen sie verstohlen zu Bella hinüber. Es war offensichtlich, dass sie sich über die Anwesenheit der fremden Frau Gedanken machten.

Die kleine Frau trug drei große Biergläser an den Tisch der Männer. Sie sprach leise mit ihnen, ein paar Worte nur, nach denen die Männer gemeinsam zu ihr herüber starrten. Ein Geräusch, das von der Eingangstür herkam, offenbar mühte sich jemand, die Tür zu öffnen, für den sie zu schwer war, lenkte ihre Blicke von Bella weg. Auch Bella sah zum Eingang hinüber. Da stand ein Mädchen, Vietnamesin, vielleicht, jedenfalls ein asiatisch aussehendes Mädchen. Aus der geöffneten Wohnzimmertür trat der Mann der Wirtin hervor.

»Hau ab«, sagte er.

Das Kind zögerte nur einen Augenblick, dann verschwand es. Der Mann der Wirtin setzte sich zu den Gästen an den Tisch. Seine Frau beeilte sich, ihm ein Bier zu zapfen.

Ich muss hier raus, dachte Bella. Weshalb stehe ich nicht einfach auf und gehe? Der Kaffee schmeckt grässlich.

»Kann ich einen Wodka haben?«, rief sie zum Tresen hinüber.

Die Wirtin sah ihren Mann an. Der Mann wandte sich zu Bella um. Auch die drei anderen Männer sahen zu ihr hinüber.

»Wenn Sie Geld haben, können Sie hier alles haben. Den ganzen Laden, wenn Sie wollen. Wenn Sie Geld haben.«

Bella begann, in den Taschen ihrer Jacke nach Geld zu suchen. Sie hatte keine Ahnung, ob sie etwas finden würde. Die Jacke schien ihr zu gehören. Sie kam ihr bekannt vor. Irgendwo musste doch darin eine Geldbörse zu finden sein.

»Sie hat Geld«, sagte jemand von der Tür her.

»Hannah«, sagte Bella.

Sie sprach den Namen aus und die Geschichte, die sie gemeinsam erlebt hatten, war plötzlich da, so, als sei sie in dem Wort »Hannah« verborgen gewesen und durch das Aussprechen des Wortes erlöst worden. Hannah ließ die Tür hinter sich ins Schloss fallen und kam auf Bella zu.

Hannah.

Die Männer wandten sich ab und sprachen leise aufeinander ein. Allein durch ihren Auftritt hatte Hannah ihnen eine Niederlage beigebracht.

»Ich hab versucht, eine Unterkunft für Sie zu finden«, sagte Hannah. »Das Dorf ist ziemlich klein, und hier in der Kneipe wollte ich Sie nicht zurücklassen.«

»Sie gehen weg«, sagte Bella.

»Natürlich«, antwortete Hannah. »Und ich würde Ihnen raten, ebenfalls so bald wie möglich von hier zu verschwinden, wenn Sie nicht an unheilbarer Melancholie erkranken wollen. Hier ...«

Sie zog aus einer der vielen Taschen ihrer Fliegerjacke ein Portemonnaie und aus einer anderen Bellas Brieftasche und legte beides auf den Tisch.

»Ich hab's eingesteckt. Ich wollte nicht, dass Sie in Ihrem Zustand mit dem Zeug hier herumliegen.«

»Ich bin so schrecklich müde«, sagte Bella.

»Das bedeutet nichts«, antwortete Hannah. »Die Frau vom Flugplatz hatte ein Beruhigungsmittel. Sie waren ziemlich aufgedreht, als wir wieder festen Boden unter den Füßen hatten. Sie wollten sich unbedingt mit mir schlagen.«

»Tut mir Leid«, sagte Bella. »Ich hab nicht gewusst, dass ich so sehr am Leben hänge.«

»War nicht meine Schuld«, sagte Hannah. »Der Flugplatz war schon in Ordnung, aber wir sind etwas zu früh aufgekommen. Das Fahrgestell ist einfach weggeknickt. Sie können froh sein, dass Sie heil davongekommen sind.«

»Danke«, sagte Bella. »Noch einen Wodka, bitte.«

»Ich glaube zwar nicht, dass Schlafmittel und Wodka besonders gut zusammenpassen, aber wenn Sie wollen ...« Hannah bestellte zwei Wodka.

»Ich hab eine richtige Wohnung für Sie«, sagte sie. »Nicht weit weg von hier, im Dorf. Da steht eine kleine Ferienanlage. Irgendjemand hat nach der Wende ein Gesindehaus umgebaut. Scheint kein besonders gut laufendes Geschäft zu sein. Es sind insgesamt vier Wohnungen, zwei stehen leer. Eine davon gehört ab sofort Ihnen. Sie können bleiben, so lange Sie wollen. Ich hab erst mal die Miete für eine Woche im Voraus bezahlt; aus dem hier.«

Hannah zeigte auf das Portemonnaie, das auf dem Tisch lag.

»Ich glaube, wir sollten gehen«, sagte Bella.

Hannah nahm einen Schein aus dem Portemonnaie und ging damit an den Tresen. Das Gespräch der Männer verstummte. Sie beobachteten sie, starrten auf ihren Rücken, auf ihren Hintern, auf ihre Beine. Die Augen der Männer ließen auch nicht von Hannah, als sie sich umwandte und zu Bella zurückkam. Die kleine Frau redete auf Hannahs Rücken ein.

»Sie kommen doch wieder, kommen Sie doch, wir haben jeden Abend geöffnet und auch den ganzen Tag, schon ab morgens um neun, und wenn Sie essen möchten, dann mach ich Ihnen was zurecht. Ich koch ja auch, und gar nicht so schlecht, ich hab nämlich kochen gelernt, bevor ich hier eingeheiratet hab, das war vor ...«

»Halt die Schnauze«, sagte der Mann am Tisch, und die Frau schwieg. Auch die Männer am Tisch schwiegen. Sie beobachteten die beiden Frauen, von denen die eine mit Hilfe der anderen mühsam aufstand, zu gehen versuchte, ohne sich abzustützen, nach dem Arm der anderen griff und an ihrer Seite langsam die Kneipe verließ.

Draußen roch es nach Herbstlaub. Bella war so furchtbar müde, dass sie den Geruch nach Herbst nicht wirklich wahrnahm, sondern nur wie eine Erinnerung an etwas, das angenehm war und das irgendwann wieder Wirklichkeit werden würde.

»Ist es weit?«, fragte sie.

»Nein, da vorn. Ich hätte das Auto genommen, wenn es weit gewesen wäre.«

Das Auto. Sie hatte also ein Auto. Ich werde nicht darüber nachdenken, woher dieses Auto kommt. Sie wird es mir sagen, dachte Bella.

Für den Weg über die Dorfstraße brauchten sie fünf Minuten. Vor einem niedrigen, lang gestreckten Gebäude blieb Hannah stehen.

»Die Wohnung ganz außen ist es«, sagte sie.

Hinter den Fenstern brannte Licht. Die Scheiben waren mit Leisten unterteilt worden. Alle anderen Wohnungen waren dunkel. Erst jetzt fiel Bella ein, dass die Fenster in den Häusern, die rechts und links neben der Dorfstraße gestanden hatten, auch dunkel gewesen waren.

Dies ist ein dunkles Dorf, dachte sie, während sie stehen blieb und Hannah zusah, die über ein paar Betonplatten zur Haustür ging und sie aufschloss.

»Kommen Sie«, sagte Hannah. »Hier drinnen ist es hell.«

Es war zu hell. Weiße Wände, weiß gefliester Fußboden, ein weiß gekacheltes Bad, weiße Einbauschränke in der Küche und im Schlafzimmer, ein weiß bezogenes Sofa im Wohnraum.

»Du lieber Himmel«, sagte Bella. »Bitte, versuchen wir es mit etwas weniger Licht, ja?«

Sie setzte sich auf das weiße Sofa. Hannah schaltete die Lampen aus bis auf eine Stehlampe in einer Ecke des Wohnraumes. Sie brachte von irgendwo her eine schwarze Wolldecke und legte sie Bella über die Beine.

»Sie können gleich schlafen«, sagte Hannah. »Ich will nur eben noch das Nötige mit Ihnen besprechen.«

»Aber das hat doch alles Zeit«, brachte Bella mühsam hervor. »Suchen Sie sich einen Platz und lassen Sie uns einfach erst einmal ausschlafen.«

»Hören Sie zu«, antwortete Hannah. »Ich hab Sie nicht eingeladen, mit mir dieses Flugzeug zu besteigen. Meinetwegen hätten Sie nicht mitkommen müssen. Aber jetzt, wo das nun mal passiert ist, konnte ich Sie nicht einfach im Stich lassen. Ich hab Sie also zwei Tage nach unserer Landung in die Kneipe gebracht und Ihnen im Dorf diese Wohnung besorgt. Ich war so frei, mich dabei aus Ihrer Brieftasche zu bedienen. Da war übrigens auch eine Kleiderrechnung drin, die ich beglichen habe. Arm sind Sie nicht gerade. Ich hab überlegt, ob ich Ihnen ein gebrauchtes Auto kaufen soll, aber ich finde, es ist besser, wenn Sie das irgendwann selbst entscheiden.«

»Wie sind wir hierher gekommen?«, fragte Bella.

»Die Frau vom Flugplatz. Da waren wir zwei Tage. Von der hab ich auch den Tipp mit der Wohnung bekommen.«

Hannah machte eine kleine Pause. Sie saß in einem niedrigen weiß bezogenen Sessel und sah zu Bella hinüber, als wollte sie abschätzen, was ihr zuzumuten wäre.

»Ich will hier verschwinden«, sagte sie. »Es gibt ein paar Dinge, die ich klären muss. Und außerdem eigne ich mich nicht für ein Leben auf dem Land. Sie sind nicht krank, auch nicht verletzt, Sie sind nur müde wegen der Beruhigungsmittel. Wenn Sie das Zeug los sind, wird es Ihnen prächtig gehen. Sie brauchen mich nicht mehr. Hierher kommt zweimal in der Woche ein Wagen, der Lebensmittel verkauft. In der Küche ist alles, was Sie für die nächsten Tage brauchen.«

»Wie wollen Sie hier wegkommen?«, fragte Bella. Sie bedauerte nicht, dass Hannah sie verlassen würde.

»Die Frau vom Flugplatz«, antwortete Hannah. »Sie wird gleich hier sein. In der Küche liegt ein Telefonbuch. Ihr Telefon habe ich daneben gelegt. Ich hab es Ihnen abgenommen, bevor Sie es der Frau auf dem Flugplatz an den Kopf geworfen hätten.«

»So schlimm?«, fragte Bella.

»Ich weiß nicht, was für eine Art Koller das war. Wenn Sie solche Anfälle öfter haben, sind Sie für Ihre Umgebung nicht unbedingt ein Gewinn.«

»Ich erinnere mich nicht«, sagte Bella.

Sie wollte, dass Hannah ginge. Sie wollte schlafen.

»Danke für alles«, sagte sie. »Wenn Sie Geld brauchen, nehmen Sie es einfach aus der Brieftasche. Vielleicht bekommt die Frau vom Flugplatz Geld? Und machen Sie, bitte, das Licht aus, wenn Sie gehen, alles Licht, bitte.«

»Sie sollten die Tür hinter sich abschließen«, sagte Hannah.

Sie hörten beide das Auto, das vor dem Haus hielt. Hannah stand auf und ging. In der Tür wandte sie sich noch einmal um.

»Natalja lebt«, sagte sie, »sie ist zurück nach Italien

gegangen. Ruth und Elfriede sind tot. Nur für den Fall, dass Ihnen einfallen sollte, darüber nachzudenken, was wohl aus uns geworden sein mag. Dass es mir prächtig geht, das sehen Sie ja.«

Draußen hupte jemand ungeduldig.

»Ich sage nicht ›Auf Wiedersehen‹«, sagte Hannah. »Ich hab wirklich keine Lust, Sie noch einmal zu treffen.«

In der Nacht kamen die Bilder wieder. Andere Bilder als in den Nächten zuvor, aber sie gehörten doch zusammen. Männer in gesteppten Jacken, die schwarze Baseball-Kappen trugen, standen im Kreis um eine Frau herum, die auf dem Boden lag. Ein rot-weiß gestreifter Zaun und dahinter ein abgeernteter Acker. Kahle, braune Maisstrünke stachen aus der Erde hervor. Rot-weiß gestreifte Rohre, rot-weiße Streifen, überall. Die Bilder bedrohten sie nicht. Sie schienen eine Geschichte zu erzählen.

Ich will diese Geschichte nicht wissen, dachte sie. Ich will sie jetzt nicht wissen.

Der Gedanke beim Aufwachen war so klar, so bestimmt, dass Bella fand, sie müsse ihn ernst nehmen. Sie setzte sich auf und sah sich um. Draußen war Tag, Morgen oder Vormittag, der Himmel war grau und das Laub an dem Baum vor dem Fenster leuchtete gelb.

Vorsichtig zog sie die Beine an und streckte sie aus. Keine Schmerzen. Auch die Schultern waren schmerzfrei. Sie rutschte auf dem Sofa ein wenig höher und legte sich noch einmal zurück. Und ganz langsam, während sie geduldig darauf wartete, dass das Gefühl sie ganz ausfüllen würde, spürte sie so etwas wie Glück in sich hineinkriechen. Sie lebte. Sie war gesund. Draußen roch es nach Herbst, und sie konnte den Geruch ahnen. Da stand ein Baum, in Gelb getaucht, mit einem dunklen Stamm und dunklen Ästen, und sie konnte sehen, wie schön der Baum gewachsen war. Es war still. Sie war allein. Niemand würde sie stören, weil niemand wusste, wo sie war. Sie würde durch die Wälder laufen, wenn ihr danach zumute war, und lesen, wenn sie Gesellschaft brauchte – lesen.

Es gab keine Bücher in diesem Haus. Hatte sie überhaupt eine Zahnbürste?

Bella stand auf und ging ins Bad. Hannah hatte an die Zahnbürste gedacht. Sie ging in die Küche, um Wasser für Kaffee aufzusetzen, putzte sich die Zähne, goss den Kaffee auf und ging mit der Kanne und einem Becher zurück ins Wohnzimmer.

Sie war noch immer müde, und niemand würde sie daran hindern, so lange zu schlafen, bis sie vom Schlaf genug hatte.

Diesmal blieben die Bilder aus. Ihr Traum war eine weiche, dunkle Nacht, in der hin und wieder gelbe Blätter leuchteten. Als sie wach wurde, wusste sie nicht, ob sie die Blätter im Traum oder tatsächlich gesehen hatte. Der gelb leuchtende Baum stand vor dem Fenster, und bei seinem Anblick kehrte das Glücksgefühl zurück, das sie empfunden hatte, bevor sie einschlief. Ich muss nur hier bleiben, dachte sie, dann kann mir nichts mehr geschehen. Sie blieb still liegen, so, als könnte jede Bewegung das Glücksgefühl vertreiben.

Wenn ich ganz still bleibe
Mich nicht bewege
Den Atem anhalte
So gut es geht
Mich nicht bewege
Wird sich das Glück
Eine winzige Sekunde
Später in Nichts
Auflösen.

Das ist es, dachte sie. Und dann schnarrte die Haustürklingel. Der Ton war hässlich und laut, zu laut für die kleine Wohnung, in der kaum Möbel standen und keine Teppiche lagen.

Ich geh einfach nicht hin, dachte Bella, und die krächzende Klingel wurde erneut in Gang gesetzt. Sie stand auf, warf im Vorübergehen einen Blick auf den Baum vor dem Fenster und ging an die Haustür.

Eine Frau stand davor. Sie hielt eine offenbar schwere Kiste in den Händen. Hinter der Frau, am Straßenrand, parkte ein Geländewagen. Auf dem Beifahrersitz turnte ein Kind herum.

»Ich bring die Lebensmittel«, sagte die Frau. »Haben Sie denn gar keinen Hunger gehabt?«

Gemeinsam trugen sie die Kiste in die Küche.

»Ist alles bezahlt«, sagte die Frau. »Nur die englische Orangenmarmelade hab ich nicht gekriegt. Ich hab Ihnen meine Telefonnummer dazugelegt. Rufen Sie ruhig an, wenn Sie etwas brauchen. Bleiben Sie denn länger?«

»Ich weiß nicht«, sagte Bella. »Kann schon sein. Ich weiß nicht.«

Von draußen war der laute Ton einer Hupe zu hören.

»Sie werden was anzuziehen brauchen«, sagte die Frau.

Sie trug einen orangefarbenen Overall und eine dunkelblaue Baseball-Mütze, unter der ihr Haar völlig verschwand. Vielleicht war das Haar dunkel, jedenfalls hatte sie dunkle Augenbrauen.

»Wenn Sie wollen, kann ich Sie in die Stadt fahren. Nur nicht heute, am Wochenende ist zu viel zu tun.«

»Sie sind vom Flugplatz, ja?«

Einen Augenblick sah die Frau Bella an, als fühlte sie sich auf den Arm genommen. Dann lächelte sie, als erinnere sie sich an etwas Lustiges.

»Allerdings«, sagte sie. »Als Sie gelandet sind, konnten Sie jedenfalls Freund und Feind nicht unterscheiden. Vielleicht erinnern Sie sich deshalb nicht an mich.«

Die Hupe gab jetzt einen Dauerton von sich.

»Ein anderes Mal, wenn ich mehr Zeit habe«, sagte die Frau.

Sie verließ die Küche. Die Haustür krachte ins Schloss. Bella ging ans Fenster und sah zu, wie sie ins Auto kletterte. Das Kind hatte seinen Kopf an die Seitenscheibe gelehnt und ließ die Zunge aus dem Mund hängen. Die Zunge schien ziemlich lang zu sein.

In der Küche stand ein Radio. Bella schaltete es ein und begann, die Kiste mit Lebensmitteln auszupacken. Auf dem Boden der Kiste lag der Bestellzettel, den Hannah geschrieben hatte. Bis auf die englische Orangenmarmelade war alles sorgfältig abgehakt.

Hannah, dachte Bella und sah sie vor sich, am weiß gedeckten Frühstückstisch sitzend, silbern das Besteck, silbern der Deckel der Marmeladendose, Eierlöffel aus Perlmutt und der Blick aus dem Fenster des Esszimmers ging hinaus auf kurz geschorenen Rasen.

Wie hatte noch der Chauffeur geheißen, der für den Maserati, den Rasen und die Seele der Tochter des Hauses zuständig gewesen war?

Eine Stimme aus dem Radio unterbrach Bellas Gedanken. Die Radiostimme klang altmodisch-optimistisch. Sie kam aus der Vergangenheit. Sie gehörte dem Sprecher einer Werbesendung der DDR aus den sechziger Jahren. Die Sendung befasste sich mit dem gestalterischen Prozess des Stadtumbaus Ost in Hoyerswerda. Von der Gestaltung war nicht viel übrig geblieben. Seit 1989 hatten von 72.000 Einwohnern 35.000 die Stadt verlassen. Nach den Worten des Reporters zu urteilen, mussten weite Teile der Stadt inzwischen einer Trümmerwüste gleichen.

»Familie Kaiser – sechs Jahre in der Schwarzen Pumpe. Als Hilfsarbeiter kam Fritz Kaiser hier an, heute ist er Meister für Wasser- und Wärmewirtschaft. Leben in der Schwarzen Pumpe: gute Arbeit, gute Qualifizierungsmöglichkeiten. Hoyerswerda – deine goldene Zukunft.«

Bella schaltete das Radio aus. Es würde ihr gut tun, sich ein wenig draußen umzusehen. Dabei konnte sie darüber nachdenken, was sie als Nächstes tun wollte. Sie verließ die Küche, um einen Mantel anzuziehen. Es fand sich keiner. Natürlich nicht, sie war nicht in Mantel und mit Schal und Handschuhen in Hannahs Flugzeug gestiegen. Sie würde das Angebot der Frau annehmen müssen, wenn sie für eine Weile hier bleiben wollte. Sie würde etwas zum Anziehen brauchen.

Draußen war es dann nicht kalt. Sie hatte keine Lust, durch das Dorf zu gehen. Um einen Waldweg zu finden, brauchte sie drei Minuten. Der Wald bestand aus Kiefern und Birken. Die hellgelben Blätter der Birken segelten geräuschlos und fröhlich und merkwürdig vereinzelt auf den Boden. Die fallenden Blätter, die Rilke gesehen haben musste, als er »verneinende Gebärden« beobachtete, waren mit ziemlicher Sicherheit keine Birkenblätter gewesen.

Birkenblätter trudeln, dachte Bella. Kann etwas verneinend trudeln? Und dann: Kann es sein, dass du trudelst, Bella Block? Was tust du hier eigentlich? Wovor verkriechst du dich? Nein, verdammt, sie verkroch sich nicht. Sie hatte kein Haus mehr. »Wer jetzt kein Haus hat …«, schon wieder Rilke. Sie hatte den Kerl noch nie gemocht, nicht mal als pubertierende Schülerin.

Der Gedanke an Rilke ließ für einen kurzen Augenblick die Bibliothek vor ihrem Auge erstehen, die zusammen mit ihrem Haus verbrannt war. Eine Bibliothek, die über viele Jahre gewachsen ist, hat etwas vom Charakter der Person angenommen, die sie zusammengetragen hat. Sie ist sichtbar gewordenes Interesse an der Welt, verrät Vorlieben und Abneigungen, durch die Bücher, die da stehen oder nicht stehen. Kann man neu anfangen? Das war eine falsche Frage. Man liest nicht, um eine Bibliothek aufzubauen. Die wächst, einfach so. Die Frage sollte sein: Willst du dich weiter mit Büchern beschäftigen? Die Antwort konnte nur »ja« heißen. Also würde es notwendig sein, herauszufinden, ob es in der Nähe einen Buchladen gab. Überhaupt würde es nötig sein, herauszufinden, wo sie sich befand. Es mochte für den Augenblick ganz lustig sein, unter trudelnden Blättern zu wandeln. Eine auf Dauer sinnvolle Beschäftigung war es nicht. Trotzdem lief sie lange, verlor irgendwann die Orientierung und brauchte noch länger, um zu ihrem Quartier zurückzufinden. Unterwegs begegnete ihr niemand.

Es dämmerte, als sie das Haus von weitem sah und nach einem Augenblick des Überlegens wieder erkannte. Sie näherte sich langsam der Rückseite. Die Birkenblätter trudelten noch immer lautlos zu Boden, aber sie leuchteten nicht mehr gelb, sondern sahen nun beinahe grau aus. Den Mann, der durch das Glasfenster der Haustür in das Innere des Hauses sah und sogar, um besser sehen zu können, mit beiden Händen das dämmrige Licht von seinen Augen fern hielt, sah sie erst, als sie die Vorderseite des Hauses erreicht hatte. Sie blieb stehen, um den Mann zu beobachten. Nach einer Weile – was konnte er sehen, im Haus war es dunkel – wandte er sich dem Küchenfenster zu. Auf dem Weg dorthin sah er auf und entdeckte Bella. Er blieb stehen und sah ihr entgegen. Sein Blick war offen und freundlich.

»Hallo«, sagte er. »Sie wohnen nicht zufällig in dieser Wohnung?«

»Zufällig doch«, antwortete Bella.

Der Mann war groß, größer als sie und sehr schlank. Er mochte zwanzig Jahre jünger sein, jedenfalls sein Körper. Sein Gesicht sah älter aus, so, als habe es Zeiten in seinem Leben gegeben, in denen er rücksichtslos gegen sich selbst gewesen war. Zumindest was seine Kleidung betraf, schien er es nun nicht mehr zu sein.

»Da hab ich ja Glück«, sagte er. »Ich würde so eine Wohnung furchtbar gern von innen sehen. Sie nehmen mich doch für einen Augenblick mit hinein?«

»Weshalb sollte ich?«

»Weil Sie eine Frau sind, die gegen einen freundlichen Nachbarn, der nicht Klavier spielt, keinen Hund hat und nur sehr selten ein Ei ausleihen wird, bestimmt nichts einzuwenden hätten. Stimmt's?«

Bella musste lächeln. Sie ging an dem Mann vorüber, schloss die Haustür auf, trat ein und ließ die Tür hinter sich offen. Sie hörte den Mann eintreten und die Tür schließen, während sie im Wohnzimmer nach dem Lichtschalter suchte.

»So lebt man hier also«, hörte sie ihn sagen. »Und wo sind die Bücher?«

Bella ging zurück zum Flur. Sie beobachtete, wie er in die Küche sah, das Wohnzimmer, das Schlafzimmer und das Bad inspizierte und dann auf dem Flur stehen blieb. Sein Gesicht hatte einen komisch-ratlosen Ausdruck angenommen. Aus der linken Tasche seiner dunklen Jacke sah ein Buch hervor. Der Titel war nicht zu erkennen. Der Mann hatte schmale Hände mit langen Fingern, die er jetzt aneinander legte, während er sie fragend ansah. Bella fand ihn plötzlich unverschämt.

»Wenn Sie dann alles gesehen haben ...«, sagte sie und sah zur Haustür hinüber.

»Martin Wagner«, sagte der Mann. »Wir werden uns bestimmt noch öfter über den Weg laufen. In diesem Dorf gibt es sonst niemand, mit dem Sie sich unterhalten könnten. Ich wohne am anderen Ende. Meine Nummer ist 439. Rufen Sie ruhig an, wenn Ihnen die Decke auf den Kopf fällt.«

Er machte eine kleine Pause und sah Bella an, als wollte er herausfinden, was für ein Mensch sie wäre.

»Kann es sein, dass Sie nicht anrufen werden?«, sagte er. »Kann es sein, dass Sie in dieser weiß getünchten Bude, auf diesem weißen Sofa da, ohne ein einziges

Buch im Haus glücklich sein können? Nein, das kann nicht sein«, sagte er. »Bis bald, dann. Und nicht vergessen: 439.«

Er schloss die Haustür leise hinter sich. Bella sah ihn am Küchenfenster vorübergehen und in der Dämmerung verschwinden. Er hatte den Weg ins Dorf eingeschlagen, aber es war zu dunkel, um ihn noch auszumachen, als er ein paar Schritte gegangen war. Sie füllte ein Wasserglas halb mit Wodka und gab Orangensaft dazu, bis das Glas bis zum Rand gefüllt war. Sie trank einen kräftigen Schluck, suchte nach einem Bleistift, fand in einer der Schubladen einen Kugelschreiber und schrieb, in Ermangelung eines Stückes Papier, die Nummer 439 auf den Boden der Schublade. Sie setzte sich, nachdem sie das Licht im ganzen Haus ausgeschaltet hatte, mit dem Glas in der Hand auf das Sofa im Wohnzimmer und trank langsam und in kleinen Schlucken das Glas leer. Draußen war es nun beinahe dunkel. Sie sah zu, bis es ganz dunkel wurde und sie das Gefühl hatte, sie sei eins mit der Dunkelheit. Irgendwann fuhr ein Radfahrer an der Terrasse vorüber. Nur der kleine Lichtkegel der Fahrradlampe und das beleuchtete Vorderrad waren zu sehen. Im Haus war es so still, dass Bella das Blut in ihren Ohren rauschen zu hören meinte.

Sie schlief ein, das leere Glas noch in der Hand, aber irgendwann rollte es von ihrem Schoß auf den Fußboden. Das dumpfe, kleine Geräusch weckte sie. Sie hatte keine Vorstellung davon, wie viel Zeit vergangen war. Sie stand auf, machte das Licht an und zog die Vorhänge zu. In der Küche gab es keine Vorhänge, deshalb schaltete sie das Licht dort wieder aus. Obwohl das Haus kein Gegenüber hatte, war ihr der Gedanke gekommen, sie könnte beobachtet werden. Der Gedanke gefiel ihr nicht.

»Du wirst langsam alt, Bella Block«, sagte sie halblaut. »Und was tust du dagegen?«

Sie verließ das Haus, ließ aber die Lampen brennen und ging ins Dorf. Die Kneipe war nicht weit entfernt gewesen. Sie würde sie finden. Auf dem Weg durch das Dorf begegnete ihr niemand. Ein paar eher trübe Laternen beleuchteten eine Dorfstraße, die rechts und links mit kleinen Höfen gesäumt war. Die Tore zu den Innenhöfen, meist eine Verbindung zwischen Wohnhaus und Stall, waren sämtlich geschlossen. Hunde, die sich langweilten, sprangen wild kläffend von innen gegen die Tore. Wenn ein Spalt zwischen Boden und Tor groß genug war, pressten sie ihre Schnauze hindurch, manchmal so weit, dass Bella auch die glühenden Augen der Hunde zu Gesicht bekam. Ihre platt gedrückten Schnauzen und die glotzenden Augen boten einen abstoßenden Anblick. Was für Menschen mochten in Häusern sitzen, und sich auf diese Weise bewachen lassen? Wovor fürchteten sie sich, hier auf dem Land, wo doch alles so ruhig war und keiner der in den großen Städten üblichen Wohnungseinbrecher unterwegs war, denn der Weg vom nächsten Bahnhof ins Dorf war so weit, dass sie ihn zu Fuß nicht schaffen würden. In welcher Zeit waren verschlossene Tore nötig gewesen?

Bella war froh, als sie die Kneipe erreicht hatte und das Gebell der Hunde aufhörte. Sie öffnete die Tür, und die Augen der Anwesenden richteten sich auf sie. Nur der runde Tisch in der Mitte war besetzt. Einer der Männer, die dort saßen, war der Mann, der sich für ihr Haus interessiert hatte. Das Licht über dem

Tisch verbreitete einen gelben Schein. Darin sah sein Gesicht jünger aus als am Nachmittag. Er schien nicht überrascht, sie zu sehen.

»Geben Sie der Dame ein Bier«, sagte er.

Der Wirt, jedenfalls ein Mann, den Bella für den Wirt hielt, stand auf und schleppte sich hinter den Tresen. Irgendetwas mit seinem rechten Bein stimmte nicht. Der Umwicklung nach zu urteilen, war es aufgeplatzt und nicht wieder zugeheilt. Der Mann wog mindestens drei Zentner. Die Frau, an der er bei Gelegenheit seine Stärke bewies, war nirgends zu sehen. Vielleicht stand sie in der Küche und kühlte ihr Auge mit rohem Fleisch.

»Wir haben gerade darüber gesprochen, wer besser war: die Russen oder die Amerikaner«, sagte der Mann, der das Bier bestellt hatte.

Die beiden Männer, die außer ihm noch am Tisch saßen, sahen so aus, als hätten sie weder Russen noch Amerikaner zu Gesicht bekommen und würden sie, selbst wenn das eine oder andere Exemplar fast sechzig Jahre nach Kriegsende doch noch vorüberkommen sollte, nicht voneinander unterscheiden können. Ihre Gesichter waren so stumpf, so leer, als wären sie von frühester Kindheit an mit Bier gesäugt worden. Der Alkohol hatte einfach verhindert, dass in ihren Gehirnen die notwendigen Verbindungen hergestellt wurden, die sie brauchten, um eins und eins zusammenzuzählen und dabei zum richtigen Ergebnis zu kommen. Mit Erstaunen sah Bella das Buch aus der Tasche des Mannes auf dem Tisch liegen. Was hatte er damit gemacht? Vorgelesen? Aus was für einem Buch ließ sich in dieser Umgebung vorlesen? Das Buch lag mit der Vorderseite auf dem Tisch. Sie konnte den Titel nicht erkennen. Der Mann stand auf, holte einen fünften Stuhl an den Tisch, den er zwischen seinen und den Stuhl des Wirtes stellte, und zeigte mit einer einladenden Handbewegung neben sich.

»Danke«, sagte Bella.

Sie ging zum Tresen. Der Wirt stellte das Bier vor sie hin und schlurfte zum Tisch zurück. Er trug hellgraue Filzpantoffeln mit einer hellroten Einfassung, die an seine Füße passten wie Mahagoni-Deckchairs in eine Schrebergartenlaube. Sie nahm den Blick von den Füßen des Wirts und sah sich um. Die Kneipe sah aus wie hunderte anderer Dorfkneipen auch. Die vorherrschenden Farben waren braun und gelb, das Holz hatte eine Farbe, die dazwischen lag. Kneipenbraun und Kneipengelb, dachte sie. Weshalb gibt es die Farben nicht auf den Paletten der Maler? Sie konnte sich nicht erinnern, jemals ein Bild gesehen zu haben, auf dem die Trostlosigkeit einer Dorfkneipe dargestellt worden wäre und fand das sonderbar. Hunderttausende verbrachten ihre Abende und Nächte an Orten, die in der Kunst nicht vorkamen.

Das Bier schmeckte frisch und hatte die richtige Temperatur. Sie trank schnell und spürte beim Trinken, wie durstig sie gewesen war. Als sie das leere Glas auf den Tresen zurückstellte, entstand ein kräftiges Geräusch, das der Wirt nicht beachtete. Bella kramte ein paar Münzen aus der Tasche ihrer Jacke und legte sie neben das Glas.

»Drei Euro«, sagte sie. »Reicht das?«

Das Gebrummel des Wirts, der sich nicht zu ihr umwandte, konnte alles Mögliche heißen.

»Wünsche noch einen schönen Abend«, sagte sie und setzte sich in Bewegung.

»Warten Sie, ich werde Sie begleiten. Sie sollten nachts nicht allein hier herumlaufen«, sagte der Mann am Tisch.

Bella blieb stehen und sah ihm zu, wie er seine Jacke anzog, das Buch in die Tasche steckte und ein paar Münzen vor dem Wirt auf den Tisch legte. Sie atmete erst auf, als die Wirtshaustür hinter ihr ins Schloss fiel. Was hatte sie erwartet? Dass die Vergessenen da drinnen über sie herfallen würden? Diese Leute, die wenig mehr hatten als den abendlichen Stammtisch und denen es nicht nur an Geld mangelte, sondern ziemlich sicher auch an allem anderen, was geeignet war, sich vorzumachen, dass das Leben einen Sinn hat: Arbeit, Freunde, Bücher, Bilder, Musik.

»Ich fürchte mich nicht«, sagte sie, »aber ich nehme Ihre Begleitung trotzdem gern an. Was machen Sie in so einer Spelunke? Ach, ich habe Ihren Namen vergessen. Würden Sie ihn noch einmal wiederholen?«

»Martin Wagner«, antwortete der Mann. »Und die Spelunke ist keine Spelunke, sondern der einzige Ort, an den man fliehen kann, wenn einem die Decke auf den Kopf fällt oder wenn einem die anderen zu viel werden.«

Einen Augenblick gingen sie schweigend nebeneinander her. Die Hunde waren ruhig, was Bella seltsam vorkam. Nach welchen Regeln bellten die. Plötzlich fiel ihr etwas auf.

»Wir gehen in die falsche Richtung«, sagte sie. »Da vorn beginnt der Wald. Wir müssen umkehren.«

»Glaub ich nicht«, sagte Wagner. »Sehen Sie mal nach oben. Haben Sie schon jemals einen so wunderbaren Mond gesehen? In ein paar Tagen werden wir

Vollmond haben. Das Licht reicht aus, um durch den Wald zu gehen. Ich kenn mich aus.«

Bella widersprach nicht. Der Mond war riesig. Der vor ihnen liegende Weg war deutlich zu erkennen.

»Sie wollen wissen, was ich hier tue?«, sagte Wagner. »Also gut: Ich arbeite, genauer gesagt: Ich schreibe. Da, hinter uns« – er wies mit einer unbestimmten Handbewegung hinter sich – »liegt meine Wohnung. Ich zeig sie Ihnen auf dem Rückweg. Ich arbeite an einer Biografie über Dashiell Hammett.«

»Oh«, sagte Bella. »Der Krimi-Autor.« Und dann: »Gibt es die nicht schon?«

»Natürlich. Aber würde es Sie überraschen, wenn ich Ihnen sagte, dass das Buch, an dem ich arbeite, sehr viel besser werden wird als alles, was bisher über Hammett geschrieben wurde?« Er ging zwei Schritte. »Wirklich sehr viel besser«, setzte er nach einem kleinen Augenblick an sich selbst gewandt hinzu.

»Ich halte nicht viel von Biografien«, sagte Bella. »Ehrlich gesagt, sind sie mir meistens suspekt. Es kommt sehr selten vor, dass ein Autor die Motive aufdeckt, die sein Interesse am Gegenstand begründen. Das wäre aber die mindeste Voraussetzung, wenn ich ein Buch lesen sollte. Oder eben nicht lesen, wenn mich diese Motive nichts angehen.«

»Sie sind eine strenge Person«, sagte Wagner. »Ich werde über meine Motive nachdenken.«

»Und außerdem: Glauben Sie wirklich, dass Sie mit so einer Arbeit der Wahrheit näher kommen? Selbst wenn Ihnen alle Details aus dem Leben Ihres Dashiell Hammett bekannt wären: Sie würden sie nach Ihren Vorstellungen zusammensetzen. Und das, was dann entstünde, wäre im besten Fall ein Wagner-Hammett.«

»Kennen Sie Lillian Hellman?«, fragte Wagner, ohne auf Bellas Worte einzugehen. »Sie war mit Hammett verheiratet. Eine kluge Frau.«

Er blieb stehen, zog das Buch aus der Tasche und begann, darin zu blättern. Der Mond war tatsächlich so hell, dass man in seinem Licht lesen konnte.

»Sie lebte in den USA und besuchte 1966 die Sowjetunion. Hier einer ihrer Vergleiche: ›Sie verurteilen Vietnam, wir verurteilen Ungarn. Aber der moralisierende Ton zweier Giganten, die mit aufgedunsenen Köpfen, die dicken Finger um die Atombombe gepresst, sich über die Wälder der Welt hinweg anstarren, ist auf monströse Weise komisch.‹ Das gefällt mir, aber ich fürchte, Hammett hätte es nicht gefallen.«

»Weshalb nicht?«, fragte Bella.

»Weil er Kommunist war«, sagte Wagner, »und ich habe bisher noch nicht herausgefunden, wie weit die bei diesen Leuten grundsätzlich vorhandene Einäugigkeit bei ihm entwickelt gewesen ist.«

»Und selbst wenn Sie es wüssten …«, begann Bella, aber sie setzte den Satz nicht fort, sondern blieb stehen und sah angestrengt auf den Weg, der sehr hell vor ihnen lag, obwohl sie inzwischen den Wald erreicht hatten.

»Was ist los? Was sehen Sie?«

»Ich weiß nicht, mir war so, als hätte ich Kinder über den Weg laufen sehen.«

»Kinder?«

Wagner hatte das Buch wieder in die Tasche gesteckt und sah nach vorn.

»Also, Wildschweine, meinetwegen auch Rehe, aber Kinder? Ich bin nicht einmal sicher, ob es im Dorf überhaupt größere Kinder gibt. Ich glaub nicht, dass ich schon mal welche gesehen habe. Und außerdem: Die Leute achten hier sehr auf ihren Nachwuchs. Die lassen doch nachts nicht ihre Kinder im Wald herumlaufen. Die nicht. Die haben ja selbst Angst, nachts in den Wald zu gehen. Sie haben sich getäuscht.«

»Ja«, sagte Bella. »Wahrscheinlich.«

Sie ging weiter, schneller als vorher. Unwillkürlich suchten ihre Augen den Waldrand ab. Ein Wegpfeil nach links zeigte die Richtung zum Rotkäppchenpark an.

»Da spielt jetzt niemand«, sagte Wagner, der Bellas Gedanken erraten hatte. »Aber wenn Sie wollen, gehen wir hin und sehen nach. Es sind nur zweihundert Meter.«

Sie bogen nach links ab, aber der Weg war nun schmaler, die Bäume vielleicht auch höher, jedenfalls fiel das Mondlicht sehr viel weniger hell auf den Weg. Als sie eine überlebensgroße, unbeholfen aus Blech ausgestanzte, bemalte Figur erreichten, vermutlich Rotkäppchen, blieben sie stehen und lauschten. Es war sehr still. Kein Knacken von Zweigen, kein hastiges, unterdrücktes Atmen, auch nicht der geringste schattenhafte Umriss, der auf ein kauerndes Kind hätte schließen lassen können.

»Gehen wir«, sagte Bella. »Ich würde gern den kürzesten Weg zurück ins Dorf nehmen. Ich bin müde.«

Wagner schlug den Weg ein, den sie gekommen waren. Als sie an der Kneipe vorübergingen, brannte in der Gaststube kein Licht mehr.

»Wenn Sie noch etwas trinken möchten, kommen Sie doch einfach mit zu mir. Ich wohn gleich da drüben.«

Bella ging neben ihm her, ohne zu antworten.

»Da vorn«, sagte er und zeigte auf eine Mauer, hinter der sich ein Park befand. Im Hintergrund war ein Schloss zu erkennen, hell gestrichen und sanft angestrahlt. Bella blieb stehen.

»Gehört das Ihnen?«

Wagner lachte. Sie standen unter einer Straßenlaterne, und Bella sah, dass seine Augen dabei unbeteiligt blieben. Bisher hatte sie geglaubt, diese Art des Lachens gebe es nicht wirklich; sie sei eine Erfindung von Romanschreibern.

»Nein«, sagte er. »Sehen Sie, da drüben, in dem Seitentrakt wohne ich. Und mit mir noch ein Haufen anderer Leute. Leider alle viel jünger als ich. Ich fühl mich nicht besonders wohl unter jungen Leuten. Deshalb gehe ich manchmal in die Kneipe.«

»Und da ist es besser?«

Sie konnte sich schlecht vorstellen, wie man sich in der Gesellschaft des im Platzen begriffenen Wirts, seiner betrunkenen Frau und der dumpfen Gesichter der Biertrinker am Stammtisch wohlfühlen konnte.

»Die sind, was sie sind«, sagte Wagner. »Hier will jeder sein, was er nicht ist. Und manche ändern ihre Vorstellung von sich selbst ein paar Mal im Monat. Kommen Sie, ich zeig Ihnen meine Wohnung.«

Was Wagner »Wohnung« genannt hatte, erwies sich als ein Zwei-Zimmer-Appartement, für die Bedürfnisse eines Schreibenden eingerichtet. Bella wurde gebeten, auf dem einzigen Sessel Platz zu nehmen, während Wagner aus einem Schrank, der beinahe gänzlich mit Büchern voll gestopft war, eine Flasche Wodka und zwei Gläser hervorholte.

»Der Wodka ist warm«, sagte er. »Aber er ist gut,

da ist die Temperatur nicht so wichtig. Mein Stipendium hier hat vor vier Wochen begonnen. Ich komme mit meiner Arbeit gut voran, aber in meiner freien Zeit langweile ich mich ziemlich. Trinken wir auf ein Leben nach der Literatur.«

»Es gibt keine Seeligkeit ohne Bücher«, sagte Bella. »Meint jedenfalls Arno Schmidt«, setzte sie hinzu. Sie trank und behielt das leere Glas in der Hand. Es gab keine Möglichkeit, das Glas irgendwo abzustellen. Wagner sagte nichts. Er beobachtete sie.

»Was ist mit Ihnen?«, fragte er schließlich. »Sie sehen traurig aus. Gibt es dafür einen Grund, über den Sie reden mögen? Ich eigne mich hervorragend zum Zuhörer; jedenfalls finden das meine jungen Kollegen. Was glauben Sie, wie viele verrutschte Biografien ich mir hier schon angehört habe? Noch einen Wodka?«

Bella schüttelte den Kopf. Weshalb eigentlich nicht, dachte sie und hielt Wagner ihr Glas hin. Er goss das Glas voll bis zum Rand, schwieg und wartete. Vielleicht nahm er an, sie würde sein Angebot, den Beichtvater zu spielen, annehmen? Was sollte sie ihm erzählen? Dass ihr Haus in Hamburg abgebrannt ist? Dass sie vier junge Frauen kennen gelernt hat, eine davon war Hannah, die die Welt von Rüstung und Krieg befreien wollten? Dass von diesen vier Frauen eine ermordet worden war, und dass eine andere vor ihren, Bellas und Hannahs Augen in die Luft geflogen ist, als der Sprengstoff, den sie im Rucksack trug, von einer Leuchtrakete getroffen wurde? Und wie sie, Bella, dann um ihr Leben gerannt ist, nur damit sie Hannahs kleines Flugzeug noch rechtzeitig aus der Stadt bringt, bevor sie wegen Unterstützung einer terroristischen Vereinigung in den Knast gewandert wäre? Oder dass sie nun dabei sei, das aufregende Leben zu vergessen und sich in die brandenburgische Einöde zurückzuziehen? Was ging das alles diesen Mann an. Konnte sein, sie brauchte das eine oder andere. Aber einen Beichtvater brauchte sie bestimmt nicht. Bella stand auf, als sie das Glas geleert hatte.

»Danke für den Wodka«, sagte sie, »und für die Begleitung. Ich gehe jetzt. Allein«, setzte sie hinzu, als sie wahrnahm, dass Wagner Anstalten machte, seine Jacke anzuziehen.

»Ich wollte Sie nicht kränken«, sagte Wagner. »Es ist wirklich nicht meine Art, mich in anderer Leute Angelegenheiten einzumischen. Leben Sie wohl. Wir werden uns wieder über den Weg laufen, nehme ich an. Ich verspreche, nicht wieder aufdringlich zu werden.«

Sie ging über den Rasen des Parks zurück. Unter ihren Füßen knackten Eicheln. Als sie die Straße erreichte, blieb sie stehen und sah auf das Schloss. Plötzlich kam es ihr lächerlich vor, dass sie einen Augenblick lang angenommen hatte, in Wagner den Schlossherrn vor sich gehabt zu haben. »Sie sehen traurig aus«, hatte er gesagt. Wahrscheinlich hatte er Recht. Sie hatte allen Grund, traurig zu sein. Es war erst ein paar Wochen her, dass sie ein Haus gehabt hatte. Ein Haus voller Bücher und Erinnerungen. Dass sie Kranz zum letzten Mal gesehen hatte; Kranz, der ein guter Liebhaber war, aber nun vermutlich seine Fähigkeiten an irgendeiner reichen Kreuzfahrerin erprobte. Weshalb sollte sie nicht traurig sein, wenn sie an den Tod von Elfriede dachte, die in die Luft geflogen war, und an das Scheitern ihrer Pläne. Den Weltfrieden hatte sie retten wollen und war dabei jämmerlich umgekommen.

Ist es wirklich das, worüber du traurig bist, dachte sie, und der Gedanke verblüffte sie so, dass sie mitten auf der Straße stehen blieb. Mach dir nichts vor, Bella. Da war etwas anderes. Gib es schon zu. Los, zier dich nicht. Er hat nicht die geringsten Anstalten gemacht, mit dir zu schlafen. Und du hast nicht die geringste Lust dazu gehabt. Du wirst alt, Bella. Das wäre dir früher nicht passiert.

Sie blieb noch einmal stehen, diesmal, um dem Echo nachzulauschen, das die Gedanken ans Altwerden in ihr auslösten. Aber da war kein Echo. Die Trauer, die Wagner an ihr wahrgenommen haben wollte, konnte nicht tief gewesen sein. Beruhigt ging sie weiter. Sie würde nun schlafen. Und morgen – morgen würde sie versuchen, ein Auto zu mieten und damit beginnen, das Land ein wenig näher kennen zu lernen, in dem sie auf so zufällige Weise gestrandet war.

In der Nacht träumte sie von Soldaten. Sie trugen eine Uniform, aber sie konnte nicht erkennen, aus welchem Land die Soldaten kamen. Der Anführer ließ die Männer antreten und ein paar Bewegungen ausführen und befahl ihnen, den dritten Arm nicht zu vergessen.

»Der dritte Arm ist eine besondere Waffe«, sagte er zu Bella gewandt. »Sie wird nur gegen Frauen angewendet und ist besonders wirksam.«

Bella sah, dass die Soldaten die Reißverschlüsse ihrer Hosen aufmachten. Sie wurde wach, bevor die dritten Arme bloßgelegt wurden, und stand auf, um ein Glas Wasser zu trinken. Dass Soldaten ihren Schwanz als »dritten Arm«, als Waffe, bezeichneten, war ihr bekannt. Was war wohl in den DDR-Männern vorgegangen, die nach der Öffnung der Mauer in die westdeutschen Puffs geströmt waren? Waren sie nur »neugierig«? Oder war das so etwas wie ein Versuch gewesen, den Westen zu erobern? Der war dann kläglich gescheitert. Hatte ihr Selbstbewusstsein sehr darunter gelitten?

Am Morgen rief sie die Frau auf dem Flugplatz an, um nach einer Autoverleih-Firma zu fragen. Schon eine Stunde später standen zwei junge Männer vor ihrer Tür, die das Auto, einen klapprigen VW, brachten. Bella bezweifelte, dass der Wagen einer Verleih-Firma gehörte, aber sie hatte keine Lust, der Sache auf den Grund zu gehen.

»Ich nehm ihn«, sagte sie, »aber nur, wenn er nicht nach Zigarettenrauch riecht.«

Das Auto erwies sich als Nichtraucherwagen. Als die beiden jungen Männer gegangen waren, beschloss sie, zum Flugplatz zu fahren. Sie hatte keine genaue Erinnerung daran, wie sie dort gelandet war, und sie hasste es, mit Erinnerungslücken zu leben. Vielleicht würde ihr der Anblick des Flugzeugs oder anderer Dinge ihre Erinnerung zurückgeben.

Das Erste, was sie am Flugplatz sah, war ein schwarzer Hund. Die Haare um seine Schnauze herum waren weiß. Er war so alt und so fett, dass er nur sehr langsam den Kopf von seinem verklebten Fressnapf hob und darauf verzichtete, ihr zu folgen, als sie sich auf das Rollfeld zu bewegte. Dort standen hinter einer Barriere einige Flugzeuge herum, die ihr nichts sagten. Sie beschloss, in die Gaststätte zu gehen, die in einer Baracke untergebracht war. Sie setzte sich in eine Ecke und beobachtete eine Weile die Wirtin. Sie gab über ein Funksprechgerät Landegenehmigungen und nahm Bestellungen der Piloten auf, die gleich landen würden und Hunger hatten. Zweimal landeten Flugzeuge und zweimal kamen zwei Männer in die Gastwirtschaft, die noch in der Luft Essen bestellt hatten und nun, während sie darauf warteten, einander laut und mit Berliner Tonfall irgendwelche Fliegergeschichten erzählten. Bella mochte ihre angeberische Sprechweise nicht. Der Ausflug auf den Flugplatz erschien ihr sinnlos. Sie verließ die Gaststätte und fuhr langsam über einen Feldweg zurück. Rechts und links lagen die Äcker endlos und flach. Im Westen ging die Sonne unter, unverstellt von Knicks oder Feldern oder einzelnen Bäumen war das Schauspiel der sich rot färbenden Sonnenkugel zu beobachten. Einen Augenblick hielt sie das Auto an und sah zu. Wie wunderbar ist trotz allem das Leben, dachte sie, ließ den Wagen an und überlegte, während sie langsam weiterfuhr, wo sie diesen Satz gelesen hatte. Es fiel ihr nicht ein, aber sie war sicher, dass die Quelle irgendwann unvermutet auftauchen würde. Während sie sich im Auto langsam ihrem Quartier näherte, wurde ihr bewusst, dass sie sich entscheiden musste. Es hatte keinen Sinn, so zu tun, als wäre sie auf Abruf hier. Sie war ohne eigene Wohnung, seit ihr Haus abgebrannt war. Sie wollte nicht länger in der Welt herumzigeunern. Sie wollte einen Sessel am Fenster, Bücher auf dem Fußboden und Wodka im Kühlschrank. Sie wollte Arbeit, jedenfalls hin und wieder, und möglichst interessante; aufregende wäre noch besser. Und sie wollte Sex, ebenfalls hin und wieder und möglichst aufregend.

Das Dorf, durch das sie gerade fuhr, schien ihr wie die Verkörperung des Gegenteils ihrer Wünsche. Eine alte Frau, angetan mit einer Kittelschürze, dicken Socken und Filzpantoffeln, war damit beschäftigt, den Plattenweg vom Zaun zur Eingangstür zu fegen. Sie war das einzige Zeichen von Leben in dem lang gestreckten Dorf. Die Alte und eine gelbe Katze, die nach dem letzten Haus am Straßengraben saß und das vorüberfahrende Auto aufmerksam ansah. Vielleicht bin ich die Erste und Einzige, die hier nach zehn Jahren durch das Dorf fährt, dachte Bella.

Sie sah schon von weitem, dass der Mann, der vor ihrer Haustür stand und ihr entgegensah, Wagner war. Die Sonne war fast verschwunden. In der Dämmerung wirkte seine Gestalt größer und hagerer, als sie sie in Erinnerung hatte. Sie sah ihn mit zwiespältigen Gefühlen an. Es war ihr recht, Gesellschaft zu haben, aber sie hasste Aufdringlichkeit.

Wagner wartete, bis sie ausgestiegen war und das Auto abgeschlossen hatte. Er rührte sich nicht, bis Bella vor ihm stand.

»Was ist los?«, fragte sie.

Seinem Gesicht war anzusehen, dass etwas geschehen sein musste.

»Ich möchte, dass Sie mitkommen«, sagte er.

»Wohin?«

»Kommen Sie einfach mit. Es ist nicht weit. Zehn Minuten, den Wald kennen Sie ja.«

»Hören Sie, es ist gleich dunkel. Mein Bedarf an Waldspaziergängen im Dunkeln ist gedeckt. Wenn Sie mögen, kommen Sie ins Haus und trinken ein Glas mit mir. Aber verschonen Sie mich mit Ausflügen.«

»Wenn ich Ihnen sagen würde, was Sie erwartet, würden Sie sofort mitkommen. Aber ich werde nicht darüber sprechen, weil es auf Ihr unbefangenes Urteil ankommt. Hinterher werden wir etwas zu trinken nötig haben. Dann nehme ich Ihre Einladung gern an.«

»Gut«, sagte Bella. »Dann gehen wir also.«

Wagner antwortete nicht. Er ging schnell und sprach auch unterwegs nicht. Als sie den Wald erreicht hatten, machte er die Taschenlampe an, eine große Stablampe, die einen kräftigen Lichtkegel auf den Boden warf. Sein Ziel war der Rotkäppchenpark. Er leuchtete die Figuren an: den Förster, das Haus der Großmutter, den Wolf.

»Hinter dem Haus«, sagte er, »kommen Sie.«

Bella sah nach oben. Die schwarzen Umrisse der Kiefern waren kaum noch vom Himmel zu unterscheiden. Es war sehr still, so dass sie Wagners Schritte auf dem weichen Waldboden hören konnte. Sie hörte auch das Geräusch, das ihre eigenen Schritte machten, als sie ihm folgte. Wagner war stehen geblieben. Er hielt die Taschenlampe auf eine Stelle am Boden gerichtet und bewegte sie nicht. Bella stellte sich neben ihn und sah etwas auf dem Boden liegen, das wie die Reste einer blutigen Mahlzeit aussah. Sie starrte darauf, wandte sich ab und übergab sich. Wagner blieb stehen, wo er stand, und hielt die Taschenlampe weiter auf die Stelle am Boden gerichtet.

»Sie hatten doch Kinder gesehen«, sagte er, als Bella wieder neben ihn trat. »Wahrscheinlich hatten Sie Recht.«

Sie starrten beide schweigend auf die Überreste des Massakers, das sich hinter dem Großmutterhaus abgespielt haben musste.

»Es waren zwei«, sagte Bella.

Sie hatte sich gefasst und versuchte, das Geschehene mit nüchternen Blicken zu erfassen.

»Was für Tiere machen so etwas?«

»Schweine«, sagte Wagner. »Schweine, vermutlich.«

Wieder starrten sie schweigend, folgten mit ihren Blicken dem Licht der Taschenlampe, die Wagner langsam hin und her bewegte.

»Und Füchse und Raubvögel, Krähen«, sagte Bella. »Die Kinder müssen tot gewesen sein. Mein Gott, ist das widerlich.«

Sie wandte sich ab, ging ein paar Schritte auf den Weg zurück und blieb stehen.

»Verstehen Sie das? Weshalb lassen Eltern ihre Kinder über Nacht draußen? Die muss doch jemand vermisst haben. Ist Ihnen aufgefallen, dass jemand nach ihnen gesucht hat? Es war doch alles ruhig im Dorf. So eine Suchaktion hätte ganz bestimmt nicht unbemerkt stattfinden können. Wessen Kinder sind das überhaupt? Ich bin schon ein paar Wochen hier. Die hätte ich doch kennen müssen?«

»Da war nicht mehr viel zu erkennen«, sagte Bella. »Außerdem nehme ich an, dass die Kinder nicht aus dem Dorf waren.«

»Nicht? Wie kommen Sie darauf?«

»Weil sie niemand gesucht hat. Und außerdem: Ist Ihnen aufgefallen, was für Schuhe die angehabt haben«

»Schuhe? Was für Schuhe denn?«, fragte Wagner. »Ich hab nur solche Gummilatschen gesehen.«

»Eben. Wir haben November. Um diese Jahreszeit tragen deutsche Kinder Stiefel.« Bella drehte sich um. »Ich muss hier weg«, sagte sie schnell, lief ein paar Schritte, lehnte sich an einen Kiefernstamm und übergab sich erneut. Wagner blieb stehen, wo er stand, und wartete.

»Helfen Sie mir«, sagte sie, als sie sich wieder beruhigt hatte.

»Ich nicht«, sagte Wagner. »Ich kann das nicht.«

»Wir werden ein paar Zweige suchen und die Stelle damit abdecken«, sagte Bella. »Hier muss irgendwo ein Platz sein, an dem Holz gefällt wurde.«

Sie fanden den Platz, der nur wenige Meter entfernt lag. Die geschlagenen Kiefernstämme gaben einen Geruch nach Harz ab, den Bella und Wagner gierig einatmeten. Sie trugen Zweige zusammen, die sich kalt und steif anfühlten vom Bodenfrost. Sie legten die Zweige in zwei Schichten übereinander auf die Stelle, an der die Kinder gestorben waren. Sie gingen nebeneinander auf dem Waldweg zurück und sprachen erst, als sie den Wald verlassen hatten. Vor ihnen, vielleicht zweihundert Meter entfernt, lag das Dorf. Dunkel und still lag es da. Nur in wenigen Fenstern brannte Licht. Wenn sie nicht gewusst hätten, dass in den Häusern Menschen lebten, hätten sie das Dorf für verlassen halten können.

»Wir müssen die Polizei benachrichtigen«, sagte Bella.

»Morgen. Was ändert es, ob die heute oder morgen kommen? Lassen Sie die Leute ruhig schlafen. Wenn es hell ist, lässt sich das alles leichter untersuchen.«

»Täusche ich mich, oder haben Sie die Absicht, die Dorfbewohner zu schützen?«

Wagner schwieg. Bella nahm sein Schweigen für Zustimmung.

»Ich werde Ihnen sagen, was passiert ist«, begann sie. »Da sind Kinder. Sie kommen von irgendwo her, vermutlich aus einem Heim weggelaufen. Wahrscheinlich wird man feststellen, dass sie ein bisschen anders ausgesehen haben. Nicht blond und blauäugig, sondern schwarzhaarig und mit braunen Augen. Die Kinder haben versucht, sich mit Betteln durchzuschlagen. Vielleicht haben sie hin und wieder gestohlen. Jedenfalls aber haben sie draußen geschlafen, weil niemand sie freiwillig aufgenommen hat. Und dann fing der Winter an. Ziemlich früh in diesem Jahr. Die Kinder hatten schon länger nichts mehr zu essen. Die Äpfel sind geerntet. Rohen Kohl haben sie nicht vertragen. Sie waren schwach und sind einfach liegen geblieben. Der Frost hat den Rest erledigt. Und die Schweine.«

Sie schwieg.

»Und nun fragen Sie mich?«, sagte Wagner. »Sie fragen: Wer ist Schuld?«

»Sie wissen so gut wie ich, wer am Tod der Kinder Schuld ist.«

»Ja«, sagte Wagner. »Aber es ändert nichts, wenn die Polizei erst morgen informiert wird. Die Kinder sind tot.«

»Ich will nicht, dass diese Leute eine ruhige Nacht haben«, sagte Bella verwundert. »Anscheinend will ich sogar, dass sie bestraft werden. Ich bin tatsächlich dabei, mich lächerlich zu machen. Ich bin dabei, für Gerechtigkeit zu sorgen. Ich bilde mir ein, dass das gut wäre. Aber für wen? Für mich, damit ich ruhig schlafen kann? Wie kann man nach diesem Anblick ruhig schlafen? Erzählen Sie es mir?«

Sie waren stehen geblieben. Bella machte Anstalten, Wagner zu schütteln. Ihre Stimme klang, als würde sie jeden Augenblick die Fassung verlieren.

»Beruhigen Sie sich«, sagte Wager. »Da ist noch Licht. Trinken wir etwas. Kommen Sie.«

Er wandte sich ab und ging auf den Eingang der Kneipe zu. Bella sah ihm nach. Sie holte tief Luft, bevor sie hinter ihm herging.

Der Schankraum war leer. Einen Augenblick standen sie unschlüssig am Tresen.

»Nun machen Sie schon«, sagte Bella.

Wagner ging um den Tresen herum und begann, Bier zu zapfen.

»Ein Schnaps wäre nicht schlecht«, sagte Bella und musterte die Wand hinter der Theke. Sie fühlte, dass der Schock verschwand, vielmehr sich auflöste in eine große Müdigkeit.

»Setzen Sie sich hin«, hörte sie Wagner sagen. »Ich bringe alles mit, was wir brauchen.«

Sie ging die wenigen Schritte zum Stammtisch wie auf einem unruhigen Schiff und setzte sich auf den Platz, an dem der Wirt vor ein paar Stunden gesessen hatte. Von den Wirtsleuten zeigte sich noch immer niemand. Wagner kam, stellte zwei gefüllte Biergläser auf den Tisch und zwei Wassergläser, die zur Hälfte mit einer klaren Flüssigkeit gefüllt waren. Er schob eines zu Bella hin, nahm sein Glas in die Hand und prostete ihr zu.

»Halb voll oder halb leer, was würden Sie sagen?« Und als sie nicht antwortete: »Ich weiß, das war ein kläglicher Versuch, Sie zu unterhalten. Tut mir Leid.«

Sie tranken den Schnaps. Er war warm und schmeckte nach billigem Fusel.

»Eigentlich müsste man uns inzwischen gehört haben«, sagte Wagner, während er am Tisch Platz nahm. »Soll ich Ihnen was sagen? Hier will uns keiner hören. Vielleicht ist vor uns schon jemand im Wald gewesen? Hallo?«

Wagner hatte die Stimme erhoben, aber alles blieb still. Niemand kam, und sie tranken das Bier und den Schnaps, legten Geld auf den Tisch und gingen. Als

Bella sich nach wenigen Schritten noch einmal umwandte, waren in dem Haus alle Lichter erloschen.

»Wenn es Ihnen etwas ausmacht, heute Nacht allein zu bleiben, dann kommen Sie zu mir«, sagte Wagner. »Ich habe ein Gästebett.«

»Danke. Ich bin erwachsen.« Ihre Stimme klang jetzt fest. Sie fühlte sich besser. »Rufen Sie morgen die Polizei?«

»Es wäre mir lieber, wenn wir das gemeinsam machten«, sagte Wagner. »Auf die warten, meine ich. Wenn es Ihnen recht ist, dann bin ich um neun bei Ihnen.«

»In Ordnung«, sagte Bella. Sie hatte das Gefühl beobachtet zu werden. Aufmerksam musterte sie die Umgebung, aber es war zu dunkel, um irgendetwas oder irgendjemand zu erkennen.

»Gute Nacht«, sagte Wagner.

Er verschwand sehr schnell in der Dunkelheit. Bella blieb stehen, lauschte, schüttelte den Kopf und ging ins Haus. Sie spürte, dass sie nicht nüchtern war und ärgerte sich darüber.

»Kaffee«, sagte sie laut, »ich brauche Kaffee.«

Während sie den Kaffee zubereitete, dachte sie darüber nach, weshalb sie damit einverstanden gewesen war, die Polizei erst am Morgen zu verständigen. Es fiel ihr kein besonderer Grund dafür ein, außer, dass sie müde gewesen war. Sie nahm den Becher mit heißem Kaffee, schaltete das Licht in der Küche aus und ging im Dunkeln ins Wohnzimmer. Sie setzte sich in einen Sessel, trank vorsichtig und in kleinen Schlucken und sah dabei durch das Glas der Terrassentür nach draußen. Sehr langsam nahm die Dunkelheit vor der Tür Konturen an. Sie erkannte das Geländer einer

Brücke über den Bach, der am Ende des Gartens vorbeifloss. Weiter entfernt waren die Stämme einiger alter Kiefern auszumachen. Noch weiter entfernt hoben sich die Umrisse eines Hauses gegen den Himmel ab. In der Ferne war das Geräusch eines fahrenden Autos zu hören, das näher kam und plötzlich verstummte. Es musste in der Nähe angehalten haben. Bella saß still da und wartete auf das Schlagen einer Autotür. Irgendwann fiel tatsächlich eine Autotür ins Schloss. Schritte hörte sie nicht. Aber dann sah sie einen Schatten an dem Geländer der Brücke, der sich nicht bewegte. Es sah so aus, als wäre jemand auf der Brücke stehen geblieben und bemühte sich, zu ihr herüber zu sehen. Sie schloss die Hände um den weißen Becher.

Man soll es den Leuten nicht zu leicht machen, dachte sie, obwohl sie ahnte, dass der Becher von draußen und auf die Entfernung von zwanzig Metern nicht zu erkennen sein konnte. Dann bewegte sich der Schatten und verschwand aus ihrem Blickfeld. Sie stand auf, trat langsam ans Fenster und versuchte zu erkennen, was da draußen vor sich ging. Sie stand noch hinter der Terrassentür, als vorn an die Haustür geklopft wurde; nicht sehr laut, aber unüberhörbar. Bella ging im Dunkeln durch das Haus, blieb hinter der Tür stehen und wartete.

»Ich bin's. Machen Sie auf, bitte.«

Die Stimme von Hannah. Bella öffnete die Tür, um sie einzulassen, wurde zur Seite gedrängt, spürte mehr als sie es sah, wie Hannah in den Flur stürzte und sehr schnell die Tür wieder hinter sich schloss.

»Kein Licht, bitte, kein Licht machen«, flüsterte sie.

Hannah kannte das Haus. Ohne zu zögern betrat

sie den Wohnraum und setze sich in einen Sessel. Sie sah Bella entgegen.

»Einen Kaffee?«, fragte Bella. Sie war in der Tür stehen geblieben.

Hannah schüttelte den Kopf. »Hat irgendjemand versucht, mit Ihnen Kontakt aufzunehmen?«, flüsterte sie.

»Ein paar Spechte«, flüsterte Bella zurück. »Sie scheinen mich zu beobachten. Ich halte sie nicht für gefährlich.«

»In der Wohnung nebenan wohnt niemand?«

Hannah hatte offenbar nicht die Absicht, auf Bellas lockeren Ton einzugehen. Sie stand auf, ging an die Terrassentür und sah flüchtig nach draußen, bevor sie sich umwandte. Sie trug die ledernde Fliegerjacke, die Bella an ihr kannte. Die Jacke sah aus, als sei sie ihr zu groß geworden.

»Ich werde Sie mitnehmen«, sagte Hannah.

Ihre Stimme klang entschlossen. Offenbar zweifelte sie nicht daran, dass Bella einverstanden sein würde.

»Ich nehme an, das Auto da draußen haben Sie gemietet. Wir werden es ein bisschen weiter weg abstellen, dann fällt es nicht gleich auf, dass Sie nicht mehr hier sind. Viel Gepäck haben Sie ja glücklicherweise nicht.«

»Aber ein gewisses Interesse daran zu erfahren, weshalb ich hier verschwinden soll, hätte ich schon«, sagte Bella. »Ich fing gerade an, mich einzuleben.«

Es gelang ihr nicht, Hannahs Aufgeregtheit ernst zu nehmen, obwohl sie spürte, dass etwas geschehen sein musste. Eher kam es ihr so vor, als wäre die junge Frau aus einer Welt aufgetaucht, die sie nichts anging. Irgendwo da draußen gab es Krieg und Mord und Verbrechen. Vielleicht gab es auch Liebe und Glück und Angst. Aber was ging sie das an? War sie nicht gerade damit beschäftigt, sich auf ein Leben ohne Erschütterungen vorzubereiten? Sicher würde sie irgendwann hier weggehen wollen. Aber doch nicht, um das alte Leben wieder aufzunehmen. Irgendetwas müsste sie doch gelernt haben aus der Katastrophe, die hinter ihr lag.

»Sie schulden mir etwas«, sagte Hannah. »Wenn ich Sie nicht mitgenommen hätte, damals auf dem Flugplatz, dann würden Sie vermutlich jetzt im Knast sitzen. Unterstützung einer terroristischen Vereinigung. Schon mal gehört?«

»Hannah, es ist vielleicht an der Zeit, etwas deutlicher zu werden. Ich kann ja nicht einmal beurteilen, was Sie sagen. Sie sagen nämlich nichts.«

»Ich werde hier drin nicht reden«, sagte Hannah. »Wenn Sie wollen, können wir nach draußen gehen. Aber nicht durchs Dorfs. Ein Stück den Waldweg entlang, das ginge, vielleicht.«

»Kommt überhaupt nicht in Frage«, sagte Bella.

Sie dachte an die Reste der Kinder, an die grässlich verstümmelten Körper, an die steif gefrorenen Kiefernzweige, die sie benutzt hatten, um sie zu bedecken. Plötzlich hatte sie das Gefühl, es wäre wichtig, dass sie am Morgen die Polizei rufen und dabei sein würde, wenn sie der Sache auf den Grund ginge.

»Ich hab hier morgen früh etwas zu erledigen. Entweder Sie sagen mir, worum es geht, so dass ich mich entscheiden kann, ob die Sache auch für mich wichtig ist, oder Sie legen sich hin, schlafen sich aus und fahren morgen früh wieder. Und außerdem bin ich müde. Also?«

»Die Geschichte ist lang. Sie ist kompliziert. Sie

klingt so unwahrscheinlich, dass Sie mir nicht glauben werden. Niemand wird mir glauben.«

Hannah begann zu weinen. Bella starrte sie an. Da war nichts Gespieltes an ihrer Haltung. Gespielt war höchstens ihre eigene Abgeklärtheit; dieses »Was geht mich die Welt an«-Gefühl, das sie versucht hatte, hervorzukehren.

»Beruhigen Sie sich«, sagte Bella. »Im Grunde ist es gleich, wo ich mich aufhalte. Ich kann hierher zurückkehren, wann immer ich will. Aber ich muss Wagner Bescheid sagen. Wenn Sie wollen, dann können Sie mich begleiten. Und das Theater mit dem Auto, das schenken wir uns. Kommen Sie.«

Sie hoffte, sie würde die Wohnung von Wagner wiederfinden, und sie fand sie auch, weil seine Fenster als einzige noch erleuchtet waren.

»Wer wohnt dort?«, fragte Hannah. »Vertrauen Sie dem?«

»Ein harmloser Mensch, einer der schreibt. Wir haben nur heute etwas gemeinsam erlebt, das noch nicht abgeschlossen ist. Warten Sie. Ich versuche, die Klingel zu finden.«

»Nein, bitte«, sagte Hannah.

Sie sprach nicht, sie flüsterte und klammerte sich dabei an den Ärmel von Bellas Jacke, um sie zurückzuhalten.

»Hannah. Was soll der Unsinn? Lassen Sie mich los.«

Unwillkürlich senkte Bella ebenfalls die Stimme. Hannah hatte ihren Arm nicht losgelassen, sondern sie zu sich herangezogen. Sie starrte auf das helle Fensterrechteck. Bella folgte ihrem Blick.

»Das ist Wagner«, flüsterte sie. »Wenn Sie mich loslassen, können wir das hier schnell hinter uns bringen.«

Wagner war ins Zimmer gekommen und hatte in einem Ohrensessel Platz genommen. Er hielt ein Buch in der Hand, dessen Titel Bella nicht erkennen konnte. Neben dem Sessel stand eine Stehlampe, deren Licht heruntergedimmt war, den Mann im Sessel aber ausreichend beleuchtete.

»Der heißt nicht Wagner«, flüsterte Hannah. »Keine Ahnung, wie der heißt, aber Wagner bestimmt nicht. Er war auf der Werft. Er war einer von denen, die Ruth erkannt haben, bevor man sie umbrachte. Wir müssen hier weg.«

»Sind Sie sicher?«, fragte Bella, aber die Frage war so überflüssig, dass Hannah sie nicht einmal beantwortete. Sie hatte sich schon abgewandt und ging über den Rasen zurück, sorgfältig darauf achtend, beim Gehen jedes Geräusch zu vermeiden. Bella blieb nichts anderes übrig, als ihr zu folgen. Erst als sie den Park verlassen hatten, begann Hannah zu laufen. Sie liefen an verschlossenen Hoftoren vorbei. Einmal schlug ein Hund an. Auf der Straße zeigte sich niemand.

»Sie können einem einen ganz schönen Schreck einjagen«, sagte Bella.

Sie war außer Atem. Heftig atmend schloss sie die Haustür zu ihrer Wohnung auf.

»Kein Licht, bitte«, hörte sie Hannah hinter sich sagen. »Müssen Sie irgendetwas mitnehmen? Gibt es ein Notizbuch oder sonst irgendetwas, das niemanden etwas angeht?«

»Moment, Moment. Bevor ich hier meine Zelte heimlich abbreche, wüsste ich nun wirklich gern genauer, was eigentlich los ist. Hat dieser Wagner, oder wie immer er heißen mag, mit der Sache zu tun?«

»Ich habe keine Ahnung«, sagte Hannah.

Sie sprach immer noch leise. Durch die Fensterscheiben waren undeutlich die Umrisse der Nachbarhäuser zu erkennen. Irgendeine Bewegung nahmen sie nicht wahr.

»Ich weiß nur, dass er bei denen auf der Werft war, die schuld sind an Ruths Tod. Ich nehme an, er gehörte nicht zum Werkschutz. Das haben wir damals gedacht. Er wird irgendetwas mit der Polizei oder mit dem Bundesgrenzschutz zu tun haben. Wahrscheinlich ist er abgestellt, um Sie zu überwachen.«

»Das ist nun wirklich Unsinn«, sagte Bella. »Wagner ist viel länger hier als ich. Er kann nicht gewusst haben, dass ich hier landen würde.«

»Möglich«, sagte Hannah. »Aber solche Leute sind nie außer Dienst. Ich vermute, man hat die Flugplätze überwacht, nachdem wir abgehauen sind. Irgendwo würden wir schon runterkommen. Er hat sich an Sie rangemacht, hab ich Recht?«

Natürlich hast du Recht, dachte Bella, aber sie antwortete nicht. In Gedanken ging sie die Dinge durch, die sie im Haus zurücklassen würde. Es war nichts dabei, das ihr oder irgendjemand anders zum Verhängnis werden könnte. Ihre Fingerabdrücke waren im Haus verteilt. Na gut. Es gab keinen Grund, zu vertuschen, dass sie hier gewesen war. Wahrscheinlich gab es auch keinen Grund, dass sich jemand überhaupt dafür interessierte.

»Gehen wir«, sagte sie leise.

Sie schloss die Tür sorgfältig ab. Erst als sie neben Hannah im Auto saß, fiel ihr ein, dass in der Küche eine Flasche Wodka zurückgeblieben war.

Hannah mied den Weg durch das Dorf. Sie fuhren über endlos scheinende, schnurgerade Landstraßen.

Bella wartete darauf, dass Hannah eine Erklärung für ihr Erscheinen und für den überstürzten Aufbruch geben würde. Während sie wartete, wurde ihr klar, dass es ihr nicht Leid tat, das Dorf und die kleine Wohnung verlassen zu haben. Wenn sie es genau überlegte, war sie dabei gewesen, sich von der Welt zurückzuziehen. Was für eine lächerliche Idee. Rückzug war nicht mehr möglich, genauso wie Flucht in ein anderes Land schon lange nicht mehr möglich war. Vielleicht war es ein Zufall gewesen, dass dieser Wagner sich im Dorf aufgehalten hatte. Aber genauso gut konnte es auch kein Zufall gewesen sein. Und wenn es einer gewesen wäre, hätte man Wagner über kurz oder lang trotzdem auf sie ansetzen können. Fest stand auf jeden Fall, dass er seine wahre Identität nicht preisgegeben hatte. Spätestens nach der Entdeckung der Kinderleichen hätte er davon sprechen müssen, dass er zum Polizeiapparat gehört. Wenn er nicht darüber gesprochen hatte, war dahinter eine Absicht verborgen gewesen. Welche Absicht?

»Es sind merkwürdige Dinge geschehen«, sagte Hannah neben ihr. »Manchmal glaube ich, dass ich die Einzige bin, die etwas davon wahrnimmt. Jedenfalls habe ich das bis vor ein paar Tagen geglaubt. Aber nun weiß ich …«

»Von welchen Dingen reden Sie? Geht es ein bisschen genauer, bitte. Mit ›Dingen‹, und seien sie noch so merkwürdig, verbinde ich absolut nichts. Wegen irgendwelcher ›Dinge‹ möchte ich ungern mein freundliches Dorf verlassen haben.«

Das war nicht die Wahrheit, wie sie inzwischen genau wusste. Je länger sie neben Hannah im Auto saß, je weiter sie sich vom Dorf entfernten, desto mehr spürte sie eine deutliche Freude, die nur damit zu tun haben konnte, dass sie froh war, aus der Öde wegzukommen. Aber das war eine Sache, die nur sie selbst anging.

»Kinder«, sagte Hannah. »In der Stadt sind viele Kinder.«

Bella sah Hannah forschend von der Seite an. Sie wirkte vollkommen normal und auf das Autofahren konzentriert.

»Halten Sie das für ungewöhnlich?«, fragte Bella. »Ich meine, die Stadt hat etwa 1,6 Millionen Einwohner. Sollten da nicht auch Kinder darunter sein? Einfach so, in Familien, meinetwegen auch bei Alleinerziehenden? Grässliches Wort. Und sehr verlogen. Mindestens der Fernsehapparat erzieht doch mit.«

»Ich meine illegale Kinder. Kinder, die kein Deutsch sprechen, die sich verborgen halten.«

»Ich sehe immer noch nicht, was daran ungewöhnlich ist«, sagte Bella. »Ist das nicht in jeder europäischen Großstadt so?«

»Diese Kinder sind anders«, sagte Hannah. »Und man wird auch anders mit ihnen umgehen. Man wird sie töten.« Sie schwieg einen Augenblick. Dann sagte sie: »Ich weiß, dass man sie töten wird. Es kann sein, dass wir die Stadt nicht gemeinsam erreichen. Falls wir in eine Straßensperre geraten – immer vorausgesetzt, ich bemerke sie rechtzeitig –, lasse ich Sie vorher aussteigen. Dann müssen Sie sich allein durchschlagen. Ich würde Ihnen raten, nicht in ein Hotel zu gehen. Das ist leicht zu überprüfen. Am besten wäre eine illegale Wohnung; eine unbewohnte Wohnung mit einer möglichst anonymen Adresse und in einer ordentlichen Gegend. Haben Sie so etwas?«

»Ja«, sagte Bella.

»Wir werden uns treffen. Ich kann Sie nicht anrufen. Das ist zu riskant. Wir treffen uns morgen Abend um halb acht im Alsterhaus, an irgendeinem Kosmetikstand. Clinique, ist Ihnen das recht?«

»Mir ist alles recht«, sagte Bella, »wenn ich weiß, worum es geht.«

»Das ist jetzt nur für den Fall gewesen, dass wir in eine Straßensperre geraten. Zur Sicherheit. Wahrscheinlich passiert sowieso nichts. Ich werde Sie an Ihrer Wohnung absetzen. Der Treffpunkt und die Uhrzeit bleiben.«

Hannah schwieg, und auch Bella sagte nichts. Sie hatte verstanden, dass Hannah es ernst meinte und dass sie sprechen würde, wenn sie bei sich formuliert hätte, was sie sagen wollte. Offenbar hielt sie die Angelegenheit für so wichtig, dass es auf jedes Wort ankam. Schon damals, als sie sie kennen gelernt hatte, als sie noch mit ihren Freundinnen gemeinsam die Welt retten wollte, hatte sie nie viel gesprochen. Hannah hatte immer gründlich nachgedacht, bevor sie etwas vorschlug.

Kinder, dachte sie, merkwürdig. Schon wieder Kinder. Da war ein Kind aufgetaucht, damals, als sie zum ersten Mal in der Dorfkneipe gewesen war. Plötzlich hatte sie das Bild der zerstörten, angefressenen Leichen vor Augen, die Wagner ihr gezeigt hatte.

»Kinder aus Asien?«, fragte sie.

»Ja«, sagte Hannah, »auch aus Asien. Man wird sie umbringen, ich weiß es. So, wie man Ruth umgebracht hat.«

»Ich verstehe, dass der Mord an Ihrer Freundin Sie misstrauisch gemacht hat. Aber diese Kinder töten?«

»Ich weiß es«, sagte Hannah. »Können Sie erkennen, was da vorn los ist?«

»Nein«, sagte Bella. »Ich glaube, ich steig nun besser aus. Fahren Sie einfach langsam weiter. Ich werde versuchen, den Kontrollpunkt weiträumig zu umgehen. Halten Sie einfach nach zwei Kilometern an. Machen Sie das Licht aus und warten Sie. Sollte jemand fragen, tun Sie so, als ob Sie geschlafen hätten. Wenn ich in spätestens drei Stunden nicht bei Ihnen bin, fahren Sie los.«

»Ihre Adresse«, sagte Hannah, »schnell, sagen Sie mir Ihre Adresse.«

»Besser nicht.«

Bella sprang aus dem sehr langsam fahrenden Auto und verschwand im Gebüsch neben der Straße. Es waren Schlehenbüsche. Sie nahm die Hände vor die Augen, um sie vor den Dornen zu schützen und zwängte sich entschlossen auf die andere Seite. Dort war eine Vertiefung im Boden, in die sie hineinrutschte, als sie die Schlehenbüsche hinter sich gebracht hatte.

Außer ein paar Kratzern auf den Handrücken und an den Schienbeinen schien sie heil geblieben zu sein. Sie setzte sich an den Rand der Vertiefung, stand wieder auf. Weder im Sitzen noch im Stehen war von hier aus die Polizeikontrolle zu sehen. Sie würde im Graben neben der Straße bleiben und vorangehen müssen, um sie nicht unnötig weit umgehen zu müssen.

Der Graben war lange nicht gereinigt worden und beinahe zugewachsen. Der Untergrund war außerordentlich uneben. Totes, halb hohes Gras, die Ausläufer von Brombeersträuchern, matschige Untiefen, aus

Autos geworfene Abfälle erschwerten ihr Vorwärtskommen. Erst nachdem sie eine Weile gegangen war und sich an den Untergrund gewöhnt hatte, gelang es ihr, die größten Unebenheiten rechtzeitig zu umgehen. Auch ihre Augen sahen in der Dunkelheit nun besser. Es dauerte eine Viertelstunde, bis sie die Straßensperre entdeckte. Da sie nicht wusste, ob die Polizei mit Hunden unterwegs war, ging sie nicht näher heran, sondern schlug den Weg über den Acker ein. Der Boden war hier fester. Sie beschloss, so weit zu gehen, bis sie die Lichter auf der Straße nicht mehr sehen konnte und dann die Richtung parallel zur Straße einzuschlagen. Irgendwann, wenn sie das Gefühl hätte, den Kontrollpunkt weiträumig umgangen zu haben, würde sie im rechten Winkel wieder auf die Straße zugehen. Im Grunde glaubte sie nicht, Hannah und das Auto wieder finden zu können. Aber es war einen Versuch wert. Per Anhalter konnte sie immer noch versuchen, vorwärts zu kommen.

Der Acker, auf dem sie ging, war gepflügt, aber noch nicht wieder bestellt worden. Sie ging nun in einer Furche, von der sie annahm, sie verliefe parallel zur Straße. Es ging sich leichter. Sie hatte Ruhe zum Nachdenken. Aber es gelang ihr nicht, in dem, was Hannah angedeutet hatte, einen Sinn zu finden. Kinder. Und dann diese Straßensperre. Das passte nicht zusammen. Die Kinder, von denen Hannah gesprochen hatte, waren in der Stadt.

Und die, die du gesehen hast?

Sie blieb auf dem Acker stehen und versuchte, eine Verbindung zwischen den Bruchstücken herzustellen, die sie kannte. Es gelang ihr nicht.

Genau in dem Augenblick fiel der Schuss. Bella

warf sich, einem Reflex folgend, in die Furche und blieb, an die Erde gepresst, liegen. Jemand hatte in der Dunkelheit auf sie gezielt und sie verfehlt. Sie wartete auf Schritte, einen Ruf, eine Bewegung. Nichts rührte sich. Konnte der Schuss ein Zufall gewesen sein? Gab es Bauern, die nachts jagten? War ihr jemand gefolgt, ohne dass sie etwas bemerkt hatte? Sie blieb liegen und lauschte. Ihr Herz klopfte gegen die Erde. Der Schuss war ein Gewehrschuss gewesen. Zielfernrohr? Nachtsichtgerät? So etwas hatten Bauern nicht. Oder? Irgendwann hatte die feuchte Kälte der Erde ihre Haut erreicht. Ihr Bauch und die Haut auf den Oberschenkeln fühlten sich nass an. Noch immer kein Laut. Langsam und vorsichtig erhob sie sich, steif und nass und frierend. Nichts. Kein Laut. Nur der Wind über dem Acker.

Sie ging dann schneller als vorher weiter. Nicht nur, weil der kalte Wind aufgekommen war, sondern auch, weil sie nun hoffte, Hannah doch noch zu treffen. Sie musste wissen, worauf sie sich gerade einließ, bevor sie in die Stadt zurückging.

Hannahs Auto stand, wie verabredet, in ausreichendem Abstand von der Straßensperre am Rand neben der Fahrbahn. Sie stieg aus und lief Bella entgegen. Das Gehen auf dem letzten Stück, quer zu den Furchen, war anstrengend gewesen.

»Kommen Sie, schnell.«

Hannah legte den linken Arm um Bellas Hüfte und fasste mit der rechten ihren Unterarm. Bella fand die Geste übertrieben fürsorglich, aber sie ließ sie sich ohne Widerspruch gefallen. Als sie im Auto saß, spürte sie ihre Erschöpfung.

»Haben Sie einen Stadtplan«, fragte sie, und als Hannah nickte: »Die Adresse ist Burchardstraße 7, Kranz. Erzählen Sie's mir, wenn wir dort sind. Ich werde mich einen Augenblick ausruhen.«

Hannah nickte wieder. Sie fuhr schnell und konzentriert.

Bella schlief ein, während die Chausseebäume in gleichmäßig-beruhigenden Abständen an ihr vorüberzogen. Einmal wachte sie auf, weil sie das Gefühl hatte, das Auto würde langsamer. Aber sie hatte sich getäuscht. Nur die Umgebung hatte sich verändert. Sie fuhren nicht mehr über Landstraßen, sondern durch eine größere Vorstadt. Die Uhr auf dem Armaturenbrett zeigte 6.55. Draußen war es nicht heller geworden. Die Straßen waren noch leer. Eine Frau stand an einer Bushaltestelle. Sie verließen die Vorstadt, fuhren eine längere Strecke, ohne dass rechts oder links Häuser auftauchten und näherten sich dann der Innenstadt.

»Ich setze Sie vorher ab«, sagte Hannah. »Ich komme nicht mit. Wir treffen uns, wie verabredet. Ruhen Sie sich erst einmal richtig aus.«

Sie hielt das Auto an und wartete, bis Bella ausgestiegen war, um dann schnell weiterzufahren.

Bella ging, müde und zerschlagen, etwa hundert Meter, bevor sie das Haus erreichte, in dem sich die Wohnung von Kranz befand.

Es wird mir schon etwas einfallen, womit ich den Portier überzeugen kann, dachte sie. Er wird sich bestimmt noch an mich erinnern.

Der Mann hatte eine kleine Wohnung, gleich links im Eingang des Treppenhauses. Sie war so umgebaut worden, dass eine Fensteröffnung auf den Hausflur hinaus ging. Den Raum hinter dem Fenster hatte der erste Portier durch einen dunkelblauen Vorhang vor Blicken geschützt. Die Portiers hatten in den letzten Jahren mehrere Male gewechselt, aber den Vorhang hatte niemand erneuert. Er sah mitgenommen aus, ebenso wie der Stuhl und der kleine Schreibtisch davor. Die Telefonanlage auf dem Schreibtisch war neu.

Bella blieb vor dem Fenster stehen und drückte auf den Klingelknopf. Er war rechts unten auf der Fensterbank angebracht worden, als man die Portierwohnung umgebaut hatte, und er funktionierte noch immer. Der Mann, der den Vorhang zur Seite schob und aus dem Fenster sah, war Bella bekannt. Ihr wurde klar, dass sie nicht gewusst hätte, was sie tun sollte, wenn dort ein Fremder erschienen wäre.

»Frau Block, Sie haben wir lange nicht gesehen. Geht's gut?«

»Danke der Nachfrage.«

Ihr war ein wenig schwindelig. Sie hielt sich an der Fensterbank fest. Wie heißt der bloß, verdammt noch mal, wie – richtig, Weingärtner.

»Und wie geht's Ihnen, Herr Weingärtner?«

»Weinbauer, immer noch Weinbauer, ich sag immer: Bauern haben es leichter als Gärtner, die kriegen mehr Subventionen. Ich klage also nicht. Dass Herr Kranz verreist ist, wissen Sie?«

»Ja«, sagte Bella. »Wir stehen in Verbindung. Im Augenblick liegt sein Schiff vor den Falkland-Inseln.«

»Auch so 'n Quatsch«, sagte Weinbauer.

Er musterte Bella, als wollte er sagen: Nun komm schon, was willst du? Aber sein Gesichtsausdruck war nicht unfreundlich.

»Ich brauche für ein paar Tage eine Unterkunft«, sagte sie. »Und wenn es möglich ist, so etwas wie einen Beschützer.«

»Was? Sie haben Schwierigkeiten?«

»Kann man so sagen. Da ist jemand nicht damit einverstanden gewesen, dass ich seine Betrügereien aufgedeckt habe. Nun schickt er mir seine Bodyguards auf den Hals. Ich muss einfach einmal wieder ein paar Nächte ruhig schlafen.«

»Sie sehen nicht gut aus«, sagte Weinbauer.

Er wandte sich dem Schlüsselbrett zu, dass über dem Schreibtisch hing und nahm einen Schlüssel in die Hand.

»Warten Sie, ich komme mit rauf.«

Dann sagte er »ich geh mal vor«, als er im Flur stand. »Reicht, wenn Sie langsam hinterher kommen. Da oben muss bestimmt gelüftet werden.«

Kranz' Wohnung lag unter dem Dach. Bella kam schweratmend oben an. Der Portier hatte die Fenster im Wohnraum geöffnet. Der Blick über den Rathausmarkt und die Binnenalster war schön.

»Ich hab schon nachgesehen, zu Essen haben Sie nix. Bisschen alter Kaffee ist noch da.«

»Danke, Herr Weinbauer. Ich find mich schon zurecht. Es ist nur wichtig, dass ich für eine Weile unauffindbar bin.«

»Ach so, das wollte ich noch fragen. Wie sehen diese Kerle denn aus? Ich könnte ja für Sie ein Auge aufhalten.«

»Sie sind ein Schatz. Wichtig ist so ein Langer, Dünner, vielleicht fünfundvierzig, vielleicht ein bisschen älter, sieht eher harmlos aus, ein bisschen wie ein Schriftsteller –«

Mein Gott, Bella, was redest du für Blödsinn? Wie sieht denn ein Schriftsteller aus? Nur weiter so.

»Und der andere?«

»Kleiner, überhaupt nicht elegant, meist mit Jogging-Anzug und so einem dumpfen Gesichtsausdruck; so, als hätte er nichts anderes zu tun, als ab morgens um neun in der Kneipe zu sitzen und darauf zu warten, dass es dunkel wird.«

»Kenn ich, solche Leute kenn ich. Riecht wie 'n Besuffski, stimmt's? Der käme hier sowieso nicht ins Haus. Hier war mal vor ein paar Monaten ...«

»Ich glaube, ich muss mich hinlegen«, sagte Bella.

»Entschuldigung. Hier ist der Schlüssel. Ich könnte für Sie einkaufen, nach Feierabend.«

»Danke, ich ruf Sie an, wenn ich nicht selbst gehe.«

Bella sah dem Portier nach. Er verließ die Wohnung vorsichtig, als sei sie schon eingeschlafen. Sein graues Jackett und die graue Hose waren faltenfrei. Sie trat ans Fenster, um den Anblick der Stadt noch einmal ungestört in sich aufzunehmen. Es war richtig, dass sie müde war und erschöpft. Aber sie wusste, dass ihre Kraft zurückkehren würde. Beim Anblick der Stadt war es ihr bewusst geworden.

*

Es soll Menschen geben, Männer und Frauen, die ein besonderes Verhältnis zu ihrer Wohnung entwickeln. Zu denen gehörte Carola von Werner nicht. Gewisse ästhetische Standards waren selbstverständlich. Sie glaubte nicht, dass es an der Form des Geschirrs, das sie benutzte, etwas auszusetzen gab. Und die Möbel – daran war von Anfang an nichts zu kritisieren. Erbstücke. Auf dem Sofa, so wurde jedenfalls in ihrer Familie kolportiert, sollen Goethe und Bettine gesessen haben. Diese Dinge hatten aber für sie etwas Selbstverständliches. Sie konnte sie in jede Wohnung stellen, ohne zu deren vier Wänden ein sentimentales Gefühl entwickeln zu müssen. Darüber war sie froh. In einer Situation, in der Frauen erfahrungsgemäß dazu neigen, psychische Krisen zu entwickeln, konnte sie sich auf sich verlassen. Das hatte sie immer gewusst. Es war ihr besonders deutlich geworden, als sie das neue Namensschild an ihrer Wohnungstür angebracht hatte. Es war albern, während der Ehe den Namen abzugeben, auch wenn seiner, vielleicht, noch besser klang. Glaubte sie übrigens nicht. Es war schon seltsam, wie sich im Bewusstsein auch der Klang eines Namens ändert, wenn man herausgefunden hatte, dass der Besitzer ein Schubiack ist. Carola von Werner. Der Name stand an der Tür einer kleinen Altbauwohnung in der Nähe der Friedrichstraße. Für ihre augenblicklichen Bedürfnisse war eine kleine Wohnung ausreichend. Es gab ein Landhaus, das ihr nach dem Scheidungstheater geblieben war. Wahrscheinlich würde sie es verkaufen. Ihr Job fraß ihre Zeit. Und sie hatte nichts dagegen.

Wie sah sie aus? Sicher nicht perfekt. Aber sie wusste, was man wissen sollte, wenn man in die Politik geht: zum Beispiel, dass es für eine Frau einfach unerlässlich ist, dass sie zu Hause drei Spiegel hat: einen, in dem sie ihr Gesicht genau betrachten kann, einen zweiten, in dem sie von oben bis unten sichtbar ist, und einen für die Rückseite. Es gibt zu viele Gelegenheiten, durch unmögliche Auftritte, die beste

Rede von vornherein der Lächerlichkeit preiszugeben.

Ihre Ministerin neigte zu solchen Instinktlosigkeiten. Manchmal gestattete sie sich, die Ministerin darauf hinzuweisen.

Es gab übrigens auch das Gegenteil: Politikerinnen, die in der Öffentlichkeit standen und absolut nichts zu sagen hatten. Da ist natürlich eine möglichst auffällige Kleidung, ein schriller Schal, ein hässliches Gelb oder Grün, genau richtig, um von dem nicht vorhandenen Inhalt abzulenken. Auch eine missglückte Frisur konnte in solchen Fällen nützlich sein. Allerdings: Instinktsicher die Grenze zu finden zwischen laut und lächerlich, ist ein riskantes Geschäft, das nur sehr wenige beherrschen.

Ihr Gesicht war in Ordnung: schmal, Nase gerade, Mund könnte etwas größer sein, genauso die Augen, aber beides konnte man durch die richtige Art des Schminkens korrigieren. Falten: keine, obwohl sie schon achtunddreißig war. Das Alter saß ihr im Nacken, das wusste sie. Haare: dunkelbraun, glatt, halblang, perfekt geschnitten. Die Frisur: Das war auch so ein Kapitel für sich. Sie traute sich zu, einer Partei, deren Kandidaten perfekte, ihrem Persönlichkeitsbild angemessene Haarschnitte hatten, bei Wahlen zwei bis drei Punkte vor dem Komma zusätzlich zu versprechen. Dass das Wissen um die Bedeutung solcher Details nicht ganz verschüttet war, zeigte übrigens die Haarfärbe-Affäre des Kanzlers. Aber allgemein verbreitet unter den Politikerinnen war dieses Wissen noch immer nicht. Zum Glück.

Der Spiegel für die ganze Person stand im Korridor, ein Handspiegel lag auf der Garderobe. Mit

Mantel, ohne Mantel – in jeder Situation perfekt. Einssiebzig war nicht besonders groß, aber es reichte ihr. Sie war nicht Model, sondern Parlamentarische Staatssekretärin. Obwohl die Figur in Ordnung war. Übrigens eine Sache, für die sie eher weniger Verantwortung trug. Auch eine Art Familienerbe. Als Arbeitskleidung natürlich das übliche Kostüm. Erstaunlich allerdings, wie sich Kostüm und Kostüm unterscheiden konnten. Es war so wie in anderen Zusammenhängen auch: Ein gewisser Sinn für Qualität und Stil war einfach von Vorteil. Das Elend der Demokratie bestand nicht darin, dass die Leute immer weniger Lust hatten zu wählen, sondern darin, dass die Masse einfach keinen Geschmack hatte und sich das Gegenteil einbildete.

Sie schätzte Stefan George nicht, aus Gründen, über die sie jetzt nicht näher nachdenken wollte. Aber diese Zeile aus einem seiner Gedichte: »Schon eure Zahl ist Frevel« hat sie immer besonders berührt. Man konnte diesen ganzen geschmacklichen Bereich dabei mitdenken. Denn das Problem war ja, dass die meisten ihrer Politiker-Kollegen eben dieser Masse angehörten. Sie kamen daher, und im Grunde bestand ihr ganzes Streben, wenn sie es einmal nach oben geschafft hatten, darin, nicht wieder in die Masse zurückzurutschen. Dafür taten diese Leute alles. Aber manchmal eben genau das Falsche, auch in Kleinigkeiten.

Um noch einmal auf die Kleiderfrage zurückzukommen: Diese unsäglichen Hosenanzüge, die manche der Damen anstatt eines Kostüms trugen, waren doch nichts weiter als die Dokumentation des kläglichen Scheiterns bei dem Versuch, es den männlichen Kollegen gleich zu tun. Der Hosenanzug einer Politikerin im Fernsehen war Festschreibung der weiblichen Mittelmäßigkeit für die Öffentlichkeit.

Jetzt müsste das Telefon klingeln. Gut. Das hatte geklappt.

»Der Wagen ist da.«

»Danke. Ich komme.«

Sie warf einen kurzen Blick zurück auf die Wohnungstür, während sie schon an der Treppe war. Es war einfach so, dass sie das Schild mit ihrem Namen im Augenblick gern sah. Carola von Werner. Schön.

»Den üblichen Abstecher, Frau Staatssekretärin?«

»Ja, selbstverständlich.«

Sie konnte nicht sagen, dass sie diese Stadt liebte. Sie war hier, weil sie hier arbeitete. Früher, vielleicht noch zu Zeiten Fontanes, hätte ihre Familie es vorgezogen, nur den Winter hier zu verbringen. Damals hatte es noch ausgereicht, wenn ein Familienmitglied ständig in der Hauptstadt aktiv war.

»Ich biege hier ab. Ums Tor herum ist immer Stau.«

Sie gehörte nicht zu denen, die den alten Zeiten nachtrauerten. Obwohl sie selbstverständlich dafür war, dass das Stadtschloss wieder rekonstruiert wird. Allerdings aus Gründen, die sie lieber für sich behielt. Sie glaubtc, dass es ihr ein großes Vergnügen machen würde, die Demokraten im Schloss zu beobachten. Parvenüs, allesamt. Und wer's jetzt noch nicht war, würde es dann werden. Die Hitler-Architektur damals war größenwahnsinnig gewesen. Deshalb passte sie. Das Stadtschloss und die Demokraten, das war ein Treppenwitz. Sie waren ja nicht einmal in der Lage, die Statur zu entwickeln, die ihren augenblicklichen Dienstgebäuden angemessen gewesen wäre. Diesen schlecht sitzenden Anzügen, Bauchansätzen,

Hosenanzügen, Fernsehgesichtern fehlte jedes Format.

»Wir sind da. Soll ich warten?«

»Ja. Wie immer. Zehn Minuten. Wenn Sie den Wagen abschließen und sitzen bleiben, kann ich meine Tasche hier liegen lassen.«

»Sie können sich auf mich verlassen.«

Diese Anstalt kostete sie jeden Monat ein paar Tausender, und die hatten es noch nicht einmal fertig gebracht, neben der Eingangstreppe einen Steg für Rollstühle anzubringen. Bis zum Frühjahr musste das anders werden. Die Empfangshalle war in Ordnung. Sessel, Blumen, Bilder, na ja, damit taten sich diese Leute immer schwer. Sie war ja schon zufrieden, wenn hier keine van Goghs hingen. Aber ob die alten Leute mit El Lissitzky etwas anfangen können? Vermutlich die Idee des Architekten. Auch so ein Kapitel, das unter dem Gesichtspunkt »Demokratie und was sie alles anrichtet« zu betrachten wäre. Diese Leute hielten sich für Künstler und vergaßen deshalb, im Kindergarten einen Waschraum einzuplanen.

»Guten Morgen, Frau von Werner.«

»Wie geht es ihr?«

Sie konnte an der Art, wie sie antworteten, merken, ob sie logen oder nicht. Diese kleine Pause, winzig, wirklich nur winzig –

»Oh, es könnte ein bisschen besser sein. Wenn Sie Hilfe brauchen, klingeln Sie bitte.«

Niemals gelang es, niemandem war es bisher gelungen, in Altersheimen diese entsetzlichen Korridore zu vermeiden. Sie nannten es Senioren-Residenzen. Sie wollte den sehen, der in so einer Luft residierte. Klopfen, natürlich, auch wenn sie nicht antworten konnte.

Sie ging ans Bett und sah auf die alte Frau hinunter. Sie hatte die Augen geschlossen, aber an dem winzigen Zucken der Haut unter dem rechten Auge merkte sie, dass sie wach war. Ihre Haut war dünn wie Papier.

»Ich öffne das Fenster, Ömchen. Aber vorher werde ich dich fest zudecken.«

»Ich möchte nicht, dass das Fenster geöffnet wird.«

Ihre Stimme war dunkel und brüchig. Sie war zu laut. Sie passte nicht mehr zu diesem winzigen Etwas von Körper.

»Setz dich, ich will mit dir reden.«

Sie hatte noch immer die Augen geschlossen. Sie konzentrierte sich auf das, was sie sagen wollte. Carola wartete. Ihr rechter Schuh hatte einen Schmutzfleck, vorn auf der Kappe. Sie durfte nicht vergessen, den Fleck zu beseitigen.

»Ich will nicht, dass du jeden Morgen und jeden Abend zu mir kommst. Ich kann allein auf den Tod warten. Wenn es so weit ist, lass ich dir Bescheid sagen.«

Das war es, was sie sich seit Tagen überlegt hatte. Darauf hatte sie sich vorbereitet. Ob sie weiß, wie sehr sie mich damit kränkt, dachte Carola. Na und? Sie würde jetzt nicht heulen. Ömchen starb. Heute oder morgen oder in ein paar Tagen. Sie durfte sagen, wonach ihr zu Mute war. *Sie musste keine Rücksicht mehr nehmen.*

»Du redest so, weil du glaubst, dass es für mich umständlich und unbequem ist, hierher zu kommen. Das ist es nicht.«

Die alte Frau machte die Augen auf und sah sie an. Ihre Augen waren so klein geworden. Wieso wurden die Augen klein, wenn es zu Ende ging? Nimm dich zusammen. Ihr Blick ist noch ziemlich lebendig.

»Als ich jung war, hat mir einer aus dem Nachbardorf Vergissmeinnicht geschickt. Wegen meiner Augen. Gib mir den Handspiegel.«

Sie hielt sich den Spiegel vor das Gesicht. Ihr Arm war so dünn wie der Griff des Spiegels.

»Die Farbe hat sich geändert. Denkst du, du könntest um diese Jahreszeit Vergissmeinnicht auftreiben?«

»Ich liebe dich, kleine Oma. Heute Abend. Schlaf jetzt.«

Sie nahm ihre Hand. Sie war leicht und warm und trocken und so dünn, dass sie sie vorsichtig wieder auf die Bettdecke zurücklegte. Am liebsten würde sie draußen vor der Tür stehen bleiben und heulen, aber sie würde es nicht tun. Irgendwann würde Zeit dazu sein. Jetzt nicht.

Die Besprechung mit der Ministerin war für zehn Uhr angesetzt. Sie hatte wirklich nicht viele überzeugende Eigenschaften, aber sie war wenigstens pünktlich. Leider redete sie gern. Weniger in den Kabinettssitzungen, was Carola zwar auf das Konto persönliche Feigheit buchte, ihr aber nicht weiter übel nahm. Diese Veranstaltungen waren so lächerlich männlich, dass sich selbst Frauen von noch niedrigerer Intelligenz als ihre Ministerin, während die Herren reden, vernünftigeren Dingen zuwendeten. Außerdem: Ihr Ressort: Jugend, Familie, Gesundheit, Sport und Entwicklungshilfe kam schon rein sachlich bedingt selten auf die Tagesordnung. Für diese seltenen Gelegenheiten präparierte sie sie dann schon. Noch besser wäre, sie selbst würde an den Sitzungen teilnehmen, aber dazu kam es, leider, nur sehr selten. Sie glaubte, der Kanzler und der Außenminister fürchteten intelligente Frauen; sie störten. Der Verkehrsminister dagegen liebte sie. Er hätte ihre Hilfe gebrauchen können. Er hoffte auf Unterstützung, egal von wem, aber er hatte keine Macht und konnte deshalb nicht bestimmen, wer an den Kabinettsrunden teilnehmen durfte. Der Verteidigungsminister hatte nichts gegen intelligente Frauen einzuwenden, aber er fürchtete sich davor, als unmännlich zu gelten. Und der Innenminister war so von seiner Rolle in Anspruch genommen, dass er den Unterschied zwischen Männern und Frauen darüber vergessen hatte.

Das Büro der Ministerin war unauffällig, natürlich oberster Standard, und ohne persönliche Note eingerichtet. Man konnte annehmen, das wäre aus Zeitmangel oder Desinteresse so. Carola glaubte daran nicht. Sie nahm an, auch in diesem Bereich hatten die Demokraten ihre Probleme noch nicht gelöst. Es fehlte ihnen einfach an Kultur und Geschmack. Vor der Kamera war das nebensächlich, weil man sich ja an ein Publikum wandte, mit dem man in diesen Fragen verwandt war. In intimerer Umgebung musste man damit rechnen, hin und wieder, wenn auch zunehmend seltener, mit Menschen zusammenzuarbeiten, die einen Giotto von einem Leonardo da Vinci unterscheiden konnten. Solange sie ihren schlechten Geschmack nicht an der Wand dokumentierte, konnte sie als Mensch mit Kultur gelten. Wenn sie's bloß nicht durch Hosenanzüge in Rot konterkarieren würde.

»Setz dich, Carola. Wir haben wenig Zeit. Ich schlage vor, du referierst den Stand der Vorbereitungen und schlägst dann gleich die nächsten Maßnahmen vor. Wir entscheiden, du schreibst ein Papier, in dem alles zusammengefasst ist, und ich bin für die Kabinettsrunde gerüstet.«

»Ich wusste nicht, dass unsere Konferenz heute auf der Tagesordnung steht.«

»Ehrlich gesagt, bis vor einer halben Stunde wusste ich es auch nicht. Die Tagesordnung ist geändert worden. Der Außenminister hat vor, in Afrika ein paar Fensterreden zu halten. Er glaubt, dass er dort mit unseren Vorbereitungen zur Kinder-Konferenz Eindruck schinden kann.«

»Du kannst ihn nicht ausstehen.«

»Ach Gottchen, außer dem Kanzler mag den, glaube ich, niemand so richtig. Und wenn der gewusst hätte, wen er sich da heranzüchtet ...«

Wenn die Ministerin »ach Gottchen« sagte, erinnerte sie Carola an eine jener gutmütigen Klofrauen, denen man erklärt, man habe kein Geld dabei, werde aber bestimmt gleich noch einmal zurückkommen. Ach Gottchen klang wie »Nu machen Se Ihnen man nich' gleich ins Hemde«. Berlin hatte in verschiedener Hinsicht einen interessanten Einfluss auf das politische Personal ausgeübt. Die Art, wie diese Leute versuchten, sich etwas Weltstädtisches zu geben, ohne zu begreifen, dass diese Stadt keine Weltstadt ist, stimmte Carola manchmal traurig. Es war so viel Krampf hier.

»Ich beginne mit den Anträgen, die wir abgelehnt haben.«

»Bitte. Nur nicht zu ausführlich.«

»Ich gehe kurz darauf ein, weil es möglich ist, dass irgendwann im Bundesrat Fragen in dieser Richtung auftauchen könnten. Niedersachsen und das Saarland hätten die Konferenz gern bei sich gehabt, du erinnerst dich?«

»Strukturschwache Länder, CDU-regiert. Das hätte denen gut in den Kram gepasst.«

»Richtig. Der Hauptgrund für die Ausrichtung der Konferenz in Hamburg ist aber, dass der Aufbau einer angemessenen Infrastruktur dort wesentlich kostengünstiger zu haben ist. Ein ausreichend großes Tagungsgebäude ist vorhanden und frei. Dem Drang der internationalen Delegierten nach Einkaufsmöglichkeiten der Luxusklasse steht ein attraktives Angebot zur Verfügung. Auch den sexuellen Bedürfnissen einer größeren Zahl der männlichen Delegierten kann ohne besonderen Zusatzaufwand entsprochen werden.«

»Du bist manchmal von einer Offenheit, die auf harmlosere Leute verstörend wirken könnte.«

»Ich gestatte mir diese Offenheit, weil sie den Kern meiner Argumentation deutlich hervortreten lässt …«

»Und weil du weißt, dass du dir bei mir so etwas leisten kannst.«

Ein selbstgefälliges Lächeln erschien im Gesicht der Ministerin. Carola fand, dieses Lächeln kleidete sie nicht. Es kleidete sie so wenig wie der rote Hosenanzug. Wenn sie diesen Gedanken weiter verfolgte, und das hatte sie so oft getan, dass sie ihn inzwischen in Kürzeln denken konnte, dann lag klar auf der Hand, dass Frauen in der Politik nichts zu suchen hatten, es sei denn, sie wollten nicht verändern, sondern nachäffen. Politikformen, die Frauen angemessen waren, gab es nicht. Vielleicht würden sie erfunden, wenn in den Trümmern einer zerstörten Welt die letzten Übriggebliebenen zu einer neuen Form des Miteinanderlebens gezwungen sein würden. Wenn zu den Übriggebliebenen nur wenige Männer gehörten, die wohl am besten isoliert gehalten würden, hätte der Versuch, vielleicht, Erfolg.

»Der Erfolg unserer Konferenz hängt in hohem Maß davon ab, dass sich die Delegierten bei uns wohl fühlen,« sagte Carola. Ihre Stimme klang abwesend.

»Sag mal, die wievielte Kinder-Konferenz ist das eigentlich? Ich meine, mich zu erinnern, dass wir uns in den vergangenen Jahren an verschiedenen Treffen beteiligt haben?«

»Das ist richtig. Wenn's nötig ist, kann ich mich um genaue Zahlen bemühen. Die Frage ist nicht ganz einfach zu klären. Die UNO, Unicef und die WHO, sogar die Regierungschefs, du erinnerst dich, haben einen Kindergipfel veranstaltet. Inzwischen hat sogar die EG die Kinder entdeckt.«

»Also besser nicht zur Sprache bringen?«

»Interessiert wahrscheinlich sowieso niemand in der Runde.«

»Sag das nicht. Für die Beteiligten ist neben dem Vergnügen doch immer Ruhm und Ehre dabei herausgesprungen. Der Kindergipfel der Regierungschefs 2002 ...«

»Was war das anderes als das Krähen der Hähne auf dem Mist.«

»Je lauter er kräht, als desto stolzer gilt der Hahn«, sagte die Ministerin.

Das war nun eines der kleineren Probleme, das Carola mit der Ministerin hatte. Wenn die kühn sein wollte, vergriff sie sich garantiert in der Metapher. Der Kindergipfel der Regierungschefs vor zwei Jahren, zum Beispiel, war eine solche politische Frechheit, dass man sie alle zusammen sofort wegen schamlosen Lügens hätte einsperren müssen. Damals hatten sich die Herren verpflichtet, die Welt nicht nur für Kinder, sondern auch mit Kindern so zu gestalten, dass die darin leben könnten. Wenn ihnen doch bei dieser Lüge irgendetwas Wichtiges abgefallen wäre; eine Hand, oder die Nase oder das, was ihnen am wichtigsten war.

»Zur Infrastruktur,« sagte Carola, die das Gespräch abkürzen wollte, »gehören auch die entsprechenden Sicherheitsbedingungen für die Delegierten, für die Sponsoren und während der Kurzbesuche hochrangiger Politiker. Der UNO-Generalsekretär plant eine Stippvisite. Kinder liegen ihm am Herzen, mindestens so sehr wie seinen PR-Managern.«

»Zur nächsten Kabinettsrunde möchte ich einen detaillierten Plan zur Sicherheitsfrage. Der Innenminister versucht sonst, die Sache an sich zu ziehen. Wir werden das schon in der Vorbereitung unterlaufen.«

»Unser Mann in Hamburg heißt Kaul. Ich kenne ihn noch nicht persönlich, werde ihn aber in den nächsten Tagen vor Ort treffen. Bis jetzt macht er einen kompetenten Eindruck. Seine Truppen rekrutiert er aus Polizei und Bundesgrenzschutz. Er hat eine fähige Truppe aus dem BKA zusammengeholt, mit dem BND und dem Verfassungsschutz die Terroristenfrage abgeklopft und auch entsprechende Absprachen mit dem Innenministerium getroffen. Ich glaube, auf ihn können wir uns verlassen.«

Sie redeten eine Weile hin und her, unwichtige Dinge, die natürlich geklärt werden mussten, aber nach Carolas Meinung auf dieser Ebene nichts zu suchen hatten. Die Ministerin sprach keine inhaltlichen

Fragen an. Carola versuchte, auf ein paar strittige Probleme einzugehen.

»Es ist doch möglich, dass die Frage, wie Deutschland mit ausländischen Kindern umgeht, die ihren Familien nachreisen, von interessierter Seite angesprochen werden wird. Es gibt Organisationen, die in diesem Zusammenhang von unserer skandalösen Abschiebepolitik reden. Wenn die sich auf irgendeine Weise Gehör verschaffen, sollten wir darauf vorbereitet sein.«

Die Ministerin erklärte ihr, die zuständige Referentin habe ein Papier vorgelegt, das sie in den kommenden Nächten durcharbeiten und dann mit der Referentin zu besprechen gedenke.

Während Carola zuhörte, begriff sie plötzlich, dass es der Ministerin vollkommen gleichgültig war, ob und welche Ergebnisse die Konferenz haben würde. Sie meinte auch zu verstehen, weshalb das so war. Kinder wählen nicht. Was hätte die Ministerin davon, wenn sie sich, zum Beispiel, ernsthaft dafür einsetzte, dass es unter den Kindern in Afghanistan weniger Minenopfer gäbe? Würde das ihrer Karriere wirklich nützen? Würde sie nicht für eine erfolgreiche Karriere besser daran tun, Hände schüttelnd durch's Land zu reisen, in Talkshows aufzutreten und ein paar kleine Versprechungen zu machen, damit sie bei der nächsten Wahl wieder gewählt würde?

Carola versuchte, sich auf die Worte der Ministerin zu konzentrieren. Aber sie war entlassen. Nein, noch nicht ganz.

»Ich bekomme deinen Bericht, wenn du diesen Kaul getroffen hast?«

»Selbstverständlich.«

Sie schloss die Tür hinter sich und versuchte, das grässliche Rot zu vergessen, während sie in ihr Büro ging. Jetzt würde sie essen gehen. Sie sah auf die Uhr. Es war kurz nach zwölf. Keine günstige Zeit fürs Adlon. Sie hatte sich angewöhnt, das Adlon als ihre Kantine zu betrachten. Wenn man wusste, wann der Touristenstrom abgeebbt war, ließ es sich dort ertragen. Sie bat den Fahrer, eines der überteuerten Gasthäuser in der näheren Umgebung anzusteuern. Diese Gasthäuser waren eine Mischung zwischen Berliner Kneipe und Nobelrestaurant. Die Einrichtung glich der Kneipe, die Preise dem Nobelrestaurant. Den Parlamentariern wurde auf verschiedenste Weise das Geld aus der Tasche gezogen, und auch, wenn die Diätenerhöhungen instinktlos genannt wurden: Nötig waren sie, da waren sich alle Kollegen einig.

Die Kneipe, das Restaurant, in dem sie schließlich landete, hat weiß gedeckte Tische, kaum Gäste und einen großen Bildschirm an der Wand. Sie nahm an, er sollte den Besuchern den Eindruck vermitteln, sie würden auch während des Essens keine wichtige Nachricht verpassen. Diese Bildschirme tauchten jetzt in der Umgebung des Reichstages und der Ministerien überall auf. Ihr wäre ein Augenblick der Ruhe lieber gewesen, besonders weil sie das Glück hatte, in einem wenig frequentierten Lokal zu sitzen. Sie war aber nicht in der Stimmung, den Kellner darum zu bitten, den Bildschirm auszuschalten. Während sie auf ihr Essen wartete, Linsensalat und gebratene Entenleber, sah sie verschiedenen Berichten aus der Stadt zu. Eine Gruppe Studenten veranstaltete mit einem Dozenten eine Vorlesung im Zelt. Ein paar Leute standen davor und sahen zu, der Kleidung und der Tageszeit nach zu beurteilen, handelte es sich um Arbeitslose, Rentner und Obdachlose. Was sie erstaunte, war die zusammengerollte Gestalt eines Kindes, das am Eingang des Zeltes lag. Gehörte das Kind zu den Studenten? Man sollte es dort nicht liegen lassen, dachte sie. Es wird sich erkälten. Während sie aß, die Linsen fühlten sich wie platt gedrückte, kleine Kugeln in ihrem Mund an, beobachtete sie die Vorgänge auf dem Bildschirm.

Den Dozenten hatte sie schon einmal gesehen. Er schien eine Art Sprecher der Unzufriedenen geworden zu sein, denn er hatte in den letzten Tagen verschiedene Interviews gegeben, in denen er gegen die Erhebung von Studiengebühren gewesen war. Sein Gesicht wirkte jung und fast ein wenig fanatisch. Die Argumente, die er vortrug, hätten Hand und Fuß gehabt, wenn sie vor fünfzig Jahren vorgebracht worden wären. Es kam aber heute nicht mehr darauf an, die Masse akademisch auszubilden und damit ein akademisches Proletariat heranzuziehen, das im besten Fall nach dem Studium als Taxifahrer endete und im schlechtesten für Unruhe unter der Bevölkerung sorgte. Carola wusste, dass die Elite, die heute gebraucht wurde, nicht allein dadurch gefördert wurde, dass man Studiengebühren einführte. Aber sie waren ein nahe liegendes Mittel, um eine bestimmte Vorauswahl zu treffen.

Das Kind am Eingang des Zeltes bewegte sich, aber es stand nicht auf. Ein heftiger Traum, vermutlich.

Die Studenten hatten kindliche Gesichter, so kindlich wie ihre Vorstellungen von einer heilen Welt. Die Linsen waren wirklich eine weiche Form von Schrotkugeln, und sie schmeckten auch so. Die Arbeit nach dem Essen würde Routine sein. Es schadete nicht, wenn sie jetzt ein Glas Wein trank. Wie diese Studenten und ihr Professor wohl damit umgehen, dass ihre Zuhörer sich aus Obdachlosen rekrutierten? Anscheinend störte es sie nicht, denn sie ließen sie jetzt sogar an ihrem Essen teilnehmen. Und es war natürlich auch gleichgültig, dass sie die einzigen Zuhörer waren. Die Studenten wussten schon, dass das Fernsehen eine entscheidendere Wirkung haben kann.

Das Kind war nun wach. Es setzte sich auf. Schien eines von diesen Vietnamesen-Kindern zu sein, die seit einiger Zeit vermehrt auf den Straßen auftauchten. Man müsste sich darum kümmern. Der Eindruck, den sie auf die Touristen machten, war nicht der beste. Oh, nein. Das Kind sah ja furchtbar aus. Nicht beim Essen, bitte. Welcher Sender war das eigentlich? Wen konnte man anrufen?

»Den haben die Ratten angefressen«, sagt der Kellner neben ihr, der auch auf den Bildschirm gesehen hatte.

Sie überhörte seine Bemerkung. Sie war in Stil und Inhalt den Preisen in diesem Restaurant nicht angemessen. Der lächerliche Haufen platt gedrückter Schrotkugeln plus drei Scheibchen Entenleber kostete zehn Euro, ohne den Wein.

Im Büro lagen die Papiere auf ihrem Schreibtisch, die sie für das Gespräch mit dem Hamburger Sicherheitsbeauftragten brauchte. Die Sekretärin war nicht da. Sie würde gegen vierzehn Uhr wieder auftauchen. Carola war es gleichgültig, wie lange die Dame Mittagspause machte, solange ihre Arbeit in Ordnung war. Und das war sie. Den Nachmittag brachte sie damit zu, das Sicherheitskonzept für die Weltkonferenz zum Schutz der Kinder auswendig zu lernen. Am meisten verblüffte man seine Gesprächspartner damit, dass man hervorragend informiert war, ohne in irgendwelchen Unterlagen herumzuwühlen. Änderungen ließen sich so viel leichter durchsetzen. Man gab dem anderen einfach keine Chance, über neue Vorschläge lange nachzudenken. Im Grunde war der Trick ganz einfach: Neue Vorschläge mussten so eingebracht werden, dass der Gesprächspartner den Eindruck hatte, sie kämen von ihm. Hin und wieder tauchte in ihrem Kopf das Bild des Kindes auf, das neben dem Zelt gelegen hatte. Sie verdrängte es, denn das Bild stimmte sie traurig.

Es war beinahe achtzehn Uhr, als sie mit der Vorbereitung des Gesprächs fertig war. Den meisten Vorschlägen der Hamburger konnte sie zustimmen. Ein paar Dinge waren ihnen zu spektakulär geraten. Die Sicherung der Hotels, in denen die UNO-Vertreter absteigen würden, zum Beispiel. Das konnte man dezenter machen und dabei genauso effektiv bleiben. Hamburg war nicht New York. Wenn der Innensenator es nötig hatte, sich mit besonderen Mätzchen für die nächsten Wahlen zu profilieren, dann sollte er dazu andere Gelegenheiten nutzen. Sie würde sich das Image der Konferenz dadurch nicht verderben lassen.

Unzureichend waren, wie immer, die Sicherheitsmaßnahmen in den Bordellen. Merkwürdig genug, dass dort so selten etwas passierte. Carola überlegte: Auf welche Weise konnte man die Zuhälter in das Konzept mit einbeziehen. Der Gedanke war ihr am Morgen gekommen. Sie hatte das Radio eingeschaltet, während sie im Bad war. Irgendein findiger Reporter war auf die Idee gekommen, nachzufragen, was denn der Weltkongress gegen Kinderhandel, der 1996 in Stockholm stattgefunden hatte, bewirkt haben könnte. Auch damals hatten 1.200 Delegierte teilgenommen, aber es waren nur 130 Länder vertreten. Da waren sie nun doch schon ein wenig weiter. Der Fortschritt war zwar gering, aber an kleine Schritte waren sie gewöhnt. Natürlich mussten die Medien kritisch berichten. Allerdings wusste man in manchen Fällen nicht genau, ob die Berichte Empörung hervorrufen oder die Geilheit anstacheln sollten. Heute früh, zum Beispiel, hatte dieser Mensch seine Sendung mit dem O-Ton aus zwei Hotels an der Copacabana gewürzt. Es war um die Versteigerung von Jungfrauen gegangen. Die Stimmung schien prächtig gewesen zu sein.

Carola dachte, wenn man davon ausgehen könnte, dass den Mädchen das Geld ausgehändigt wird, das da zusammenkommt, dann wäre das Ganze nicht umsonst. Die dazugehörigen Familien könnten sich mit dem Geld eine Zeit lang über Wasser halten. Aber so funktionierten diese Versteigerungen natürlich nicht. Es waren die Zuhälter, die kassierten. Und dann war ihr der Gedanke gekommen, dass man sie vielleicht mit einbeziehen könnte, denn in Wirklichkeit war sie in ihren Gedanken bei der Vorbereitung der Konferenz.

Ob man die Hamburger von ihrer Idee überzeugen könnte? Vielleicht könnte sie denen die Idee dadurch näher bringen, dass sie es mit einer ausgewählten Truppe von Zuhältern versuchten. Erfahrungsgemäß ließ sich, wenn der Einsatz ohne Probleme funktionierte, auf einer sicheren Basis weiterarbeiten. Die Stadt würde weitere Konferenzen mit ähnlichen Sicherheitsproblemen zu bewältigen haben. Outsourcing im Sicherheitsbereich – nicht übel. Vermutlich wären diese Leute zumindest am Anfang sogar bereit, nur für eine Aufwandsentschädigung zu arbeiten.

Ob die Maßnahmen zur Sicherheit der Teilnehmer während der Konferenz wirklich ausreichten, würde sie erst vor Ort beurteilen können. Die Lage des Gebäudes schien ideal zu sein: auf einer kleinen Anhöhe, umgeben von weiten Rasenflächen, nach vorn der freie Blick auf die Elbe. Am Rand der Rasenflächen Bäume, hinter denen Mannschaften postiert werden konnten. Vielleicht musste man ein paar Büsche entfernen. Es sollte auf jeden Fall unmöglich sein, unbemerkt an das Gebäude heranzukommen. Die Bewohner der Nachbarhäuser mussten natürlich überprüft werden.

Wenn sie ausreichend Zeit hatte, würde sie sich die Gegend zuerst allein ansehen.

Dass die Pressekonferenzen im Rathaus abgehalten werden sollten, gefiel ihr nicht. Es war dies der nur geringfügig verschleierte Versuch, der Hamburger Regierung einen internationalen Glanz zu verschaffen. So etwas zeigt Wirkung bei den Wählern, und das wusste der Senat genau. Das konnte aber nicht im Interesse der Bundesregierung sein. Die Verhältnisse im Bundesrat waren kompliziert. Es lag der Regierungskoalition daran, sie zu vereinfachen. Und wenn deren Hamburger Parteifreunde zurzeit nicht gerade auf einem Niveau herumwursteln würden, das jeder Beschreibung spottete, dann hätte man im Bundesrat schon einen großen Schritt vorangekommen sein können. Aber man hatte in Hamburg einfach keine Persönlichkeiten.

Nur dort?

Die Sekretärin war daran gewöhnt, dass Carola um 18.00 Uhr den Wagen brauchte. Sie brachte ihr die Akten, die sie zu Hause bearbeiten würde, an den Wagen.

»Heute Abend keine zusätzlichen Termine? Wie werden Sie den Abend verbringen, wenn Sie das hier durchgesehen haben?«

»Mit einem Glas Rotwein vor dem Fernseher«, antwortete Carola.

Aber das war nur die halbe Wahrheit. Einer der Vorteile, die die Funktion als Staatssekretärin mit sich brachte, war, dass man nicht ununterbrochen in der Öffentlichkeit zu stehen hatte, ein Vorteil deshalb, weil ihr Gesicht in der Öffentlichkeit kaum bekannt war. Das ermöglicht ihr, in gewissen Grenzen natürlich, sich frei zu bewegen. Sie war, der Herr sei gelobt, einer Ministerin unterstellt, die besonders gern öffentlich auftrat. Die Art, wie die versuchte, sich bei ihren Wählern über das Fernsehen beliebt zu machen, war Carola geradezu peinlich. Ihre Freunde im Kabinett waren deshalb mit der Lupe zu suchen. Jedes Mal, wenn sie eine ihrer Wählerreden schwang, konnte man sicher sein, dass sie einem ihrer Kabinetts-Kollegen Ungelegenheiten bereitete. Dagegen wäre noch nicht einmal was zu sagen gewesen, wenn es um Inhalte gegangen wäre; wenn da irgendwo auch nur eine winzige kleine Linie, eine Überzeugung durchscheinen würde. Aber selbstverständlich ging es darum nicht. Wie ja überhaupt die Inhalte der Politik so beliebig sind, dass –

»Was ist da vorn los?«

»Ich weiß es nicht«, sagte der Fahrer. »Möchten Sie, dass wir näher heranfahren?«

Möchte sie das? Möchte sie ein paar rotgefrorene Gesichter von Leuten sehen, die eine Sitzblockade veranstalteten, weil sie das Gefühl hatten, ihre persönlichen Bedürfnisse würden von den Politikern nicht ernst genommen? Möchte sie einen Motorradfahrer auf dem Boden liegen sehen, neben seiner Maschine, deren Hinterrad sich noch dreht und er: ohne Helm und mit glasigen Augen? Möchte sie einen angefahrenen Hund jaulen hören oder ein Kind?

»Nein«, antwortete sie. »Machen Sie einen Bogen, so weit wie möglich. Und schalten Sie das Radio ein, bitte.«

Die Stunde der Kommentare. Es wurde von allem etwas geliefert. Ein Bildungsbürger, sie kannte den Mann, sie verkehrten in denselben Häusern, beklagte die Idee der Elite-Universitäten als unzureichend. Er forderte den Goethe'schen Menschen, umfassend gebildet, besonnen-abwägend, in dessen Erkenntnissen und Entscheidungen sich Wissen und Verantwortung widerspiegelten. Das konnte man denken, aber doch nicht laut! Im Übrigen sollte man es auch nicht fordern, dachte Carola, sondern an seinem eigenen Nachwuchs praktizieren. Was schwierig sein dürfte, denn es war ja die Frage, ob die Ideale der Väter auch die Ideale der Kinder waren.

»Würden Sie, bitte, das Radio etwas lauter stellen?«

Das klang interessant. Jemand berichtete, dass an der Charité eine neue Krankheit entdeckt worden sei. Sie nannte sich »posttraumatisches Verbitterungssyndrom« und kam besonders bei Menschen aus dem Osten vor, die im Zusammenhang mit der Wende ihren Arbeitsplatz verloren hatten. Im Augenblick war noch nicht klar, wie diese Krankheit zu heilen wäre. Es gab verschiedene Ansätze einer Therapie. Möglicherweise würde eine Methode besonderen Erfolg haben, die »Dankbarkeitstherapie« genannt wurde. Dabei wurde mit den Patienten trainiert, die negativen Gedanken, die mit dem posttraumatischen Verbitterungssyndrom einhergingen, zu verdrängen und dafür Gedanken der Dankbarkeit zuzulassen.

»Verstehen Sie das?«, frage Carola den Fahrer.

»Klar«, sagte er.

»Aber wofür dankbar?«, fragte sie.

»Na, meinetwegen: dass die Sonne scheint, dass mein Hut noch 'ne Krempe hat, dass Arbeitslosenhilfe und Sozialhilfe zusammengelegt werden, damit endlich Schluss ist mit der Spaltung des nicht-arbeitenden Volkes, vielleicht auch dafür, dass mir die Frau noch nicht weggelaufen ist oder …«

»Danke«, sagte sie, »das genügt.«

Im Stillen ärgerte sie sich über ihre Frage. In der Antwort des Fahrers war ein Unterton, der ihr nicht gefiel. Aggressiv war falsch, aber irgendetwas, das sie an das erinnerte, was sie sich vorgenommen und bis jetzt auch einigermaßen konsequent durchgehalten hatte: keine Vertraulichkeiten mit Untergebenen im Dienst. Sie schwieg, bis sie vor der Senioren-Residenz hielten.

»Brauchen Sic mich noch?«

»Nein«, sagte Carola. »Morgen eine Stunde früher als üblich. Wir fahren zum Bahnhof.«

Der Fahrer verabschiedete sich mit einer korrekten Geste. Er legte die Hand an die Mütze, deutet eine knappe Verbeugung an und stieg ein. Sie sah ihm nicht nach, aber er war noch in ihrem Kopf, während sie die Treppe zur Eingangstür emporstieg. Was mochte er getan haben, bevor er sich zum lebenden Inventar eines Fuhrparks hatte machen lassen?

Carola erreichte die Pflegestation. Der kahle, weiße Gang gefiel ihr nicht. In einer Einrichtung dieser Preislage sollte auch die Pflegestation den Charakter eines Krankenhauses vermeiden. Sie würde mit der Leitung darüber reden. Sie hatte vergessen, etwas mitzubringen. Also kehrte sie noch einmal um. Das Angebot in dem kleinen Laden, der zum Haus gehört, kannte sie. Der Strauch mit den weißen Beeren –

»Das ist schön«, sagt sie.

Carola sah der Hand zu, die den Zweig erfasst hatte und ihn ein paar Zentimeter über der Bettdecke eine Weile in die Luft hielt. Die Hand würde schnell müde werden.

»Einmal«, sagte sie, »haben wir Himmel und Erde gespielt. Weißt du noch?«

Ihre Eltern waren plötzlich verschwunden gewesen. Sie wusste noch nicht, dass sie tot waren. Die Großmutter wusste es auch nicht, aber sie hatte es geahnt. Carola nahm das jedenfalls an. Sie war damals oft traurig, nur so, ohne besonderen Grund. Die Großmutter hatte Spiele erfunden, um sie abzulenken. Sie hatten Himmel und Erde gespielt. Die Großmutter hatte die Spielfelder mit den kleinen weißen Kugeln präpariert und Carola hüpfte darauf herum. Sie wusste, dass sie das Spiel zu ihrer Aufmunterung vorgeschlagen hatte. Und sie verstand, während sie hüpfte und nachdachte, dass sie nicht deshalb lachte, weil diese blöden Kugeln unter ihren Füßen knallend zerplatzten, sondern weil sie spürte, wie sehr die Großmutter sie liebte und dass sie immer geliebt werden würde.

Carola sah die alte Frau an. Sie hatte die Augen geschlossen. Kämmte man sie denn nicht mehr, bevor Besuch kam? Es war ihr ganz sicher nicht recht, so gesehen zu werden. Es war ihr ganz sicher nicht recht.

»Ömchen.«

Sie reagierte nicht. Ihre Finger hatten sich von dem Zweig auf der Bettdecke gelöst. Carola holte ein Glas mit Wasser aus dem Bad, stellte den Zweig hinein und setzte das Glas auf ihrem Nachttisch ab. Sie verschob den Nachttisch so, dass die alte Frau das Glas mit dem Zweig sehen würde, wenn sie die Augen wieder öffnete. Sie würde die Augen wieder öffnen. Ganz sicher.

Carola sah sich im Zimmer um. Es war so furchtbar unpersönlich. Nichts von dem, was darin herumstand, gehörte zu ihr. Man hat ihr ihre Welt genommen, schon bevor sie die Welt verließ. Am Fußende des Bettes lag ein rosa Morgenrock. Carola nahm den Stoff in die Hand. Er war nicht sauber. Die alte Frau hielt die Augen noch immer geschlossen. Carola verließ mit dem Morgenrock in der Hand das Zimmer. Es war ihr egal, bei wem sie ihre Beschwerde loswerden würde.

»Sie werden«, sagte sie zu einer Frau, die ihr als Erste in dem nach Krankenhaus riechenden Korridor über den Weg lief, »Sie werden jetzt sofort dafür sorgen, dass dieser Morgenrock gewaschen wird und dass Frau von Werner, die im Zimmer sieben wohnt, ihn in zwei Stunden sauber zurückbekommt.«

Sie wusste nicht, ob die Frau, die sie angesprochen hatte, dafür zuständig war, sich um die Wäsche zu kümmern. Aber sie sah in ihrem Gesicht die Andeutung von Untertänigkeit, die sie kannte, und sie wusste, dass sie sich bemühen würde, zu ihrer Zufriedenheit zu handeln.

Carola ging noch einmal zurück in das Zimmer. Sie musste Ömchen erklären, dass sie morgen nicht hier sein würde. Sie war nicht dazu gekommen, ihr von der Fahrt nach Hamburg zu erzählen, obwohl sie es sich vorgenommen hatte. Die alte Frau liebte Hamburg. Sie konnte ihr damit eine Freude machen. Sie schlief. War das ein Schlaf? Oder war es schon etwas anderes? Das, wofür ihr ein Wort fehlte, weil sie das Wort nicht kennen wollte. Sie wusste, dass sie es finden würde. Nicht jetzt, aber eines Tages würde sie die alte Frau ansehen. Und dann würde sie das Wort wissen.

Es war alles so einfach. Eine Begegnung mit roten Hosenanzügen weckte das Bedürfnis nach Eleganz. Eine Begegnung mit dem Tod weckte das Bedürfnis nach Sex. Carola war nicht sicher, ob die Besitzerin des Clubs sie kannte. Aber sie konnte sich auf deren Diskretion verlassen. Diskretion gehörte zum Geschäft. Im Grunde hielt sie diese Art von sexueller Selbstbedienung für primitiv. Aber Sex war primitiv, deshalb passten Bedürfnis und Befriedigung des Bedürfnisses gut zueinander. Die Einrichtung hatte etwa die Raffinesse des Salons, in dem sich die Geschichte der O. abspielt. Die Bar mit den Fenstern zur Straße hin, die bis auf den Boden reichten, war öffentlich. War man eingeweiht, reichte einem der Kellner zusammen mit der Karte das Musterbuch. Darin waren verschiedene Darstellungen sexueller Handlungen zu betrachten, nicht als Fotos, sondern als Kupferstiche. Man nahm sie aus den Werken de Sades, und sie wechselten in wöchentlichen Abständen. An den Bildern, die sie in der Hand hielt, erkannte sie, dass de Sades »Die hundertzwanzig Tage von Sodom« an der Reihe waren.

Carola bestellte ein Glas Champagner und zeigte auf eines der Bilder, ohne genauer hinzusehen. Sie trank und sah sich um. Auch in dieser Bar gab es, Konzession an den Touristengeschmack, einen großen Bildschirm, aber der war ausgeschaltet. Trotzdem fiel ihr bei seinem Anblick das Kind am Eingang des Studentenzelts wieder ein. Es beunruhigte sie nicht mehr. Sie trank und sah sich weiter um. Am Nebentisch saßen zwei Herren. Ihr Aufzug war ungewöhnlich für diese Umgebung, passte aber durchaus zur Stadt, deren unverfroren, ja geradezu schamlos zur Schau getragene Stillosigkeit sich durch den Einzug der Regierung nur noch vergrößert hatte. Die Herren trugen zweifarbige Cowboystiefel an den Füßen, schwarzweiß und schwarz-braun. Einer hatte einen hellen, breitkrempigen Filzhut mit einem rot-weiß gestreiften Hutband auf dem Kopf.

»Ich hab dir doch erzählt, dass ich an den Ontariosee zum Angeln fliegen wollte. Zwei Tage nur, aber ich kann dir sagen ...«

»Bist du wirklich?«

»Na klar, der Typ hat mich vom Flugplatz abgeholt, wir rein ins Auto. Erst mal 'ne Büchse Bier, zwei Stunden Fahrt, und dann ging's los.«

»Is' nicht wahr.«

»Und soll ich dir mal sagen, wie viele Dosen Bier am Ufer lagen, als die zwei Tage rum waren? Wir waren zu zweit. Hundertachtunddreißig Dosen.«

Andächtiges Schweigen.

»Das ist eins von diesen wunderbaren Erlebnissen, die eine Frau nie verstehen wird.«

Andächtiges Seufzen.

Der Kellner bedeutete Carola, dass das bestellte Arrangement fertig sei. Es lohnte sich also nicht mehr, den Platz zu wechseln. Während sie aufstand und an den Herren vorüberging, sah sie, dass sie die Karte mit den Spezialmenüs vor sich hielten. Für welche Variante würde sich ihr aufs Höchste verfeinerter Geschmack entscheiden?

Der Raum war mit kostbaren Tapeten und schweren Vorhängen ausgestattet. Am Boden neben dem Bett lagen Rutenbündel. Sie hätte gern gewusst, was mit ihr los war. Ihr war nicht wohl. In der gegenüberliegenden Wand öffnete sich eine Tapetentür. Ein Mann und eine Frau kamen herein, gekleidet wie auf dem Bild, Mode des 18. Jahrhunderts. Sie hatten ein Kind zwischen sich. Beim Anblick des Kindes, eines Mädchens, vielleicht neun Jahre alt, begann Carola zu schreien. Sie konnte den Schrei nicht unterdrücken. Sie war unfähig, sich auf den Beinen zu halten. Ihre Knie zitterten, ihre Hände flogen, ihr Körper gehorchte ihr nicht mehr.

Dann lag sie auf einem schmalen, weiß bezogenen Bett in einem Raum, der dem Ruheraum in einer Luxus-Sauna ähnelte. Die Wände und die Decke waren mit blauen Mosaiksteinen bedeckt. In unregelmäßigen Abständen waren goldene Steine in das Mosaik eingefügt. Sie lag unter einem Sternenhimmel. Sie erinnerte sich, dass sie geschrieen hatte und wie ihr Körper vor Entsetzen flog. Sie war nun ganz ruhig und entspannt. Man hatte ihr ein Medikament gegeben. Neben ihrem Bett stand eine junge Frau in einem hellbraunen Kittel.

»Geht es Ihnen gut?«

Sie fragte mit einer Stimme, die aufrichtig besorgt klang. Carola vertraute ihr.

»Sagen Sie mir, was geschehen ist, bitte.«

»Nichts. Wir haben die Kleine hereingebracht, und Sie haben zu schreien begonnen. Wir haben dann Ihren Wunsch nicht weiter ausgeführt. Es schien uns richtiger, dass wir uns um Sie kümmerten.«

»Ich kann mir das nicht erklären«, hörte sie sich sagen. »Ein Irrtum. Bestimmt ein Irrtum.«

Ihre Stimme schien ihr von sehr weit her zu kommen. Trotzdem hörte sie Angst und Zweifel darin.

»So etwas geschieht hier öfter«, sagte die Frau. »Unsere Gäste haben mitunter Wünsche, deren Erfüllung ihnen mehr Probleme zu bereiten scheint, als ihr ständiges Verlangen nach dieser Erfüllung ihnen vorspielt. Wir sind darauf eingestellt. Wir betrachten uns in gewisser Weise als ein psycho-hygienisches Institut. Es gibt sogar, aber das wissen die wenigsten Gäste, eine uns angeschlossene Forschungsstelle.«

»Mich interessiert nicht Ihre Forschungsstelle. Sie haben sich geirrt und mich in eine unsägliche Lage versetzt.«

»Es täte mir Leid, sollten wir uns geirrt haben. Wir werden versuchen …«

Carola unterbrach sie.

»Sie gehören zu dieser Forschungsstelle, nehme ich an?«

»Auch«, sagte die junge Frau.

Carola betrachtete sie genauer. Wenn sie die blonden Haare hochstecken und ein gelbseidenes Empiregewand tragen würde, könnte sie durchaus in dem roten Kabinett Dienst getan haben.

»Ich arbeite aus Interesse manchmal auf der anderen Seite. Ich bin froh, dass ich heute dabei war. Wenn Sie wollen, können wir einen Termin verabreden und uns Ihre Störung einmal genauer ansehen.«

»Das will ich nicht.«

Ihre Stimme war ihr näher gerückt. Sie klang beinahe wieder normal. Es wurde Zeit, dass sie diesen Ort verließ.

»Rufen Sie mir ein Taxi, bitte.«

»Wie Sie wünschen.«

Die Stimme der Frau blieb gleichmäßig freundlich. Sie klang so, als wollte sie sagen: Geh ruhig. Du wirst wiederkommen, wenn du nicht mehr weiter weißt. Und dann werden wir sehen, was wir tun können.

Carola wusste, dass sie nicht wiederkommen würde.

Vor der Bar wartete das Taxi. Sie gab dem Fahrer ihre Adresse an und lehnte sich auf dem Rücksitz zurück. Es war kurz vor zwei Uhr. Um diese Zeit war die Stadt leer. Sie musste dort ziemlich lange geschlafen haben. Das war gut. Sie würde noch arbeiten bis sie morgen früh abgeholt werden würde. Um diese Stunde gefiel ihr die Stadt.

»Fahren Sie ein wenig langsamer, bitte.«

»Versteh ich. Durchs Brandenburger Tor und einmal um den Reichstag?«

Sie musste lachen.

»Ach, nein, das ist wirklich nicht nötig. Mir genügt mein Viertel.«

»Wenn ich mal wat sagen dürfte –«

Sie mochte dem Geschwätz des Taxifahrers nicht zuhören, aber sie wollte die entspannte Stimmung nicht verderben.

»Nur zu.«

»Det is doch nischt für so 'ne nette Frau wie für Sie. Dieset Etablissement, wo ick Sie abjeholt habe.«

Sie wusste, was nun gleich kam. Sie wusste es, und sie konnte es durch eine heftige Antwort unterbinden. Oder ruhig sitzen bleiben, gar nichts sagen und darauf warten, dass sie Recht bekam. Sie sagte nichts.

»Wenn ick Ihnen da mal 'n Rat geben dürfte. Ick kenn ma aus. Ick hab 'n paar Jahre in Baden-Baden jearbeitet. Wussten Sie, dass et von Brenners Parkhotel einen unterirdischer Gang zum Puff jibt? Als Taxifahrer weß man so wat.«

Was hatte sie denn erwartet? Doch genau das. Lächerliche Gerüchte und verschwiemelte Angebote.

»Ich geh noch ein Stück zu Fuß. Halten Sie hier, bitte.«

Sie würde noch eine gute Stunde brauchen, bis sie zu Hause war. Sie konnte sich unterwegs den Ablauf der Verhandlungen in Hamburg vorstellen und die Schwachstellen finden. Ihre größte Schwachstelle war Kaul. Sie kannte den Mann nicht. Sie würde aber gezwungen sein, vor Ort mit ihm eng zusammenzuarbeiten. Sie musste sich auf ihn verlassen können. Morgen würde sie mehr wissen.

Es war beinahe halb vier. Sie liebte die Lage dieser Wohnung. Im Sommer würde sie über den Dächern die Sonne aufgehen sehen. Der Fahrer kam um sechs. Bis dahin war Zeit genug, um zu packen. Der Spaziergang hatte ihr gut getan. Ihr Kopf war in Ordnung. Einen Augenblick lang hatte sie Angst gehabt. Das war, als die Blonde in dem hellbraunen Kittel neben ihr gestanden und versucht hatte, ihr klarzumachen, dass sie bei ihr gut aufgehoben wäre. Sie war schwach und die andere war mächtig gewesen in diesem Moment. Aber der Augenblick war sehr schnell vorüber gegangen. Eine Garantie gab es nicht. Die konnten ihr Wissen ausnutzen. Aber sie würden sich selbst schaden. Eine Forschungsstelle. Dafür musste es eine Genehmigung geben. Psycho-hygienisches Institut. Sie würde nachsehen lassen, wer die Genehmigung erteilt hatte. Es schadete nicht, wenn sie Bescheid darüber wusste, wer über dieses Institut seine Hand hielt. Und seine segensreichen Angebote nutzte. Was für eine Krankheit hatte sie nun? Ein posttraumatisches Versagenssyndrom? Und womit heilte man es? Mit der Dankbarkeitstherapie?

Wenn Carola zum Zug gebracht wurde, kam der Fahrer an die Wohnungstür, um ihren Koffer nach unten zu tragen. Der Fahrer war dezent. Trotzdem spielten sie seit einiger Zeit ein Spiel. An seinem Gesicht las sie ab, wie sie aussah. Heute schien er mit ihr zufrieden zu sein. Das war wichtig für sie, denn sie wollte bei den Verhandlungen in Hamburg unbedingt aus der Position der Stärkeren agieren. Man hätte denken können, diese Position habe sie ohnehin. Sie kam aus Berlin. Ihr Ministerium richtete die internationale Konferenz aus. In Berlin lief alles zusammen. Da war Hamburg als Ort des Treffens nur ein kleiner Teilaspekt. Wenn nicht seit einiger Zeit Sicherheitsaspekte einen so großen Rang einnähmen.

Sie hielt das meiste, was in diesem Bereich geschah, für absurd. Aber es bot bestimmten Gruppen von Beamten und Polizisten die Möglichkeit, Macht zu erringen und Macht zu demonstrieren. Und wenn es diese Möglichkeit gab, wurde sie selbstverständlich genutzt. Sie war neugierig auf Kaul. Und gut vorbereitet.

»Die Nachrichten?«

»Ja, bitte.«

Der Fahrer stellte das Radio an. »Eines Tages«, hatte die alte Frau einmal zu ihr gesagt, »ist mir ganz plötzlich aufgefallen, dass die Radiosprecher dumme, ungebildete Leute sind. Ich war darüber erstaunt, denn bis dahin hatte ich hinter ihren Stimmen Persönlichkeiten vermutet. Ich habe dann darüber nachgedacht, woher diese plötzliche Veränderung kommen könnte. Und ich habe verstanden, dass ich alt geworden bin. Du wirst sehen, mein Kind, dass es verschiedene Situationen gibt, in denen man das Altern begreift. Nicht schleichend, sondern in plötzlichen Erkenntnisschüben manifestiert es sich. Die Sache mit den Rundfunksprechern war eine der harmloseren Übungen.«

Solche Gespräche waren einer der Gründe, weshalb sie die alte Frau mochte. Sie hatte sie auf vieles vorbereitet, von dem sie wusste, dass es nicht üblich war, darüber zu sprechen. Alter. Sex. Macht. Kinder. Freundschaften. Angst. Wenn über diese Dinge wirklich geredet würde, dann wären die grauenhaften Frauenzeitschriften überflüssig. Sie lebten davon, dass der weibliche Teil der Bevölkerung dumm gehalten wurde. Und sorgten dafür, dass er möglichst dumm blieb.

»Bitte, stellen Sie das Radio etwas lauter.«

»Ein tragischer Verkehrsunfall ereignete sich gestern Abend in der Innenstadt von Berlin. Auf der Kreuzung Unter den Linden-Friedrichstraße wurden zwei Kinder von einem Bus erfasst. Sie starben noch an der Unfallstelle. Die Polizei war bisher nicht in der Lage, die Identität der Kinder festzustellen. Hinweise nimmt jede Polizeidienststelle entgegen. Durch den Unfall waren die Straßen für fünf Stunden gesperrt.«

»Jetzt wissen wir, was uns gestern aufgehalten hat«, sagte der Fahrer. »Soll ich das Radio anlassen?«

»Nein.«

Bis zum Bahnhof fuhren sie schweigend.

»Warten Sie einen Augenblick«, sagte Carola und lief in die Bahnhofshalle. Die Frau am Blumenstand kannte sie.

»Etwas Hübsches, Kleines?«, fragte sie und hielt ihr, ohne die Antwort abzuwarten, zwei Sträuße hin: Veilchen und winzige blaue Astern.

»Die Astern«, sagte Carola. »Sie wissen doch: nur Blumen, die zur Jahreszeit passen.«

Der Fahrer hielt den Koffer und wartete neben dem Wagen. Sie gab ihm die Blumen. Er wusste, wo er sie abzugeben hatte.

Der Zug war ziemlich leer. Das war angenehm, und im Speisewagen frühstückte sie ausgiebig und vollkommen entspannt. Sie kam in Hamburg an, als sie das Frühstück eben beendet hatte. Der Mann auf dem Bahnsteig musste Kaul sein.

»Ich bringe Sie zu unserem Wagen«, sagte er. »Von jetzt an werden wir Sie so behandeln, als wären Sie eine der Delegierten. Dann können Sie gleich feststellen, dass alles in Ordnung ist.«

Er sagte nicht, »ob alles in Ordnung ist«, er sagte »dass ...« Trotzdem gefiel ihr die Idee. Auch der Mann gefiel ihr. Sie schätzte ihn auf fünfundvierzig, Gehirn und Körper gut trainiert, nüchtern, mit der nötigen Härte, und in seiner Stadt würde er sich auskennen. Sie fühlte sich ihm gewachsen.

Kauls Sicherheitskonzept war perfekt. Über die Idee, eine ausgewählte Gruppe von Zuhältern an zwei Abenden in die Planung mit einzubeziehen, würde er nachdenken. Er schien nicht abgeneigt. Sie hatte sogar den Eindruck, dass er gern selbst auf die Idee gekommen wäre. Aber: Hätte er wissen können, wie sie auf so einen Vorschlag reagiert? Das Risiko einer Ablehnung wäre er sicher nicht eingegangen.

Einen kurzen Augenblick, während sie den Tagungsort besichtigten und über das Gelände marschierten, hatte es zwischen ihnen eine Situation gegeben, die der Beginn zu einer sehr privaten Begegnung hätte werden können. Sie blieben stehen, weil einer von Kauls Begleitern sie auf die Sicherungsvorkehrungen am Elbufer aufmerksam machte. Das Gelände war abschüssig. Kaul reichte ihr seinen Arm, sehr korrekt, sozusagen in Ausübung seiner Gastgeberpflichten. Sie beobachtete ihn. Er spürte, dass sie ihn beobachtete. Sehr kurz sah er sie an, und sie sah genau, was er dachte. Wollte er, dass sie es sah? Oder war sein unbeherrschter Blick ein Sekunden-Versehen? Es hat sie nicht wenig Anstrengung gekostet, diesen Blick nicht zur Kenntnis zu nehmen. Aber es war ihr gelungen. Jetzt, als sie daran dachte, war sie sehr froh darüber, obwohl ihr durch ihr abweisendes Verhalten womöglich eine angenehme Begegnung verloren gegangen war.

Am Bahnhof in Berlin stand der Wagen, der auf sie wartete. Der Fahrer hatte gewechselt. Sie kannte diesen Mann nur flüchtig, und sie mochte ihn nicht.

»Nach Hause«, sagte sie.

»Selbstverständlich. Ohne Umweg?«

Sie antwortete nicht. Was für eine Frage! Was für eine freche Frage.

In ihrer Wohnung war inzwischen der Putzdienst gewesen. Man hatte Blumen besorgt und den Kühlschrank gefüllt, kleine Extras, die sie teuer bezahlte. Aber bei dieser Firma klappte so etwas wenigstens. Hatte Mühe gekostet, sie zu finden. Sie nahm ein Stück Käse und den Rotwein mit vor den Fernseher. In den Spätnachrichten der Bericht über den Afrika-Besuch des Außenministers. Peinlich. Danach die Sendung, in der dargelegt wurde, weshalb der kluge, weiße Mann nicht in Afrika investieren konnte: Die Sicherheitsfrage war nicht gelöst, die Afrikaner waren zu korrupt, die afrikanischen Herrscher dachten nur an sich selbst, im Höchstfall noch an ihre Familie, die afrikanischen Herrscher nahmen alle Gewinne aus Rohstoff-Verkäufen für sich und transferierten das Geld ins Ausland, anstatt im eigenen Land zu investieren. Sie fragte sich, woher die afrikanischen Herrscher diese Angewohnheiten hatten. Ein Sprecher sagte, in Afrika gäbe es Probleme mit der Demokratie. Ach ja, dachte sie, und wie von ungefähr fiel ihr Brüssel ein. Korruption? Fehlende Demokratie?

Sie schaltete das Fernsehgerät aus und ging ins Bad. Das Telefon klingelte, und sie erschrak. Sie wischte die Creme von den Händen und versuchte sich zu beruhigen, während das Läuten anhielt. Sie ging ans Telefon und betete: Lass es nicht das Heim sein.

Am Telefon war Kaul. Sie war überrascht. Sollte sie sich in ihm getäuscht haben, als sie dachte, er sei jemand, der seine sexuellen Bedürfnisse unter Kontrolle hatte?

»Wir sollten uns sehen«, sagte Kaul. »Ich halte es für möglich, dass wir ein Problem bekommen, an das heute bei unserer Besprechung noch nicht zu denken war.«

Sie musste aufpassen. Sie durfte diesen Mann nicht unterschätzen.

»Verstehe ich Sie richtig, wenn ich annehme, dass Sie am Telefon nicht darüber sprechen werden?«

»Ja.«

»Wann können Sie hier sein?«

»Morgen früh um acht.«

»Ich lasse Sie abholen.«

»Lassen Sie mich nicht abholen,« sagte er.

Er hat seine eigenen Leute hier, dachte sie. Wer wird das scin? Der BGS, vermutlich. Sie glaubte, dass sich in diesem Land Strukturen entwickelten, die man, wenn man wollte, als die Vorstufen zu einem Polizeistaat interpretieren könnte.

»Um neun, im Ministerium«, sagte sie. »Ich halte es für notwendig, die Ministerin zu informieren.«

»Ich schlage vor, dass ich Sie über die möglicherweise veränderte Sachlage unterrichte und Sie dann anschließend entscheiden, ob die höchste Ebene eingeschaltet werden muss.«

»In Ordnung«, sagte sie und legte auf. Er hatte sie überrumpelt, der kluge Kaul. Das hätte ihr auch selbst einfallen können. Sie musste aufpassen.

Jetzt, im November, war es morgens um sechs noch zu dunkel, um von ihrem Bett aus den Blick über die Dächer von Berlin genießen zu können. Ob sie ihn heute genossen hätte, wenn es schon hell wäre? Sie hatte schlecht geschlafen. Das geschah selten. Es konnte nur mit dem bevorstehenden Gespräch zusammenhängen. Sie wunderte sich darüber, denn sie war sicher, dass sie mit Kaul leicht fertig werden würde. Nach ihrer Erfahrung hatten Menschen wie er einen entscheidenden Nachteil, der sich für ein kluges Gegenüber eigentlich immer als Vorteil nutzen ließ, wenn man verstand, worum es sich handelte. Alle Männer, die ihr Leben in hierarchischen Strukturen verbracht haben, also Polizisten, Soldaten, sogar Feuerwehrleute, sind nur bis zu einem bestimmten Punkt geistig beweglich. Wann dieser Punkt erreicht war, mochte sehr unterschiedlich sein; aber sie hatten alle diese eingebaute Schranke; dieses »Bis hierher und nicht weiter«, dieses »Von der Vorschrift nicht mehr gedeckt«. Wenn man das wusste, hatte man im Grunde mit ihnen kein Problem. Es ging gar nicht darum, sie immer bis an diesen Punkt zu treiben. Es ging nur darum, diesen Punkt so bald wie möglich zu erkennen, ihnen unterschwellig klarzumachen, dass man von ihrem Problem wusste und ihnen ein wenig damit zu drohen, dass man auch bereit wäre, sie unter Druck zu setzen. Das genügte vollkommen. Man setzte bei ihnen durch, worauf es einem ankam und gab ihnen gleichzeitig das Gefühl, sie hätten keine Niederlage erlitten.

Auch mit Kaul würde die Geschichte so laufen. Wenn sie also trotzdem nervös war, konnte das nur damit zusammenhängen, dass sie unliebsame Überraschungen fürchtete.

Während sie ins Bad ging und die üblichen Reinigungsrituale und die daran anschließenden Maßnahmen zur Herstellung eines der Öffentlichkeit zumutbaren Gesichts ergriff, dachte sie darüber nach, was so wichtig sein könnte, dass Kaul heute nach Berlin kam, obwohl sie sich erst am Tag zuvor gesehen hatten. Ihre Überlegungen führten zu keinem Ergebnis. Erst als der Fahrer sich unten vor dem Haus bemerkbar machte, fiel ihr ein, dass sie auch jetzt nicht zu Ömchen fahren würde. Verdammter Kaul.

»Wie immer, zuerst in die Senioren-Residenz?«

»Nein, direkt ins Ministerium. Wir fahren heute Abend dort vorbei.«

Der Fahrer schwieg. Nach einem Augenblick, sie waren schon Unter den Linden, und sie betrachtete im Vorüberfahren einen Menschen, der sich am Gitter der Russischen Botschaft festhielt, weil er entweder betrunken oder entkräftet war, aus der Entfernung und während der Fahrt war das schwer festzustellen, sagte er: »Bevor Sie es von jemand anderem hören: Wir hatten heute früh einen Unfall in der Garage.«

»Ich kann mir nicht vorstellen, dass mich das etwas angeht. Wenn im Fall eines Schadens eine Meldung nötig ist, dann wissen Sie, an wen Sie sich zu wenden haben.«

»Es gibt einen Toten, und der könnte in Ihr Ressort fallen.«

Sie wollte »Sie machen mich neugierig« sagen, es lag ihr schon auf der Zunge, bevor ihr einfiel, dass der Satz im Zusammenhang mit einem Toten frivol klingen könnte.

»Der Bereich Friedhöfe und Bestattungsunternehmen gehört in irgendeine Abteilung des Innenministeriums.«

»Der Tote war vierzehn.«

Sie schwieg und überlegte, ob sie sich auch um tote Jugendliche kümmern sollte. Das konnte der Fahrer kaum gemeint haben.

»Vierzehn, und was sonst noch?«

»Und Türke.«

Das war nicht gut. Es gab eine Reihe von türkischen Vereinen in der Stadt, die der Regierung aus Prinzip nicht wohl wollten. Für diese Konservativen waren die vom Ministerium so etwas wie der Teufel, der die Töchter zum Schwimmen verführte und die Söhne dazu, zu lesen, was nicht im Koran stand.

»Wer hat den Unfall aufgenommen?«

»Das für uns zuständige Polizeirevier. Der Name des Beamten ist Weitmann. Ich habe mir seine Karte geben lassen.«

»Gut. Geben Sie sie mir, wenn wir da sind. Ihre Meinung zu der Geschichte?«

»Der Junge muss in einem Augenblick eingedrungen sein, als das Garagentor offen stand und die Kollegen beschäftigt waren; wahrscheinlich kurz bevor der letzte die Garage verlassen und das Tor verschlossen hat. Dann hat er sich, der Junge, meine ich, in aller Seelenruhe zum Schlafen hingelegt. Wir hatten ein Problem mit einem Wagen, der eigentlich längst abgestoßen sein sollte, was aber angeblich die Haushaltslage ...«

»Wenn es Ihnen nichts ausmacht, lassen wir die Haushaltslage einfach beiseite.«

»Entschuldigung. Jedenfalls hat der Kollege eine Überbrückung hergestellt. Er war ein bisschen früher gekommen, um die alte Karre, um den Wagen in Gang zu setzen und ihn anschließend in die Werkstatt zu bringen. Dazu musste er natürlich eines der anderen Fahrzeuge laufen lassen. Das hat er gemacht.«

»Und dann hat er das Garagentor zugemacht und ist in die Kantine zum Frühstücken gegangen.«

»Ja. So ähnlich.«

Sie schwiegen beide einen Augenblick. Sie begann zu überlegen, wie die Argumentation sein musste, wenn die Presse nachhakte. Wenn man sagen könnte: Es ist leider so, dass es zu viele türkische Familien gibt, die nicht in der Lage sind, ihre Kinder im Auge zu behalten, die sie aus dem Haus treiben wegen Moralvorstellungen, die von vorgestern sind und mit einer Strenge, die man in zivilisierten Gesellschaften nicht einmal Hunden zumutet, dann wäre das die Wahrheit. Und der Skandal wäre da. Nein, das sagen wir nicht. Wir fühlen uns schuldig, obwohl wir es denen hinten und vorn reinstopfen.

»Dass man einen Wagen bei geschlossener Garagentür nicht laufen lässt, steht dort auf dem Schild an der Wand, nehme ich an?«

»Der Kollege hat einen Schock und ist im Krankenhaus.«

»Jedenfalls danke, dass Sie mich informiert haben. Wenn es Ihre Auslastung zulässt, fahren Sie an der Residenz vorbei. Nur eine kleine Champagnerflache, nur abgeben, wie immer. Ich käme heute Abend.«

Im Gropiusbau gab es immer noch die Ausstellung von August Sander. Sie hatte sie angesehen und keinen Zugang zu den Bildern gefunden. Es waren viele Besucher dort gewesen. Sie hatte sich gefragt, was die an den alten Fotos interessierte. Sie hatte es nicht herausgefunden. Obwohl sie sich die Fotos eingehend angesehen hatte. Sie würde sich hüten, es laut zu sagen, aber ihre Meinung zu den Massen, die, wenn man sie nur genügend lockte, in die Museen liefen, war, dass die Leute nichts mit ihrer Zeit anzufangen wussten und dankbar dafür waren, dass ihnen der Staat das Nachdenken über ihr langweiliges Leben durch das Angebot von Ausstellungen und Events abnahm. Deshalb betrachtete sie das Geschrei um die Haushaltskürzungen im Bereich der Kultur als lächerlich. Wenn es darauf ankam, stimmte sie zu. Das Gerede, man dürfte den Beruhigungseffekt, der von der Kunst ausging, nicht unterschätzen, entbehrte jeder Grundlage. Außerdem war es so, dass die, die im Augenblick noch in die Museen liefen, die Beruhigung gar nicht nötig hatten. Sie konnten sich das Eintrittsgeld leisten. Der Mittelstand als staatserhaltender Faktor. Gott segne ihn. Beruhigung sollte allmählich für die organisiert werden, die das Ziel der Reformen waren. Aber die gingen nicht in die Museen. Andererseits schien es bis jetzt so, als herrsche Ruhe. In den Museen wurden mit viel Geld Schlafwandler und Snobs erzogen, und in den Kunsthochschulen Konformisten. Man könnte eine Menge Geld sparen, wenn irgendjemand einmal den Mut aufbrächte, solche Dinge zu sagen.

Es war acht Uhr fünfundvierzig, als sie das Ministerium erreichten. Sie hatte zehn Minuten Zeit, um sich auf das Gespräch mit Kaul einzustellen. Das Telefon läutete. Die Sekretärin war noch nicht da. Sie nahm den Hörer nicht ab. Die Presse, vermutete sie. Sie fischte die Karte des Polizisten aus der Tasche ihres Jacketts und legte sie auf den Schreibtisch, dazu einen Zettel: dringend Termin machen. Sie würden eine Pressekonferenz abhalten müssen. Das konnte sie riskieren, ohne die Ministerin zu fragen. Sie vertraute ihr. Natürlich, wenn sie hier wäre, würde sie lieber selbst vor die Öffentlichkeit treten. Aber sie war nicht hier. Sie war für zwei Tage nach Rumänien gefahren. Sie würde es selbst machen müssen. Aber nicht, ohne genauere Informationen über den Hergang des Unfalls. Vielleicht hatte der Junge einen Abschiedsbrief hinterlassen. Damit wären sie entlastet, aus dem Schneider sozusagen. Wenn er sich umbringen wollte, konnte man dem Fahrer kaum einen Vorwurf machen. Es war schwer, jemanden daran zu hindern, sich umzubringen, wenn er einen festen Vorsatz hat. Außerdem würde man die Verhältnisse in der Familie untersuchen müssen. Bevor sie nicht wussten, ob der Vater prügelte und die Mutter gerade das zehnte Kind kriegte, würden sie sich nicht äußern. Woher wusste man eigentlich, dass dieser Junge Türke war? Gab es Ausweispapiere? Sie musste mit dem Polizisten reden.

Kaul.

Er sieht nicht schlecht aus, dachte sie. Mitte vierzig. Wirkte eher älter. Er sah so aus, als arbeitete er sechzig Stunden in der Woche und beanspruchte deshalb ganz entschieden eine besondere Erholung in seinen freien Stunden. Verheiratet war der nicht, da würde sie wetten.

»Lassen Sie uns in das Büro der Ministerin gehen«, sagte sie. »Hier wird gleich die Hölle los sein.«

Er nickte und tat so, als wäre es ihm gleichgültig, wo sie saßen. Das konnte nicht stimmen. Jemand, der am Telefon nicht reden möchte, legt Wert auf Ungestörtheit. Kaul spielte eine Rolle. Welche, würde sie herausfinden.

»Ich kann Ihnen den Kaffee erst anbieten, wenn das Vorzimmer besetzt ist.«

»Ein Aschenbecher reicht«, antwortete Kaul.

Es war nicht üblich, hier zu rauchen. Sie nahm einen Aschenbecher aus der Teeküche, den sie auf den Tisch in der Besprechungsecke stellte. Sie hätte sich an den Schreibtisch der Ministerin setzen können.

»Ich bin nicht sicher, ob wir es mit einem Problem zu tun haben, dass uns gemeinsam betrifft«, sagte Kaul. »Folgendes geschieht seit ein paar Tagen in der Stadt: Verschiedene Polizeidienststellen nehmen Anrufe entgegen von Leuten, die sich darüber beschweren, von Kindern belästigt zu werden.«

»Wie bitte?«

»Ich sagte: von Kindern belästigt werden. Was ich wissen muss, um unser Handeln danach auszurichten: Kann es sein, dass Sie bci unserer Besprechung über die Sicherheitsmaßnahmen während der Konferenz übersehen haben, mich darauf hinzuweisen, dass auch Kinder als Delegierte eingeladen werden?«

»Das ist absurd. Selbstverständlich nicht. Wie sollen diese Belästigungen aussehen?«

»Die Beschwerden reichen vom Schlafen in privaten Treppenhäusern über aggressives Betteln bis hin zum Ladendiebstahl. Und sie kommen aus Stadtteilen, in denen es bisher ähnliche Probleme kaum gegeben hat.«

»Aus Blankenese, aus Wellingsbüttel, aus Eppendorf?«

»So ungefähr«, antwortete Kaul.

Sie sah ihm an, dass ihm die Angelegenheit lästig war und dass er sie schnell geklärt haben wollte. Damit kam er ihren Wünschen entgegen. Im Grunde verstand sie nicht, was der Aufwand sollte. Dieser Mann schien ganz besonders gründlich zu sein. Gut, das konnte nicht schaden.

»Zwei Dinge, Herr Kaul, will ich Ihnen in diesem Zusammenhang gern erläutern: Erstens sind Weltkinderkonferenzen nicht für Kinder gedacht, was Ihnen bei unseren Vorbereitungen eventuell schon hätte auffallen können. Sie haben die Lage der Kinder zum Thema, nicht deren Unterhaltung durch Reisen um die Welt. Und zweitens: Ich halte es für möglich, dass in bestimmten Wohnvierteln vor bestimmten Problemen noch immer die Augen verschlossen werden. Das ist in Berlin wahrscheinlich nicht anders als in Hamburg, aber uns erinnert es daran, dass wir unsere Aufklärungsarbeit verstärken müssen. Die Zahl der Straßenkinder nimmt doch nicht nur in der Dritten Welt zu. Eine unserer Arbeitsgruppen während der Konferenz befasst sich ausschließlich mit der Situation von Straßenkindern in den Hauptstädten Europas. Wenn Sie wollen, wenn das Ihrer Aufklärungsarbeit nützlich sein kann, werden wir Ihnen die Ergebnisse unserer Beratungen zur Verfügung stellen. Wir müssen endlich dahin kommen, dass auch der gut betuchte Mittelstand begreift, wo die Probleme liegen.«

»In den Hausfluren?«

»Jawohl, auch in den Hausfluren. Es wird gebettelt und gestohlen, und das so lange, bis wir die Probleme international in den Griff bekommen haben. Und da allerdings sind wir auf dem richtigen Weg. Wenn Sie Ihren Teil dazu beitragen, Sie und Ihre Leute, die für die Sicherheit der Delegierten verantwortlich sind, dann könnte die Konferenz in gewisser Weise auch einen Durchbruch bedeuten.«

»Sie versichern also, dass das vermehrte Auftauchen von Kindern nichts mit der Konferenz zu tun hat?«

Das hatte sie ihm doch eben zu erklären versucht. Wozu wollte er sich absichern? Was fürchtete Kaul?

»Selbstverständlich nicht. Und was die Kinder anbetrifft, so haben wir hier in Berlin doch das gleiche Problem. Heute früh hat mir der Fahrer erzählt, dass ein Junge in den Räumen der Fahrbereitschaft umgekommen ist. Gestern auf dem Weg nach Hause war ich selbst beinahe Zeuge eines tödlichen Verkehrsunfalls, in den zwei Kinder verwickelt waren. Gestern Nacht ...«

Nein, darüber würde sie nicht sprechen. Nicht mit Kaul, nicht einmal mit sich selbst. Das wollte sie vergessen, darüber wollte sie nicht nachdenken.

»Die Probleme sind da,« sagte sie. »Sie sind unübersehbar, und wir müssen sie lösen, auch während der Konferenz. Aber mit den verantwortlichen Erwachsenen. Kinder einzuladen, wäre dabei sicher nicht hilfreich.«

Kaul schwieg einen Augenblick. Sie konnte beobachten, dass er sich entspannte. Er holte eine Zigarette aus der Jackentasche, sie musste lose darin gewesen sein, und zündete sie an.

»Danke«, sagte er. »Das wollte ich wissen. Wir werden mit dem Problem besser fertig, wenn wir unabhängig agieren können, wenn wir nicht Rücksicht nehmen müssen auf internationale Verabredungen.«

»Und auf Berlin«, sagte sie, ebenfalls bemüht, einen entspannten Ton in die Unterhaltung zu bringen.

»Und auf Berlin«, wiederholte Kaul und lächelte zum ersten Mal.

»Einen Kaffee?«

»Gern.«

Sie stand auf und ging zum Schreibtisch hinüber, um das Telefon zu benutzen. Sie wusste, dass Kaul ihr mit seinen Blicken folgte. An ihrem rückwärtigen Anblick gab es nichts auszusetzen. Sie telefonierte mit der Sekretärin und ging an den Besprechungstisch zurück.

»Ich habe gerade einen Ärger hinter mir«, sagte Kaul. »Ich habe keine Lust, mir den nächsten einzuhandeln.«

Ihr fiel ein, dass sie vor ein paar Wochen ein Papier gelesen hatte, ausdrücklich von der Ministerin dazu ermächtigt, in dem es um die komplizierte Situation der Polizei jetzt und besonders in Zukunft gegangen war. Die Neigung der Politiker, Beschlüsse zu fassen, die in betroffenen Bevölkerungskreisen Unmut hervorriefen und die Polizei dazu zu gebrauchen, diesen Unmut niederzuhalten, nahm zu. In der Studie war sogar von »Missbrauch der Polizei zur Durchsetzung politischer Ziele« die Rede. Das schien ihr übertrieben, aber einen wahren Kern hatte die Sache.

»Erzählen Sie mir davon«, sagte sie und erwartete, von Hamburg kannte man das ja, die Schilderung einer

Auseinandersetzung zwischen Bauwagen-Bewohnern und Polizisten. Was dann kam, überraschte sie.

»Die Wehrmachtsausstellung Verbrechen der Wehrmacht«, sagte er. »Nur so ein Beispiel. Großer Auftrieb auf Kampnagel. Die Hamburger Prominenz, ein Nobelpreisträger, ehemaliger KZ-Insasse, redet, der 1. Bürgermeister begrüßt das Publikum. Alles handverlesene Gäste, nur mit Ehrenkarten, aber immerhin an die tausend Leute. Sicherheitsstufe 1. Aber unsere Beamten haben ja Erfahrung mit solchen Veranstaltungen. Also: Der 1. Bürgermeister redet irgendetwas davon, dass man die Verbrechen der Wehrmacht nicht vergessen dürfe, da ruft plötzlich jemand: Und weshalb verbietest du Heuchler den Aufmarsch der Neo-Nazis gegen die Ausstellung nicht? Empörung im Publikum. Wir uns die Frau gegriffen und hinausexpediert, aber das ging nicht gerade leise vor sich.«

Die Assistentin erschien mit dem Kaffee. Kaul sprach nicht weiter. Er zündete sich eine zweite Zigarette an. Sie sah, dass er in Gedanken an den Vorfall wütend war.

»Solche Dinge kommen vor«, sagte sie.

Kaul wartete, bis die junge Frau den Raum verlassen hatte. Sie spürte, dass sie nur noch wenig Lust hatte, ihm zuzuhören und sah verstohlen auf ihre Armbanduhr.

»Das weiß ich«, antwortete Kaul. »Und es würde auch ohne Bedeutung sein, wenn das der einzige Vorfall geblieben wäre. Aber es ging weiter. Der Nobelpreisträger sprach. Ich habe nicht genau zugehört, die anderen wohl. Es war ziemlich ruhig im Saal. Deshalb konnte man die Stimme auch sehr deutlich hören. Es war wieder eine Frau, eine klare Stimme, sehr deutlich: »Beim Begräbnis der Verbrechen der Wehrmacht ist der Redner ein Davongekommener. Das ist infam.« Zuerst entgeisterte Stille. Aber dann blieb es nicht mehr ruhig. Die in den ersten Reihen, wir von der Sicherheit nennen sie Ehrenschnorrer, sprangen auf, gestikulierten in den Saal, riefen, brüllten, als wären sie von irgendetwas getroffen, von einem Geschoss vielleicht oder von einem Beutel Scheiße.«

Sie blieb still. Weshalb echauffierte sich der Mann so? Anscheinend waren seine Leute der Lage nicht Herr geworden, und das kränkte seine Polizistenehre.

»Entschuldigung«, sagte Kaul.

Sie sah offen auf ihre Armbanduhr. Das Gespräch hatte eine Wendung genommen, die ihr nicht gefiel.

»Natürlich haben wir diese Frauen sehr schnell entfernt.«

Er merkte nicht, dass sie die Unterhaltung beenden wollte. Das Ganze musste ihn sehr beschäftigen. Sie würde ihn noch einen Augenblick reden lassen. Manchmal erfuhr man auf diese Weise Dinge über den, der redet, die einem irgendwann nützlich sein können.

»Unsere Leute waren im Saal verteilt. Bei einer Veranstaltung von dieser Qualität ist das eine Selbstverständlichkeit. Auch die andere Frau hat sich ohne Widerstand hinausbringen lassen. Diese Leute riskieren nichts. Ein Zwischenruf ist nicht verboten. Widerstand gegen die Beamten schon. Es blieb dann ruhig. Aber mir war klar, dass das nicht das Ende der Aktion sein musste. Eine heikle Situation stand uns noch bevor: die Begehung der Ausstellung, nachdem die Reden beendet sein würden. Meine Leute waren instruiert. Einer der älteren Kollegen wies mich darauf hin, dass unter denen, die die Ausstellungsräume betraten, bekannte Gesichter seien. Das überraschte mich. Wie sollten diese Leute an Ehrenkarten gekommen sein? Bis mir klar wurde: Die bekannten Gesichter gehörten zu einer anderen Generation, der von vorgestern. Die inzwischen Arrivierten waren eingeladen worden. Weshalb auch nicht. Man hat bei ähnlichen Gelegenheiten auch schon den Außenminister gesehen. Von denen geht keine Gefahr aus, dachte ich.«

Er sah sie an. »Tut mir Leid, ich sehe, dass wir unser Gespräch beenden sollten. Lassen Sie mich den Schluss erzählen. Ich bin Ihnen dankbar fürs Zuhören.«

Ein merkwürdiger Mensch. Sollte er deshalb nach Berlin gekommen sein? Weil er jemanden zum Zuhören brauchte?

»Ein paar hundert Leute. Die Kellner, in langen weißen Schürzen, stehen am Ausgang des Saals, als die Reden beendet sind, und reichen roten oder weißen Wein, Saft natürlich auch. Reden über Mörder machen durstig. Ich kann Ihnen sagen, das hat mich gewundert. Dieser gierige Griff nach den Weingläsern, wie schnell getrunken, wie schnell nach dem nächsten Glas gegriffen wurde. Überall hörte ich ein Lob auf den Veranstalter, seine Großzügigkeit, und war schon im Begriff, die Sache als gelaufen anzusehen. Und dann sah ich etwas, das mich so verblüfft hat, das es meine Aufmerksamkeit wieder weckte. Aus der hohen Halle, mit weiß gedeckten, zierlichen Stehtischen bestückt, die umlagert waren von trinkenden, rauchenden, lachenden Menschengruppen, gingen einige mit dem Weinglas in der Hand durch eine weiße Flügeltür. Ich wusste, dass hinter der Flügeltür die Ausstellung beginnt. Wir hatten selbstverständlich vorher mehrere Ortsbegehungen gemacht. Bei der letzten, am Morgen desselben Tages, war die Ausstellung fertig aufgebaut gewesen. Es gab Computer, auf denen man per Mausklick Bilder erscheinen lassen konnte. Wir hatten diese PCs überprüft. Per Mausklick kann man, natürlich, auch andere Dinge auslösen. Es war alles in Ordnung, aber die Bilder, die wir bei dieser Überprüfung notgedrungen aufriefen, waren schon heftig. Erschießungen, Leichenberge, Gehängte mit Schildern um den Hals – na, Sie wissen schon. Und ich sah diese Ehrenschnorrer mit dem Weinglas in der Hand den Raum betreten, sah sie vor diese Bilder treten, und ich wusste, ich wusste es einfach: Da würde noch etwas passieren. Ich also per Handy meine Leute zusammengerufen. Die in der großen Halle geblieben waren, soffen jetzt. Die konnten wir ruhig allein lassen. Wir waren achtunddreißig, nicht zu unterscheiden von den Ehrenschnorrern, was die Anzüge anging, auch die Gesichter ziemlich ähnlich. Ein bisschen verlebt, ein bisschen intellektuell, ein bisschen melancholisch – dieser: ›Ich weiß, wir haben die Schlacht verloren, aber das Leben ist eben trotzdem das Leben‹-Blick. Den haben wir üben lassen, von den älteren Kollegen. Die jüngeren, aber für solche Einsätze werden die nicht so sehr gebraucht, ich erzähle Ihnen das auch, um Ihnen zu zeigen, wie differenziert wir planen, die Jüngeren sind von der Sorte ›Uns gehört die Zukunft, da könnt ihr euch noch so sehr abstrampeln, und wenn ihr nicht ruhig seid, gibt's weniger Rente‹. Die konnte man dort nicht ohne Bedenken einsetzen. Die meisten dieser älteren Geladenen haben Kinder. Insofern sind ihnen diese Gesichter nicht fremd. Und was glauben Sie, was passiert ist? Nichts.

Wir blieben drin, bis die letzten ihren Wein getrunken hatten und wieder gegangen waren. Wir haben sie alle genau beobachtet. Es war niemand dort, den es gestört hätte, dass im Angesicht der Gehängten Wein getrunken wurde.«

Er war fertig mit seiner Rede, und nun wirkte er fast ein wenig erschöpft. Sie würde ihm etwas Zeit lassen. Er zündete sich eine Zigarette an, die dritte, aber eine hatte er bisher nur geraucht. Die zweite war zwischen seinen Fingern verglüht, während er sprach.

»Sie haben mich davon überzeugt, falls das Ihre Absicht gewesen sein sollte, dass Ihre Sicherheitssysteme funktionieren. Ehrlich gesagt, ich habe daran gar nicht gezweifelt. Aber sagen Sie mir: War diese Geschichte wirklich der Grund dafür, dass Sie nach Berlin gekommen sind? Dass wir nicht am Telefon reden konnten?«

Was wollte sie hören? Dass er sie wiedersehen wollte? Das konnte nicht ihr Ernst sein.

»Natürlich nicht. Im Grunde haben Sie, Entschuldigung, wenn das etwas brutal klingt, im Grunde haben Sie eben aus Versehen die Funktion des Mülleimers übernommen, den wir alle bei Gelegenheit brauchen. Tut mir Leid. Sie haben einen Ascheimer gut, wenn ich so sagen darf. Nein, meine Gründe für Berlin waren auch privater Natur, Sie verstehen. Man kann das Angenehme auch mit dem Nützlichen verbinden.«

Sic stand auf. Sie hatte verstanden. Sie hatte auch verstanden, dass dieser Mann nicht zu unterschätzen war. Selbst die Geschichte, die er gerade erzählt hatte, hatte er nicht ohne Absicht erzählt. Sie wusste nicht, welche Absichten er damit verfolgte, aber sie war gewarnt.

»Wir sind uns also einig«, sagte sie. »Kein Aufsehen wegen der Kinder. Intensivierung der Aufklärungsarbeit – als Tipp für Ihren Senat. Auch wenn die Idylle vorüber ist: Es gibt keinen Grund, sich über Gebühr aufzuregen. Und wir sehen uns am Tag vor Konferenzbeginn, in Hamburg, wie verabredet.«

Kaul ging. Er hatte sich wieder gefasst, der Gute. Sein Schritt hatte wieder etwas Militärisches. Täuschte sie sich, oder sah sie einen bewundernden Glanz in den Augen der Assistentin?

»Das ist ein Mann«, sagte sie probehalber.

»Wie heißt noch dieser Schauspieler, dem er ähnlich sieht?«, antwortete die Assistentin, aber da konnte Carola ihr nicht weiterhelfen.

»Ich wäre Ihnen verbunden, wenn Sie das Zimmer der Ministerin gründlich lüften würden«, sagte sie. »Ihr Held hat eine Wolke von Zigarettenrauch hinterlassen.«

Die Assistentin ging sofort, vielleicht, um in der Wolke zu baden, die ja immerhin von ihrem Helden erzeugt worden war.

»Sie hat den Champagner getrunken, den der Chauffeur gebracht hat«, sagte die Pflegeperson.

Ihr Gesicht drückte Empörung aus, die sie gern unterdrückt hätte, denn Carola zahlte den teueren Aufenthalt hier, aber es gelang ihr nicht.

»Danach hat sie einen Pornofilm haben wollen. Selbstverständlich gibt es so etwas nicht im Haus. Dann ist sie wütend geworden und hat verlangt, dass wir so einen Film ausleihen. Sie würden dafür aufkommen.«

»Das haben Sie hoffentlich getan«, sagte Carola.

»Selbstverständlich. Als wir den Film besorgt hatten und in ihr Zimmer kamen, hatte sie ins Bett gemacht und war eingeschlafen. Wir mussten sie wecken und sauber machen. Sie hat so getan, als schliefe sie einfach weiter.«

»Frau von Werner hat tatsächlich geschlafen«, sagte Carola. »Weshalb sollte sie Ihnen etwas vormachen?«

Sie wusste, dass ihre Großmutter denen Theater vorgespielt hatte. Deshalb lächelte sie, als sie ihr Zimmer betrat. Ömchen lächelte auch, ein bisschen schuldbewusst, schien ihr. Wie winzig sie war. Kann man denn von Tag zu Tag kleiner werden?

»Nimm dir einen Stuhl. Setz dich zu mir.«

Ihre Stimme hatte sich verändert. Sie war tiefer geworden. Die Stimme passte nicht zu ihr. Sie gehörte schon zu der anderen Welt. Es gab dort Einlasspforten, die auf menschliche Stimmen reagierten. Man sagte ein paar Worte und wurde eingelassen, wenn die Stimme den besonderen Klang hatte.

»Wein doch nicht«, sagte sie. »Ich hab nicht die Absicht, dich zu verlassen. Ich nehme an, die wollen mich noch nicht.«

Ihre Stimme hatte beinahe wieder den Ton, der zu ihr gehörte. Sie schwankte zwischen Gehen und Bleiben. Als ob sie selbst darüber verfügen konnte, was geschehen sollte.

»Was hast du heute getan?«, fragte sie. »Erzähl mir, was du getan hast.«

Vielleicht wollte sie wirklich wissen, was Carola getan hatte. Ob es ein Trost war, zu wissen, wie die Welt weiter lebt, wenn man selbst nicht mehr da ist? Sie sah die alte Frau an. Nicht nur ihre Haare, auch das Gesicht und die Ohren waren weiß. Ihre Nase war größer geworden, seit sie das letzte Mal bei ihr gewesen war. Sie sah ernst aus. Man konnte ihr nicht irgendeine Geschichte erzählen. Carola begann mit dem toten Jungen in der Garage, sprach von Kaul und seinem beinahe Zusammenbruch in ihrem Büro, von dem Treffen mit den Ermittlern der Polizei und der vergeblichen Suche nach der Familie des Jungen. Sie erzählte ihr, wie sie am Nachmittag die vom Ministerium bestimmten deutschen Teilnehmer der Arbeitsgruppen empfangen und ihnen im Auftrag der Ministerin deren Strategie auf der Konferenz klargemacht hatte. Die Leute, die sie ausgewählt hatten, waren wie immer kompetent und hatten überwiegend Verständnis für die Position des Ministeriums. Aber es waren einige wenige dabei, die sich darin gefielen, zu hinterfragen.

»Wenn wir wissen, dass bei uns die häufigste Todesursache von Kindern Verkehrsunfälle sind, weshalb verändern wir die Geschwindigkeitsvorschriften für Autos nicht? Weshalb ist in Wohngebieten nicht konsequent Tempo 30 zu fahren? Ich kann doch nicht in der Arbeitsgruppe große Reden schwingen, wenn bei mir zu Hause solche himmelschreienden Zustände herrschen.«

Es gelang immer, solche Querulanten zu beruhigen. Günstig war manchmal der Hinweis, dass auf diese Weise ganz sicher keine politische Karriere zu machen wäre. Bei den besonders Ehrgeizigen wirkte er Wunder. Aber das kostete Zeit und Kraft und war so überflüssig, so entsetzlich überflüssig.

Sie redete und redete und sah in das kleine, weiße Gesicht auf dem weißen Kopfkissen. Sie sah, dass die alte Frau die Augen schloss. Sie wusste nicht, ob sie schlief, aber sie sprach weiter, weil sie wusste, dass sie weiter sprechen sollte, denn das war es, was sie wollte: Sie sollte sich den Tag von der Seele reden, so wie früher, und am Ende würde sie aufstehen und sich leicht fühlen, so wie früher.

*

An dem Tag, als Nan an der Hand des Schweden das Hotel betrat, wurde sie zehn Jahre alt. Mit der Begründung, sie habe Geburtstag, hätte sie versuchen können, ihm ein paar zusätzliche Baht aus der Tasche zu locken. Nur wusste sie nicht, dass sie Geburtstag hatte. Sie war seit zwei Jahren unterwegs in den Bordellen im Grenzgebiet zwischen Thailand und Kambodscha. Sie war eine von zwanzig- oder dreißigtausend, so genau wusste das niemand, und deshalb war sie nichts Besonderes. Allerdings war sie besonders hübsch. Aber wenn sie mit dreißig noch lebendig wäre, würde sie sich wahrscheinlich fragen, ob ihre kindliche Schönheit wirklich ein Vorteil gewesen war, damals. Nans Haare waren glatt und braun, ihre Augen groß und geformt wie Mandeln. Ihre Haut hatte einen sanften braunen Ton. Ihr Mund war weich, von lachsrosa Farbe und die Oberlippe hatte eine reizende Kerbe in der Mitte. Nan hat ein unschuldiges, ernstes Gesicht, obwohl sie seit zwei Jahren in den Bordellen arbeitete. Und in einem gewissen Sinn war sie auch unschuldig.

Der Schwede hatte Nan für eine Woche gemietet. Darüber war sie froh, und zugleich fürchtete sie sich. Sie würde eine Woche in dem Hotel wohnen. Wenn der Schwede nett wäre, würde er sie nicht auf dem Fußboden vor dem Bett schlafen lassen, sondern ihr einen Platz in seinem Bett geben. Von dem Geld, das er für Nan bezahlt hatte, würde sie nichts bekommen. Die Großmutter hatte alles an sich genommen. Nan wusste, dass davon nichts mehr da sein würde, wenn sie nach einer Woche wieder auftauchte. Aber vielleicht, wenn sie alles verstünde und auf alles einginge, was der Mann von ihr wollte, würde sie am Ende etwas Taschengeld bekommen. Die Männer wussten, dass die Kinder von der Kaufsumme nichts abbekamen. Manche waren deshalb großzügig, wenn sie mit den Diensten der Kinder zufrieden waren.

Das Foyer des Hotels ist mit Korbmöbeln ausgestattet. Auf den Sesseln liegen grellbunte Kissen. Auf den Glasplatten der niedrigen Tische stehen schwarze, gläserne Aschenbecher. An der Decke in der Mitte des Raumes und über der Rezeption an der linken Wand drehen sich altmodische Ventilatoren. An der Seite, die der Eingangstür gegenüber liegt, sieht man durch eine breite Glastür auf einen endlosen Himmel. Der Fußboden des Foyers besteht aus fein gemustertem, dunklem Parkett. Die Wände und die Decke sind rosa gestrichen.

Der kleine, alte Mann an der Rezeption verzieht das Gesicht zu einer missbilligenden Grimasse, als er Nan und den Schweden die Hotelhalle betreten sieht. Er hat nicht gern Mädchen unter fünfzehn im Haus. Abgesehen davon, dass Kinderprostitution verboten ist, machen die Kleineren manchmal Unbequemlichkeiten, weil sie sich dämlich anstellen oder plötzlich nicht gewusst haben wollen, wozu man sie mitgenommen hat. Als Nan, noch immer an der Hand des Schwedens, vor der Rezeption steht, sind ihre Augen in der Höhe des Tresens, so dass er sie ansehen kann, während er spricht.

»Dieses Fräulein ist sehr jung«, sagt er.

Er wendet sich von Nan ab und sieht den Schweden an. Er ist sehr viel kleiner als der Schwede, so dass er den Kopf in den Nacken legen muss, um ihm in die Augen zu sehen.

»Ja«, sagt der Schwede. »Ihre Großmutter hat gesagt, in der Familie sind sie alle so klein. Sie ist fünfzehn, gestern geworden.«

Er lässt Nans Hand los und beginnt, in seinen Hosentaschen zu wühlen. Der Schwede trägt khakifarbene Bermudas und ein rotes, ärmelloses Unterhemd. Seine Haut ist hell. Unter dem feuchten Hemd zeichnen sich beinahe weibliche Brüste und ein gewaltiger Bauch ab. Das Hemd und die Bermudas sind so sehr mit hellem Fleisch gefüllt, dass sie zu stramm sitzen und der Mann Mühe hat, mit seinen Händen in die Hosentaschen zu gelangen. Gemessen an dem Fleischberg hat der Mann zu dünne Arme und Beine. Die Proportionen stimmen einfach nicht. Er hätte auf jeden Fall einen schöneren Anblick geboten, wenn er lange Hosen und ein Hemd mit langen Ärmeln getragen hätte. Eleganz gegen Bequemlichkeit abwägend, zieht er offensichtlich Letzteres vor.

Der Portier beobachtet den Schweden ruhig. Er kennt seinen Preis. Er ist nicht gewillt, weniger zu nehmen, als ihm zusteht. Dieses Mädchen ist neun oder zehn. Und die Polizei, die nur sehr selten sein Hotel kontrolliert, aber es ist schon vorgekommen, ist nicht zimperlich. Man würde das Hotel schließen, vorübergehend, bis alle, die damit zu tun hatten, bezahlt waren, aber ihm würde man kein Geld geben, wenn das Hotel geschlossen war. Er hätte froh zu sein, wenn man ihm anschließend seinen Job wiedergäbe.

Auch Nan wartet darauf, dass der Mann sein Geld findet. Sie hofft, dass er dem Portier genug gibt, damit sie in diesem Hotel bleiben kann. Sie ist schon einmal für drei Tage hier gewesen. Damals hat der Mann sie am Portier vorbeigeschmuggelt. Es war ein sehr alter Mann, und er war freundlich mit ihr umgegangen. Deshalb hat sie eine positive Erinnerung an dies Hotel. Der alte Mann hat sie Lieder singen lassen. Und er hat sie gefragt, ob er ihr Lesen und Schreiben beibringen solle. Damit hatten sie dann angefangen. Nan hat sehr schnell gelernt, aber sie und der alte Mann hatten nur drei Tage Zeit gehabt. Zuerst hat sie geglaubt, der Mann schliefe. Aber das hat sie nicht lange geglaubt. Wie der Tod aussieht, weiß sie aus dem Dorf, in dem sie aufgewachsen ist.

Der alte Mann hat nicht viel Geld bei sich gehabt, aber das, was Nan fand, reichte, um die Mutter und die beiden Brüder ein paar Wochen zu ernähren. Der Großmutter sagte niemand etwas von dem Geld. Die Großmutter hätte es für sich behalten. Zu ihr musste Nan erst wieder, als das Geld aufgebraucht war. Ihre Mutter brachte sie dann zu der alten Frau zurück. Die hatte gezetert und gesagt, sie wolle ein Mädchen, das weglaufe, nicht zurück haben. Aber Nan wusste, dass die Großmutter sich beruhigen würde. Nan wusste auch, dass die Großmutter nicht lange auf einen Käufer für sie würde warten müssen.

Nan sieht nun dem Mann zu, der aus der Gesäßtasche einen Schein hervorzieht und auf den Tresen legt.

»Brauchen Sie etwas?«, fragt der Portier.

»Ist Bier oben?«, fragt der Mann. »Gestern Abend war nicht mehr viel da. Ich will ausreichend Bier haben.«

»Ist heute früh aufgefüllt worden«, sagt der Portier. »Eine Zeitung vielleicht, mit sehr schönen Anzeigen?«

Aber der große Mann hört dem Portier schon nicht mehr zu. Er hat Nans Hand gefasst und geht mit ihr zum Fahrstuhl. Die Fahrstuhltür steht offen. Mit Nan an der Hand betritt der Mann den Fahrstuhl. Die Wände der Kabine sind mit Spiegeln bedeckt, die bis auf den Fußboden reichen. Der Mann lässt Nans Hand los, beugt sich zu ihr hinunter und nimmt sie auf den Arm.

»Den obersten Knopf, na los, drück den obersten Knopf.«

Sie tut, was er ihr gesagt hat, und er lässt sie langsam über seinen fetten Bauch zurück auf den Boden rutschen. Die Fahrstuhltür besteht aus einem Scherengitter, das sich langsam schließt, bevor sich der Käfig mit Nan und dem Schweden in die Höhe schiebt.

Dieser wird nicht sterben, denkt Nan. Der alte Mann ist dünn gewesen und runzelig. Dieser ist dick, und die Falten an seinem Hals sind auch dick.

Das Zimmer liegt neben dem Fahrstuhl. Es ist ein großes Zimmer mit Fenstern an drei Seiten. Hinter den heruntergelassenen Bambusrollos sind die Fenster geöffnet. Von der Straße dringt Lärm herauf.

»Drinnen stinkt es, draußen quasseln deine Leute«, sagt der Mann. »Mach die Fenster zu, los, mach schon. Aber lass die Rollos da, wo sie sind.«

Nan steigt auf die Fensterbänke und schließt die

Fenster hinter den Rollos. Unten auf der Straße geht ein Mann mit einem Karren vorüber. Auf dem Karren liegen riesige Bündel, in rosa und gelbe Plastiksäcke gehüllt, die miteinander verschnürt sind. Der Mann geht langsam. Er versucht, die Bündel auf dem Karren im Gleichgewicht zu halten. Wenn sie herunterfallen, wird er sie nicht wieder aufladen können. Sie sind zu groß.

Als Nan hinter dem Rollo hervorkommt, ist der große Mann beinahe nackt. Nur sein rotes Hemd hat er anbehalten. Es ist zu kurz, um die große Menge blonder Haare an seinem Unterleib zu verdecken.

»Bring mir ein Bier«, sagt der Mann.

Nan sieht sich um. Der Kühlschrank steht neben der Tür. Links, an der Wand daneben, steht ein großer Schreibtisch, auf dem viel Papier liegt. Auch ein Computer steht dort, so ein kleiner, den man leicht mitnehmen kann. Nan hat schon Männer auf einer Bank am Rand der Straße mit so einem Ding sitzen sehen. Für eine Woche hat die Großmutter sie dem Mann mitgegeben. Wenn er sie eine Woche bei sich behält, wenn er mit ihr zufrieden ist, vielleicht würde er ihr zeigen, wie man mit einem Computer umgeht.

»Was ist, willst du da Wurzeln schlagen?«

Der Mann hat sich auf einen Sessel gesetzt und die nackten Füße weit von sich gestreckt. Nan beeilt sich, ihm das Bier zu bringen, nach dem er die Hand ausstreckt.

Am Abend dieses Tages hatte Nan verstanden, wie die Woche mit dem Mann sein würde, und sie wusste, sie könnte es schaffen, ohne dass er sie zur Großmutter zurückschickte und sein Geld zurückhaben wollte. Der Mann war nicht wirklich böse. Er war nur furchtbar dick, und er schwitzte, weil er so viel Bier trank. Wenn er sie benutzt hatte – wenn Nan in der Lage gewesen wäre zu beschreiben, wie er sie benutzte, hätte sie sagen können, er benutzte sie wie Kleenex –, ließ er sie in Ruhe. Er schlief eine Weile, dann ging er unter die Dusche, fluchte, weil es für seinen dicken Körper nicht genug Wasser gab, kam nass und nackt wieder hervor und setzte sich an den Schreibtisch. Er las viele Zeitungen, die sie ihm morgens holen musste, und wenn er genug gelesen hatte, schrieb er auf dem kleinen Computer. Wenn er mit der Schreiberei fertig war, bestellte er etwas zu essen. Er bestellte das Essen nur für sich, riesige Mengen an Reis und gebratenen Bananen und Hühnerfleisch, und er forderte Nan nicht auf, davon zu nehmen. Aber sie hatte Hunger, und weil er sie nicht geschlagen und nicht angebrüllt hatte, setzte sie sich neben ihn und griff zu. Er sah sie an, runzelte kurz die Stirn und sagte: »Ja, du musst essen, natürlich.« Dann kümmerte er sich nicht weiter um sie.

Nach dem Essen schlief der Mann. Er schlief lange und ohne sich zu bewegen oder einen Laut von sich zu geben. Wenn er aufwachte, musste sie zu ihm gehen. Aber in der Zeit, während er schlief, saß sie am Schreibtisch. Am ersten Tag hatte sie nur dort gesessen und versucht, die Zeitungen zu lesen. Es war ihr nicht schwer gefallen, aber die Artikel, die der Mann angestrichen hatte, interessiertem sie nicht. Alles, was darin stand, wusste sie schon.

Sie wusste, dass die Großmutter 5 Euro für sie an die Mutter gezahlt hatte. Sie wusste, dass ihr Vater weggelaufen war, als ihre Mutter zum vierten Mal schwanger war. Sie kannte keine Familie, in der ein Vater für immer geblieben war. Das war nichts Besonderes, und sie wunderte sich, weshalb der Mann sich dafür interessierte. Auch in dem Gefängnis in Bangkok war sie schon gewesen, von dem sie in den Zeitungen lesen konnte. Die Polizei in Thailand machte Razzien in den Bordellen. Sie war nicht lange im Gefängnis gewesen. Man hatte sie nach Hause geschickt, weil sie noch sehr klein gewesen war.

Sie überlegte, ob sie dem Mann von Bangkok erzählen sollte, aber sie entschied sich dagegen. Wenn sie ihm von ihrem Leben erzählte, würde er vielleicht keine Zeitungen mehr kaufen wollen. Dann würde sie nicht mehr auf die Straße gehen können. Vielleicht würde er sie wegschicken, wenn sie alles erzählt hätte. Sie wollte aber bleiben. Sie wollte bleiben, und am Ende der Woche wollte sie genauso auf dem kleinen Computer schreiben können wie er.

Sie hörte, dass der Mann sich auf dem Bett hin und her wälzte und laut stöhnte. Nun würde er aufwachen. Nan rutschte vom Stuhl am Schreibtisch und ging hinüber zum Bett. Sie hatten es gern, wenn man neben ihnen stand, sobald sie die Augen aufschlugen. Sie war barfuß, aber der Mann musste ihre Schritte trotzdem gehört haben. Er sah ihr entgegen.

»Komm her, Mandelauge«, sagte er und streckte seinen weißen Arm nach ihr aus.

Später hörte sie ihn in der Dusche pfeifen und singen. Er roch gut, als er aus dem Bad kam, nur mit gelb und rot gestreiften Boxershorts bekleidet. Aber sie wusste, dass er bald wieder anfangen würde zu trinken und zu schwitzen. Sie stand neben dem Bett und sah zu, wie der Mann ein Bier aus dem Kühlschrank nahm, die Lasche abzog und trank. Er trank lange und warf die leere Dose anschließend in den Papierkorb unter dem Schreibtisch. Dann reckte er sich, stöhnte und ließ sich auf den Stuhl am Schreibtisch fallen. Der Stuhl war ein Drehstuhl. Der Mann stemmte die Füße gegen den Boden und drehte seinen Körper zu Nan hin. Sein Bauch lag wie ein dicker Mond über seinen Knien.

»Das interessiert dich also«, sagte er.

Nan wusste nicht, wovon er sprach, aber sie spürte, dass er nicht ärgerlich war. Er hatte sie beobachtet, während sie auf seinem Stuhl am Schreibtisch gesessen und sich die Zeitungen und den Computer angesehen hatte.

»Komm mal her.«

Er nahm sie auf seine Knie, als sie neben ihm stand. Sie sah zu, wie er seinen Arm ausstreckte und sein Finger eine Taste berührte. Auf dem Bildschirm erschienen Buchstaben und Zeichen. Noch ein paar Mal berührte der Mann Tasten.

»So«, sagte er, »dann lies mir doch mal vor, was hier steht.«

Die Wörter waren kompliziert, aber sie versuchte zu lesen, obwohl sie nicht genau verstand, was sie las.

»Na ja«, sagte der Mann, »woher soll's auch kommen. Das ist eine Welt-Kinder-Konferenz. Für die arbeite ich. Es geht um Kinder, verstehst du?«

An diesem Tag verstand Nan nicht, wovon der Mann sprach. Aber weil sie es verstehen wollte, brachte sie ihn dazu, ihr zu erklären, was er gemeint hatte. Es machte ihm Spaß, dem Kind Erklärungen zu geben, jedenfalls meistens. Und sie brachte ihn dazu, ihr zu zeigen, wie der Computer funktionierte, damit sie, wenn er schliefe, selbst versuchen könnte, die Texte zu entziffern, die er geschrieben hatte. Danach fragte er sie dann, wenn er wach geworden war und sich ihrer ausreichend bedient hatte.

Nan wusste, dass sie das Geld wert sein musste, das der Mann der Großmutter für sie gegeben hatte. Wenn er sich über sie beschwerte, würden die Mutter und die kleinen Geschwister von der Großmuter kein Geld mehr bekommen. Es war nie leicht, mit den Männern umzugehen, an die die Großmutter sie vermietete. Auch diesmal, trotz des Hotelzimmers, empfand sie heftigen Schmerz und Ekel. Aber, im Gegensatz zu anderen Zeiten, hatte sie wieder die Gelegenheit, etwas zu lernen. Deshalb kam sie, wenn sie am Morgen auf die Straße hinunter gegangen war, um die Zeitungen zu holen, gern zu dem Schweden zurück.

An diesem Morgen schlief der Mann noch, als sie das Zimmer verließ. Er war am Abend spät nach Hause gekommen. Sie hatte viel Zeit gehabt, an der Maschine zu sitzen. Als er kam, hatte sie schon daran gehört, wie er versuchte, den Schlüssel in die Tür des Hotelzimmers zu bringen, dass er betrunken war. Als er im Zimmer stand, groß und dick und schwankend und mit hässlichen Augen, hatte sie sich zum ersten Mal wirklich vor ihm gefürchtet.

Er würde länger schlafen als sonst, dachte sie. Sie brauchte nicht viel Zeit, um aus dem Hotelviertel hinüber in das Viertel zu laufen, in dem die Mutter mit den Geschwistern wohnte. Sie lief schnell, sie hatte ein unbestimmtes Bedürfnis nach Trost. Für ihren Weg brauchte sie trotzdem eine halbe Stunde. Als sie die Straße erreichte, in der die Hütte ihrer Mutter stand, blieb sie einen Augenblick außer Atem stehen. Die Hütte lag am Ende der Straße. Sie sah aus wie die anderen Hütten, die rechts und links dicht an dicht die Straße säumten: Dächer aus losen Blechteilen, aus Plastikbahnen zusammengebundene Wände, auf den zusammengenagelten und wieder zerbrochenen Resten von Bänken vor den Hütten nackte Kinder. Manche spielten im Sand der Straße. Denn die Straße war nicht gepflastert. Wenn der Wind darüber fuhr, wirbelte gelber Staub auf. In der Regenzeit wird das alles im Matsch versinken, wird sich Papier mit Hühnerdreck mischen und nicht weniger stinken als jetzt.

Nan lief weiter. Vor der Hütte der Mutter saßen die Brüder im Staub. Wenn keiner fehlte, alle Brüder draußen saßen und so taten, als spielten sie und die Köpfe so hielten, als lauschten sie auf etwas, das in der Hütte geschah, dann war die Mutter nicht allein. Nan setzte sich zu den Brüdern. Einen Augenblick konnte sie warten. Viel Zeit hatte sie nicht. Die Hängematte neben der Hütte hing leer und schlaff zwischen zwei Pfosten. Nan beobachtete den Plastikvorhang vor dem Eingang. Der Mann kam heraus und ging zur Hängematte. Er legte sich hinein, ließ ein Bein auf den Boden hängen und stieß sich leicht vom Boden ab. Sein Bein war dünn und sehnig. Am Fuß hing eine blaue Sohle, die mit zwei Riemen befestigt war. Nan sah die Brüder an. Der Kleinste war erst zwei und verstand nichts. Aber die beiden Größeren sahen hinüber zu dem Mann in der Hängematte, und in ihren Augen war Furcht.

Nan stand auf und kletterte über den halb zerbrochenen Steg zum Eingang der Hütte. Die Brüder sahen ihr nach, aber sie folgten ihr nicht. In der Hütte war es dunkel. Es gab kein Fenster. Ihre Augen brauchten eine Weile, um sich an die Dämmerung zu gewöhnen. Ein wenig Licht kam durch die dünnen, lose nebeneinander gelegten Bretter des Fußbodens. Da, wo das Licht von unten nicht durch die Ritzen der Bretter schien, war das Lager der Mutter. Nan ging dort hin und hockte sich auf den Boden. Sie konnte nun gut genug sehen. Sie konnte sehen, dass er die Mutter geschlagen hatte. Ihr Gesicht war rot und geschwollen, und die Schwellung am linken Augen war so stark, dass Nan das Auge nicht mehr sehen konnte. Das andere Auge der Mutter konnte sie sehen, auch wenn die Haut um das Auge herum dunkel war. Mit diesem Auge sah die Mutter sie an, ohne das Gesicht zu bewegen. Und Nan verstand, dass nicht sie, sondern die Mutter Trost brauchte. Weil aber das Gesicht der Mutter so unbeweglich blieb, begnügte Nan sich damit, ihr über den Fuß zu streichen. Draußen hustete der Mann in der Hängematte.

»Geh schon«, sagte die Mutter. »Mach du nicht auch noch Ärger.«

Nan lief zurück, ohne sich von den Brüder zu verabschieden. Sie lief durch den Müll der Straße, um das Hotelviertel zu erreichen, wo die Straßen gepflastert waren und sauber, so dass die Männer mit den Holzkarren leicht darüber hin fahren konnten, fast so leicht wie die Autos. Die gab es in dem Slum, in dem Nans Familie wohnte, nicht. Es gab Hütten aus Blech und Plastik. Sie sahen alle gleich aus, so wie die Hütte ihrer Mutter. Die lag auf den Brettern des Fußbodens, unter sich die Matte aus Stroh, in ihrem Gesicht die Schmerzen, die von den Schlägen des fremden Mannes gekommen waren. Und während Nan über den staubigen Weg lief, der mit leeren Bierdosen und Flaschen, mit Papier und Lumpen übersät war, während sie vorüberlief an den Hütten, die alle gleich aussahen, dünne Bambusgestelle, behängt mit Fetzen von Plastik in rot und grün und blau, kam es ihr plötzlich so vor, als wimmerten in allen diesen dunklen Hütten Frauen auf dem Fußboden; als lägen hinter allen diesen zerfledderten Hütten fremde Männer in Hängematten, als spielten vor allen diesen toten Hütten nackte Kinder im Dreck. Und sie lief so schnell sie konnte. Denn sie wusste nicht, ob die Männer aus den Hängematten aufstehen und sie einfangen würden, so, wie sie die Mutter eingefangen hatten.

Im Foyer des Hotels war niemand. Der Portier hatte seinen Platz verlassen, obwohl er niemanden hatte, der ihn vertrat. Aber jetzt, am Mittag, schliefen die Gäste, erschöpft von der Wärme und vom Essen, oder sie vergnügten sich, noch nicht müde genug, mit den Kindern und Frauen, die sie sich zu diesem Zweck hielten.

Nan blieb einen Augenblick stehen, um ihren vom Laufen heftigen Atem zu beruhigen. Der Gummibaum, neben dem sie stand, steckte in einem Betontopf mit einem Bambusmuster. Die Blätter des Gummibaums versetzten den vorderen Teil des Foyers in ein dämmriges Licht und verdeckten die braunen Flügel des Ventilators, den man kaum sah, nur die leisen Bewegungen der Blätter zeigten, dass er in Betrieb war. In der Erde des Topfes hatte jemand seine Zigarette ausgedrückt. Es waren noch mehr Zigarettenstummel in der Erde gewesen. Nan hatte gesehen, dass der Portier sie einsammelte, wenn er sie entdeckte.

Der Zigarettenstummel erinnerte sie an den Mann in der Hängematte. Beim Laufen hatte sie zuletzt an gar nichts mehr gedacht. Aber jetzt war er wieder da. Er hatte einmal seine Zigarette auf dem Fuß ihrer Mutter ausgedrückt. Aus Versehen, hatte er gesagt und sich entschuldigt. Man wusste nicht, was er tat, bevor er es getan hatte. Deshalb brauchte man sich nicht vor ihm in Acht zu nehmen. Niemand konnte das, nicht einmal die Brüder, denen er aber nichts tat, denen er nur manchmal gegen den Kopf schlug; schnell und hart und man wusste nicht, wann. Dahin würde sie nicht zurückgehen.

In der Eingangstür erschien ein Mann mit zwei Mädchen. Sie waren älter als Nan. Ihre Gesichter waren sehr stark geschminkt, und trotzdem hatte die eine ihr glattes, schwarzes Haar zu zwei Zöpfen zusammengebunden, die rechts und links von ihrem Kopf abstanden. Vielleicht wollte sie jünger aussehen als sie war. Die Schleifen in ihren Haaren waren weiß. Die Mädchen trugen sehr kurze Röcke aus schwarzem Leder und Schuhe mit hohen Sohlen. Der Mann, der sie rechts und links neben sich hatte, stützte sich ein wenig auf ihre Schultern. Sie waren alle drei betrunken.

»He«, schrie der Mann, »ist hier keiner? Wir brauchen ein Bier. Ein kaltes für die Gäste. Das wird ja wohl möglich sein. He, du da. Wo ist dein Onkel?«

Onkel, alle waren Onkel. Der Mann in der Hängematte und der Mann oben im Zimmer und auch der Portier.

»Ich weiß nicht«, sagte Nan.

Sie sprach nicht besonders laut, aber es schien ihr,

als sei ihre Stimme der einzige menschliche Laut in dem großen Foyer. Die beiden Mädchen kicherten, aber was für Töne brachten sie hervor? Wer hatte sie gelehrt, ihre Stimmen auf diese Weise zu gebrauchen?

»Du weißt doch, wo der Onkel das Bier versteckt hat. Geh und weck ihn auf oder hol es uns selbst. Los, mach schon.«

Der betrunkene Mann ging ein paar Schritte vorwärts und ließ sich mit lautem Krachen auf ein Bambussofa fallen. Die Mädchen zog er mit sich. Sie quiekten wie Schweine.

Nan wandte sich ab und lief durch das Foyer zur Treppe. Wenn sie zur Treppe lief und den Fahrstuhl nicht benutzte, würde der Mann denken, sie gehorche seinem Wunsch. Das Zimmer des Schweden lag im vierten Stock. Sie würde es erreichen, ohne dass der Mann wusste, wohin sie verschwunden war. Außerdem war er betrunken. So schnell könnte er ihr nicht folgen.

Der Schwede stand unter der Dusche, als Nan das Zimmer betrat. Als er darunter hervorkam, hatte er sich das Badelaken über dem Bauch zusammengeknotet. Der Bauch war so dick, dass das Laken offen stand.

»Was starrst du?«, fragte der Schwede.

Aber es klang nicht unfreundlich. Er kam sogar auf sie zu und strich ihr mit einer flüchtigen Geste über das Haar. Vielleicht tat ihm Leid, was er getan hatte, als er betrunken gewesen war. Er ging hinüber zum Telefon. Seine Füße hinterließen feuchte Abdrücke auf dem Dielenboden. Er würde etwas zu essen bestellen, und wenn der Portier nicht da wäre, dann würde sie hinunter gehen müssen, und unten säße noch immer der Mann mit den zwei betrunkenen Frauen, die auf ihr Bier warteten. Aber dann hörte sie den Schweden seine Bestellung aufgeben und wusste, dass der Portier zurückgekommen war. Sie sah eine Weile zu, wie der Schwede sich anzog, dann ging sie ins Bad, um sich ihre Füße zu waschen. Auf der Rückseite der Badezimmertür war ein Spiegel in einem Bambusrahmen, der bis zum Boden reichte. Sie betrachtete sich eine Weile, bevor sie das Bad wieder verließ. Der Schwede saß am Schreibtisch und schrieb in den Computer. Nan ging zu ihm hinüber und stellte sich neben ihn.

»Na, willst du wieder ein bisschen Unterricht? Du musst warten, bis ich fertig bin. Kannst so lange zusehen, dabei lernt man auch.«

Jemand klopfte an die Zimmertür, und der Schwede rief laut: »Wer da? Freund oder Feind?« Er war gut gelaunt, sie konnte es an seiner Stimme hören.

»Das Essen«, sagte der Portier draußen im Korridor. »Machen Sie schnell auf, es ist noch heiß.«

Der Schwede antwortete nicht, aber er stieß Nan mit dem Ellenbogen an, und sie lief zur Tür und nahm das Tablett mit den dampfenden Schalen aus den Händen des Portiers. Sie sah, dass er neugierig ins Zimmer blickte und schlug mit dem Fuß die Tür zu. Sie wusste, dass der Schwede nicht am Schreibtisch essen wollte. Deshalb stellte sie das Tablett auf dem Bambustischchen ab, das vor dem Sofa und den beiden Sesseln stand. Der Schwede war fast zu groß und zu dick für die zierlichen Möbel.

Diesmal aßen sie gemeinsam. Irgendetwas hatte ihm gute Laune gemacht, und die würde sie nutzen. Nach dem Essen stellte sie sich wieder neben ihn und sah ihm zu. Irgendwann würde er mit seiner Arbeit fertig sein. Dann würde er ihr zeigen, was sie tun musste.

Als der Schwede aber seine Arbeit beendet hatte, schob er den Stuhl zurück, erhob sich, wobei er ächzte und die Schultern nach hinten reckte, und ging ins Bad. Nan hatte er vergessen. Als er wieder heraus kam, schenkte er ihr einen kurzen Blick, bevor er zur Tür ging.

»Ach ja, du bist auch noch da«, sagte er. »Kannst ruhig ein bisschen damit herumspielen. Bist ja nicht blöd«.

Er verließ das Zimmer und schloss die Tür ab. Eine Zeit lang hörte Nan seine schweren Schritte auf dem Gang und auf der Treppe. Er nahm den Fahrstuhl nur, wenn er hinauf wollte.

Den Computer hatte er nicht ausgeschaltet. Natürlich war sie nicht blöd. Sie wusste, was sie wollte, und sie würde herausfinden, wie sie es an anstellen müsste, an ihr Ziel zu kommen. Ihr Ziel war die Kinder-Konferenz. Sie würde dahin gehen, wo man über das Leben von Kindern sprach. Sie würde erzählen, wie dieses Leben war. Ihr Leben und das ihrer Brüder. Und der anderen Mädchen und deren Brüder. Dann würden sie ihnen helfen. Aber sie durfte nicht allein dorthin gehen. Wenn sie allein käme, würde man vielleicht über sie lachen. Wenn sie aber viele wären, müsste man ihnen glauben. Sie müsste nur den Treffpunkt bekannt machen. Die anderen wussten nichts von der Konferenz.

Aber wenn sie davon wissen, dachte Nan, dann werden sie dazukommen. Sie wissen, dass sie so nicht mehr weiterleben können. Aber sie wissen nicht, wie man dieses Leben ändern kann. Ich bin die, die das weiß. Ich muss es ihnen sagen, damit sie verstehen, dass wir etwas tun können.

Wie ihre Botschaft empfangen werden sollte, darüber dachte Nan nicht nach. Irgendjemand würde sie lesen, so, wie Unbekannte auch die Botschaften des Schweden lasen, die er jeden Tag in den Computer eintippte. Überall in der Welt saßen Empfänger von Botschaften. Nans Botschaft war für die Mädchen gedacht, die mit Männern gingen, um ihre Familie zu ernähren. Sie wusste nicht, dass es dreißigtausend waren, die im Grenzgebiet von Thailand und Kambodscha ihren Körper anboten. Aber sie wusste, dass sie nicht die Einzige war. Sie waren viele und ein paar von ihnen würden mitgehen, das wusste sie.

*

Für einen Fremden wäre nicht leicht zu erkennen, weshalb der Junge die Nacht gerade an dieser Stelle des Steilhangslums verbracht hatte, unten, bei der ersten Staffel der maroden Wellblechbuden. Die am Steilhang hausten, wussten, dass an dieser Stelle einer der drei Eingänge zu ihrem Wohnquartier lag. Ein Fremder hätte auch nicht verstanden, dass der Junge dort nicht nur zu seinem Vergnügen stand. Jorge war einer der sechs Soldados, die in diesem Teil der Slums von Rio arbeiteten. Insgesamt waren es mehr, aber der Steilhang, an dem Jorge Wache stand, war der kleinste. Er hatte nur drei Zugänge. Ein Fremder hätte nichts von Jorges Beruf ahnen können, denn das Sig-Sauer-Sturmgewehr lag gut verdeckt von einem

Stück lose liegender Zeltplane zu seinen Füßen. Aber eine Fremder würde sich auch kaum in diese Gegend verirrt haben, in der es stank, die Füße im Müll versanken und bettelnde Kinder sich unweigerlich an seine Fersen heften würden. Man hätte ihn gewarnt, unten in der Stadt, in den feinen Gegenden, wo die Reisebüros lagen und die Hotels für Touristen.

Die Nacht war ruhig gewesen. Jorge, der Junge mit dem Sturmgewehr, das er in dieser Nacht nicht benutzt hatte, war zufrieden, wenn er an die feinen Viertel da unten dachte. Er konnte überall sein. Hier oben, wo er sein Geld verdiente, und da unten, wo man in Restaurants aß und das Geld von der Bank holte. Ein Fremder konnte sich in Rio nicht überall aufhalten.

Jorge bückte sich und zog die Zeltplane zur Seite. Er hatte die Nachtschicht gehabt. Es war ihm nicht schwer gefallen, die Nacht über wach zu bleiben. Nachts war es interessant draußen, ruhiger als am Tag, und es gab mehr zu sehen. Es sah schön aus, wenn die Feuerwehrraketen der Foqueteiros explodierten. Man wusste nie, wann und wo sie plötzlich in die Höhe schossen. Aber man wusste oder ahnte doch zumindest, was sich dann dort drüben abspielte. Foqueteiros warnten die Chefs, wenn Polizei oder die Konkurrenz gesichtet wurde. Eine Feuergefecht kann nur gewonnen werden, wenn man sich nicht überraschen lässt. Nicht die Anzahl der Waffen spielt die entscheidende Rolle. Wichtiger ist die strategisch richtige Aufstellung der Foqueteiros und der Soldados. Jorge war Soldado. Er war dreizehn, jedenfalls hatte seine Mutter dieses Alter erwähnt. Als er zehn war, hatte er angefangen, als Foqueteiro zu arbeiten.

Das war jetzt vorbei. Er hatte sich bewährt. Er hatte jetzt Geld. Auch als Foqueteiro hatte er schon Geld gehabt, 50 Realos am Tag waren es regelmäßig gewesen. Bloß hatte seine Mutter darauf bestanden, dass er ihr davon für die kleineren Geschwister etwas abgab.

Während Jorge daran dachte, wie man ihm damals das Geld aus den Taschen gezogen hatte, verfinsterte sich sein kleines, braunes Gesicht für einen Augenblick. Er hatte es gehasst, auf diese Weise ausgeplündert zu werden. Es war sein Geld gewesen, es war ihm persönlich von einem der Chefs gegeben worden. Er hatte dafür die Nacht draußen verbracht, ohne zu schlafen und die Augen offen gehalten. Seine Mutter hatte sich inzwischen mit irgendwem in der Hütte vergnügt, der ihr das nächste Kind machen und wieder verschwinden würde, bevor es da lag und ihnen die Ohren voll schrie. Recht würde der haben, wenn er verschwand. Quängelnde Bälger waren das Letzte.

Jorge zog die Zeltplane über dem Gewehr zurecht und blickte auf. Beim Anblick der Bucht und des Hafens dahinter besserte sich seine Laune wieder. Was regte er sich auf? Die beiden jüngeren Brüder hatten inzwischen ebenfalls Arbeit von den Chefs bekommen. Man hatte ihn gefragt, ob er Brüder habe, die so zuverlässig wären wie er selbst. Inzwischen machten sie sich gut, die Kleinen. Ronaldo war neun und arbeitet schon als Foqueteiro und der Kleinste, Roberto, Robo nannten sie ihn, weil er angeblich so zuverlässig war wie ein Roboter, Robo war erst fünf, aber seine Botengänge erledigte er zu aller Zufriedenheit. Er war einer der Avioes, wie sie genannt wurden, der vielen kleinen Flugzeuge, die bei Tag und bei Nacht den

Berg hinauf und hinunter liefen, wenn sie den Stoff in die feinen Gegenden transportierten. So klein er auch war: Robo verdiente schon selbst sein Geld. Das plärrende Balg, das noch bei seiner Mutter in der Hütte lag, bleibender Gruß ihres letzten Liebhabers, war sowieso ein Mädchen. Sollten Ronaldo und Robo ihr Geld bei der Alten abliefern. Er, Jorge, war dafür nicht mehr zuständig.

Der Blick auf den Hafen erinnerte ihn daran, dass er in der Nacht einen der großen Luxusdampfer hatte auslaufen sehen. Er wusste nicht genau, aus welchem Land der gekommen war. Die Schiffe kamen und gingen so dicht hintereinander, dass man sich ihre Namen kaum merken konnte. Aber er war oft unten am Hafen gewesen, als er noch am Tage eingesetzt worden war. Da hatte er nachts Zeit gehabt, war hinunter gegangen und hatte an der Pier gestanden, wenn die Schiffe ausliefen. Der Anblick war immer derselbe: die hohen, weißen Schiffswände, Lichterketten vom Bug bis zum Heck, auf dem Achterdeck die Musikkapelle und an der Reling die Menschen, schön gekleidet, mit Gläsern in der Hand, manche, aber nicht viele, auch mit Ferngläsern, die sie, merkwürdig genug, nicht auf die Stadt richteten, sondern auf die Favelas. Er, Jorge, würde nicht auf solche Drecklöcher sehen, wenn er, auf einem Schiff stehend, den Hafen von Rio de Janeiro verlassen könnte; noch dazu nachts und mit Musik. Ob man trotz der Lichterketten noch die Sterne sah?

Jorge beschloss, hinunter zum Hafen zu gehen, sobald die Ablösung gekommen wäre. Der Weg würde ihn zwei Stunden kosten, aber er hatte Zeit. Es war Sonntag. Unten würde er vielleicht die Band mit der einbeinigen Sängerin treffen. Am Hafen würde es auch am Sonntag ein geöffnetes Bistro geben, wo er etwas zu essen bekäme. Jorge liebte die Musik, und die Gruppe der einbeinigen Sängerin gefiel ihm von allen Samba-Gruppen am besten.

Amadeo, der Junge, der kam, um ihn abzulösen, stand so plötzlich neben ihm, dass Jorge erschrak. Amadeo war erst zwölf, aber er war ein Schwein. Man mochte ihn nicht genau ansehen. Er hatte ein Zucken im Gesicht. Man wusste nicht, ob er selbst das überhaupt merkte. Er konnte einem auch nicht länger als zwei Sekunden in die Augen sehen. Seine Augen flitzten immer irgendwohin. Weiß der Teufel, was sie dann sahen und weshalb sie so glitzerten. Er war hinterhältig, weil er auch zu seinem persönlichen Vergnügen schoss. Die Chefs mochten das nicht, aber bisher hatte Amadeo noch immer einen Grund gefunden, wenn man ihn fragte, weshalb er geschossen hatte. Oft wurde er nicht gefragt. Aber Jorge kannte zwei Jungen, denen Amadeo ohne Grund in die Füße geschossen hatte oder mit Grund, wenn ein Lacher am falschen Platz ein Grund sein konnte, jemandem die Füße zu demolieren.

»Man hat Arbeit für dich«, sagte Amadeo.

Er hatte das Sturmgewehr unter der Plane hervorgezogen und hielt es schräg vor sich hin.

»Wer?«

Jorge wusste, dass ihm eine bestimmte Arbeit noch bevorstand. Alle, die als Soldados arbeiteten und viel Geld verdienten – 3.000 Realos in der Woche waren sehr viel Geld –, mussten irgendwann eine Arbeit machen, mit der sie beweisen sollten, dass sie die richtigen Leute für den Job waren. Es gab viele, die als Soldados arbeiten wollten, aber nicht alle waren den Anforderungen gewachsen. Die Chefs mussten einfach herausfinden, wer die Besten waren. Das taten sie, indem sie die Kandidaten eine besondere Arbeit machen ließen. Jeder wusste das.

»Da drüben«, Amadeo wies mit dem Kopf auf den Nachbar-Steilhang. »Du wirst schon sehen.«

Der Steilhang da drüben gehörte derselben Trafico-Truppe, für die Jorge arbeitete. In der Nacht hatte es dort eine Schießerei gegeben. Jetzt, am Morgen, stieg aus ein paar Hütten Rauch in den Himmel, weniger als sonst, weil Sonntag war und man am Sonntag lange schlief, obwohl man auch an den anderen Tagen lange hätte schlafen können, denn weshalb sollte man früh aufstehen, ohne Arbeit, ohne Schule? Nur den Hunden war es egal, ob Sonntag war oder nicht. Sie kläfften jeden Tag, sowie sich am Himmel auch nur der geringste Lichtschimmer zeigte und die Nacht zu Ende ging.

Jorge hatte keine Lust, Amadeo danach zu fragen, welche Arbeit ihn erwartete. Wahrscheinlich wusste Amadeo auch nichts und tat sich nur wichtig. Aus der Hütte über ihm kam ein Geruch nach Speck und Eiern. Er hatte Hunger. Er wusste, dass er in der Hütte zu essen bekommen würde. Die Alte da oben brauchte Geld. Manchmal ging er dorthin, um zu essen. Aber heute, am Sonntag, würde er zum Hafen hinuntergehen. Er konnte sich auch ein richtiges Lokal leisten, nicht nur einen wackeligen Tisch in einer Hütte, in der es außer nach gebratenem Speck auch noch nach Schlaf roch und wo ihn die Alte mit ihren dicken Titten bedrängte, weil sie wusste, dass er Geld hatte und hoffte, auch noch auf andere Weise etwas davon abzubekommen.

Jorge hob die Schultern, was Gleichgültigkeit andeuten sollte, wandte sich um und begann den Abstieg. Manchmal schoss Amadeo hinter den Leuten her in die Luft, aber diesmal blieb es ruhig. Vielleicht hatte ihm jemand gesagt, dass er nicht unnütz in der Luft herumballern solle. Der tote, gelbe Hund, der schon seit ein paar Tagen auf dem Weg lag, war inzwischen auf seine doppelte Größe angeschwollen. Wann der wohl platzte? Wie das wohl aussah?

Jorge verzog angewidert das Gesicht. Er konnte sich den Gestank vorstellen. Außerdem platzten diese Viecher nie mit einem Knall. Sie zischten nur und wurden kleiner, wenn sie nicht vorher schon von einem herumstrolchenden Schwein aufgefressen wurden.

Die Schweine.

Heftig stieß der Junge mit dem Fuß gegen eine zerknautschte Bierdose. Sie flog in einem flachen Bogen über den Weg und blieb unter einem Kaktusstrauch liegen. Da lag schon ein Haufen aus Dosen und Flaschen und schwärzlichen, abgebrochenen Kakteenblättern. Eine kleine Ratte sprang hoch, als die Dose gegen den Haufen prallte.

Eine Ratte, was ist schon eine Ratte, dachte Jorge, während er an dem Haufen vorüberkam. Die Ratte war verschwunden.

Das Leben könnte so schön sein, dachte er. Aber immer gab es etwas, das nicht in Ordnung war. Nun hatte er eine Arbeit und genug Geld für Essen und Klamotten und um Leuten, die er mochte und die ihm nicht auf die Nerven gingen, etwas zu Trinken zu spendieren. Er konnte sich eine ordentliche Pension zum Schlafen aussuchen, wenn er nicht draußen schlafen wollte. Er musste nicht mehr in der Hütte seiner Mutter neben plärrenden Geschwistern schlafen, er musste nicht mehr die wechselnden Männer der Mutter ertragen, einer so blöd wie der andere. Bald würde man ihn endgültig aufnehmen in die Armee der Soldados. Dass es schon eine Aufgabe gab, die er übernehmen sollte, hatte Amadeo ihm gerade gesagt. Hoffentlich hatte er die Wahrheit gesagt. Dann war alles in Ordnung. Und dann fielen ihm die Schweine ein, und der Tag war gelaufen.

Jorge begann zu rennen. Er rannte und rannte und machte erst Halt, als er den Strand erreichte. Es war noch früh. Da war niemand, der ihn wegscheuchen konnte. Man scheuchte sie von diesem Ende des Strandes weg, wenn die Touristen ausgeschlafen hatten und beladen mit Matten und Sonnenschirm und Strandtaschen, die voll gestopft waren mit Büchern und Sonnenöl und Handtüchern in verschiedenen Größen, für Arme, für Beine, für Titten, für Schwänze, den Strand mit Beschlag belegten. Geld hatten sie selten in ihren Badetaschen. Das trugen sie um den Hals oder in kleinen, eingenähten Täschchen in ihren Badeanzügen.

Der Strand war weiß und leer, und das Wasser schlug in so kleinen Wellen auf den Sand, dass man es nicht hören konnte. Jorges Augen suchten nach einer Stelle, die ein wenig Schatten geben würde, denn in einer Stunde würde die Sonne schon hoch stehen. Er sah, dass er sich direkt unter der Mauer hinlegen musste, die die Promenade abschloss, sonst bliebe ihm nichts anderes übrig, als die Sonne auszuhalten, bis man ihn verjagte. Er ging langsam über den Sand, der noch nicht heiß, aber schon warm unter den Fußsohlen lag. Vorn am Wasser würde es ein wenig länger kühl bleiben. Er legte sich nahe am Wasser auf eine Stelle im Sand, die gerade noch trocken war. Bevor er die Arme hinter dem Kopf verschränkte und sich fallen ließ, tastete er nach der Gesäßtasche seiner Hose. Er konnte die Beule fühlen. Das waren die Geldscheine.

Der Sand im Rücken war warm. Der Himmel über ihm war so blau, dass er hin und wieder die Augen schließen musste, weil ihm das Blau weh tat, wenn er länger hineinsah. Die Geräusche der Autos auf der Straße hinter der Promenade kamen von weit her. Sie waren ruhig und gleichmäßig. Sie waren wie ein Schlaflied.

Der Tritt des Strandwärters traf ihn in die rechte Seite. Er sprang auf, noch im Schlaf, aber auch wach, rannte gegen einen Sonnenschirm, der vorher nicht da gestanden hatte, trat in ein auf einer Decke ausgebreitetes Frühstück, lachte und rannte davon. Er wusste, dass der Strandwärter ihm nicht folgen würde. Um diese Zeit, wenn der Strand sich schon füllte, wollten sie kein Aufsehen mehr haben. Aber er rannte trotzdem, jetzt wach und vergnügt. Er fühlte sich frisch und ausgeschlafen und hungrig.

Unter der Magistrale, die vom Hafen in die Stadt führte, war Hochbetrieb. Sonntags bauten hier Trödler ihre Stände auf, aber auch jeder andere, der glaubte, etwas zu verkaufen zu haben, legte seinen Kram auf eine Decke oder auf einen wackeligen Tisch. Man konnte hier Möbel kaufen und Schuhe, Töpfe und Geschirr, Papageien und Hunde, Unterröcke und Kinderspielzeug, Schallplatten und Türklinken; alles eben, was noch irgendwie zu verwerten war. Zwischen den Ständen drängten sich die Menschen.

Jorge blieb neben einem Alten stehen, der auf einem Campingtisch ein paar Flaschen mit Teppichschaum aufgebaut hatte, und sah auf die Leute, die sich ihm entgegendrängten. Die meisten waren Einheimische, arme Leute, die gekommen waren, um günstig einen gebrauchten Kochtopf oder ein Kommunionskleid zu ergattern. Aber es waren auch Touristen darunter, solche, die von den Schiffen kamen oder aus den Hotels in der Bucht. Sie suchten nach Andenken, meistens nahmen sie Gläser oder Teller, die sie vorher begrabschten und beklopften und gegen die Sonne hielten. Größere Stücke konnten sie wohl nicht im Flugzeug mitnehmen. Früher, als er noch nicht bei den Foqueteiros gewesen war – die und die Avioes hatte es damals noch nicht gegeben –, hatte er, zusammen mit ein paar anderen Jungen, diese Touristen um ihr Geld erleichtert. Sie waren nicht schlecht darin gewesen, jemanden abzulenken und dabei zu bestehlen. Einer von ihnen konnte sogar Uhren und Armbänder von den Armen herunterbringen, ohne dass jemand es bemerkte. Das war manchmal lustig gewesen, aber es ging nur sonntags, und man musste das Zeug hinterher loswerden, wobei sie einen immer übers Ohr hauten. Der das mit den Uhren und Armbändern gekonnt hatte, war inzwischen tot. Und Jorge war froh, dass er nun eine richtige Arbeit hatte. Hier, auf dem Markt, würde er nicht mehr weglaufen müssen.

Aber Hunger hatte er nun wirklich. Er drängte sich durch die Menge der Händler und Käufer. Er brauchte eine halbe Stunde, bis er am Ende des Marktes angekommen war. Unterwegs hatte er ein paar der alten Kumpels von früher gesehen. Sie waren immer noch damit beschäftigt, Touristen zu beklauen, und er hatte verächtlich das Gesicht verzogen bei ihrem Anblick.

Die Straße, die hinunter zum Hafen führte, lag jetzt, um die späte Vormittagszeit, leer vor ihm. Die Läden rechts und links an den Bürgersteigen waren geschlossen. Eiserne Gitter oder Jalousien schützten die Auslagen. Jorge begann wieder zu laufen. Ganz vorn, da, wo die Straße am Hafen endete, lag der Platz, der sein Ziel war.

Und es war alles so, wie er es sich vorgestellt hatte. Der Platz, umstellt von hohen, ausladenden Gummibäumen, die Bänke rundherum, grün gestrichenes, verschnörkeltes Eisen und braune, dicke Bretter darauf, das kleine Bistro mit der geöffneten Fensterklappe, hinter der er den Kopf des Schwarzen mit den weißen Haaren und der plattgedrückten Nase sehen konnte, und, das Beste, die Männer der Band und die einbeinige Sängerin. Sie machten gerade eine Pause, sonst hätte er sie schon von weitem hören können. Einer der Männer hatte Bier gekauft und kam, den Arm voller Flaschen, zurück zu den anderen. Sie sahen alle so aus, als hätten sie seit Tagen nicht geschlafen, auch die Sängerin, die eigentlich schön war, aber nun auf ihrem Holzbein hin- und herschaukelte. Sie trug einen kurzen Rock, schwarz, ein schwarzes T-Shirt, das eng anlag und einen großen, strassbesetzten Ausschnitt hatte. Man konnte die Hälfte von ihrem Busen sehen, obwohl sie sich eine Jeansjacke über die Schulter gehängt hatte.

Jorge setzte sich auf die Bank, die der Band am nächsten war. Er sah zu, wie dort das Bier verteilt wurde, auch die Sängerin bekam eine Flasche, und beschloss, dass er die nächste Runde ausgeben würde, wenn sie gespielt hätten. Der Platz war leer bis auf die Musiker, ein Liebespaar und zwei Touristen, ein Mann und eine Frau, die bestimmt gerade vom Schiff gekommen waren. Wenn er sich umdrehte, konnte er den hohen Bug des Schiffes sehen, strahlend weiß und die Bullaugen und die Fenster der Luxuskabinen auf dem Oberdeck. Mit einem solchen Schiff würde er fahren, eines Tages, und wenn er sich heimlich hinaufschleichen müsste.

Jorge drehte sich ganz um, streckte seine Beine durch die Lehne der Bank und legte den Kopf zurück. Er betrachtete aufmerksam den Rand des Hafenbeckens, die Ladeluken im hinteren Teil des Schiffsrumpfs, den langen Steg, auf dem die Passagiere von Bord gingen. Den Steg zu überwinden, ohne gesehen zu werden, wäre schwierig. Aber dann begann in seinem Rücken die Musik zu spielen, und er wandte sich um und vergaß das Schiff. Es gab viele Gruppen in Rio, die Musik machten, einfach nur so, zum Spaß, wenn sie Zeit hatten. Aber diese war die beste. Und sie hatten die Sängerin. Sie konnte einen mit ihrer Stimme so einweichen, dass man zuerst eine Gänsehaut bekam und dann innen drin ganz schlapp und weich wurde und Lust hatte, sie nackt zu sehen, egal, ob sie ein Holzbein hatte oder nicht. Wenn sie nackt wäre, könnte man sehen, wie das Ding an ihr befestigt war.

Als das Lied zu Ende war, öffnete Jorge die Augen. Das tat er immer, wenn die Sängerin aufhörte. Er wusste, dass sie dann die Bierflasche aufhob, die sie neben sich auf die Erde gestellt hatte, und einen langen Schluck Bier nahm. Sie konnte fast so gut trinken wie singen.

»Toll«, sagte jemand neben ihm. »Scheiße, das mit dem Bein.«

Auch ohne zur Seite zu sehen, hätte Jorge gewusst, wer sich neben ihn gesetzt hatte. Die Stimme war nur ein Flüstern, aber Jorge kannte keinen, der dieses Flüstern nicht fürchtete. Er blieb still und wartete. Der Mann neben ihm war noch nicht alt, höchstens zwanzig. Er war sehr schmal und so elegant gekleidet, dass man Lust bekommen hätte, über ihn zu lachen, wenn die Stimme nicht gewesen wäre.

Es ist nicht die Stimme, dachte Jorge. Es ist das, was man sich über ihn erzählt. Der Mann hieß Lee. Oder auch »Das Messer«, je nachdem, wer bei welcher Gelegenheit über ihn sprach.

»Wir haben ein Problem«, flüsterte Lee. »Wir haben beschlossen, dass du uns helfen wirst, es zu beseitigen. Du wirst heute um sechs nach oben kommen. Keine große Sache, aber immerhin ... Dauert nicht lange, so dass du nach der Arbeit bequem zurücklaufen kannst. Ich geb dir einen guten Rat: Verpatz die Sache nicht. Stell dich darauf ein, dass es nicht ganz einfach wird. Danach bist du unser Mann. Du weißt, was das bedeutet.«

Lee zog die langen Beine zu sich heran. Er trug Hosen aus weichem, gelbem Wildleder und schmale, schwarze Slipper der teuersten Marke. Sein weißes Hemd war weit geöffnet. An seinem linken Handgelenk hing ein schweres, goldenes Gliederarmband.

Es stimmte also. Amadeo hatte kein Märchen erzählt. Natürlich wusste Jorge, was es bedeutete, Mann des Trafico zu sein. Das war es doch, was er wollte.

Lee stand auf und ging, ohne sich zu verabschieden. Jorge sah hinter ihm her. Lee ging auf die Kapelle zu und hob lässig seinen goldbehängten Arm, als er an der Sängerin vorüberging. Jorge sah, dass die Sängerin die Mundwinkel nach unten zog und sich abwandte. Er schloss die Augen und wartete darauf, dass die Musik wieder einsetzte. Es war also so weit. Sie würden ihn prüfen und in die Organisation aufnehmen. Er hatte es geschafft.

Langsam wurde es heiß. Die Kapelle hatte vier oder fünf Pausen gemacht und in jeder Pause tranken die Musiker große Flaschen Bier, die Jorge bezahlte. Nach der vierten Flasche lächelte die Sängerin ihm zu und bot ihm an, aus ihrer Flasche zu trinken. Er schüttelte den Kopf. Ihm war klar, dass er nüchtern bleiben musste. Aber er lachte, als die Sängerin, bestimmt war sie inzwischen betrunken, eine Titte aus ihrer Bluse holte und damit zu ihm herüberwinkte. Sie wandte den Musikern dabei den Rücken zu, so, als ob das ein Geheimnis zwischen ihnen bleiben sollte.

Nach der fünften Runde Bier hörten sie auf zu spielen. Es war jetzt so heiß, dass ihnen der Schweiß im Gesicht glänzte, auch wenn sie sich nicht mehr bewegten. Die Sängerin lag auf der Bank, sang vor sich hin und fuchtelte müde mit den Armen in der Luft herum. Sie würde nun bald einschlafen. Auch im Schlaf rutschte ihr Rock nie so hoch, dass man sehen konnte, wie das Holzbein an ihrem Körper befestigt war. Es begann die Zeit der Mittagsruhe.

Jorge stand auf. Er war froh, das er auch nicht den kleinsten Tropfen Alkohol getrunken hatte. In ein paar Stunden hatte er eine wichtige Arbeit zu erledigen. Anders als die da oben auf dem Deck des Schiffes am Kai. Da standen riesige Sonnenschirme, die die Sonne abhielten und gleichzeitig den sanften Wind vom Fluss ungehindert heraufwehen ließen. An weiß gedeckten Tischen saßen weiß und bunt gekleidete Passagiere. Obwohl die Sonne von ihren Tischen fern gehalten wurde, glitzerten die Gläser, die sie in den Händen hielten, wenn sie sich zutranken. Es war zwar keine Kapelle zu sehen, aber trotzdem glaubte Jorge, leise Musik zu hören. Am Achterdeck waren noch immer die Ladeluken geöffnet. Ein Wagen, hoch beladen mit Blumen, wurde gerade in den Schiffsbauch gebracht. Jorge spuckte auf den Boden und wandte sich ab.

Den Rest des Nachmittags verbrachte er, nachdem er versucht hatte zu essen, was ihm aber nicht wirklich gelungen war, in einem Internet-Café. Er konnte ein wenig lesen. In dem Café, das immer geöffnet war, saßen Freaks, die es nicht störte, wenn er sich neben sie setzte. Manchmal hatte er für einen von ihnen, einen kleinen, sehr dicken Jungen, der vierzehn war, jedenfalls hatte er das gesagt, auch schon die Gebühren bezahlt. Was der Dicke eigentlich machte, weshalb und mit wem er dauernd Kontakt hatte, wusste Jorge nicht. Der Dicke war freundlich, wenn er ihn überhaupt wahrnahm. Meistens aber war er so gefangen von dem, was er las und versendete, dass man kaum mit ihm reden konnte.

Das Café war klein, sechs Plätze und nur in einer Ecke eine zerschlissene Polstergarnitur mit einem niedrigen Tisch, auf dem Zeitschriften lagen. Die Computertische waren nicht besetzt. In der Mittagszeit hatte offenbar niemand Lust gehabt, sich herzuquälen. Auf dem schwarzbunten Sofa hockte der Dicke und blätterte in einer Zeitschrift. Sein T-Shirt war unter den Ärmeln und über dem Bauch nass. Der kleine Raum hatte, außer der Ladenscheibe, die nicht zu öffnen war, kein Fenster. Die offen stehende Eingangstür brachte keinen Luftzug. Innen roch es nach Staub und Schweiß. Der alte Mann, der im Hintergrund in einem vergitterten Kassenhäuschen hockte, war eingeschlafen. Jorge hörte sein leises Schnarchen schon an der Tür. Der Dicke sah auf und hob lässig zwei Finger, bevor er wieder in der Zeitschrift blätterte. Jorge ging an den Computertisch, der der Tür am nächsten war. Da roch es am wenigsten, und ein kleiner Luftzug war da vielleicht auch zu erwarten. Wie die Maschine in Gang gesetzt werden konnte, wusste er. Er hörte den Dicken in seinem Rücken beim Aufstehen ächzen.

»Zahl für vier Stunden«, sagte er, als er neben Jorge stand. »Wenn du für vier Stunden zahlst, zeig ich dir was.«

»So viel Zeit hab ich nicht.«

»Ist doch egal. Ich hab Zeit.«

»Okay.«

Der Dicke, seine blonden, langen Haare waren feucht und er stank ziemlich, schob Jorge beiseite und setze sich vor den Computer. Jorge blieb neben ihm stehen.

»Hier«, sagte der Dicke, »was hältst du davon?«

Auf dem Bildschirm war ein nackter Mann zu sehen, der sich an einem Baby zu schaffen machte. Er hielt das Kind, ein Mädchen, von allen Seiten vor die Kamera, spreizte die fetten Beinchen auseinander und nuckelte an den Zehen.

»Ekelhaft«, sagte Jorge. »Solche Kerle sind doch ekelhaft. Wenn du nichts Besseres hast.«

»Weiß ich nicht«, sagte der Dicke. »Manche Leute mögen so was. Andere regen sich darüber auf. In Europa machen sie gerade eine Konferenz dagegen. Willst du sehen, wo?«

»Ist mir egal«, sagte Jorge.

Der Dicke fummelte eine Weile mit dem Cursor auf dem Bildschirm herum. Der alte Mann im Hintergrund war von ihrem Gespräch wach geworden.

»He, nicht ohne zu bezahlen«, krächzte er.

»Reg dich ab, Alter«, sagte Jorge. »Ich zahle. Ich hab mehr Geld als dein Scheißladen wert ist.«

»Werd nicht frech«, sagte der Alte, aber er hatte sich schon wieder beruhigt. Er wusste, dass Jorge zahlen würde.

»Kannst zwei Colas haben«, rief er. »Gut gekühlt.«

Jorge ging an das Gitter, hinter dem der alte Mann saß und schob zwanzig Dollar durch die Stäbe. Aus der Nähe sah der alte Mann unrasiert aus. Wenn er den Mund aufmachte, sah man ein paar schwarze Zahnstummel.

»Kannst einem Leid tun, Alter«, sagte Jorge. »Den ganzen Tag in diesem Affenkäfig. Nimm dir auch 'ne Cola.«

Der Alte holte drei Dosen aus einem Kühlschrank im Hintergrund und schob zwei davon durch das Gitter. Jeder wusste, dass er keinen Schlüssel hatte, um die Gittertür aufzuschließen. Das war zu seinem eigenen Schutz. Wenn er überfallen wurde, brauchte er sich bloß hinter den Tresen fallen zu lassen. Hinein zu ihm kam niemand. Außer denen, die ihn nach seiner Schicht herausließen. Manchmal, aber das war noch nicht sehr oft vorgekommen, war niemand da, um ihn abzulösen. Er blieb dann und ließ sich von den Freaks etwas zu essen holen. Pissen musste er sowieso in den Eimer, der unter dem Tresen stand.

Manchmal stank es, aber eigentlich hatte der Eimer einen Deckel.

Jorge ging zurück und stellte die Dose neben den Computer. Auf dem Bildschirm sahen sie einen Rasen, große Bäume und ein modernes Gebäude mit vielen Fenstern.

»Tagungsort«, sagte der Dicke. »Da bereden sie dein Problem, mein Lieber. Welt-Konferenz für Kinder.«

»Leck mich am Arsch«, sagte Jorge. »Ich hab kein Problem.«

Aber dann blieb er doch neben dem Dicken stehen und sah dabei zu, wie er verschiedene Seiten nacheinander aufrief und hin und wieder einen der fett gedruckten Texte laut vorlas.

»Wer ist das?«, fragte Jorge.

Das Foto einer Frau war auf dem Bildschirm erschienen. Auf den ersten Blick hatte die Frau eine gewisse Ähnlichkeit mit der Sängerin, aber nur, wenn man nicht genau hinsah.

»Carola von Werner«, las der Dicke. »Die ist von Deutschland, wo die Konferenz stattfindet.«

»Was soll das denn sein. Meine Großmutter? Habt ihr nichts Besseres als solche Schreckschrauben? Hier. Wenn ihr mir diese niedlichen, kleinen Beutel abkauft, seht ihr ganz andere Sachen, garantiert.«

Hinter Jorge und dem Dicken stand ein dünner, brauner Junge. In der ausgestreckten Hand hielt er ihnen zwei kleine Beutel mit Stoff entgegen.

»Mach, dass du rauskommst«, schrie der Alte in seinem Käfig. »Verschwinde, du Scheißkerl. Hier machst du keine krummen Geschäfte.«

Der Alte hatte nichts dagegen, dass in seinem Laden gedealt wurde, solange die Dealer aus der eigenen

Familie kamen. Den dünnen Jungen aber kannte er nicht. Er würde Schwierigkeiten bekommen, wenn seine Leute herausfanden, dass er Fremden erlaubte, ihre Geschäfte im Café abzuwickeln.

»Halt doch dein Maul, Alter«, rief der Kleine.

Seine Stimme war mächtig aufgekratzt. Überhaupt, wenn man ihn genau ansah, dann wurde schnell deutlich, dass er vermutlich selbst sein bester Kunde war. Er war so dünn, dass wohl nicht mehr viel zu machen war. Den würde es bald erwischen.

»Du hörst doch, was der Alte sagt. Zisch ab, Kleiner, oder wir machen dir Beine.«

Der Dicke hatte sich umgedreht und sprach auf den Jungen ein. Er fühlte sich gestört, das war alles. Jorge sah den Kleinen an und sagte nichts.

»Los, hau ab«, schrie der Alte von hinten. »Oder soll ich dir Beine machen?«

Er hielt einen Revolver in der Hand. Der Himmel mochte wissen, wo er den plötzlich her hatte. Der Junge steckte den Stoff in die Taschen seiner Bermudas. Er streckte dem Alten die Zunge heraus, drehte sich um, zog die Bermudas blitzschnell herunter, zeigte dem Alten seinen nackten Hintern und rannte, die Hosen hoch ziehend und laut kreischend, auf die Straße.

»Den hat's erwischt«, sagte der Dicke und wandte sich wieder dem Bildschirm zu. Jorge sah auf den Alten in seinem Käfig. Von dem Revolver war nichts mehr zu sehen.

»Ich hol noch zwei Cola, bevor der wieder einschläft«, sagte Jorge. Er hätte gern gewusst, wo der Revolver versteckt war, aber es gelang ihm nicht, das Versteck zu entdecken.

»Tolle Kanone«, sagte er. »Wusste gar nicht, dass du schießen kannst, Alter.«

»Du weißt eben nicht alles, du Klugscheißer.«

Der alte Mann rutschte auf seinem zerfledderten Korbsessel hin und her, bis er eine Stelle gefunden hatte, die nicht drückte. Er schob seinen Strohhut in den Nacken, legte die Arme auf den Tisch und den Kopf auf die Arme.

Jorge nahm die Coladosen und ging zurück zu dem Dicken. Der Durchgeknallte eben hatte ihn an eine Szene erinnert, die er vor ein paar Jahren unfreiwillig miterlebt hatte. Er hätte es lieber gehabt, wenn ihm diese Szene nicht eingefallen wäre.

»Scheiße, das«, sagte er und stellte die Coladose neben dem PC ab.

»Solche Idioten. Soll ich dir sagen, was sie mit denen machen?«

Der Dicke nahm die Coladose, sah Jorge an, antwortete aber nicht.

Er stinkt, aber er hat ein freundliches Gesicht, dachte Jorge.

Laut sagte er: »Ich weiß es, ich war nämlich dabei.«

Der Blonde sah ihn weiter an, während er die kalte Coladose auf seiner Brust hin- und herrollte.

»Bald hat du Titten«, sagte Jorge.

»Erzähl«, sagte der Dicke, »du kannst ja gar nicht mehr an dich halten.«

»Ich war Kontaktmann. Kleine Jungs lassen sie in Ruhe. Kommt wohl keiner drauf, dass sie schon arbeiten können. Ein paar Mal in der Woche hab ich Ausländer getroffen und ihnen den Stoff gegeben. Nicht gedealt, einfach nur abgegeben. In unser Büro kam so ein Idiot wie der eben. Ich hab ihn gekannt, deshalb hab ich ihm ein bisschen von dem Stoff gegeben. Wir hatten ja genug, und dem ging's ziemlich schlecht. Geld hatte er nicht, sonst hätte er sich ja Stoff kaufen können. War 'n ganz schönes Theater. Wehe, du machst das noch mal. Solche machen sowieso nur Ärger, brüllte der Chef. Na ja, war eben passiert. Aber nach ein paar Tagen kommt der Idiot wieder. Plärrt und quakt, so wie der von vorhin auch blöd plärren wird. Sagt der Chef zu mir: In meinem Schreibtisch liegt eine Pistole. Knall ihn ab. Er geht mir auf die Nerven.«

Der Dicke hat aufgehört, die Dose auf seiner Brust hin- und herzurollen.

»Ja, und? Und du? Hast du?«

»Ich kannte den, hab ich doch gesagt.«

»Und du hast einen erschossen, den du kanntest?«

»Bist du verrückt? Der stand vor mir und winselte. Das mach ich nicht, Chef, hab ich gesagt. Ich kann das nicht. Was weiß ich. Ich hab's eben nicht gebracht.«

»Ja, und dann?«

»Ganz einfach, Mann. Der Chef zieht die Schublade von seinem Schreibtisch auf. Das Ding lag tatsächlich da drin, ziemlich großes Kaliber, silbern. Der Idiot winselte immer noch, vielleicht, wenn er gleich abgehauen wäre. Aber so ...«

»Er hat ihn abgeknallt?«

»Klar.«

Jorge nahm einen langen Zug aus der Coladose. Sein Atem ging heftig. Er dachte an das, was dann geschehen war.

»Scheiße«, sagte der Dicke.

Auf dem Bildschirm stand noch immer das Foto der Frau aus Deutschland.

»Gar nicht so übel«, sagte der Dicke.

»Nachdem sich im vergangenen Jahr 186 Regierungschefs zu einem Weltkindergipfel getroffen haben, soll nun die Folgekonferenz erste Bilanz ziehen«, las er laut. »Hat sich die Lage der Kinder weltweit verändert? Wo müssen Schwerpunkte gesetzt werden? Interview mit Carola von Werner, der deutschen Organisatorin im Gastgeberland. Die Stadt Hamburg wird ihre Gäste aus aller Welt gebührend empfangen.«

Er wandte sich Jorge zu.

»Da solltest du mal deine Geschichte erzählen. Dann hätten die was Interessantes.«

»Ich hau ab«, sagte Jorge. »Ich hab noch was vor.«

Auf der Straße hatte der Verkehr zugenommen. Und die Hitze war nun gewaltig. Wenn er barfuß gewesen wäre, hätte er seine Füße nicht auf den heißen Boden setzen können. Aber er war nicht barfuß. Er trug Nikes. Um den Ort zu erreichen, an den Lee ihn bestellt hatte, musste er ein Stück durch ein Villenviertel gehen. Der Verkehr wurde dort weniger. Es war auch nicht ganz so heiß. Über die Mauern der Vorgärten hingen die Zweige von Palmen, Gummibäumen und Bougainvilleen und bildeten schattige Muster auf den Bürgersteigen. Die Rollläden und Fensterläden, die die Mittags- und Nachmittagshitze abgehalten hatten, wurde an manchen Häusern schon geöffnet. Hinter den hohen Mauern war das sanfte Geräusch der Rasensprenger zu hören, die man vor dem Abend noch für eine Stunde einschaltete. Die Luft fühlte sich hier anders an, nicht wie am Hafen und schon gar nicht wie in der Straße, in der das Internet-Café lag. Jorge begann zu laufen, langsam zuerst und ohne dass es ihm bewusst wurde. Vielleicht war es die Luft, die wunderbare, duftende, leichte Luft, die ihn zum Laufen anregte? Und während er lief, langsam schneller wurde, aber nicht zu schnell, so dass er nicht außer Atem kam, nur leicht und locker dahinlief, erschienen wie von selbst Bilder in seinem Kopf. Er sah sich auf dem Schiff sitzen, das im Hafen lag. Er sah sich einen weißen Bademantel tragen, an einem Tisch in der Nähe des Pools. Er sah das Glas in seiner Hand und wie schön die braune Hand aus dem Ärmel des weißen Bademantels hervorsah. Jetzt stellte er das Glas ab und ließ den Bademantel von seinen Schultern gleiten. Mit lockeren Schritten ging er zum Pool, in seinem Rücken die Blicke der Weiber, eine so reich wie die andere, eine so alt wie die andere. Aber ihm waren die alten Weiber egal, denn drüben, auf der anderen Seite des Pools, saß sie. Blond und die Haut von einem hellen Braun, mit einem winzigen, türkisfarbenen Bikini und dem hochmütigsten Lächeln der Welt.

Obwohl er lief, brauchte Jorge länger als eine halbe Stunde, bis er am Fuß des Steilhangs angekommen war. Der Slum, der sich den Hang hinaufzog, gehörte nicht zu dem Bereich, der von Soldados bewacht wurde. Hier passierte nichts mehr, es war eine Art Niemandsland, in dem die meisten Hütten verlassen waren und in den bewohnten alte Leute vor sich hin krepierten. Es gab keinen Strom und kein Wasser. Der Müllabfuhr war das Gebiet unbekannt. Autos waren hier seit Jahren nicht mehr gefahren, ja, nicht einmal das Knattern von Mopeds war zu hören. Ein vergessenes Drecknest, aber doch nicht so ganz vergessen und für bestimmte Zwecke einträchtig genutzt von den Angehörigen der verschiedenen Gangs, die sich belauerten und bekämpften, aber gerade diesen Hügel zum Niemandsland erklärt hatten.

Jorge kam am Fuß des Steilhangs an. Er blieb stehen und sah sich um. Es war niemand zu sehen außer einem kleinen Köter, der ein paar Meter höher auf dem kaum noch zu erkennenden Weg in einem Müllhaufen wühlte. Die Hitze und der Gestank waren schon am Fuß des Steilhangs beinahe unerträglich. Jorge begann den Aufstieg. Gestank und Hitze und Stille. Vielleicht war es die Stille, die ihn einschüchterte. Es lag etwas in der Luft, das nicht Hitze und nicht Gestank war, etwas, das Angst machte und ihn langsamer gehen ließ, je höher er kam. Dabei wusste er doch, dass die meisten Hütten leer waren und in den anderen Gerippe lagen, die auf den Tod warteten. Woher kam also die Angst?

Jorge blieb stehen, weil er glaubte, einen Ton gehört zu haben, etwas wie ein Quieken. Das Quieken war's, auf das er die ganze Zeit schon gewartet hatte. Und jetzt war es deutlich zu hören. Er lauschte angespannt, um die Richtung auszumachen, aus der die Töne kamen. Und er hörte in dem Quieken noch einen anderen Ton, etwas wie lautes Weinen. Ganz plötzlich war ihm klar, dass er nicht zu dem Treffen mit Lee gehen würde. Er würde irgendeine Ausrede erfinden, irgendetwas, das glaubwürdig genug klang. Ihm würde etwas einfallen.

Vorsichtig, ohne ein Geräusch zu machen, setzte er einen Fuß vor den anderen. Bevor er sich absetzte, wollte er sehen, was da passierte.

Es war nicht schwer, den Ort zu finden, von dem die Geräusche kamen. In das Quieken und Stöhnen mischten sich auch Pfeiftöne. Jemand pfiff, jemand, der gut pfeifen konnte, pfiff eine Melodie, die Jorge nicht kannte. Sie hörte sich gut an, aber nicht gut genug, um den Gestank der Schweine vergessen zu machen und das Jammern des Jungen, der an einen Baum gebunden über der Schweinegrube hing. Der Junge war Amadeo.

»Gut, dass du da bist. Komm raus, Jorge, mein Freund.«

Das war Lee, und er hatte ihn gesehen. Jorge kam hinter der Blechtonne hervor, die, vor Abfällen überquellend, ihm als Sichtschutz gedient hatte. Weshalb war er nicht gleich abgehauen, als er das Quieken gehört hatte?

»Sieh dir den an«, sagte Lee.

Er zeigte auf den flennenden Amadeo, dessen Gesicht vor Angst ganz klein geworden war. Jemand hatte ihm die Arme und die Beine mit dicken Seilen an den Baumstamm gebunden. Sein nackter Körper hing in einem leichten Bogen vom Stamm entfernt nach vorn. Unter ihm lag die Grube mit den Schweinen. Es waren drei, schwarz-rosa gefleckt, über und über mit Dreck bedeckt, denn die Grube war zu klein für drei Schweine von solchen Ausmaßen, und aufgeregt grunzend und quiekend. Sie kannten die Prozedur und wussten, was sie erwartete.

»Sieh ihn dir genau an«, wiederholte Lee.

Er hielt einen Bambusstock in der Hand, lang genug, um die Schweine damit zu stechen und in noch größere Erregung zu versetzen.

»So sieht einer aus, der unsere Warnungen in den Wind schlägt.«

»Hab ich doch nicht«, schrie Amadeo.

Er schrie so kläglich, dass Jorge sein Mitleid nicht unterdrücken konnte. Er mochte Amadeo nicht. Niemand mochte Amadeo, der anderen in die Füße schoss, wenn er bekifft war.

»Er hat einfach zu viel Ärger gemacht«, sagte Lee, »und nun will er die Konsequenzen nicht tragen. Was hältst du davon, Jorge, mein Kleiner?«

Jorge mochte auch Lee nicht, besonders jetzt mochte er ihn nicht, wenn er die Schweine in Rage versetzte. Weshalb hatte er Amadeo über diese verdammten Schweine gehängt? Sollte er ihn doch umbringen und in die Grube werfen. Und warum musste er, Jorge, dabei sein?

»Was wir schon immer gern wissen wollten«, sagte Lee, wobei er Jorge nicht ansah, sondern sich abwandte und ein paar Schritte zur Seite ging, hin zu einem wackeligen Tisch, der neben der verlassenen Hütte stand, »was wir schon immer gern wissen wollten, ist, ob wir mit dir den richtigen Mann für die Familie ausgewählt haben. Es gibt diese und jene Arbeit zu tun. Soldados müssen jede Sorte Arbeit beherrschen. Diese Schweine, zum Beispiel, müssen zu fressen kriegen. Und dieser Jammerlappen da, der unsere Befehle missachtet hat und nun ohne Stoff nicht mehr leben kann, dieser Jammerlappen wird ihr nächstes Futter sein.«

Lee wandte sich um. Er hatte eine Weile auf dem Tisch herumgesucht. Jorge hatte nicht sehen können, wonach er suchte. Jetzt, als er sich umwandte, hielt Lee ein Rasiermesser in der Hand.

»Wir wollen es ihm aber nicht zu leicht machen«, sagte Lee. »Er hat ein leichtes Leben gehabt. Auf unsere Kosten hat er ein leichtes Leben gehabt. Nun wird er einen schweren Tod haben, als Entschädigung für uns. Und du wirst ihm den Tod geben.«

Lee kam langsam um die Grube herum auf Jorge zu. Amadeo begann zu schreien, keine zusammenhängenden Worte oder Sätze. Er schrie einfach. Er schrie. Lee sprach unbeeindruckt weiter. Er tat so, als wäre der Junge am Baum nicht vorhanden, als wären da nur Jorge und er.

»Du wirst dieses Messer nehmen. Und was wirst du damit tun? Du wirst die Haut von diesem Arschloch da in Streifen abschneiden. Das Blut wird die Schweine wild machen. Du wirst ihn in Stücke schneiden, bis er aufhört zu jammern. Hast du verstanden?«

Lee drückte Jorge das Messer in die Hand und wandte sich ab. Es musste etwas in der Luft sein, das Jorge zum Kotzen zwang. Er konnte fühlen, wie die Soße in seinem Innern hochkam, je tiefer er Luft holte, desto größer wurde die Übelkeit, desto stärker brannte seine Speiseröhre. Über der Schweinegrube schrie Amadeo. Er schrie und schrie. Jorges Knie wurden weich. Das Messer in seiner Hand war leicht. Er wandte sich zur Seite, beugte sich vor, übergab sich und dann, ohne darüber nachzudenken, warf er das Messer weg und begann zu rennen. Er rannte, wie er noch nie in seinem Leben gerannt war. Er hörte nichts und sah nichts und fühlte nichts, weder den Müll unter seinen Füßen noch die Zweige, die ihm ins Gesicht schlugen. Er hörte nicht auf zu rennen, als er an den Gärten mit den Rasensprengern vorbei kam, er rannte am Internet-Café vorüber, ohne den dicken Pepe zu sehen, der in der Tür stand und ihm etwas zurief, ohne daran zu denken, dass er sich dort hätte verstecken können, weiter, vorbei an den Händlern unter der Hochstraße, die ihre Stände abbauten, vorbei an den Bänken im Hafen, auf denen noch vor ein paar Stunden die Musiker gesessen und getrunken und gespielt hatten. Er hielt erst mit dem Laufen inne, als er vor der Abfertigungshalle stand, durch die die Passagiere auf das Schiff gelangten.

Wenn ich jetzt kotze, dachte er, dann ist es die Lunge, die rauskommt. Ich muss auf das Schiff, egal wie.

Was tut man, wenn die Angst an einem vorbeirennt, dachte der dicke Pepe. Man ist froh, wenn sie nicht stehen bleibt.

Er ging zurück in das Café. Die Luft drinnen war stickig und heiß. Man müsste das T-Shirt ausziehen, aber der alte Mann erlaubte niemandem, mit freiem Oberkörper herumzusitzen. Der alte Mann lag noch immer auf dem Tisch hinter dem Gitter, den Kopf auf die Arme gelegt, und schlief.

»He, Alter«, sagte Pepe.

Der alte Mann grunzte ein wenig, blieb aber liegen. Pepe hätte gern mit ihm gesprochen; mit ihm oder mit irgendeinem anderen. Er hatte das Gefühl, als sei die Angst auf ihn übergesprungen, als hätte er einen kleinen Augenblick lang nicht aufgepasst, obwohl er doch wusste, was Angst war und dass man sich davor in Acht nehmen musste. Er hatte mit angesehen, wie Polizisten seinen Bruder erschossen und die Mutter, die sich ihnen in den Weg gestellt hatte. Mutter und Bruder waren in einer Landarbeiter-Gewerkschaft aktiv gewesen. Ihre Hütte hatten die Polizisten abgebrannt, »ausgeräumt«, wie sie damals sagten. Pepe hatte sich danach allein auf den Weg in die Stadt gemacht. Seitdem schlief er in einem Verschlag, in dem vor ihm ein Hund gewohnt hatte. Und tagsüber war sein Platz im Internet-Café. Manchmal kam jemand, ein alter Mann oder eine alte Frau, die Mails verschickt haben wollten. Von dem Geld, das sie ihm für seine Arbeit am Computer gaben, kaufte er sich etwas zu essen. Er wäre auch gerne nachts im Café geblieben, aber die Frau, die den Alten ablöste, duldete das nicht. Morgens, wenn der Alte wiederkam, stand Pepe schon vor der Tür und wartete.

Man müsste etwas tun für Jorge, dachte Pepe. Er dachte »für Jorge«, der ihm nicht gleichgültig war, denn der war großzügig, wenn er Geld hatte, und Pepe lebte von Leuten, die großzügig waren. Aber wenn er an Jorges Angst dachte, dann sah er sie so deutlich, als wäre es seine eigene Angst. Und in Wirklichkeit war das auch so. Was konnte er dagegen tun?

Anders als Jorge konnte Pepe lesen und schreiben. Noch nicht, als er zum ersten Mal in das Internet-Café gekommen war. Aber er hatte sehr schnell verstanden, dass hier seine einzige Chance war, tagsüber von der Straße wegzukommen. Deshalb hatte er gelernt. Inzwischen schrieb er Englisch und las auch die Texte, die in englischer Sprache auf dem Bildschirm erschienen. Einige kannte er auswendig, und wenn es nötig wurde, sprach er sie wie Beschwörungsformeln vor sich hin. Das war der Grund, weshalb Pepe, nachdem Jorge an ihm vorbeigelaufen war und der alte Mann auf seinen Anruf nicht reagiert hatte, mit leeren Augen vor dem Bildschirm saß und murmelte:

> »Artikel 19
> Die Vertragsstaaten treffen alle geeigneten Gesetzgebungs-, Verwaltungs-, Sozial- und Bildungsmaßnahmen, um das Kind vor jeder Form körperlicher oder geistiger Ge-

waltanwendung, Schadenszufügung oder Misshandlung, vor Verwahrlosung oder Vernachlässigung, vor schlechter Behandlung oder Ausbeutung einschließlich des sexuellen Missbrauchs zu schützen.«

»Artikel 19« war einer von diesen Texten, die er auswendig kannte und während er den Text vor sich hin sprach, wurde er ruhiger.

Pepe wusste, dass Jorge weder richtig lesen noch schreiben konnte. Er ahnte auch, dass Jorge auf der Flucht war. Mit so viel Angst war es unmöglich, sich zu verstecken und zu hoffen, dass man eines Tages wieder auftauchen und unbehelligt weiterleben könnte. Wenn man so viel Angst hat, dann ist man ein Zeuge gewesen und wird so lange gesucht, bis man gefunden und unschädlich gemacht wird. Von ihm selbst, Pepe, wusste niemand, dass er einmal ein Zeuge gewesen war. Jorge aber musste weg, so weit und so schnell wie möglich. Am besten nach Europa, dahin, wo sie diese Kinder-Konferenz abhalten wollten. Da würde er in Sicherheit sein.

Und wenn er hinging? Was wollte er dort ausrichten? Wer würde ihm glauben? So viele Delegierte aus aller Welt und ein einzelner Junge aus Rio? Ja, wenn sie viele wären! Das würde, vielleicht, Eindruck machen.

Pepes Überlegungen waren einfach. Er konnte sie mit niemandem besprechen, aber ihm leuchteten sie ein. Der Aufruf, den er ins Internet setzte, war kurz. Er sollte von denen, die er anging, gelesen und verstanden werden können.

Achtung! Aufruf! Achtung! Aufruf!
An alle Kinder in Brasilien.
Wer nicht genug zu essen hat, wer Aids hat, wer auf der Straße leben muss und Angst hat, von Polizisten ermordet zu werden, der soll nach Europa gehen.
Dort tagt in Hamburg am 25.1.2005 die Welt-Kinder-Konferenz.
Von dort kommt Hilfe. Bin schon unterwegs:
Jorge

Pepe unterzeichnete den Aufruf mit »Jorge«, denn er war ein Feigling. Oder, vielleicht, auch nicht; denn er musste ja nicht nach Europa gehen. Er würde im Internet-Café bleiben, so lange das möglich wäre. Er wollte aus der Ferne verfolgen, wie sich die Sache in Europa entwickelte. Außerdem war das alles ja auch ein bisschen ein Witz.

*

Bella mochte die Wohnung von Kranz. Sie war ein paar Mal dort gewesen, allerdings immer nachts und immer mit etwas anderem beschäftigt, als diese Wohnung genauer zu betrachten. Jetzt hatte sie Zeit. Sie war damit zufrieden, sich an Hannahs Anweisung zu halten und nicht auf die Straße zu gehen; jedenfalls nicht am Tage und an Orte, wo viele Menschen waren und sie erkannt werden könnte. Sie war in die Stadt zurückgekehrt, aber sie wollte kein Begrüßungskomitee, von wem auch immer beauftragt. Sie wollte in Ruhe darüber nachdenken, wie ihr Leben nun weitergehen sollte.

In einem kleinen Seitenzimmer neben dem Bad entdeckte sie ein Trainingsfahrrad, eine Matte und eine Sprossenwand. Sie nutzte die Trainingsgeräte morgens und abends. Manchmal, wenn sie das Bedürfnis nach Herbstluft überfiel, verließ sie die Wohnung in der Nacht. Dann ging sie über Brandsende und die St. Annen-Brücke in die Speicherstadt, wanderte durch die stillen Straßen und hatte das Empfinden, sie sei allein auf der Welt. Sie empfand das als angenehm.

Bis es so weit ist, so dachte sie, könnte sie die Zeit nutzen, um darüber nachzudenken, wie sie leben wollte, wenn das hier vorbei wäre.

»Das hier« war die Situation, in der sie sich befand und die ihr nicht unangenehm war, und es war etwas, das sie nicht kannte, das aber mit Sicherheit alle ihre Kräfte erfordern würde. Da war es gut, wenn sie sich fit hielte, körperlich und auch im Kopf. Also machte sie Gymnastik, ging nachts spazieren, aß vernünftig und trank nicht. Sie wartete auf Hannah.

An diesem Morgen hatte sie ihr Fitnessprogramm schon hinter sich, war nach dem Bad in die Küche gegangen und stand, einen Becher mit Kaffee in der Hand, vor dem Radio. Wie an jedem Morgen schaltete sie das Radio nach kurzer Zeit wieder aus. Sie hielt es für unzumutbar, sich schon vor dem Frühstück von einer begeisterten Stimme – alle diese Radiosprecher hatten neuerdings begeisterte Stimmen, wahrscheinlich trafen sie sich vor Dienstbeginn hinter dem Sendegebäude, fassten sich an den Händen, standen im Kreis, riefen gemeinsam »wir wollen alle fröhlich sein« und verbeugten sich dabei gen Westen – die allerneueste Reform erklären zu lassen. Die Erklärung bestand darin, dass das Wort »Reform« mit dem Wort »notwendig« in Verbindung gebracht wurde. Niemals wurde gesagt, für wen die Reform notwendig war. Es gab viele Dinge, die für notwendig erklärt wurden: die Erhöhung der Wochenarbeitszeit auf 42 Stunden, die Entsendung von Soldaten in alle möglichen Krisengebiete, die Einführung von Studiengebühren oder die Privatisierung von Berufsschulen und Krankenhäusern zum Beispiel; alles Dinge, die absolut nicht notwendig waren, wenn man die Interessen der Bevölkerung in den Vordergrund stellte. Auf jeden Fall aber waren Meldungen dieser Art dazu geeignet, schon vor dem Frühstück schlechte Laune zu bekommen, was Bella auf jeden Fall zu vermeiden gedachte.

Der Blick über die Dächer bis zum Turm des Rathauses und über die Binnenalster war schön. Die begeisterte Stimme des Radiosprechers verkündete, dass Selbstmordattentäter in Jerusalem einen Bus in die Luft gesprengt hatten. Die Stimme war so heiter, dass Bella nach der Beendigung des Satzes einen Juchzer erwartete. Der Juchzer kam nicht, und sie stellte das Radio ab. In die plötzliche Stille hinein war die Klingel an der Wohnungstür zu hören. Der Portier brachte Brötchen und ein paar Zeitungen um diese Zeit. Bella, im Bademantel und den Becher mit Kaffee in der Hand, ging zur Tür, um zu öffnen. Vor der Tür stand nicht der Portier, sondern Wohlers. Er hielt die Zeitungen und die Tüte mit den Brötchen in den Händen.

»Lebt der Portier noch?«, fragte Bella.

Sie trat zur Seite und ließ Wohlers an sich vorbei in die Wohnung. Wohlers sah sich um, entdeckte die Küche und ging, ohne auf Bellas Worte zu reagieren, dorthin, um die Brötchen und die Zeitungen auf dem Tisch abzulegen. Erst dann wandte er sich Bella zu.

»Ich bin froh, dass Sie sich an mich erinnern«, sagte er. »Der Portier hat keine Schwierigkeiten gemacht.«

Er hätte anrufen können, dachte Bella. Aber sie kannte Wohlers. Wahrscheinlich hatte er den Portier so verwirrt, dass der jetzt noch in seiner Kabine saß und über den merkwürdigen Besucher nachdachte.

»Was haben Sie ihm erzählt?«, fragte Bella belustigt.

Sie bekam keine Antwort auf ihre Frage. Wohlers war der Chauffeur der Familie von Hannah. Er war früher Schauspieler gewesen und durchaus auch jetzt noch in der Lage, seine schauspielerischen Fähigkeiten einzusetzen, wenn es ihm sinnvoll erschien. Seine herausragendste Eigenschaft war aber seine unbedingte Loyalität, auch, und vielleicht sogar besonders, Hannah gegenüber.

»Hannah hat Sie geschickt?«

»Ja«, sagte Wohlers. »Ich sag es nicht gern, aber Ihr Bademantel ...«

Bella sah an sich herunter und lachte. In Kranz' Schränken waren verschiedene Bademäntel und Morgenröcke. Der, den sie sich für diesen Morgen ausgesucht hatte, war offensichtlich zu eng, um Besucher darin zu empfangen.

»Nehmen Sie sich einen Kaffee«, sagte sie. »Ich zieh mir mal eben etwas an.«

Während sie in Kranz' Schlafzimmer verschwand und sich anzog, auch die Hose und der Pullover, die sie wählte, gehörten Kranz, dachte sie daran, dass sie mit Wohlers geschlafen hatte, damals, in seiner Wohnung, als sie versuchten, die verrückten Mädchen vom Hantieren mit Sprengstoff abzuhalten. Sollte sie wieder – aber sie zog sich fertig an und ging in die Küche zurück, ohne weiter über ein Abenteuer mit Wohlers nachzudenken. Es gibt Situationen, in denen es dazu gehört, dass man sich näher kommt. In einer solchen Situation befanden sie sich jetzt nicht.

Wohlers sah ihr entgegen. Sie entdeckte einen interessierten Ausdruck in seinem Gesicht, den sie übersah.

»Was ich gern wissen würde«, sagte Bella. »Weshalb hat man Hannah eigentlich damals nicht festgenommen? Immerhin ist die Gruppe doch beinahe bis zum Ende observiert worden.«

»Die Eltern«, antwortete Wohlers. »Meine Dienstherren sind Leute mit Einfluss. Sie haben wohl die Garantie dafür übernommen, dass ihre Tochter sich in Zukunft aller umstürzlerischen Aktionen enthalten würde.«

»Und deshalb sind Sie heute gekommen?«

»Hannah hielt es für klüger. Sie möchte Sie treffen. Aber sie hält diese Wohnung nicht für geeignet. Sie bittet Sie, morgen um 22 Uhr am Eingang zum Dom zu sein. Eingang Feldstraße.«

»In Ordnung«, sagte Bella. »Ich komme.«

Sie fühlte sich leicht und frei und tatendurstig. Und neugierig war sie auch. Es wurde Zeit, dass sie erfuhr, weshalb Hannah sie in die Stadt zurückgeholt hatte.

»Ich gehe dann«, sagte Wohlers.

Er ging zögernd zur Tür. Bella rief ihn nicht zurück. Seine schmale, kleine Gestalt glich der eines Jockeys. Sie wartete, bis er die Tür hinter sich zugeschlagen hatte, dann ging sie zur Tür und lauschte. Seine Schritte waren nicht zu hören. Achselzuckend ging sie zurück ins Wohnzimmer. Vielleicht spielte er ein Spiel, das sie kennen sollte, aber sie hatte keine Lust, Gedanken daran zu verschwenden. Die Zeit würde zeigen, was sie von Wohlers zu halten hätte. Unschlüssig betrachtete sie die mit Büchern bedeckten Wände. Sie begann, zum ersten Mal nach langer Zeit, ihre verbrannten Bücher wieder zu vermissen. Plötzlich wurde ihr klar, dass sie keine Lust mehr hatte, sich zu verstecken. Und heute Abend würde sie ausgehen. Es könnte nicht schaden, sich den Treffpunkt, an den sie bestellt worden war, vorher genau anzusehen.

Bis zur Dunkelheit beschäftigte sie sich mit den Büchern von Kranz. Wie wenig sie über ihn wusste. Wenn man jemanden kennen lernen will, dachte sie, muss man nur die Bücher ansehen, die er besitzt. Das ist die sicherste Methode. Bücher sprechen eine deutliche Sprache. Sie fand eine Liste mit Titeln, die er für seine Reise zusammengestellt hatte, darunter Michel Chossudowskis: GLOBAL BRUTAL und die Suhrkamp-Dünndruck-Ausgabe von Brechts Gedichten in einem Band.

Dann entdeckte sie Fotobände, die die Welt in so dunklen Farben zeigten, dass sie erschrak. Irgendwann legte sie einen Band mit dem Gefühl zur Seite, sie habe einen Teil der Persönlichkeit von Kranz entdeckt, den er bewusst nicht gezeigt hatte. Sie schämte sich, als habe sie ihren Freund bei etwas Verbotenem belauscht.

»Quatsch«, murmelte sie und nahm den Band noch einmal zur Hand. Eines der Fotos zeigte Touristen in Gambia. Die Bildunterschrift hieß:

»Das arme westafrikanische Land ist ein beliebtes Urlaubsziel für Touristen aus Europa, besonders für ältere, allein stehende Frauen, die das Entgegenkommen der Männer dort sehr zu schätzen wissen. Auf der Insel mitten im Fluss hat man früher Sklaven für die Karibik zwischengelagert.«

Das Foto zeigte mit Unterwäsche bekleidete ältere weiße Frauen und schwarze Jugendliche, die sie beobachteten.

Ein anderes Foto trug den Titel: »Geistesgestörter Junge, Sudan 1988.« Als Erklärung hatte der Fotograf geschrieben:

»Die Söhne der Dinka im südlichen Sudan hüten das Vieh der Familie, häufig weit von ihren Dörfern entfernt. Wenn Regierungstruppen wieder einmal die Bewohner eines Dorfes massakrieren, überleben oft nur die Hütebuben. Viele von ihnen müssen Hunderte von Meilen bis zum nächsten Flüchtlingslager jenseits der Grenze zu Fuß zurücklegen. Manche verlieren dabei den Verstand.«

Der Junge auf dem Foto war Mensch gewordene Angst.

Bella legte das Buch beiseite. Sie hatte plötzlich das Bedürfnis, einen großen Wodka zu trinken. Stattdessen ging sie hinüber ins Schlafzimmer und begann, die Hosen und Jacketts von Kranz einer gründlichen Prüfung zu unterziehen. Es gab zwei Paar Jeans, die ihr passten, aber zu lang waren. Die Jacketts sahen, bis auf ein zerknittertes Leinen-Ding, scheußlich an ihr aus. Sie schnitt die Hosenbeine der Jeans auf ihre Länge zurecht, sammelte ein paar T-Shirts und Pullover zusammen, räumte eine Ecke des Kleiderschranks leer und richtete sie mit den Sachen ein, die sie in den nächsten Tagen tragen wollte. Sie bemühte sich, nicht zu denken; oder nur an Hosen und Pullover und T-Shirts, was dem Nicht-Denken gleich kam. Anschließend sah sie dem Sonnenuntergang über der Alster zu. Als es ganz dunkel geworden war, schaltete sie den Fernseher ein, ohne im Zimmer das Licht anzumachen. Vorher zog sie die Vorhänge zu, wahrscheinlich eine überflüssige Maßnahme, weil Kranz' Wohnung unter dem Dach lag. Das Haus hatte sechs Stockwerke. Die Fenster des Hauses auf der gegenüberliegenden Seite waren dunkel.

Die Nachrichten beschrieben die vollständige Unterordnung der Politik unter die Bedürfnisse von Großkonzernen. Von der unmittelbar damit zusammenhängenden Ausplünderung immer breiterer Bevölkerungsschichten war nicht die Rede. Nach den Nachrichten lief eine Game-Show. Den Moderator hatte man in der Anstalt für die Aufzucht von Moderatoren für Game-Shows geklont. Um ihn von seinen Kollegen aus den Konkurrenzprogrammen unterscheiden zu können, war er in einem der Aufzuchtsanstalt angeschlossenen Frisiersalon mit ein paar Merkmalen versehen worden, die man nur bei ihm finden konnte: leicht, natürlich nur sehr leicht, abstehende Ohren, ein besonders roter Mund und ein tiefer Haaransatz. Das Lächeln hatte man ihm gelassen – ihm, und vermutlich auch allen seinen Kollegen von den anderen Programmen. Man nahm wohl an, die Zuschauer, die selbst nichts zu lachen hatten, schätzten dieses Lächeln.

Bella verzichtete darauf, andere Programme einzuschalten, um ihre Vermutung zu überprüfen. Sie wartete auf die Beantwortung der Frage: »Wo liegt die Ostsee: nördlich von Hamburg, südlich von Hamburg, östlich von Hamburg oder westlich von Hamburg?« Der Kandidat, ein nicht mehr junger Mann in einem neuen oder jedenfalls frisch gewaschenem Jeansanzug, traf nach reiflicher Überlegung die richtige Entscheidung und gewann 20 Euro. Bella schaltete den Fernseher aus.

Bevor sie das Haus verließ, blieb sie an der Loge des Portiers stehen. Er war nicht zu sehen, aber es roch nach Speck und Zwiebeln, und als sie an die Scheibe klopfte, kam er nach vorn. Er trug einen ausgebeulten Jogging-Anzug und hatte Pantoffeln an den Füßen.

»Das war ja ein komischer Vogel«, sagte er, während er die Scheibe öffnete. »Wo ist er denn geblieben?«

»Herr Wohlers? Ach, der ging gleich wieder. Er wollte sich nur einen Rat holen.«

»Wie – der ging gleich wieder? Der ist doch eben erst ...«

Der Rest des Satzes war nicht mehr zu verstehen. Sie hörten eine Detonation. Das Geräusch kam von oben aus dem Treppenhaus. Bella rannte die Treppe hinauf. Sie ahnte, was geschehen war, und ihre Ahnung bestätigte sich. Jemand hatte in den Briefschlitz von Kranz' Wohnungstür einen explodierenden Gegenstand geworfen. Leichter Qualm drang durch die Ritzen und ein Geruch nach verbrannter Wolle. Sie suchte nach dem Schlüssel und öffnete die Tür. Auf dem Fußboden glimmte Kranz' Auslegeware, teure, vermutlich.

Während sie damit beschäftigt war, Wasser auf die schwelenden Ränder der Brandlöcher zu gießen, kam der Portier die Treppe herauf, außer Atem. Den Speck- und Zwiebelgeruch brachte er mit.

»Du lieber Himmel«, stöhnte er. Er blieb in der geöffneten Wohnungstür stehen. Bella drückte ihm den Wassereimer in die Hand.

»Halten Sie und passen Sie auf. Ich bin gleich wieder zurück.«

Ohne auf seinen Protest zu hören, lief sie die Treppe zum Boden hinauf. Die Bodentür war abgeschlossen. Der Platz davor bot keine Möglichkeit, sich zu verstecken. Sie ging wieder hinunter und fand den Portier, den Eimer mit Wasser noch immer in der Hand, am Küchentisch in Kranz' Wohnung. Nach einem Blick ins Treppenhaus – niemand zeigte sich, möglicherweise waren die anderen Mieter nicht in ihren Wohnungen oder sie hatten einen tiefen Schlaf – schloss sie die Tür, nahm dem Portier den Eimer aus der Hand und setzte sich ihm gegenüber an den Tisch.

»Schnaps?«

»Nein, danke«, sagte der Portier. »Dann kann ich nicht nachdenken.«

»Beschreiben Sie ihn.«

»Altes Gesicht und Pferdeschwanz. Viel mehr hab' ich nicht gesehen. Und so ein Muttermal, so was wie Gorbatschow, nur kleiner und am Kinn.«

»Das ist doch schon was. Und der wollte zu mir?«

»Zu Kranz, hat er gesagt. Nur was abgeben.«

»Sie hätten mich anrufen sollen. Auch heute Morgen. Sie müssen mich doch anrufen, wenn jemand kommt. Ich verstehe nicht –«

»Es tut mir Leid. Ich konnte doch nicht ahnen. wissen ... Wo ist der Kerl eigentlich abgeblieben?«

»Ach«, sagte Bella, »wenn das die einzige Frage wäre.«

Als sie eine Stunde später das Haus verließ, hatte sie Bratkartoffeln gegessen, die mit Speck und Zwiebeln zubereitet worden waren. Gemeinsam mit dem Portier hatte sie vorher noch Kranz' Diele so gut wie möglich gesäubert. Sie hatte bei allen Nachbarn geklingelt, festgestellt, dass von zehn Bewohnern acht nicht zu Hause waren und zwei nichts gehört hatten, und herausgefunden, dass der Mann mit dem alten Gesicht und dem Pferdeschwanz über den Dachboden entkommen war. Dazu musste er einen Schlüssel gehabt haben. Der Portier beteuerte, den Mann zum ersten Mal gesehen und ihn nicht in seine Loge gelassen zu haben. Der Schlüssel für den Boden hing an dem dafür bestimmten Haken. Bei genauerer Betrachtung wies er Spuren auf, die darauf hindeuteten, dass jemand in aller Eile einen Abdruck gemacht und keine Zeit gehabt hatte, den Schlüssel anschließend zu säubern.

Während Bella über den Jungfernstieg in Richtung Musikhalle ging, hatte sie Zeit genug, über diese Fakten nachzudenken. Einen Zusammenhang mit ihrem Aufenthalt in der Wohnung von Kranz fand sie nicht. Außer dem Portier, Hannah und dem Chauffeur wusste niemand, wo sie sich aufhielt. Keine dieser Personen hatte ein Interesse daran, sie auf diese lächerliche Weise zu erschrecken. Hatte der Anschlag überhaupt ihr gegolten? Sie musste davon ausgehen. Der Mann hatte Kranz' Wohnung beim Portier als sein Ziel genannt. Auf dessen Hinweis, dass Kranz nicht da sei, hatte er gesagt, das sei schon in Ordnung. Er wolle nur etwas durch den Briefkastenschlitz werfen. Herr Kranz wisse Bescheid. Könnte Kranz gemeint sein? War das Ganze ein Zufall? Sie wusste, dass

Kinder, wenn sie es darauf abgesehen haben, Unfug in Treppenhäusern zu treiben, die oberen Etagen bevorzugten. So scheint ihnen der Fluchtweg sicherer. Was allerdings nicht immer zutrifft. Es gibt Mieter, die nichts anderes tun, als die Treppen zu beobachten und Kinder abzufangen, wenn sie ihnen verdächtig vorkommen. Als sie noch Polizistin gewesen war, hatte sie persönlich dafür gesorgt, dass ein Angehöriger dieser Spezies ins Gefängnis wanderte. Er hatte auf Kinder geschossen, die sich im Treppenhaus zu schaffen gemacht hatten. Unrechtsbewusstsein vor Gericht zeigte er nicht.

Vor der Musikhalle standen Herren in dunklen Anzügen und Damen in langen Kleidern. Man trank aus langstieligen Gläsern. Vereinzelt wurde geraucht. Bella blieb einen Augenblick stehen, um den Gesprächen zuzuhören.

»Natürlich ist es nicht unbedingt ein billiges Vergnügen«, sagte eine Dame neben ihr. Sie trug ein dunkelblaues, glänzendes Kleid und ein Cape aus dem gleichen Stoff, das mit langhaarigem, rotem Pelz gefüttert war.

»Wir sind nach Japan geflogen, um sie uns auszusuchen«, sagte ihr Mann. »Dann der Transport – na ja, jedenfalls sind sie nun da. Es gibt nichts Schöneres, als auf der Terrasse zu sitzen und ihnen zuzusehen.«

»Einen Meter lang? Die müssen doch mindestens Hunderttausend kosten.«

»Reden wir nicht darüber. Ein Koi ist eben ein Koi. Andere Leute halten sich Pferde oder züchten Hunde. Wir sind für ruhige Hausgenossen, nicht wahr, Melanie?«

Einmal nur, dachte Bella, einmal nur möchte ich erleben, dass in den Pausen über das Stück gesprochen wird, das die Leute gehört haben. Sie sah hinüber zum Eingang der Musikhalle. Auf den Plakaten wurden Schubert und Mahler angekündigt.

Sie verließ die Musikfreunde, nicht, ohne in der Menge noch die Wörter Putzfrauengesetz, Türkentanz und Akupunktur gehört zu haben. Als sie die Straße überquerte, liefen ein paar Kinder vor ihr her und verschwanden im Gebüsch neben dem Strafjustizgebäude. Während sie an dem Gebüsch vorüberging, überlegte sie, was sie am Anblick der Kinder gestört hatte. Es fiel ihr erst hundert Meter weiter ein: Die Kinder, bestimmt nicht älter als sechs oder acht, waren still gewesen. Sie hatten keinen Laut von sich gegeben. Eigentlich hätten sie doch schreien oder quietschen oder zumindest kichern müssen.

Sie sah auf die Uhr, als sie den Eingang zum Dom erreicht hatte. Von Kranz' Wohnung bis hierher war sie genau eine halbe Stunde unterwegs gewesen; ein bisschen weniger, wenn sie den Aufenthalt vor der Musikhalle abzog. Jetzt hatte sie Lust, etwas zu trinken. Schräg gegenüber gab es eine kleine Kneipe. Als sie die Tür öffnete, kam ihr ein Schwall verbrauchter Kneipenluft entgegen. Drinnen füllte eine Bar beinahe den gesamten Raum aus. Nur unter dem Fenster zur Straße gab es eine Nische, in der ein Tisch und zwei eingebaute Bänke Platz hatten. Bella ging nach hinten und setzte sich ans äußerste Ende der Bar. So konnte sie die Tür im Auge behalten und blieb selbst im Hintergrund.

Und wozu das? Was erwartest du? Alte Gewohnheit? Na dann.

Die Frau hinter der Bar war blond, etwa fünfzig und trug ein rotes Kleid.

»Was kann ich für Sie tun?«

Ihr Gesicht war offen und freundlich, eher das Gesicht einer Verkäuferin in einem Handarbeitsgeschäft als das einer Barfrau.

»Ich trinke einen doppelten Wodka«, sagte Bella, »und ein kleines Glas Orangensaft, in dem der Wodka Platz hat.«

Während sie trank, betrachtete sie die anderen Gäste. Die Bar war fast voll besetzt. Eigentlich war nur der Tisch unter dem Fenster leer und der Platz neben ihr. Die Gäste schienen Schausteller zu sein. Sie trugen Schals und teure, aber nicht mehr neue Lederjacken. Eine Frau war dabei, die ihre Haare zu Zöpfen geflochten hatte und in einen Nerzmantel gewickelt zwischen den Männern saß. Sie war vielleicht vierzig Jahre alt. Unter dem Mantel schien sie sehr schlank zu sein. Ihr Gesicht war stark geschminkt. Dadurch sah sie älter aus, als sie vermutlich war. Fünf Männer zwischen zwanzig und sechzig, und eine Frau. Alle rauchten. Sie waren für einen kleinen Moment verstummt, als Bella hereingekommen war, aber inzwischen unterhielten sie sich wieder, als wären sie allein. Offenbar hatte es am Abend zuvor einen Unfall in einer Geisterbahn gegeben.

»Ich versteh's immer noch nicht«, sagte die Frau. »Da kann überhaupt nichts passieren. Da muss man sich schon ganz schön dumm anstellen.«

»Oder besonders viel Angst haben.«

Der Jüngste hatte sich zu Wort gemeldet. Er war nicht besonders laut gewesen und hatte seine Kollegen nicht angesehen, während er sprach. Er sah seinen Händen zu, schmalen, weißen Händen, die zwei Bierdeckel auf der Bar hin- und herschoben. Die anderen hatten ihn trotzdem gehört.

»Was willst du damit sagen?« Die Stimme der Frau war sehr hell, beinahe kindlich, viel jünger als ihr Gesicht. Sie nahm einen langen Zug aus ihrer Zigarette.

»Ich finde, man muss den Eltern beibringen, dass sie ihre Kinder auf dem Dom nicht aus den Augen lassen dürfen«, sagte der Mann neben der Frau.

»Das ist leichter gesagt als getan,« antwortete der Jüngere.

Die Barfrau mischte sich ein. Ihr fiel nicht auf, dass den Gästen an ihrer Meinung nicht gelegen war.

»Als meine noch klein waren, sind sie nachmittags einfach abgehauen, wenn Dom war. Natürlich gab's da diese großen Karussells noch gar nicht. Aber es war mindestens genauso schön.«

»Ich frag' dich noch einmal: Was willst du damit sagen?«, fragte die Frau.

Der junge Mann sah auf. Er sah ihr ins Gesicht, als wollte er sie durch seinen Blick davon überzeugen, dass sie die einzige Frau auf der Welt wäre, die für ihn in Betracht käme. Bella sah, dass die Frau lächelte, aber es war ihr nicht klar, woran sie das Lächeln erkannte. Denn eigentlich verzog die Frau ihr Gesicht nicht. Auch die anderen Gäste sahen nun den jungen Mann an. So standen sie eine Weile, vier sahen auf einen, der eine sah die Frau an. Es war plötzlich still geworden.

»Irgendetwas stimmt mit dem CD-Player nicht«, sagte die Barfrau. »Das kann doch nicht schon zu Ende sein.«

Sie wandte sich um, und gleich darauf war die Musik wieder zu hören; ein Stück von Santana, dessen Titel Bella vergessen hatte.

»Ich sage nur: der Haufen im China-Zelt. Die vielen Anfragen …«

»Nicht hier, Carlo«, sagte der ältere Mann. Bella hielt ihn für den Mann der Frau im Pelzmantel. Er erinnerte sie ein wenig an Carlos Saura, was, vielleicht, auch nur an dem Stock lag, auf den er sich stützte. Er hatte einen schönen Kopf mit tief liegenden, dunklen Augen. Seine Haare waren so schwarz, dass sie vermutlich gefärbt waren.

»Wo?«

Die Stimme des Jungen war nicht fordernd, sie war auch nicht aufsässig. Er fragte nur, ruhig und bestimmt.

Sie sind gleichberechtigt, dachte Bella. Das war bestimmt nicht immer so. Nun gibt der Alte etwas von seiner Macht ab, und der Junge bekommt etwas hinzu. Mit den Jahren wird sich das Gleichgewicht weiter verändern.

»Wir zahlen«, sagte der Alte.

Die fünf Männer legten Geld auf die Bar. Die Frau steckte ihre Hände in die Taschen ihres Pelzmantels.

»Stimmt so«, sagte einer von denen, die bisher nichts gesagt hatten.

»Bis morgen dann.«

Die Gruppe verließ die Bar. Die Frau im roten Kleid machte die Musik leise.

»Ich find's toll, dass die hierher kommen«, sagte sie. »Sie sind meine Stammgäste. Immer wenn Dom ist. Die könnten ja auch in jedes teure Lokal gehen. Leisten können die sich das. Denen gehört da drüben so einiges.«

»Aber heute waren sie anders als sonst, nehme ich an?«

»Das macht nichts. Das kann man ihnen nicht übel nehmen. Die haben selber Kinder. Und das Unglück war wirklich schrecklich. Außerdem: Langsam nimmt das mit den herumstrolchenden Kindern wirklich überhand. Natürlich sind meine auch allein unterwegs gewesen. Aber wenn um acht Uhr abends Schluss war, dann war eben Schluss. Darauf konnte man sich verlassen. Heute hat man ja den Eindruck, die gehen abends erst los.«

»Ich zahle dann«, sagte Bella.

Die Tür wurde aufgerissen und ein Trupp junger Mädchen kam herein, schreiend, lachend, vor den Gesichtern riesige Klumpen von Zuckerwatte, um die Köpfe leuchtende Bänder geschlungen, im Arm der einen hing ein Teddy von anderthalb Metern Länge. Sie waren zu viert und passten genau an den Tisch am Fenster; bis auf den Teddy, den sie auf den Tisch zwischen sich legten. Er lag da wie aufgebahrt.

Bella verließ die Kneipe, ging über die Straße und betrat das Dom-Gelände durch ein hell erleuchtetes Eingangstor. Lärm, Musik, der Geruch nach gebrannten Mandeln und Bratwürsten, lachende, schreiende Menschen. Sie ließ sich treiben, vorüber an Losverkäufern, die kleine Schirme an ihre Zylinder geschnallt hatten, den Angst-Lust-Schreien aus den Wagen der Achterbahn, den überfüllten Bierzelten, Hähnchenbratereien und der größten Bratpfanne der Welt. Irgendwann stand sie vor der abgesperrten Front einer Geisterbahn. Auch die Beleuchtung war abgestellt. Tod, Hexen und Gespenster hingen kläglich und jeder Faszination beraubt an der riesigen Vorderfront. Niemand nahm die Absperrung besonders zur Kenntnis. Man ging darum herum und verschwendete keinen Blick an das stillgelegte Vergnügen. Es gab noch genügend andere.

»Jetzt heißt es, sie konnten nichts dafür«, sagte eine Frauenstimme neben Bella.

Sie sah zur Seite. Die Frau, die dort stand, wog mindestens zwei Zentner. Sie trug einen grauen Hut, ein Ding, das man früher Pillbox genannt und an Jackie Kennedy besonders bewundert hatte. Auch ihr Mantel war grau, ebenso die Schuhe und Strümpfe, die sie an den dicken Beinen trug. Der einzige Farbfleck an ihr war die knallrote Plastikhandtasche, die sie sich über den linken Arm gehängt hatte.

»Und vielleicht stimmt's ja auch. Trotzdem: Ich sage, sie könnten etwas netter zu den Kindern sein.«

»Weshalb sagen Sie das? Sind die Eintrittspreise zu hoch?«

»Die Eintrittspreise? Wer redet denn davon.«

In der Stimme der Frau war deutlich Verachtung zu hören.

»Es tut mir Leid. Ich hab keine Ahnung, wovon Sie sprechen. Ich bin fremd hier.« Du lieber Himmel, dachte Bella, es stimmt ja, was ich sage. Ich bin fremd hier. Ich bin immer und überall fremd. Ich sollte etwas dagegen tun.

»Wenn Sie wollen, dann zeig ich Ihnen was«, sagte die Dicke.

Sie sah Bella fragend an. Ihr Gesicht war ungeschminkt und bleich. Vielleicht war ihre Nase nicht klein, aber im Verhältnis zu dem gewaltigen Doppelkinn wirkte sie winzig.

»Weshalb nicht«, sagte Bella. »Ich hatte sowieso nichts vor.«

»Edda Feist«, sagte die Frau und gab Bella die Hand.

Ihre Fingerknöchel waren im Fett versunken. Die Hand fühlte sich warm und trocken an. Auch Bella stellte sich vor. Frau Feist setzte sich in Bewegung. Sie ging schneller, als Bella erwartet hatte.

»Ich steh auf Brathähnchen«, sagte sie. »Die Dinger sind der einzige Grund, weshalb ich mich hier aufhalte. Eigentlich liebe ich die Stille. Aber bei Brathähnchen werde ich schwach.«

Bella fand, dass Frau Feist zwar so aussah, als äße sie viele Brathähnchen, aber auch so, als könnte sie sich eigentlich nicht viele leisten.

»Wenn Sie wollen, lad' ich Sie ein«, sagte sie.

Frau Feist blieb stehen und wandte sich Bella zu. Ihre Augen hatten nun einen verträumten Glanz. Oder glänzten sie fettig? Nimm dich zusammen, Bella.

»Ja«, sagte Frau Feist, »ich will«, mit der gleichen Betonung, mit der sie vermutlich vor dem Standesbeamten »ja« gesagt hätte. »Aber zuerst zeige ich Ihnen was.«

Frau Feist ging schneller, während Bella am liebsten heimlich zurückgeblieben wäre. Was sie gerade machte, war lächerlich und überflüssig. Aber sie hatten inzwischen den Rand des Dom-Geländes erreicht. Um sie herum waren nun sehr viel weniger Menschen. Sie konnte nicht unbemerkt verschwinden. Frau Feist steuerte auf eine Reihe von Wohnwagen zu. Kurz vor dem ersten Wagen blieb sie stehen.

»Die sind leer«, sagte sie. »Die Kinder wollten darin schlafen. Aber man hat sie nicht gelassen. Also haben sie versucht, irgendwo anders unterzukommen. Die haben doch keine Ahnung, wo's gefährlich ist. Es wird noch mehr Unfälle geben. Das sage ich Ihnen. Die werden sich noch wundern.«

»Welche Kinder?«, fragte Bella.

»Was weiß ich, woher die gekommen sind. Es sind jedenfalls nicht wenige. Sieht so aus, als würden es von Tag zu Tag mehr. Da, da, sehen Sie. Das hab ich kommen sehen. Die knacken einfach den Wohnwagen. Na klar, wo sollen sie auch hin? Wollen Sie näher rangehen?«

Bella schüttelte den Kopf. Fetzen von Karussellmusik wehten herüber. Da drüben in der Dunkelheit, die nur manchmal vom Schein des Riesenrads beleuchtet wurde, suchten sich Jugendliche einen Schlafplatz. Was hatte sie dort zu suchen? Es gab Straßenkinder, das wusste sie, und ihre Zahl nahm zu.

»Wenn es das ist, was Sie mir zeigen wollten –«, sie zögerte, dann sagte sie: »Lassen wir die Kinder in Ruhe. Macht es Ihnen etwas aus, wenn ich nicht mitkomme, zum Essen, meine ich?«

Sie konnte dem Gesicht von Frau Feist ansehen, dass es ihr etwas ausmachte. Sie war gekränkt und blieb still.

»Ein bisschen Zeit habe ich noch«, sagte Bella, was gelogen war, denn sie hatte alle Zeit der Welt.

Wenig später waren sie in den Trubel zurückgekehrt, und Frau Feist hatte zielsicher ein großes Zelt angesteuert, aus dem beim Näherkommen ein intensiver Duft nach Brathähnchen kam. Innen war es hell und warm, aber nicht besonders voll. Ein Mann mit einer Zither saß vor den langen Tischen und Bänken auf einer Bühne und spielte selbstvergessen. Eine Kellnerin im Dirndl und mit beinahe freigelegtem Busen kam an ihren Tisch.

»Auch wieder da?«, fragte sie, »wen haben Sie denn heute mitgebracht?«

Was bin ich für eine Idiotin, sagte sich Bella. Sie bestellte ein ganzes Hähnchen für Frau Feist, ein halbes für sich selbst und zwei Krüge Bier. Das Hähnchen erwies sich als gut gewürzt und ziemlich fett. Das Bier war in Ordnung. Während sie aßen, sprachen sie nicht. Frau Feist war immer noch gekränkt, und Bella hatte keine Lust, sich zu unterhalten.

»Ich bleib noch sitzen«, sagte Frau Feist, als Bella der Kellnerin zuwinkte, um zu zahlen. Sie hatte die Knochen ihres Hähnchens sauber abgenagt und ordentlich an den Tellerrand gelegt.

Bella zahlte, stand auf und verabschiedete sich. Frau Feist reichte ihr gleichgültig die Hand. Als sie das Zelt verließ, sah Bella sich noch einmal um. Vor Frau Feist stand ein Teller mit Hähnchen. Sie konnte nicht genau erkennen, ob es ein halbes oder ein ganzes war. Der Zitherspieler spielte die Melodie aus dem »Dritten Mann«.

Bella verließ das Dom-Gelände am Eingang zur Reeperbahn. Es kamen immer noch Menschen, in deren Gesichtern Erwartung stand. Was erwarteten sie? Essen, Trinken, Angst-Lust, das Glück aus dem Lostopf. Das ganze Leben auf einem Fleck und in ein paar Stunden konzentriert.

Sie ging am Millerntorplatz, an dem dunklen Klotz des Museums für Hamburgische Geschichte und an dem beleuchteten Eingang des Hotels am Holstenwall vorüber. Vor vielen Jahren, als sie noch Polizistin gewesen war, hatte sie hier in einer Raubüberfall-Sache ermittelt, bis klar gewesen war, dass der Nachtportier selbst den Überfall inszeniert hatte. Der Mann war über fünfzig gewesen, lang und hager, und er hatte einen guten Job gehabt. Weshalb er den aufs Spiel gesetzt hatte wegen einer lächerlich kleinen Beute, von der er vorher gewusst haben musste, dass sie klein sein würde, war unklar geblieben. Er war vorbestraft und hatte deshalb keine Bewährung bekommen. Nach seiner Entlassung hatte er sicher Schwierigkeiten gehabt, noch einmal einen Job zu finden.

Handeln die Menschen irrational oder sind wir nur unfähig, uns in sie hineinzuversetzen? Bin ich wirklich unfähig dazu? Eher nicht, glaube ich. Edda Feist ist einsam und hat wenig Geld. Also erfindet sie Geschichten und verdient sich damit, wenn sie Glück hat, ihr Lieblingsgericht. Hätte ich länger mit ihr reden sollen? Aber weshalb? Sie hat bekommen, woran ihr gelegen war.

Sie blieb stehen, und die Kugel, die ihr gegolten hatte, aber das machte sie sich erst später klar, traf das Schild der Bushaltestelle. Sie sprang zurück in den Schutz des Hoteleingangs und drängte sich mit weichen Knien und rasendem Herzen an die Hauswand. Nichts rührte sich. Niemand ging vorüber. Es waren keine Schritte zu hören.

Diesmal kein Gewehr, sondern eine Pistole, dachte sie. Was ist los? Hat der Schütze es wirklich auf mich abgesehen? Will mir jemand Angst einjagen? Sie wartete noch eine Weile, ging dann zurück auf den Bürgersteig und sah an den Hauswänden hoch. Sie untersuchte das Schild. Der Schuss war von rechts oben gekommen. Dort waren alle Fenster dunkel. Sollte sie ins Hotel gehen und sich die Zimmer zeigen lassen? Die Polizei holen?

Geh nach Hause, Bella, und denk darüber nach, wer dir ans Leder will. Keine unüberlegten Aktionen, bevor du nicht weißt, was los ist.

Aber der Gedanke, dass da im Dunkeln irgendjemand war, der es nicht gut mit ihr meinte, begann sie zu beunruhigen.

Erst als sie die Straße erreichte, in der Kranz' Wohnung lag, fiel ihr wieder ein, dass es dort jetzt nicht besonders anheimelnd sein würde. Hoffentlich war wenigstens der Geruch nach verbranntem Teppich abgezogen.

In der Loge saß die Frau, die Nachtschicht hatte. Da sie nichts sagte, nur ruhig grüßte, als Bella an ihr vorüberging, nahm sie an, dass sie vom Portier nicht informiert worden war. Sie nahm sich vor, den Portier auf jeden Fall einzuspannen, wenn es darum ging, so schnell wie möglich Handwerker zu organisieren, die den Teppich in Kranz' Wohnung in Ordnung brachten. Als sie, oben angekommen, den Schlüssel in die Wohnungstür steckte, hörte sie auf der anderen Seite der Tür eilige Schritte. Sie zog den Schlüssel zurück und wartete, bis die Tür geöffnet wurde. Vor ihr stand Kranz.

Viel später, als ihr Leben wieder in ruhigeres Fahrwasser geraten war, fiel ihr ein, darüber nachzudenken, weshalb sie sich bei dem Anblick von Kranz eigentlich ganz gegen ihre Gewohnheit sehr irrational verhalten hatte. Sie war ihm einfach um den Hals gefallen. Dabei beschrieb »um den Hals gefallen« lediglich mit sehr dürftigen Worten ihre Bewegung. In Wirklichkeit war sie so glücklich und voll von Verlangen gewesen, dass sie in diesem Augenblick überhaupt nicht die Möglichkeit gehabt hätte, über ihr Verhalten nachzudenken. Sie hatte Kranz allein seine Weltreise antreten lassen. Sie hatte kaum an ihn gedacht, während er unterwegs gewesen war. Seine Briefe und Telegramme und Faxe hatte sie amüsiert gelesen und ihren Inhalt sofort wieder vergessen. Weshalb also diese mehr als stürmische Begrüßung, die Atemlosigkeit, mit der sie sich ihm zuwandte?

Einmal, während sie auf dem Bett lagen, hatte Kranz sich aufgesetzt, sie angesehen und sie etwas gefragt. Sie erinnerte sich, dass er gesagt hatte: »Du warst sehr allein?« Sie hatte gelacht, aber inzwischen wusste sie, dass er Recht gehabt hatte. Es machte ihr auch nichts mehr aus, das zuzugeben. Zwischen ihr und Kranz war alles geregelt. Er würde nicht mehr ohne sie verreisen. Und sie wollte nicht mehr ohne ihn sein.

Wollte sie das wirklich?

Sie hatte darüber nachgedacht, während sie am Fenster von Kranz' Wohnung stand und in den Regen hinaus sah. Der Regen war so dicht gewesen, dass sie die Spitze des Rathausturms nicht mehr hatte erkennen können. Dann war sie ausgegangen und hatte Hannah getroffen. Die Geschichte, die Hannah ihr erzählt hatte, war so unwahrscheinlich, dass Bella sich geweigert hatte, sie zu glauben, Hannah hatte ihre kühle, zurückhaltende Art abgelegt. Sie wirkte aufgeregt, zerfahren, beinahe überdreht. Bella hatte ihre zwiespältigen Gefühle für Hannah noch immer nicht überwunden. Einerseits bewunderte sie Hannahs Mut und Kaltblütigkeit, andererseits ging ihr deren unübersehbare Großbürgerlichkeit gewaltig gegen den Strich Sie versuchte mit allen Mitteln, die Geschichte von sich fern zu halten. Schließlich gelang es Hannah mit Mühe, sie davon zu überzeugen, ihr zu folgen und dieses Mädchen aufzusuchen.

Hannah hatte behauptet, das Mädchen zufällig getroffen zu haben. Sie sei über den Dom gebummelt und die Kleine habe sie angesprochen. Sie sei mit ihr gegangen, weil sie nichts anderes zu tun gehabt hätte. Und nun wollte sie Bella mit dem Mädchen bekannt machen.

»Wundern Sie sich nicht«, hatte Hannah gesagt.

Sie war schnell gegangen, ohne Rücksicht auf die dicht gedrängten Menschen, die ihnen entgegenkamen. Ihr Ziel war ein luxuriös wirkender Wohnwagen in der Nähe des großen Riesenrads gewesen. Sie hatte geklopft, und sehr schnell war die Tür von innen geöffnet worden. Bella und Hannah betraten den Wohnwagen. Das Mädchen, das ihnen geöffnet hatte, schloss die Tür sorgfältig hinter ihnen ab. Bella hatte sich umgesehen: mit Fellen verkleidete Bänke und Sessel, an einem Ende des Wohnwagens eine kleine, sehr aufwändig eingerichtete Küche, am anderen Ende ein Schreibtisch mit einem eingeschalteten Computer.

»Das ist Maja«, hatte Hannah gesagt. »Sie wird Ihnen jetzt etwas zeigen.«

Maja war dunkelhaarig und hatte ausgesehen wie eine indische Prinzessin, allerdings ohne die dazugehörenden Seidengewänder. Sie trug Jeans, einen dunkelblauen Pullover und war barfuß. Sie mochte etwa dreizehn Jahre alt sein und war so schön, dass sie auch in Lumpen bezaubernd ausgesehen hätte. Bella und Hannah waren ihr an den Schreibtisch gefolgt und hatten auf den Bildschirm gesehen. Es hatte nur einen kleinen Augenblick gedauert, bis Maja fand, was sie suchte Sie hatte sich umgewandt und Bella abwartend angesehen.

Bella las: »Achtung! Aufruf! Achtung! Aufruf! An alle Kinder in Brasilien. Wer nicht genug zu essen hat, wer Aids hat, wer auf der Straße leben muss und Angst hat, von Polizisten ermordet zu werden, der soll nach Europa gehen. Dort tagt in Hamburg am 25. 1. 2005 die Weltkinderkonferenz. Von dort kommt Hilfe. Bin schon unterwegs. Jorge.«

Bella hatte erst Maja und dann Hannah angesehen.

»Ja, und?«, hatte sie gesagt. »Das ist ein Witz, oder?«

»Jorge ist hier.« Die Stimme des Mädchens hatte leise und bestimmt geklungen. »Er ist hier und viele andere auch.«

Vielleicht war der Regen vor dem Fenster noch dichter geworden. Vielleicht waren die Scheiben beschlagen? Um diese Zeit, am frühen Nachmittag, wurde es dunkel. Es war die Dämmerung, die sie die Welt vor dem Fenster verschwommen sehen ließ.

Es war nicht die Dämmerung.

Es war das Bewusstsein, mit sehenden Augen in eine Katastrophe gehen zu müssen, sie nicht verhindern und nicht bewältigen zu können. Es war die Erkenntnis, dass die Regeln, denen sie bisher gefolgt war und die sie akzeptiert hatte, die allgemeinen Regeln des menschlichen Umgangs miteinander gewesen waren. In diesem Fall würden sie nicht mehr gelten. Das ahnte sie, und das Einzige, was sie jetzt tun konnte, war, diese Ahnung zuzulassen, zu handeln, wie sie immer gehandelt hatte und gleichzeitig dabei zuzusehen, wie sie den Kampf verlor.

Dazu muss man nüchtern bleiben, dachte sie.

Bella wandte sich vom Fenster ab. Zwischen dem Wohnzimmer und dem Schlafzimmer gab es in einem schmaleren Gang eine Bar. In den siebziger Jahren, als Kranz' Wohnung unter dem Dach nach den neuesten Designer-Ideen ausgebaut worden war, gehörten Hausbars zum höchsten Standard.

»Weshalb soll ich das Ding rausreißen lassen?«, hatte Kranz gesagt, als Bella sich darüber lustig gemacht hatte. »Findest du nicht, dass so ein Getränkecontainer auch Vorteile hat?«

Sie mischte sich einen Wodka mit Orangensaft, wenig Wodka, viel Saft, und ging zurück ins Wohnzimmer. Es war beinahe dunkel. Sie würde kein Licht anmachen, während sie auf Kranz wartete.

Kranz war am Morgen aufgebrochen, nachdem sie ihm in der Nacht von ihrer Begegnung mit Maja erzählt hatte. Maja und Hannah wollten sie unbedingt sofort mitnehmen, um die Kinder in dem Lager zu treffen. Bella hatte sich geweigert. Die kurzen Schilderungen der beiden über die Gruppen, die sich dort versammelt hatten und noch immer versammelten, hatte sie erschreckt.

»Nicht, bevor ich darüber nachgedacht habe. Ich kann und will keine Hoffnungen wecken. Es ist bekannt, was mit Illegalen geschieht. Sie werden so schnell wie möglich abgeschoben.«

Sie hatte versprochen, sich bald wieder zu melden. Hannah bestand darauf, einbezogen zu bleiben. Sie verabredeten, dass der Kontakt über Hannah gehen sollte. Sie würde regelmäßig anrufen, neue Entwicklungen, falls es sie gab, beschreiben und auf Bellas Entscheidung warten. Von Kranz sagte Bella nichts.

Auf dem Rückweg hatte sie überlegt, ob sie ihn einweihen sollte, und sich dafür entschieden. Sie wollte keine Heimlichkeiten. Und sie brauchte, auch wenn die Lage hoffnungslos war, einen Verbündeten.

»Soll das heißen, du hast dich entschlossen, den Kindern zu helfen?«, hatte Kranz gefragt.

»Nein. Helfen kann man ihnen nicht. Aber kann ich sie allein lassen? Vielleicht ist es möglich, das Schlimmste zu verhindern.«

»Du hast nicht mal eine Vorstellung davon, was das Schlimmste sein könnte. Aber die werde ich bekommen.«

Und dann, wie ein Erinnerungsfetzen, waren Sätze ihres Großvaters in ihrem Kopf, von denen sie glaubte, sie hätte sie lange vergessen:

»Und wie ein scheuer Maulwurf grab dich
Ins Erdreich ein … ins eigene Grab,
Das ganze Leben grimmig hassend
Und tief verachtend all dies Sein,
Kannst du das Morgen auch nicht fassen.
Zu diesem Heute sagend: Nein!«

Sie dachte, dass sie nicht zu denen gehörte, die sich ins Erdreich grüben und dass sie auch das Sein nicht verachtete, sondern Lust auf Leben hatte. Immer, auch in den schwierigsten Zeiten, war diese Lust auf Leben in ihr gewesen und hatte sie gehalten. Und das andere: So, wie die Welt eingerichtet schien, würde sie nicht bleiben. Zu diesem Heute »nein« sagen und trotzdem eine unbändige Lust auf das Leben haben. Ging das zusammen? Das ist die falsche Frage, Bella Block, dachte sie. Das ist überhaupt keine Frage. Das sind nur zwei Seiten derselben Medaille.

So, auf diese Weise, versuchte Bella, den Schrecken, der ihr bevorstand und den sie ahnte, im Zaum zu halten. Es gelang ihr.

Kranz kam später zurück, als sie gedacht hatte. Er sah müde aus.

»Ich hätte nicht geglaubt«, sagte er, »dass es mich so anstrengt, in meine alte Welt zurückzukehren. Ich hab sie zuletzt gehasst, nehme ich an. Mir ist tatsächlich übel geworden, als ich die Innenbehörde betrat.«

»Du bist direkt in die Höhle des Löwen marschiert?«

»Nicht wirklich. Der Pförtner war noch der alte. Er hat gedacht, ich wollte wieder anfangen, dort zu arbeiten. Endlich, hat er gesagt. Sie ahnen ja nicht, was hier los ist. Einer bekämpft den anderen. Die Senatoren wechseln so schnell, dass man sich ihre Namen nicht mehr merken kann. Lohnt auch nicht. Eine Nullnummer lächerlicher als die andere. Damals – na ja, du kannst es dir vorstellen: Damals war alles besser. Gerede, aber er hat mich telefonieren lassen. Dann hab ich im Restaurant, hundert Meter weiter, gewartet. Ich dachte schon, ich warte umsonst. Aber sie ist gekommen. Vorsichtsmaßnahmen, als ob ich aussätzig wäre.«

»Sie?«

»Entschuldige«, sagte Kranz, »ich hab lange überlegt, wen ich fragen soll. Es gibt natürlich auch ein paar Kollegen, die informiert sein müssten. Aber Frauen sind in bestimmten Situationen einfach begabter. Und was ich wollte, war schließlich keine Kleinigkeit.«

»Und das Ergebnis?«

»Lass uns was trinken, bevor wir darüber reden«, sagte Kranz. »Du wirst einen Drink gebrauchen können. Wodka?«

Bella nickte. Das Dunkel begann sich zu lichten. Egal, was ihr bevorstand, jedenfalls würde sie sich darauf einstellen können.

»Wenn ich nicht so lange weg gewesen wäre, abgeschaltet, ausgeschaltet, von dir und deinen staatsfeindlichen Aktivitäten separiert, dann würde ich dich jetzt bitten, mit mir einen Spaziergang zu machen,« sagte Kranz.

Er stellte die Gläser auf den Tisch und lächelte skeptisch.

Er traut dem Frieden nicht, dachte Bella. Könnte er Recht haben? Sie überlegte, wer, seit sie hier eingezogen war, in ihrer Abwesenheit in der Wohnung gewesen sein und Wanzen angebracht haben könnte. Wohlers – er schied aus. Hannah – auch sie kam nicht in Frage. Der Portier – für ihn würde sie ihre Hand nicht ins Feuer legen. Hatte sie die Tür offen gelassen, als sie hinuntergegangen war nach der Attacke mit dem Feuerwerkskörper? Auf jeden Fall war er im Besitz eines Wohnungsschlüssels.

»Ich hab nichts dagegen, mir ein bisschen die Beine zu vertreten«, sagte sie.

Die Straßen waren ausgestorben. Der Regen war schwächer geworden, aber immer noch so stark, dass sie den Schirm aufspannten. Das Chilehaus, an dem sie vorüber kamen, war ein dunkler, drohender Klotz. Die Beleuchtung in den Schaufenstern des Luxusladens im Parterre war schwach, offensichtlich stromsparend. Nebeneinander durchschritten sie die Passage und überquerten die Ost-West-Straße. Kranz wandte sich um und sah auf die Hochhäuser am Johanniswall. Da hatte er sein Büro gehabt, ganz oben, rechte Hand des Innensenators, eingeweiht in alle legalen und illegalen Aktionen, die dort ausgebrütet worden waren.

»So«, sagte er, »kaum bin ich zurück, bin ich auf der anderen Seite. Und soll ich dir was sagen? Ich fühl mich gar nicht schlecht dabei.«

Bella antwortete nicht. Sie wartete. Aber erst als sie die Speicherstadt erreicht hatten, begann Kranz zu sprechen.

»Also: Diese Weltkinderkonferenz findet tatsächlich hier statt. Sie ist sehr lange vorbereitet worden. Die Zusammenarbeit mit Berlin ist angeblich reibungslos verlaufen. Konferenzort wird das Gebäude des Internationalen Seegerichtshofes an der Elbchaussee sein. Das Gebäude ist groß und hat eine moderne Ausrüstung, Kopfhörer, Simultan-Einrichtungen, solch Zeug, du weißt schon. Der Park drum herum lässt sich gut absichern. Der Blick auf die Elbe gilt als eines der Gastgeschenke an die Teilnehmer.«

»Eines der Gastgeschenke?«

»Natürlich. Delegierte sind anspruchsvoll. Hochrangige Staatsbeamte, Würdenträger aus aller Welt. Die wollen unterhalten sein. Theater, Oper, Luxusbordelle, Sonderpreise in den teuersten Läden.«

»Das bedeutet: ein aufwändiges Sicherheitskonzept.«

»Du sagst es. Und einen Spezialisten, der das Ganze unter Kontrolle hat.«

»Nein«, sagte Bella.

»Doch, dein alter Freund Kaul. Es heißt, er habe einen besonderen Draht nach Berlin. Seine Kooperationsbereitschaft wird dort in den höchsten Tönen besungen.«

»Wenn ich Glück habe, loben die ihn anschließend vielleicht weg von hier? Kaul bekommt seine große Chance, und ich bin ihn los.«

»Noch ist er hier, meine Liebe«, sagte Kranz. »Und er ist kein einfacher Gegner.«

Sie schwiegen einen Augenblick. Der Regen hatte aufgehört. Ihre Schritte hallten auf dem Pflaster. Jenseits der Zollbrücke leuchteten in der Dunkelheit Kerzen auf den Tischen eines Restaurants. Ohne sich abzusprechen, lenkten sie ihre Schritte dorthin. Als sie näher kamen, sahen sie, dass nur wenige Gäste dort saßen. Das Restaurant war nach der neuesten Mode eingerichtet: cool. Die Kerzen auf den Tischen passten nicht zum Stil.

»Da werden sie uns nicht zuhören«, sagte Kranz. »Irgendwann müssen wir etwas essen. Weshalb nicht hier.«

Während sie auf das Essen warteten, sprach Kranz über die Einzelheiten des Sicherheitsplanes, von denen er erfahren hatte.

»So ist die Lage«, sagte er endlich. »Was haben wir eigentlich genau vor?«

Schon während er sprach, hatte Bella darüber nachgedacht. Sie hatte die Botschaft dieses Jungen gelesen.

Maja hatte gesagt, er sei da und auch andere seien inzwischen gekommen. Sie wollten an der Konferenz teilnehmen und dort ihre Forderungen stellen. Selbstverständlich waren die Kinder nicht vorgesehen. Sie hatten auf der Konferenz keinen Platz, und deshalb würden sie in Kauls Sicherheitskonzept als Störenfriede gelten. Er und seine Leute würden verhindern, dass die Kinder das Konferenzgebäude überhaupt erreichten. Also musste ihre Strategie sein, die Kinder dabei zu unterstützen und Kauls Absichten zu unterlaufen.

»Wir werden dafür sorgen, dass die Kinder auf der Konferenz gehört werden«, antwortete Bella. »Mehr können wir nicht tun. Man wird sie anschließend abschieben. Aber vielleicht haben sie wenigstens vorher eine Chance, ernst genommen zu werden.«

Kranz sah auf seinen Teller. Der Teller war weiß. Eine rote Hummerkrabbe lag einsam neben einer grünen Erbsenschote. Vielleicht hätte sie gern ein wenig Soße gehabt. Aber cool war eben cool. Er sah auf.

»Es gibt zwei Probleme«, sagte Kranz, »und ich weiß nicht, welches das größere ist. Erstens: Außer der Mail von diesem Jorge und dem Zigeunermädchen weißt du von den Kindern gar nichts. Wer sagt dir, dass das Ganze nicht nur ein kleiner Joke ist, angezettelt von irgendwelchen Durchgeknallten? Vielleicht haben wir es mit einem Haufen von Drogenkurieren zu tun und mit einer ganz besonders gerissenen Strategie, das Zeug unter die Leute zu bringen? Wie sind die eigentlich alle hierher gekommen? Wie viele sind es? Von wo kommen sie? Mir ist klar, dass Kinder in vielen Ländern Probleme haben. Ich hab auf meiner Reise gesehen, wie sie in Buenos Aires aus den Mülleimern aßen. Was übrigens keinen von den anderen Passagieren sonderlich interessiert hat. Die Frage ist aber: Geht es hier um Kinder, die hungern, oder um irgendeine Organisation, die die Kinder benutzt?«

Er hat Recht, dachte Bella. Wir wissen nicht, was hinter all dem stecken könnte.

»Zweitens«, fuhr Kranz fort: »Angenommen, wir mischen uns ein, um damit den Kindern einen Zugang zur Konferenz zu schaffen. Du kannst doch mit Kaul nicht reden! Er wird mit dem allergrößten Vergnügen das Gegenteil tun von dem, was du willst. Und er wird auch seine Berliner Auftraggeber, im Zweifel die Ministerin persönlich, davon zu überzeugen wissen, dass man dir misstrauen muss. Das Beste wäre vermutlich, man würde dich einsperren, so lange die Konferenz läuft. Ich garantiere dir, dass Kaul diese Idee kommt, sobald er von deinen Absichten erfährt. Dass du deshalb nicht aufgeben wirst, kann ich mir schon denken. Aber überleg mal: Wir sind zu zweit – falls ich mich darauf einlasse, bei so etwas Verrücktem überhaupt mitzumachen. Kaul hat ein paar tausend Polizisten, wenn es darauf ankommt. Von den Zuhältern will ich gar nicht reden.«

»Zuhälter?«

»Man hat mir erzählt, dass Kaul einige Zuhälter aus dem Bereich Luxusprostitution in die Sicherheitsmannschaft aufnehmen will.«

»Kaul«, sagte Bella. »Dumm ist er nicht. Und deine Stichwortgeberin sollten wir bei Gelegenheit zum Essen einladen. Die Frau ist Gold wert. Wollen wir sie nicht zum Mitmachen überreden?«

»Was macht dich so sicher, dass sie mitmachen würde? Sie hat mir in diesem Fall weitergeholfen. Ich glaube aber nicht, dass sie durch öffentliches Auftreten ihre Karriere gefährden wird.«

»Ja«, sagte Bella, »darauf hätte ich natürlich auch selbst kommen können.«

»Immerhin sind die Dinge, die ich erfahren habe, top secret.«

»Du meinst, es kann sie auch ihren Job kosten, wenn sie mit dir redet? Lassen wir sie dort, wo sie ist. Vielleicht kann sie uns auf diese Weise nützlicher sein.«

Sie schwiegen beide. Kranz wartete. Er hatte ihr die Lage geschildert. Sie sollte entscheiden, was zu tun wäre. Bella machte sich klar, dass Kranz Recht hatte. Sie waren zu zweit gegen eine Armee von Polizisten, die unter Kauls Befehl stand.

»Kann es nicht sein, dass alles viel einfacher ist, als wir denken? Sieh mal: Da ist die Gruppe von Kindern. Die wollen den Konferenzteilnehmern ihre Situation schildern. Man kann so etwas doch auch wunderbar propagandistisch ausschlachten. Die Kinder kommen an. Presse. Darstellung der Probleme in der Öffentlichkeit am lebenden Beispiel. Kinder machen sich gut vor den Kameras. Der Mitleidseffekt: Sie sind niedlich und wirken hilflos, zur Not kann man sie für die Presse ein bisschen neu einkleiden. Die Bedeutung der Konferenz wird erhöht, mehr Geld für Projekte –«

»Ja«, sagte Kranz, »und dann die Frage: Wo kommen die eigentlich her? Wie sind sie ins Land gekommen? Wo die herkommen, sind noch mehr. Wer ist eigentlich dafür verantwortlich, dass die hier so einfach auftauchen können?

Abgesehen davon, dass wir nicht wissen, wie viele Kinder es sind, die auf ihren Auftritt warten, würde Kaul, selbst wenn die Konferenzleitung auf die Idee käme, so zu handeln, wie du gerade überlegt hast, nie zulassen, dass so etwas geschieht. Er würde es gar nicht zulassen können, wenn er sich nicht selbst abschaffen wollte. Und das will er nicht. Im Gegenteil: Ein bis ins Kleinste durchdachtes Sicherheitskonzept für eine hochrangig besetzte Konferenz, das gut funktioniert, kann die nächste Stufe auf der Karriereleiter bedeuten.«

»Lass uns gehen«, sagte Bella. »Ich brauche frische Luft, um nachdenken zu können.«

In der Tür warf sie einen Blick zurück in das Restaurant. Da saßen ein Mann und eine Frau, beide um die vierzig, nach der neuesten Edel-Mode gekleidet, die sich anschwiegen und offensichtlich damit beschäftigt waren, eine der vielen Beziehungskrisen in ihrem Leben auf diese Weise hinter sich zu bringen. Sonst war niemand mehr im Restaurant. Die Kerzen auf den Tischen, bis auf den, an dem sie selbst eben noch gesessen hatten und dem Tisch, an dem das schweigende Paar saß, waren erloschen. Eine leere und eine stumme Insel in einem Restaurant, das auch im Halbdunkel noch abstoßend cool wirkte, dachte sie. Zwei Spuren von Leben. Vielleicht würden sie ausreichen, um weitere Gäste anzulocken, wahrscheinlich nicht.

Eine Weile gingen sie einfach nebeneinander her. Erst kurz bevor sie Kranz' Wohnung erreicht hatten, begann Bella zu reden.

»Bevor ich zu dem komme, was wir tun sollten: Hältst du es für möglich, dass Kaul auf mich schießen lässt?«

Kranz starrte sie an, als versuche er herauszufinden, ob sie ernsthaft gefragt hat.

»Bella. Auf dich schießt niemand. Nicht einmal der übereifrige Kaul würde sich so etwas ausdenken.«

Bella sah ihn an. »Also gut,« sagte sie schließlich, »dann lass uns jetzt mal genau überlegen. Wir sind nur zu zweit. Aber zwei sind immerhin besser als eine. Wir werden uns die Arbeit teilen. Ich werde mir diesen Kinderhaufen genauer ansehen. Für dich bleibt das Schwierigere: Es gibt hier zwei junge Leute. Ich glaube nicht, dass du ihnen schon begegnet bist: Pit und Marie. Studenten, ein bisschen anarchistisch und ziemlich sympathisch. Ich fürchte, dass sie wegen einer Dummheit, zu der ich sie verleitet habe, im Gefängnis sitzen. Vielleicht. Vielleicht haben sie Bewährung bekommen oder sind inzwischen entlassen. Kannst du das herausfinden?«

»Natürlich kann ich. Aber ich glaube, dass wir mit Bombenlegern nicht viel weiter kommen.«

»Sieh mal«, antwortete Bella, »an solchen Worten merkt man, dass du alt wirst. Menschen, denen beim Wort Anarchist das Wort Bombenleger einfällt, leben in der Gedankenwelt des 19. Jahrhunderts. Hast du eigentlich schon einmal darüber nachgedacht, dass alle Frauen qua Geschlecht Anarchisten sind? Ihr Verhältnis zum Staat kann, wenn sie darüber nachdenken, nur ein umstürzlerisches sein. Staat ist eine Institution von Männern für Männer.«

»Und hast du eigentlich schon einmal darüber nachgedacht, ob es sinnvoll ist, alten Männern, die in der Gedankenwelt des 19. Jahrhunderts leben, mitten in der Nacht und auf der Straße Vorträge über politische Theorien zu halten? Es könnte doch sein, das man sie damit ihrer letzten Kräfte beraubt, die sie sich gern für lustvollere Beschäftigungen bewahrt hätten.

Mitten in der Nacht gibt es bestimmt auch noch andere Möglichkeiten, sich zu unterhalten.«

»Der Nachname dieser Marie ist Brunner«, sagte Bella. »Den von Pit weiß ich nicht. Aber er wird sicher in Maries Akte stehen. Das sage ich dir noch schnell, bevor ich mich dem Gedanken hingebe, mit einem Mann des 19. Jahrhunderts lustvollen Beschäftigungen nachzugehen.«

»Brunner«, wiederholte Kranz. »Und was das 19. Jahrhundert anbetrifft: Darf ich dich darauf aufmerksam machen, dass die Beschäftigung, an die ich denke, in allen Jahrhunderten ungefähr gleich war?«

»Na wunderbar«, sagte Bella. »Das wollte ich schon lange einmal ausprobieren: altmodisch und modern zugleich. Ewig, sozusagen. Unsere Liebe ist ewig.«

»Du bringst schon wieder etwas durcheinander. Ich habe nicht von Liebe gesprochen.«

»Sex ohne Liebe, igitt«, sagte Bella.

Gestern war sie abends auf dem Dom gewesen. Jetzt, am Mittag, fand sie es schwierig, den Ort wiederzufinden, an den Edda Feist sie geführt hatte, um Maja zu treffen. Eine Weile irrte sie zwischen still stehenden Karussells, geschlossenen Imbissständen und vorübergehend aufgebauten, aber nun ebenfalls geschlossenen Hähnchen- und Haxen-Restaurants umher, ohne den Wohnwagen zu finden, in dem sie Maja wieder zu treffen hoffte. Ein paar Mal versank sie im Matsch zwischen den Ständen, misstrauisch beäugt von Promenadenmischungen und ein paar Schaustellergehilfen, die trotz des kühlen Wetters in Unterhemden auf den Stufen von Wohnwagen saßen und nach dem Aufstehen die erste Zigarette rauchten. Was für ein Leben, dachte Bella, und hatte plötzlich Lust, mit ihnen von einem Ort zum anderen zu ziehen, Zelte abzubrechen und wieder aufzustellen, an immer neuen Orten und doch auf vertrautem Terrain, auf nichts weiter achtend, als dass jedes Ding an seinem Platz und abends die Kasse einigermaßen gefüllt wäre. Was für ein Leben.

»Da sind Sie ja wieder«, sagte Edda Feist neben ihr.

Sie war gekleidet wie am Tag zuvor, nur war die Tasche, die über ihrem Arm baumelte, diesmal schwarz.

»Die rote war schöner«, sagte Bella. »Was tun Sie denn hier? Die Hähnchenbude ist geschlossen.«

»Ich hab auf Sie gewartet.«

»Weshalb?«

»Ich kenn' Sie.«

»Würde es Ihnen etwas ausmachen, ein bisschen deutlicher zu werden? Ich bin nicht zum Vergnügen hier.«

»Sie haben noch Zeit«, sagte die Feist. »Maja geht manchmal morgens in die Schule. Heute, zum Beispiel. Dann weiß man nie, wann sie wiederkommt. Sie waren bei dem Prozess gegen die Frau, die ihre Kinder umgebracht haben soll. Ich war auch da.«

»Wenn Sie nicht Hähnchen essen, sind Sie unter den Zuhörern im Gericht?«

»Genau«, antwortete die Feist. »Ist doch praktisch. Liegt gleich nebenan. Ist billiger als in der Kneipe und spannender als zu Hause. Als ich Sie hier gesehen habe, dachte ich mir gleich, dass Sie beruflich hier sind. Sie sind doch beruflich hier?«

»Eher privat«, sagte Bella, »jedenfalls bezahlt mich

niemand für das, was ich hier tue. Dann bringen Sie mich zu Majas Wohnwagen?«

»Mit Vergnügen«, sagte Frau Feist. »Ich war schon enttäuscht, als Sie beim ersten Mal so schnell abgehauen sind. Ich dachte, Sie würden gleich loslegen.«

Die Frage nach Majas Wohnwagen war ein Versuchsballon gewesen. Sie hätte ahnen können, dass die Feist auf irgendeine Weise mit der Entwicklung hier zu tun hatte. Und was entwickelt sich, Bella?

»Keine Ahnung«, sagte sie laut und dachte dabei: O doch, du hast eine Ahnung, du willst nur nicht.

»Keine Ahnung haben die meisten«, sagte die Feist.

Sie standen vor dem Wohnwagen, ohne dass Bella sich den Weg gemerkt hatte. Die Tür war nur angelehnt. Auf der kleinen Treppe davor saß Maja. Sie trug die Jeans und den dunkelblauen Pullover, aber diesmal hatte sie Schuhe an. Sie sah auf. Es war ein Ausdruck in ihrem Gesicht, den Bella nicht deuten konnte: eine Mischung aus Angst und Freude.

»Sie möchte, dass Sie ihre Freunde treffen«, sagte die Feist.

Das Mädchen stand sofort auf.

»Ich schließ den Wagen ab.«

»Wem gehört eigentlich dieser Wagen? Die Kleine kann doch nicht allein unterwegs sein?«

»Nein«, sagte die Feist. »Aber sie hat einen Schlüssel. Wollen Sie wirklich wissen, was mit ihr ist?«

Bella nickte.

»Ihre Familie hat in Indien gelebt, im Bundesstaat Manipur. In ihrem Dorf wurde eine Polizeipatrouille überfallen, niemand wusste, woher die Bewaffneten kamen, die die Patrouille überfallen hatten, aber die Sicherheitskräfte haben trotzdem die Einwohner des

Dorfes liquidiert. Maja – ich glaube übrigens nicht, dass sie Maja heißt, aber ihr Beschützer nennt sie so – hat sich in einem Getreidespeicher versteckt. Sie hat ihre Familie bestattet, als die Polizei weg war. Vater, Mutter und drei Geschwister. Wegen der Tiere wollte sie sie nicht liegen lassen. Wissen Sie, was sie gemacht hat? Sie hat sie unter den Leichen gesucht und an die Seite gelegt. Sie hat Benzin über die Körper gegossen und sie angezündet. Dann erst hat sie das Dorf verlassen. Damals muss sie zehn gewesen sein. Sie hat sich dann einer Gruppe von Flüchtlingen angeschlossen, die auf irgendeine Weise nach Deutschland gekommen sind, ohne gültige Papiere, versteht sich. Hier hat sie sich selbstständig gemacht. Ist vielleicht das falsche Wort. Selbstständig war sie schon. Die anderen hat man erwischt und abgeschoben. Sie hat jede Chance genutzt, hier zu bleiben. Jede. Der Mann, dem der Wohnwagen gehört, lebt vom Glücksspiel. Er zieht mit den Schaustellern herum, hilft beim Auf- und Abbauen, und während der übrigen Zeit kümmert er sich um seine eigenen Geschäfte. Er behauptet, Maja bringe ihm Glück. Natürlich schläft er mit ihr, aber oft ist er zu müde. Er spielt bis gegen morgen. Und wenn er mal nicht müde ist, dann geht sie in die Schule. Er lässt ihr ziemlich viel Freiheit, weil sie ihm Glück bringt.«

Maja erschien auf der Treppe. Sie hatte ihre Haare im Nacken zusammengebunden. Sorgfältig schloss sie die Tür hinter sich ab. Sie gab sich wie die kleine Ausgabe einer tüchtigen Hausfrau, die nur schnell einkaufen geht, während ihr Mann noch schläft.

»Wenn Sie genug Geld haben, sollten wir ein Taxi nehmen«, sagte Frau Feist.

Sie hielten in einer stillen Straße in Brahmfeld. Bella bezahlte den Taxifahrer und wartete, bis er gewendet hatte und davonfuhr.

»Hier doch nicht«, sagte sie.

»Natürlich nicht. Ein kleines Stück werden wir noch laufen müssen.«

Für das kleine Stück brauchten sie ein halbe Stunde. Bella staunte über die Umsicht der Feist. Das Gelände, das sie schließlich erreichten, war eingezäunt. Am Zaun hing ein verwittertes Schild, das auf den Umbau einer ehemaligen Hutfabrik in ein Kinder- und Jugendzentrum hinwies. Anscheinend war dem Bauherrn inzwischen des Geld ausgegangen.

Der Bauzaun war zur Straße hin mindestens dreihundert Meter lang. Sie erreichten das Ende, bogen rechts ab und sahen noch einmal dreihundert Meter Zaun.

»Ein Riesengrundstück«, sagte Bella.

»War auch eine Riesensekte, die das gekauft hat. Die haben aber nicht damit gerechnet, dass ihnen nach ein paar Jahren, in denen sie Mode waren, die Leute wieder weglaufen.«

Die Feist wanderte am Zaun entlang. Am Horizont waren Silhouetten von Hochhäusern zu erkennen, davor die Ansammlung von Einfamilienhäusern, zwischen denen das Taxi gehalten hatte. Zwischen diesen Häusern und dem Bauzaun lag unbebautes Feld. Bella sah am Zaun entlang. In einiger Entfernung bewegten sich die Zaunlatten. Dort war eine Tür. Sie schaukelte im Wind. Sie erreichten die Tür und betraten das Gelände hinter dem Zaun.

Neunzigtausend Quadratmeter Ödnis, dachte Bella, und dazu die alte Fabrik. Ihre Grundfläche mochte zehntausend Quadratmeter betragen. Sie bestand aus vier ineinander übergehenden Hallen. Durch die zerbrochenen, ausgehängten Seitentore sah sie im Innern Stahlskelette und einen Fußboden aus Beton, der mit Abfall übersät war. Und Hannah sah sie, die in einer kleinen Tür neben dem letzten Hallentor stand und ihnen zuwinkte. Früher einmal hatte es auf dem Fabrikgelände Straßen gegeben. Deren Oberfläche war inzwischen aufgebrochen. Gras wuchs zwischen Betonbrocken. Überall verteilt lagen grüne Scherben.

»Hier hat mal einer versucht, mit Pfandflaschen Geschäfte zu machen«, sagte die Feist.

Hannah war wieder verschwunden. Erst jetzt, im Nachhinein, sah Bella die Kühlerhaube eines teuren Kleinwagens, der hinter der letzten Fabrikhalle geparkt war. Maja lief voraus und verschwand sehr schnell in der kleinen Tür neben dem letzten Tor.

»Ich geh mal vor«, sagte die Feist und bewegte sich schneller.

Die Tore der letzten Halle waren am wenigsten zerbrochen. Es war kalt, aber es zog nicht. Hundert, vielleicht hundertfünfzig Kinder hockten oder lagen an den Wänden. Sie hatten sich, wahrscheinlich gegen die Kälte, zu Klumpen zusammengeballt. Dazwischen gingen einige umher, blieben stehen, sprachen leise miteinander, gingen weiter und sprachen mit dem Nächsten, den sie trafen. Manchmal gingen sie zu einem der menschlichen Knäule, sprachen tröstend, wenn jemand weinte, auch streng, wenn jemand schrie. Ineinander übergehende Hallen, zehn Meter hoch, hundert Meter lang, zehn Meter breit, nur zerbrochene Tore und helles Oberlicht von der Decke. Kein Bett, kein Tisch und kein Stuhl, nur in jeder

Gruppe ein paar Decken. Sie waren der Grund, weshalb die Kinder zusammengeklumpt aussahen. Sie mussten zusammenrücken, wenn sie ein Stückchen von der Decke abbekommen wollten.

»Sie sehen, dass man diesen Zustand nicht mehr länger mit ansehen kann«, sagte Hannah. »Sie warten auf ein Schiff, das noch kommen soll. Und dann werden sie losgehen.«

»Ein Schiff«, wiederholte Bella.

Sie war stehen geblieben. Sie konnte nicht einfach auf die Kinder zugehen. Sie versuchte, zu begreifen, was sie sah. Es gelang ihr nicht, sich zu konzentrieren. Offensichtlich gab es verschiedene Gruppen. Ihre Augen hatten eine kleine Ansammlung von Kindern entdeckt, Jungen, wie es schien, die behindert sein mussten. Hinter ihnen an der Wand standen Krücken.

»Die haben sich erst hier zusammengetan«, sagte Hannah. »Minenopfer. Sie sind schon ein paar Tage hier. Ein paar können auf Krücken Fußball spielen. Sie sind zäh. Um die muss man sich noch keine Sorgen machen.«

»Woher kommen die Kinder?«

Ich frage, um zu fragen, dachte Bella. Ich brauche Zeit. Ich muss nachdenken.

»Afghanistan, Kosovo, Sierra Leone, Irak – was Sie wollen. Überall, wo in den letzten Jahren Krieg war. Kriege richten sich gegen Zivilisten. Früher ließ man Heere gegeneinander kämpfen, heute wird die Zivilbevölkerung abgeschlachtet. Kinder sind Zielscheiben für alles Mögliche, besonders für Minen.«

»Und die?«, fragte Bella.

Eine Gruppe von fünf Kindern, beinahe schon Jugendliche, kamen vom Anfang der Halle her. Deutlich war zu sehen, dass sie gut ernährt und gut gekleidet waren. Einer, ein schmaler, großer Junge, vielleicht dreizehn oder vierzehn, trug eine Tafel mit einem bunten Plakat. Auf diesem Plakat, das offensichtlich aus verschiedenen Fotos zusammengesetzt und vergrößert worden war, stand in großen Buchstaben: SPIELEN AUF KASCHMIR. Ein fettes, nacktes Baby saß auf einer bunten Kaschmirdecke und hielt eine silberne Rassel in der Hand.

»Mit denen können Sie reden«, sagte Hannah, »die sind von hier. Sie nennen sich Pille-Palle. Aber seien Sie vorsichtig.«

»Vorsichtig?«

»Wenn Sie sachlich bleiben und nüchtern, wird es gut gehen. Sie reagieren nur sehr unberechenbar, wenn jemand besonders freundlich zu ihnen ist. Wir haben uns inzwischen daran gewöhnt, aber für Sie dürfte die Situation neu sein.«

»Allerdings«, sagte Bella. »Bisher habe ich angenommen, man käme bei Kindern mit Freundlichkeit am weitesten.« Sie sprach schnell und leise, die Gruppe war nahe herangekommen.

»Wird im Allgemeinen richtig sein«, antwortete Hannah. »Aber offenbar nicht, wenn Freundlichkeit gleichbedeutend mit Arschaufreißen ist. Das meine ich wörtlich. Die sind die Ersten, die sich zusammengeschlossen haben. Ohne Erwachsene, ohne deren Unterstützung. Uns akzeptieren sie nur, weil sie uns nicht für sich, sondern für die anderen hier brauchen.«

Die Gruppe, vier Jungen und ein Mädchen, war neben Bella und Frau Feist stehen geblieben.

»Sind Sie die, die das mit der Polizei regeln wird?«

Das Mädchen hatte gefragt. Sie hatte ein schmales Gesicht und lange, dunkle Haare. Ihre Körperhaltung war abweisend. Es war ihr anzusehen, dass sie sich überwinden musste, um mit Bella zu sprechen.

»Ich könnte es versuchen. Ich kann keine Garantie dafür übernehmen, dass Ihr ungehindert durchkommt.«

Fünf Augenpaare waren auf Bella gerichtet. Der Junge hatte das Schild auf dem Boden abgesetzt. Das fette Baby grinste als einziges. Schließlich zog das Mädchen die Schultern hoch. Der Junge nahm das Schild wieder auf.

»Wir haben keine andere Wahl. Andere werden nicht vorbeikommen. Wir müssen froh sein, dass die uns bisher nicht verpfiffen haben«, sagte er, während sich die Kinder in Bewegung setzten.

Bella folgte ihnen mit ihren Blicken. Sie gingen in eine Ecke der Halle und stellten dort das Schild ab. Erst jetzt sah sie, dass in dieser Ecke viele Schilder, aufgewickelte Transparente, Stoff und Farbeimer gelagert waren.

»Ich erklär's Ihnen«, sagte Hannah. »Sie haben ziemlich viel hinter sich. Schändungen, solange sie sich erinnern können. Prozesse, für die sie untersucht wurden, in denen sie aussagen sollten. Sexuelle Quälereien, über die zu reden, jedem Erwachsenen schwer fallen dürfte. Die Neugier in ihrer Umgebung. Die Wohltätigkeitsgesten reicher Bürger. Diese Kinder sind übers Internet angeboten worden. Sie nehmen an, dass die Kinderpornoseiten von genau denselben benutzt werden, die sie gequält haben und die sich auf Wohltätigkeitsmatineen angeblich für sie einsetzen. Im vergangenen Monat, so hat mir das Mädchen erzählt, hat einer von ihnen im Fernsehen den Mann entdeckt, der ihn jahrelang missbraucht hat. Er war der Gastgeber bei einem Essen, für das die Teilnehmer 500 Euro Eintritt gezahlt hatten. Das Geld war für Aktivitäten gegen Kinderpornografie im Internet gedacht. Diese Kinder glauben nichts mehr. Sie denken auch nicht darüber nach, dass die elektronischen Medien mächtiger sind als jede Wohltätigkeitsveranstaltung. Was deren Veranstalter übrigens sehr genau wissen. Weshalb sie sich damit zufrieden geben, einmal oder zweimal im Jahr Kaviar für 500 Euro pro Gedeck zu fressen. Darüber könnte man schon ins Grübeln geraten.«

»Ich sehe keinen Grund«, sagte Bella, »dass Sie Ihre Sprache der sowieso schon hässlichen Situation anpassen, Hannah. Ich will hier nicht länger herumstehen.«

Während sie Hannah zuhörte, hatte sie die verschiedenen Gruppen gemustert und verstanden, dass die Kinder nicht nach Ländern geordnet zusammensaßen. Nun ging sie auf eine Gruppe zu, die ganz links, am äußersten Ende der Wand hockte. Das Mädchen kam aber noch einmal zurück, das eben zu ihr gesprochen hatte.

»Ich erklär's Ihnen«, sagte sie. »Die, zu denen Sie gerade gehen wollen, sind die Leitung. Unsere Chiefs. Jede Gruppe hat einen Jungen oder ein Mädchen in der Leitung. Das war nicht so schwer zu organisieren. Die hatten das schon selbst in die Hand genommen. Es hat wohl ein paar Probleme gegeben mit den Machos. Die Kurden sollen zum Kotzen gewesen sein. Aber sie kommen aus einem Kriegsgebiet. Sie sind wichtig. Inzwischen blasen sie sich auch nicht mehr so auf. Wir haben acht Gruppen: Kriegsverletzte, Minen und Sprengbomben und so. Eine Extragruppe bilden die, die schon als Krüppel geboren wurden: chemische Kampfstoffe, hauptsächlich Vietnam, aber auch in Afghanistan und im Irak sollen schon welche geboren werden. Dann die Straßenkinder. Einer der Anführer kommt aus Brasilien, aber die Gruppe ist sehr gemischt. Die Kindersoldaten. Ich mag die nicht, ich weiß nicht mal, ob die sich selber mögen. Aber sie gehören dazu. Dann, natürlich, die, die vom Sex-Tourismus. Das sind alles Mädchen. Keine Ahnung, weshalb. Vielleicht sind die einfach zäher. Sie kommen ausnahmsweise nur aus zwei Ecken: Thailand/Kambodscha und Tschechien. Dann die Kinderarbeiter. Hauptsächlich aus Mexiko und Guatemala, die Gruppen sind ja alle nicht groß. Wenn man die aber reden hört, dann vertreten die Millionen. Deren Hände sollten Sie sich ansehen. Die da drüben sind eine gemischte Gruppe: alle aus Afrika. Man soll nicht glauben, was da alles reinpasst: Aids und Kindersoldaten und Kinderarbeit, Kriegsverletzungen, Sklaven. Auf die letzte Gruppe warten wir noch. Die kommen mit dem Schiff. Wenn sie hier sind, dann wollen wir losgehen. Wir können hier nicht mehr bleiben. Es ist zu kalt. Wir haben zu wenig zu essen. Wir müssen sehr vorsichtig sein, damit wir nicht entdeckt werden. Sehen Sie das Mädchen da? Sie heißt Nan. Sie spricht Englisch. Sie können mit ihr reden, wenn Sie wollen.«

»Was ist das für eine Geschichte mit dem Schiff?«, fragte Bella.

Sie sah zu Nan hinüber, die in der Gruppe stand, die das Mädchen neben ihr als die Chiefs bezeichnet hatte. Aus Thailand oder Kambodscha, vielleicht, dachte

Bella. Der Körper des Mädchens war so mager, dass Bella sich wunderte, wie es sich aufrecht halten konnte.

»Wir haben Nachricht. Sie sollten als Arbeitssklaven verkauft werden. Das Schiff kommt aus Benin. In Gabun und Kamerun hat man es nicht anlegen lassen. Kindersklaven werden in den Baumwollplantagen an der Elfenbeinküste gebraucht. Sie kosten nichts und essen nicht viel. Wenn sie umfallen, lassen sie sich leicht entsorgen. Das Schiff galt ein paar Wochen als verschwunden. Aber es ist wieder aufgetaucht. Und wir wissen auch wieso,« sagte Hannah neben ihr.

Das ist alles nicht wahr, dachte Bella. Ihr Blick ging von einer Gruppe zur anderen und blieb am Ende an ein paar gegen die Rückwand der Halle gelehnten Krücken hängen. Sie sah sich um. Das Mädchen war von ihrer Seite verschwunden. Frau Feist kam auf sie zu.

»Das kann einem an die Nieren gehen, was?«

»Wir brauchten sofort mehr Decken und warmes Essen«, sagte Bella.

»Das geht nicht«, antwortete Frau Feist. »Wir können die Aufmerksamkeit nicht auf diesen Trümmerhaufen lenken. Normalerweise lassen sich hier im Jahr vielleicht ein paar Mal Hundebesitzer blicken, die es lieben, ihre Köter übers freie Feld laufen zu lassen. Um diese Jahreszeit ist hier Gott sei Dank tote Hose. Uns fehlt nur noch, dass es zu schneien beginnt, dann sind wir aufgeschmissen. Man kann jeden Tag ein paar Decken mitbringen und die nötige Verpflegung. Das hat Hannah übernommen. Reden Sie mit den Kindern. Sie müssen sich einen Eindruck verschaffen.«

Den habe ich doch, dachte Bella. Sie ging auf Nan zu, die noch immer, leise sprechend und sanft gestikulierend, in der Mitte der Anführer stand. Nan wandte sich Bella zu, aber sie hörte nicht auf zu sprechen. Sie sprach Englisch. Bella konnte ihre Worte gut verstehen.

»Die da kommt«, sagte Nan, »wird dafür sorgen, dass man uns vorlässt. Ich habe euch gesagt, es wird jemand kommen, der uns hilft. Die deutsche Gruppe ist gekommen. Sie wollen unsere Forderungen auf Spruchbänder malen. Beratet in euerer Runde, welche Forderung ihr vor euch hertragen wollt. Jede Gruppe nur eine, wir haben nicht mehr Material. Und diese Frau hat versprochen, dass sie uns freies Geleit verschafft.«

Nan schwieg und sah Bella an. Sie war ernst und in ihrem sanften Blick war etwas, das Bella Furcht einflößte. Sie fürchtete sich nicht vor Nan, sondern davor zu erfahren, was Nan erlebt hatte.

»Ich habe nichts versprochen«, sagte sie. Ihre Stimme war leise, und sie sah Nan ins Gesicht. Nan bewegte sich nicht.

»Aber ich werde es versuchen«, sagte sie.

Nan löste sich aus ihrer Gruppe. Sie ging auf Bella zu und blieb vor ihr stehen.

»Sehen Sie uns an«, sagte sie.

Sie sprach leise, so leise, dass ihre Kameraden sie nicht hören konnten. Es war, erst jetzt fiel es Bella auf, sehr still in der Halle. Hundert Kinder und eine Stille, die nicht dazu passte.

»Sehen Sie uns an«, wiederholte Nan. »Was sehen Sie? Ich weiß nicht, wie viele unterwegs gestorben sind, weil ich nicht weiß, wie viele sich auf den Weg gemacht haben. Auch Jorge weiß es nicht. Nun sind wir hier. Wir sind die Überlebenden. Wir sind am Ende. Wenn die dicke Frau und Ihre Freundin nicht gewesen wären, hätten wir uns hier nicht halten können. Wir können nur, wenn wir durchhalten und zusammenbleiben, etwas erreichen. Wir haben nicht mehr die Kraft, mit der Polizei Versteck zu spielen, aber wir müssen zu dieser Kinder-Konferenz. Wir müssen zusammenbleiben, wenn wir etwas erreichen wollen. Sie müssen uns helfen.«

Nan wandte sich ab, ohne auf Bellas Antwort zu warten. Sie ging zurück in die Gruppe, aus der sie gekommen war. Bella folgte ihr.

»Wer ist Jorge?«, fragte sie.

Niemand antwortete ihr. Irgendetwas mache ich falsch, dachte sie. Sie setzte sich auf den Betonfußboden. Die Kälte drang sehr schnell durch ihre Kleider. Erst jetzt sah sie, dass die Kinder auf Isoliermatten saßen. Es waren zu wenig Matten. Sie saßen dicht gedrängt, um für alle Platz zu haben. Ein dunkelhäutiger Junge mit krausen Haaren, die er versucht hatte, mit Pomade glatt zu striegeln, redete schnell und leise. Bella verstand ihn nicht. Sein Gesichtsausdruck war nicht freundlich.

»Ich übersetze Ihnen, was er sagt.«

Hannah hockte neben Bella Sie betrachtete aufmerksam den Jungen, der immer noch redete, wütender jetzt.

»Er sagt: Ich kenne diese alten Weiber. Alte, weiße Weiber, von denen niemand mehr etwas will. Dann kommen sie mit Geld und wollen, dass man ihre runzeligen Ärsche küsst. Und wenn du's gemacht hast, wollen sie dich betatschen und dir was von ihren

Söhnen erzählen, die so niedlich waren und nun so wenig Zeit haben. Und wenn sie sich lange genug ausgeheult haben, weil sie denken, du verstehst sie nicht, überlegen sie sich, dass sie das Geld eigentlich besser anlegen können. Weshalb sollen sie es einem lausigen Straßenköter geben, der es wahrscheinlich doch nur verplempert. Und dann drücken sie dir mit ihrer hässlichen, alten Kralle ein paar Realos in die Hand und streichen dir über den Kopf, so dass du dich krümmen musst, um der Kralle zu entwischen und dem ekligen Parfüm, mit dem sie sich einsprühen müssen, weil sie sonst zu sehr stinken. Und von so einer erwartet ihr was.«

Der Junge schwieg. Bella sah, dass er den Kopf schüttelte. Hannah begann zu sprechen, aber so leise, dass sie kaum zu verstehen war. Der Junge sah sie an. Es schien, als beruhigte er sich allmählich.

»Er heißt Jorge«, sagte Hannah. »Er kommt aus Rio. Mit mir spricht er, vielleicht, weil ich seine Sprache spreche. Wenn wir das hier hinter uns gebracht haben, werde ich Ihnen erzählen, was er gemacht hat, bevor er fliehen musste. Sagen Sie Nan, dass wir tun werden, was sie von uns verlangen. Und dann wollen wir gehen.«

Hannah stand auf und reichte Bella die Hand, um ihr beim Aufstehen zu helfen. Aus der Ecke, in der die Krücken an der Wand lehnten, kam Frau Feist auf sic zu.

»Lange halten die nicht mehr durch«, sagte sie. »Ein Arzt wäre wichtig. Haben Sie die Beinstümpfe gesehen? Minen. Wenn ich wüsste, wie die es geschafft haben, hierher zu kommen, wäre mir wohler.«

»Wohler?«

Bella war unfähig, sich vorzustellen, worauf die Feist anspielte.

»Erklär ich Ihnen später. Wo ist eigentlich Maja?«

Sie sahen Maja bei den Transparentmalern, damit beschäftigt, Ziegelsteine auf die Enden eines am Boden liegenden Lakens zu legen, um den Stoff straff zu halten.

»Ich hole sie«, sagte Hannah. »Sprechen Sie mit Nan. Und dann sollten wir gehen. Es gibt zu tun, nehme ich an.«

Hannah setzte sich in Bewegung. Die Feist folgte ihr. Bella reichte über ein paar Köpfe hinweg Nan die Hand. Nan zögerte nur einen sehr kleinen Augenblick, bevor sie die Hand ergriff.

»Wenn das Schiff kommt«, sagte Nan.

»Wenn das Schiff kommt«, erwiderte Bella.

»Die Handwerker sind fertig«, sagte der Portier. »Sie wollten wissen, an wen die Rechnung geht.«

Und du möchtest wissen, wie lange ich noch zu bleiben gedenke, dachte Bella.

»Der Name steht an der Tür, wenn ich nicht irre«, sagte sie und dachte dabei: Das war zu schroff. Sie gab ihrer Stimme einen freundlicheren Klang und ihrem Gesicht ein freundlicheres Aussehen und fragte: »Ist Herr Kranz schon zurück?«

Und dann war sie froh zu hören, dass Kranz noch nicht wieder zurückgekommen sei. Sie würde eine Weile brauchen, um mit dem, was sie erfahren hatte, umgehen zu können. Es lag ihr daran, Kranz auf eine Weise einzuweihen, die ihn nicht abschreckte. Als

Kranz eine Stunde später nach Hause kam, schlief sie fest.

»Entschuldige«, sagte sie, »ich wollte in Ruhe nachdenken. Aber ich bin einfach eingeschlafen. Was ist mit Pit und Marie?«

»Also, Anarchisten? Ich weiß nicht«, sagte Kranz. »Sie sind ordentlich gemeldet. Und ihre Studentenbude war geradezu mustergültig aufgeräumt.«

»Du hast sie getroffen? Sie sind also nicht im Gefängnis?«

Bella war erleichtert, auch, weil sie sich selbst die Schuld für die Festnahme der beiden gegeben hatte.

»Sie sind zwar der Polizei bekannt. Und die hätte sie wohl gern hinter Gittern gesehen. Aber sie waren beide nicht vorbestraft. Der Richter muss ein vernünftiger Mensch gewesen sein. Sie haben ein paar Wochenenden in einem Altenheim arbeiten müssen. Damit war die Sache erledigt. In das Altenheim gehen sie inzwischen freiwillig, weil sie da Geschichte studieren.«

»Was machen sie dort?«

»So haben sie es gesagt: Sie studieren dort Geschichte. Genau genommen machen sie Interviews über die Zeit von 1933–1945 und die Zeit von 1966 bis 1975. Im Augenblick haben sie gewisse Schwierigkeiten mit der Heimleitung. Sie haben die alten Leute so sehr in Erregung versetzt, dass dort beinahe Tag und Nacht diskutiert wird. Offenbar haben sich schon Parteien gebildet, was die Heimleitung gar nicht schätzt. Sie haben die Alten auch dazu gebracht, die obligaten Schlaftabletten am Abend abzulehnen. Schlafen könnten sie noch lange genug, wenn sie tot seien.«

»Hast du ihnen gesagt, dass wir sie wahrscheinlich brauchen?«

»Ich hab's ihnen gesagt, und sie waren begeistert. Natürlich wollten sie wissen, worum es geht. Ich hab mich erst mal bedeckt gehalten. Ich bin mir immer noch nicht klar darüber, ob wir wirklich aktiv werden sollen, besonders, weil ich festgestellt habe ...«

Kranz unterbrach sich, legte den Finger auf den Mund, schüttelte den Kopf und bedeutete Bella zu schweigen. Er stand auf, nahm vom Schreibtisch ein Blatt Papier und holte aus seiner Jacketttasche einen Kugelschreiber. Er schrieb und reichte Bella das Blatt.

Sie las: Wir werden beobachtet. Geh ans Fenster. Wenn du im Hauseingang gegenüber oder irgendwo auf dem Bürgersteig einen blonden Mann siehst, dann mach mir ein Zeichen.

Der Mann ging tatsächlich da unten auf und ab und das Tollste war: Sie kannte ihn. Sie nickte zu Kranz hinüber. Hannah hatte Recht gehabt. Der Schriftsteller aus Brandenburg war wirklich einer von Kauls Leuten.

Wie habe ich glauben können, dass Hannah übertreibt, dachte sie. Ich, die sich einbildet, eine Witterung für solche Leute zu haben. Weil ich alles vergessen wollte. Weil der Aufenthalt dort mich für einen kurzen Augenblick verleitet hat zu glauben, ich könnte mein bisheriges Leben aufgeben. Ich könnte vergessen, wer ich gewesen bin. Ich könnte noch einmal neu und als eine ganz andere wieder anfangen. Wollte ich das denn wirklich?

Sie wandte sich Kranz zu, der schon wieder schrieb, und ging zu ihm.

Ich vermute, dass irgendwo gegenüber eine Wohnung dazu dient, uns zu beobachten, las sie. Zieh die Vorhänge zu, bitte. Und dann werden wir mal ein wenig suchen. Wir können doch nicht schon wieder stundenlang draußen herumrennen.

Sie ging noch einmal zurück an die Fenster, um die Vorhänge zuzuziehen. In Gedanken war sie noch immer in Brandenburg. Sie sah sich durch die Wälder gehen, sah das gelbe Laub und die stacheligen Schalen der Kastanien auf dem Boden. Wie abwesend ich dort gewesen war, dachte sie verwundert. So, als wäre es tatsächlich möglich, sich treiben zu lassen, nichts zu wünschen und nichts zu hoffen. Du warst wie tot, dachte sie. Dein Misstrauen, dein Instinkt, gib schon zu, dein Verstand hatte dich verlassen. Nur so war zu erklären, dass sie nicht verstanden hatte, was geschehen war. Der Mann unten auf der Straße war verschwunden.

Sie suchten eine halbe Stunde, und sie waren sehr gründlich. Am Ende hatten sie vier winzige Mikrofone gefunden.

»Ich glaube, das war's«, sagte Kranz.

Er breitete ein Stück Zeitungspapier auf dem Boden aus, legte die Mikrofone darauf und zertrat sie. Er wickelte die Zeitung zu einer schmalen Röhre zusammen, bog die Enden um und trug das kleine Päckchen in die Küche. Bella beobachtete ihn, während er auf dem Rückweg an der Bar stehen blieb und in zwei hohen Gläsern Wodka und Limettensaft mischte. Er nahm mehr Wodka dazu als Saft.

»Was war bei dir?«, fragte er, während er die Gläser auf den Tisch stellte und sich Bella gegenüber setzte.

Er sieht beinahe unternehmungslustig aus, dachte sie und freute sich darüber. Nachdem sie die Begegnung mit den Kindern geschildert hatte, schwiegen sie beide.

»Ich kenne den Mann da unten auf der Straße«, sagte sie schließlich. »Er beobachtet mich wahrscheinlich seit der Geschichte mit den Mädchen. Wenn er sich heute um dich gekümmert hat, dann weiß er noch nicht, wo ich heute Nachmittag gewesen bin. Trotzdem: Wie konnte ich nur so leichtsinnig sein?«

Am nächsten Morgen verließ Bella das Haus durch den Hinterausgang. Der Portier war nicht in seiner Loge. Ihre Tarnung, die aus zwei gefüllten Mülltüten bestanden hatte, war unnötig gewesen. Auf dem Weg zu Brunner kaufte sie eine Flasche Schnaps. Das Viertel, in dem der alte Freund wohnte, hatte sich verändert, seit sie zuletzt dort gewesen war. Es schien ihr, als gab es noch mehr türkische Gemüseläden, Imbissbuden, Restaurants und Kleiderläden. Sie entdeckte sogar eine kleine Moschee, vor deren Tür diskutierende Männer standen, ältere Männer, von denen einige Turbane auf den Köpfen trugen. Sie meinte, Verachtung zu spüren, als sie an ihnen vorüberging. Der Eingang und die Haustür des Hauses, in dem Brunner wohnte, waren renoviert worden. Sogar die Tafel mit den Klingelknöpfen war neu. Brunners Name stand zwischen Gülsel und Atkin. Jemand, und Bella hoffte, dass es Brunner war, öffnete von oben die Haustür, ohne nach ihrem Namen zu fragen. An der Brüstung des Treppengeländers im zweiten Stock stand er dann und sah ihr entgegen. Brunner, der Polizist, der seinen Beruf aufgegeben hatte, weil er seine Trunksucht nicht mehr hatte verbergen können, sah verändert aus.

Er trinkt nicht mehr, dachte sie, und ihr Herz machte vor Freude einen kleinen Hüpfer. Sie schämte sich für den Schnaps in ihrer Tasche. Aus der geöffneten Wohnungstür neben Brunner kam Musik. Chet Baker sang »My funny Valentine«.

»Komm rein«, sagte Brunner. »Wir haben auf dich gewartet.«

Charly war noch immer die schönste Frau, die Bella je gesehen hatte, obwohl sie ein wenig fülliger geworden war. Sie trug Jeans, die am Hintern und an den Knien dünn gescheuert waren, und die Socken an ihren Füßen hatten verschiedene Farben. Die Knöpfe ihres karierten Hemdes waren weiter geöffnet als früher.

»Die Kinder sind heute Nacht kurz hier gewesen«, sagte Brunner.

Sie saßen sich am Tisch in der Küche gegenüber, während Charly am Herd arbeitete. Es war warm und roch leicht nach den Gasflammen, die sie in Gang gesetzt hatte.

»Sie haben uns gesagt, dass du vermutlich bald auftauchen würdest. Sie wussten nur nicht, weshalb.«

»Die Kinder? Soll das heißen, du hast dich damit abgefunden, dass Pit und Marie zusammen sind?«

Bella staunte. Als sie Brunner zuletzt gesehen hatte, war er so eifersüchtig auf Pit gewesen, dass er Marie mit seiner Wut auf Pit aus dem Haus getrieben hatte.

»Seit er begriffen hat, wie schön die Liebe ist, hat er sich beruhigt«, sagte Charly, ohne sich umzudrehen. »Omelett mit Käse oder mit Marmelade?«

»Beides«, sagten Bella und Brunner gleichzeitig. Sie lachten.

»Also red schon, was ist los? Du willst doch etwas. Du kommst doch nicht, um dich nach meinem Befinden zu erkundigen.«

»Es gibt Menschen«, sagte Bella, »die tun jeden Tag eine kleine, gute Tat und anschließend fühlen sie sich wunderbar. Ihr könnt mir helfen, eine gute Tat zu tun, nach der ihr euch mindestens ein Jahr lang gut fühlen werdet.«

»Ach, du lieber Himmel«, sagte Brunner. »Entweder ist sie fromm geworden, oder sie will uns zu einer Dummheit überreden. Nun mach's nicht so spannend.«

Auf dem Rückweg von Brunner und Charly war Bella geradezu beschwingt. Freunde zu haben, war eine Sache, die ihr neu war und die ihr sehr gefiel. Dass Brunner so schnell auf ihren Vorschlag eingegangen war, lag natürlich auch daran, dass er sich langweilte. Die kluge Charly hatte ihn sofort unterstützt. Sie wusste, dass die Langeweile für Brunners Krankheit gefährlich war. Aber war die Aktion, die sie planten, nicht gefährlich?

Sie blieb, überrascht von ihren Gedanken, einen Augenblick stehen. Neben ihr stellten sich zwei türkische Jungen auf, sieben oder acht Jahre, die bunte Kappen trugen.

»He, Tante, wo ist dein Mann?«

Bella sah auf die Jungen hinunter. Zwei Zierden ihres Geschlechts, bis in die Haarspitzen hinein angefüllt mit dem Bewusstsein ihrer männlichen Überlegenheit.

»Er hat dich was gefragt, Tante.«

Bella tat einen Schritt auf die beiden zu, fasste die Köpfe, stieß sie einmal kurz gegeneinander und ging weiter. Die Jungen waren so überrascht, dass ihr Gebrüll erst ein paar Sekunden später zu hören war. Man muss schon den Anfängen wehren, dachte sie, zufrieden mit sich und dem, was sie gerade getan hatte.

»Sehr kinderfreundlich war das nicht«, sagte ein Mann neben ihr. Sie blieb sofort stehen. Die Stimme kannte sie.

»Richtig«, sagte Martin Wagner. »Sie haben sich nicht getäuscht. Ich glaube, wir sollten das Versteckspiel sein lassen.«

»Hat Ihr Chef Ihnen geraten, die Taktik zu wechseln? Sagen Sie ihm, er ist nicht klug genug, um mir Schwierigkeiten zu machen.«

»Ich werd's ihm bestimmt nicht ausrichten«, sagte Wagner. »Dann wüsste er, dass ich mit Ihnen gesprochen habe, und das würde ihm sicher nicht gefallen.«

»Sie haben schon bei anderer Gelegenheit mit mir gesprochen. Erinnern Sie sich?«

»Und ob. Ich hab's sehr bedauert, dass Sie so plötzlich verschwunden sind. Wir könnten einen Kaffee zusammen trinken. Es ist Nachtmittag.«

»Was wollen Sie?«, fragte Bella, die weitergegangen war und nun noch einmal stehen blieb. Sie hatten das Heiligengeistfeld erreicht. Hinter Wagner, in ein paar hundert Metern Entfernung waren die großen Karussells und das Riesenrad zu sehen. Plötzlich hatte sie den Wohnwagen vor Augen, der Majas Zuhause war. Es war Nachmittag. Nachmittagspause für den Spieler. Arbeit für Maja.

»Wenn Sie mit mir einen Kaffee trinken, erklär ich's Ihnen.«

Bella überlegte. Sie hatte nicht die geringste Lust, mit Wagner zusammenzusitzen. Er war ein interessanter Gesprächspartner gewesen, als sie seine Aufgabe noch nicht gekannt hatte. Als du dir noch vorgemacht hast, du könntest aus deinem Leben aussteigen, Bella Block. Jetzt aber bist du wieder drin und auf der richtigen Seite. Wagner gehört zu der anderen. Die ignoriert man am besten. Sich mit denen einzulassen, ist riskant. Selbst wenn sie einzeln nicht gerade die Weisheit mit Löffeln gefressen haben: Sie sind, besonders wenn Kaul ihr Kopf ist, durchaus in der Lage, aus vielen kleinen Einzelheiten ein zutreffendes Bild zusammenzusetzen.

»Nun kommen Sie schon, Sie werden es nicht bereuen. Außerdem fängt es gerade an zu regnen. Wir warten einfach, bis der Regen aufhört, und ich erzähl Ihnen meine Geschichte. Zuhören verpflichtet zu nichts.«

Ohne zu antworten, steuerte Bella die kleine Kneipe an, in der sie vor ein paar Tagen dem Gespräch der Schausteller zugehört hatte. Wenn sie nichts sagte, würde Wagner nichts erfahren von dem, was sie vorhatten.

Bis zur Kneipe waren es fünfzig Meter, und sie waren nass, als sie die Tür erreicht hatten. Zu Bellas Überraschung waren sie die einzigen Gäste. Sie bestellte Tee mit Zitrone und einen doppelten Wodka und steuerte den Platz in der hintersten Ecke an. Sie wusste nicht, ob die Geschichte, die Wagner zu erzählen beabsichtigte, für die Ohren der Wirtin geeignet war. Sie schwiegen, bis die Wirtin die Getränke auf den Tisch gestellt hatte und wieder hinter dem Tresen stand.

»Sie waren schon einmal hier«, sagte Wagner. »Ich hab Sie beobachtet. Da war ich mir noch nicht klar darüber, was ich tun sollte. Erinnern Sie sich an die Kinder, an die Reste der Kinder, die wir im Wald gefunden haben?« Bella nickte. »Ich wollte damals nicht, dass wir die Polizei benachrichtigen. Ich hätte möglicherweise Schwierigkeiten bekommen können, wenn man meine Identität überprüft hätte. Schwierigkeiten mit meiner Dienststelle und mit denen in Brandenburg. Die Länder haben es nicht gern, wenn ohne Absprache fremde Dienste in ihrem Revier wildern. Ich war dazu abgestellt, Sie nach Ihrem Werft-Abenteuer im Auge zu behalten. Man ging davon aus, dass Sie wegen der Mädchen, die umgekommen waren, einen Rachefeldzug planen könnten. Bis sichergestellt wäre, dass Sie ruhig bleiben würden, ließ man Sie beobachten.«

»Lässt man mich beobachten«, verbesserte Bella.

»Was haben Sie erwartet? Sie haben Hannah wieder getroffen und sind ihr gefolgt, ein nicht ganz unerheblicher Vorgang in den Augen mancher Leute.«

Bella schwieg. Was wollte Wagner? War er ein Wichtigtuer? Hatte er den Auftrag, sie auszuhorchen? Auf jeden Fall war sein Verhalten unprofessionell.

»Es kann ja sein, dass Sie einen Rachefeldzug planen«, sagte er. »Ich glaube das übrigens nicht, nachdem ich mir die Akten über den Fall angesehen habe. Sie hatten keine emotionalen Beziehungen zu den Mädchen, die umgekommen sind.«

»Umgekommen ist vielleicht nicht das richtige Wort. Außerdem: Sie vergessen mein Haus. Es waren die Mädchen, die das Haus angezündet haben.«

»Wir waren in der Nähe«, sagte Wagner. »Wir hätten das Gröbste verhindern können. Ich dachte, das hätten Sie geahnt.«

Bella schwieg. Es tat ihr Leid, dass sie überhaupt etwas gesagt hatte; nicht nur, weil sie Wagner Teile für sein Puzzle geliefert hatte, sondern auch, weil sie nicht an die Vergangenheit erinnert werden wollte. Ihr wurde klar, dass er sehr gut über sie informiert war und dass sie noch immer nicht wusste, was er von ihr wollte.

Die Tür ging auf, und ein paar Männer kamen herein. Sie blieben am Tresen stehen und bestellten Bier. Einer versuchte, eine Zigarette anzuzünden. Sie zerkrümelte zwischen seinen nassen Fingern.

»Noch so ein paar Regentage, und wir können den Laden zumachen«, sagte der Mann und warf die Reste der Zigarette wütend in den Aschenbecher. »Wer geht denn bei so einem Wetter aus dem Haus?«

»Die Kinder«, sagte Wagner, »um auf die Kinder im Wald zurückzukommen: Ich glaube, mit denen stimmte etwas nicht.«

Bella schwieg und wartete. Plump, dachte sie.

»Ich bin verheiratet«, sagte Wagner, »und auch wieder nicht. Meine Frau ist seit zwei Jahren in der Psychiatrie. Unsere Tochter ist seit drei Jahren verschwunden. Sie war zehn, als sie verschwand. Ich mache meine Arbeit. Das hält mich am Leben. Eine Zeit lang hat mich ein Psychologe betreut.«

Kranz, dachte Bella, das lässt sich überprüfen. Wenn es stimmt, was er sagt, muss Kranz davon gewusst haben. Er war damals noch im Amt.

»Ich gelte als stabilisiert, und das stimmt auch. Bis auf Fälle, in denen es um Kinder geht. Aber in solchen Fällen werde ich nicht eingesetzt.«

Da stimmt etwas nicht, dachte sie. Er war's doch, der mir die angefressenen Kinderleichen gezeigt hat. Er hätte sie meiden müssen, wenn er so empfindlich ist. Er hätte etwas tun müssen.

»Sie glauben mir nicht. Damals habe ich die Geschichte für einen Zufall gehalten. Die Kinder mussten verschwunden sein. Die Familien würden das Verschwinden melden. Man würde suchen. Die Sache würde sich aufklären, traurig zwar, aber auf jeden Fall auch ohne meine Mithilfe. Inzwischen glaube ich nicht mehr an einen Zufall.«

Aufpassen, dachte Bella. Er kommt zum Thema.

»Kann ich einen Espresso haben?«, rief sie zum Tresen hinüber.

»Lassen Sie doch den verdammten Espresso«, sagte Wagner. »Hier geht es um eine Katastrophe, und Sie trinken Espresso.«

Bella sah ihn an. Die Verzweiflung in seinem Gesicht war echt, oder Wagner war ein hervorragender Schauspieler. Sie konnte nicht mit ihm reden, bevor sie seine Geschichte überprüft hatte. Aber sie konnte ihm zuhören.

»Das verunglückte Kind in der Geisterbahn«, sagte er. »Es gibt Meldungen der Deutschen Bahn, dass auffällig viele Kinder versuchen, ohne Fahrkarte nach Hamburg zu kommen. Man hat Kinder in der Oder gefunden, deren Boot gekentert war. Sie sind ertrunken. Seit einigen Wochen häufen sich die Anrufe von Leuten aus Eppendorf, Wellingsbüttel und anderen feinen Stadtteilen. Die Leute dort fühlen sich belästigt von Kindern, die nachts in den Hauseingängen schlafen. Auf dem Dom hat es in der Nacht einen zweiten tödlichen Unfall gegeben. Die Besatzungen der Wagen vom Roten Kreuz und von ein paar anderen Hilfsorganisationen, die nachts durch die Straßen fahren, um die Obdachlosen zu versorgen, berichten von Kindern, die Essen stehlen und so schnell wieder verschwinden, dass man sie nicht festhalten kann.«

»Wie Sie wissen, habe ich keine Kinder«, sagte Bella. »Meine Aufmerksamkeit in dieser Hinsicht lässt deshalb sicher zu wünschen übrig. Ich kann Ihre Beobachtungen nicht bestätigen.«

»Das erstaunt mich. Ich glaubte, Sie mit einem Mädchen aus einem der Wohnwagen da drüben gesehen zu haben. Sie, und diese dicke Frau, die normalerweise heimlich Tauben füttert, aber in der letzten Zeit offenbar nicht mehr dazu kommt.«

Das klang ein wenig nach einer Drohung. Sie würde sich nicht einschüchtern lassen. Er sollte sagen, was er von ihr wollte, und dann würde sie gehen. Sie musste mit Kranz reden, bevor sie sich auf Wagners Andeutungen einließe.

»Was wollen Sie eigentlich von mir? Vergebung dafür, dass Sie hinter mir her schnüffeln, weil Sie so ein sensibler Mensch sind? Ihr Gerede imponiert mir nicht. Was gehen mich Ihre psychischen Wehwehchen an?«

»Ich habe keine Beweise«, sagte er. »Ich zähle nur eins und eins zusammen. Es wird nach meiner Einschätzung nur noch wenige Tage dauern, bis meine oberste Leitung das Gleiche tut. Nehmen wir mal an, diese Kinder sind illegal ins Land gekommen. Ich weiß nicht, was sie vorhaben, aber was es auch immer sein wird: Meine oberste Leitung wird sie daran hindern. Ich sage Ihnen jetzt etwas, das ich Ihnen eigentlich nicht sagen dürfte. Auch wenn Kinder Sie nicht interessieren. Dass sich die soziale Lage vieler Familien in den letzten Jahren sehr verschlechtert hat, dürfte Ihnen bekannt sein. In den Ländern, die seit ein paar Monaten neu zu Europa gehören, ist sie zum Teil katastrophal. Es hat nicht nur in der Slowakei Hunger-Aufstände gegeben. Es betrifft immer nur kleine Teile der Bevölkerung, immer die, die die neue Politik am härtesten trifft, immer die Kinderreichen. Im Fall der Roma in der Slowakei ist die Informationspolitik schlecht gelaufen. Inzwischen wird über solche Aufstände nicht mehr berichtet. Aber es gibt sie. Man muss sich darauf einstellen.«

Wagner hielt erregt inne. Er hatte die Hände zu Fäusten geballt und hielt sie sich vor den Mund. Bella konnte trotzdem sehen, dass seine Unterlippe zitterte.

»Dutroux«, sagte er heftig und so leise, dass sie sich Mühe geben musste, ihn zu verstehen. »Als ob das etwas Besonderes wäre. Sie quälen unsere Kinder nicht nur in Belgien. Was glauben Sie denn? Das geschieht nicht nur dort, sondern in Portugal genauso wie bei uns. Aber da wird zusammengehalten. Nichts kommt an die Oberfläche, solange die da oben sich gegenseitig decken. Nur gegen die hungernden Kinder, da wird gerüstet. Jawohl, aufgerüstet. Ich weiß, was ich sage. Seit Monaten, seit den Unruhen in der Slowakei, werden besondere Einsatztruppen trainiert. Gegen Kinder, verstehen Sie, gegen Kinder.«

Er schwieg und starrte auf die Tischplatte. Bella spürte, dass er versuchte, sich zu beruhigen. Gerade hatte er ihr verraten, was er nie hätte tun dürfen. Hatte er sich in ihre Hände gegeben? Konnte sie ihm mit diesem Wissen schaden? Oder würde sie sich selbst schaden, wenn sie damit an die Öffentlichkeit ginge? Sie durfte nicht mit Wagner sprechen, bevor sie versucht hatte, herauszufinden, ob seine Geschichte stimmte. Er hatte sie schon einmal belogen. Sie glaubte nicht mehr bereitwillig alles, was er ihr erzählte. Und wenn er die Wahrheit gesagt hatte? Welche Konsequenzen musste sie daraus ableiten?

Wagner sah auf. Er hatte sich gefasst.

»Wie lange werden Sie mich noch beschatten?«, fragte Bella.

»So lange, bis ich abgezogen werde. Dass Sie in dem Wohnwagen gewesen sind, habe ich in meinen Bericht nicht aufgenommen.«

»So lange Sie auf mich angesetzt sind, ist es leicht für mich, Sie zu erreichen«, sagte Bella. »Ich brauche ein paar Stunden. Und nun möchte ich gehen.«

Wagner nickte, blieb sitzen und starrte auf die Tischplatte.

Er sieht aus, als ob er sich sehr unbehaglich fühlt, dachte Bella, als sie sich in der Tür noch einmal nach ihm umwandte.

Sie hatte ein Taxi genommen, obwohl es nicht mehr regnete. Der Fahrer hielt auf der gegenüberliegenden Seite von Kranz' Wohnblock. Sie sah, während sie auf das Wechselgeld wartete, zu den Fenstern hinauf. Sie waren dunkel. Der Portier wirkte erstaunt, als sie an ihm vorüberlief. Er hatte sie nicht weggehen sehen. Schon vor der Wohnungstür hörte sie Stimmen aus dem Innern der Wohnung. Sie brauchte einen kleinen Augenblick, bis sie wahrnahm, dass der Fernseher lief.

»Komm und sieh dir Frau Thatcher an«, sagte Kranz.

»Thatcher? Ist sie gestorben?«

Bella rief aus dem Flur, wo sie damit beschäftigt war, ihren immer noch feuchten Mantel zum Trocknen aufzuhängen.

»Nein«, sagte Kranz, »im Gegenteil. Sie ist wieder auferstanden und heißt nun Angela. Heißt es nicht, dass Wiedergänger ganz besonders unheimlich sind?«

»Ich möchte jetzt nicht mit dir über Politik diskutieren«, sagte Bella. »Können wir reden, oder hatten wir inzwischen wieder Besuch? Ich dachte schon, du seiest nicht da, bis mir einfiel, dass die Vorhänge zugezogen sein könnten.«

»Alles in Ordnung.«

Kranz schaltete das Fernsehgerät aus und sah Bella erwartungsvoll an.

»Sagt dir der Name Wagner etwas? Kann es sein, dass er, als du für die Polizei gearbeitet hast, zu deinen Patienten gehörte? Etwa drei Jahre zurück?«

»Natürlich«, sagte Kranz. »Das war eine schlimme Sache. Das Mädchen verschwand einfach. Zu zweit hätten sie's wahrscheinlich besser geschafft, aber der Mann war mit einer Frau zusammen, die nur noch hysterisch reagiert hat.«

»Sie ist in der Psychiatrie«, sagte Bella.

»Das wundert mich nicht. Die Tochter ist wahrscheinlich entführt worden. Jedenfalls ist sie nie wieder aufgetaucht. Das verschwundene Kind war sicher nur der Auslöser für ihre Krankheit. Der Mann hat mir Leid getan. Er hat wirklich um seine Tochter getrauert. Als die Frau nicht aufhörte, ihn dafür verantwortlich zu machen, dass man das Mädchen nicht fand, ist er zusammengebrochen. Ich habe ihm einen unserer fähigsten Therapeuten gegeben. Was dann aus ihm geworden ist, weiß ich nicht. Es gab ja nicht nur diesen einen Mann, der die Fürsorge seines Dienstherren brauchte.«

»Du redest ganz schön staatstragend, mein Lieber. Ich kann dir sagen, was aus ihm geworden ist. Vermutlich steht er gerade unten vor dem Haus und wartet darauf, dass er sich wieder an meine Fersen heften kann.«

»Du willst sagen ...«

»Allerdings. Aber das ist nicht das Wichtigste. Ich wollte nur wissen, ob du ihn kennst.«

»Und das Wichtigste?«

Bella brauchte zwei Minuten, um Kranz über ihr Gespräch mit Wagner zu informieren.

»Das ist eine paramilitärische Truppe«, schloss sie. »Die werden mit allen Mitteln verhindern, dass die Kinder ihr Ziel erreichen. Wenn sie zur Zeit nicht so sehr beschäftigt damit wären, auf dem Bauch zu robben und Liegestütze zu trainieren, hätten sie, vielleicht, schon auf ihren Einsatz gedrungen. Sie sind Kauls stille Reserve. Er wird sie einsetzen, sowie er den Eindruck hat, sein Sicherheitskonzept geht nicht auf.«

Kranz schwieg, als Bella geendet hatte. Jahrelang war er selbst einer derjenigen gewesen, die dem Polizeichef und dem Innensenator Konzepte zum Einsatz von Polizeikräften geliefert hatten. Dass sich die Lage inzwischen geändert hatte, wurde ihm jetzt besonders deutlich. Es ging nicht mehr darum, protestierende Studenten oder Hausbesetzer im Zaum zu halten, von denen die meisten über kurz oder lang in die bürgerlichen Verhältnisse zurückkehren würden, aus denen sie gekommen waren. Was regen wir uns auf, hatte der letzte Polizeichef gesagt, mit dem er zusammenarbeitete. Wenn die geheiratet haben, ist Schluss mit lustig. Natürlich hatten dessen Leute dann trotzdem so sehr draufgehauen, wie möglich. Schon, um der Polizei Respekt zu verschaffen. Aber gemessen an dem, was sich jetzt entwickelte, waren das Spiele gewesen. Die Politik trieb breite Schichten in die Armut und organisierte, für den Fall, dass irgendjemand auf die Idee kommen würde, sich zu wehren, heimlich und konsequent, die Kräfte, die den Widerstand mit Gewalt unterdrücken würden.

»Hältst du es für möglich, dass Wagner glaubwürdig ist? Immerhin hat er ein Dienstgeheimnis ausgeplaudert, das wahrscheinlich eines der bestgehüteten ist. Er bringt sich in Gefahr, zumindest seinen Job. Das ist für einen Polizisten ein gewaltiger Akt. Kann Kaul dahinter stecken?«

»Tut mir Leid, aber so genau kenne ich den Mann nicht. Ich hab mich an seine Geschichte erinnert, weil er sie mir in einem Eingangsgespräch geschildert hat. Ich fand sie besonders tragisch und hab versucht, ihm Hilfe zukommen zu lassen. Aber du siehst ja, ich konnte mich nicht einmal an sein Gesicht erinnern. Ich hätte ihn erkennen müssen.«

»Und Kaul? Nimm an, das Plaudern aus dem Nähkästchen gehörte zu seiner Strategie. Was könnte er damit bezwecken wollen?«

»Das halte ich für ausgeschlossen«, antwortete Kranz. »Für so wichtig, und vor allem, für so gefährlich hält Kaul uns nicht, dass er seine geheimsten Manöver preisgibt. Du musst bedenken: Es ist wahrscheinlich, dass es diese Kampftruppe gibt, aber noch ist sie illegal. Und vermutlich hat die Regierung ein Interesse daran, dass sie möglichst lange unbekannt bleibt. Auch ein Kaul kann sich nicht so ohne weiteres darüber hinwegsetzen.«

Bella stand auf und begann, im Zimmer herumzuwandern; ein vergeblicher Versuch, dem Gedanken zu entkommen, der ihr gerade durch den Kopf gegangen war.

»Du machst mich nervös«, sagte Kranz. »Setz dich wieder hin und sag mir, was dich beunruhigt. Manchmal sieht man Gespenster, wo es gar nicht nötig ist.«

»Wir werden den Kindern helfen, bis zur Konferenz vorzudringen«, sagte Bella, »und damit werden wir den Vorwand liefern, die bis jetzt noch inaktive Einsatztruppe zum ersten Mal öffentlich auftreten zu lassen. Und weil es noch nicht gegen einheimische Rentner geht, sondern gegen Ausländerkinder, werden die Leute dazu Beifall klatschen. Und das wird dann Kaul und Konsorten wunderbar in den Kram passen. Wir werden ihnen die Legitimation geben, die ihnen bis jetzt noch fehlt.«

»Du übertreibst mal wieder gewaltig, Bella Block. Ich könnte dir jetzt einen Vortrag darüber halten, dass es schon aus polizeistrategischen Gründen nicht besonders sinnvoll ist, so eine Truppe heute öffentlich agieren zu lassen. Aber ich glaube, wir sollten uns sinnvolleren Überlegungen zuwenden. Vergiss diesen Quatsch. Lass uns lieber unsere eigenen Truppen mustern. Wie stark sind wir eigentlich?«

Bella hatte sich Kranz gegenüber hingesetzt und beobachtete ihn genau. Nichts in seinem Verhalten deutete darauf hin, dass er sie nur beruhigen wollte.

»Lass uns zählen«, sagte sie. »Also, wir beide und

Hannah, Brunner und Charly, Pit und Marie, Wohlers.«

»Wer ist Wohlers?«

»Er ist der Chauffeur, der für Hannahs Familie arbeitet. Ich bin nicht sicher, ob er uns aus eigenem Antrieb helfen würde. Aber er tut alles, was Hannah von ihm will.«

»Ach, und noch jemand?«

»Ja. Diese dicke Frau Feist und Maja, die beiden, die ich auf dem Dom kennen gelernt habe.«

»Das sind neuneinhalb Aufrechte gegen den Rest der Welt. Vermutlich sind wir verrückt.«

»Finde ich nicht«, sagte Bella. »Was tun wir denn? Wir lassen uns doch nicht auf irgendein Gefecht ein. Wir führen ein paar Kindergruppen über die Elbchaussee bis zum Seegerichtshof. Dort tagt die Weltkinderkonferenz, bei der die Kinder ihre Bitten vortragen möchten. Keine Tumulte, keine Randale, ein friedlicher Zug, den ein paar Erwachsene begleiten. Was ist übrigens mit unserem Bewacher da unten auf der Straße? Sollen wir ihn einweihen?«

»Du lässt nach, Bella, die schwierigen Entscheidungen schiebst du neuerdings mir zu.«

»Man sieht doch deutlich, wie dir das gefällt. Ich sorge nur für gute Stimmung zwischen den Verantwortlichen.«

»Ich schlage vor, dass wir ihn nicht einbeziehen«, sagte Kranz. »Vielleicht betrachten wir ihn vorerst als stille Reserve und versuchen, soweit uns das möglich ist und nicht von anderen Dingen ablenkt, sein Verhalten zu beobachten.«

Bella nickte zustimmend. Sie war mit ihren Gedanken nicht mehr beim Thema.

»Wann beginnt die Konferenz?«, fragte Kranz.

»Am 25.«

»Dann haben sie nur noch zwei Tage.«

»Ja«, sagte sie, »aber sie wollen erst marschieren, wenn das Schiff im Hafen angekommen ist.«

»Was versprechen sie sich davon? Ihre Lage wird jetzt schon von Tag zu Tag kritischer. Jeder dumme Zufall kann bewirken, dass sie entdeckt werden.«

»Ich weiß«, sagte Bella. »Aber du musst sie dir ansehen. Es gehört sich nicht, ihnen Vorschriften zu machen. Wenn du sie gesehen hättest, würdest du es begreifen. Jedes einzelne dieser Kinder hat für sein Überleben mehr investiert, als wir beide zusammen es jemals tun werden. Du weißt, dass man sie in Rio oder Saõ Paulo abknallt, wenn sie sich in den Luxusportalen der Banken schlafen legen. Das ging sogar einmal kurz bei uns durch die Zeitungen. Aber du weißt nicht, welche Systeme sie untereinander entwickelt haben, um den Killerkommandos nicht in die Arme zu laufen. Du kannst dir vorstellen, was verblödete Sex-Touristen mit einem IQ zwischen sechzig und siebzig für ein paar Dollar mit kleinen Mädchen anstellen ...«

»Kann ich nicht«, warf Kranz ein.

»... und wie diese Mädchen es schaffen, von diesen paar Dollars ihre Familien zu ernähren, regelmäßig, und ohne dass sie zusammenbrechen und am Straßenrand liegen bleiben wie der Müll, zu dem sie in den Augen ihrer Freier gehören, das weißt du nicht.«

»Bella!«

»Du kannst dir vielleicht noch vorstellen, wie es ist, auf eine Mine zu treten, ein Bein zu verlieren, Schmerzen zu haben. Aber wie man trotzdem Trainer wird für eine kleine Horde von Jungen, die nichts weiter haben als einen abgegriffenen Fußball und den Glauben, der werde sie aus ihrer elenden Lage befreien, das kannst du dir nicht vorstellen.«

»Sie sind also stark«, sagte Kranz nüchtern.

»Es ist die Auslese«, antwortete Bella. »Die anderen sind unterwegs umgekommen. Zwei davon habe ich gesehen, das, was von ihnen übrig war, in den Brandenburger Wäldern, als ich noch glaubte, ich könnte mich raushalten aus dem, was mit uns passiert.«

Sie schwiegen. Kranz hätte Bella gern in den Arm genommen, aber er wusste nicht, wie sie reagieren würde. Irgendwann stand er auf und füllte ihre Gläser nach. Als er zurückkam, lächelte Bella ihm entgegen. Er war erleichtert.

Eigentlich mochte er, wie alle Männer, große Emotionen nicht besonders. Von Anfang an, schon vor zehn Jahren, als sie sich zum ersten Mal auf der Insel getroffen hatten, war er von Bellas Kaltblütigkeit beeindruckt gewesen. Damals hatte er im letzten Augenblick verhindern können, dass sie von der Höllenmaschine eines in sich selbst und seine Macht verliebten Drogenhändlers in die Luft gesprengt wurde. Hatte sie eigentlich damals wenigstens »danke« gesagt?

Kranz erwiderte Bellas Lächeln.

»Weshalb ist ihnen die Sache mit dem Schiff so wichtig?«, fragte er noch einmal.

»Soweit ich Maja verstanden habe – sie hat uns auf dem Rückweg die Geschichte erzählt –, könnte es zwei Gründe geben. Der eine ist, dass die Kindersklaven das Ziel haben, unbedingt an der Kinder-Konferenz teilzunehmen. Sie haben die Mannschaft überrumpelt und gezwungen, den Kurs zu ändern. Das war mit Gewalt verbunden. Vielleicht hat es Tote gegeben auf dem Schiff, und sie wollen, dass öffentlich festgestellt wird, dass sie nicht anders handeln konnten. Wenn die, die schon hier sind, vorher losmarschieren, nimmt man ihnen die Chance, ihr Anliegen vorzutragen.«

»Und zweitens?«

»Zweitens haben sie eine pikante Information. Der Eigner des Schiffes, das seit Jahren für Sklaventransporte eingesetzt wird, ist Mbola Menge.«

»Der Fußball-Star?«

»Genau der, um den sich die deutschen Bundesliga-Vereine so reißen. Und sie fürchten, dass diese Information vertuscht werden könnte, wenn sie nicht dabei sind.«

»Wie lange wird die Konferenz dauern?«

»Das übliche lange Wochenende.«

»Gibt es eine aktuelle Positionsmeldung von diesem Schiff?«

»Nichts. Die letzte ist ein paar Tage alt. Danach könnten sie rechtzeitig hier sein, aber das ist geschätzt.«

»Zwei, höchstens drei Tage«, sagte Kranz. »Findest du nicht, dass es langsam Zeit wird, einen konkreten Plan zu machen?«

*

Eine internationale Konferenz von diesem Umfang vorzubereiten, war nicht einfach und ließ sich nur bewältigen, wenn man einen Stab von Mitarbeitern hatte, die hoch qualifiziert und hochmotiviert waren.

Auf Qualifikation hatte Carola bei der Einstellung Wert gelegt. Für die Motivierung war sie dann selbst verantwortlich gewesen. Auch die Ministerin, natürlich, die war aber selbstverständlich auch in anderen Zusammenhängen gefragt und deshalb nicht oft präsent. Sie war bei der allerersten Besprechung dabei gewesen und würde ihnen am Ende ihren Dank für die gute Arbeit aussprechen. Im Augenblick saß sie mit der Referentin in Klausur, die ihr die Inhalte der Konferenz nahe zu bringen hatte. Carola war froh, dass sie ausschließlich mit organisatorischen Fragen befasst war.

Diese Kinderfrage, der ganze Bereich Kinder, lag ihr nicht besonders. Das hatte sie während der Vorbereitungen gemerkt. Es war nicht so, dass sie das Schicksal der Kinder nicht berührte. Im Gegenteil: Sie erfuhr Einzelheiten, die sie kaum schlafen ließen; über Kinderarbeit in Mexiko, zum Beispiel. Man ließ Kinder Ziegelsteine schleppen, die ihr Körpergewicht überstiegen. Dazu auf dem Herweg ein Foto in der FAZ: farbig, groß, beinahe eine halbe Seite. Endlose Reihen von Ziegelsteinen, in der Sonne zum Trocknen ausgelegt und vier- oder fünfjährige Kinder, damit beschäftigt, die Steine umzudrehen. Die Hände dieser Kinder fünfmal kleiner als die Ziegelsteine, ohne Handschuhe. Und über dem Foto die große Überschrift: *Zum Vorteil aller. Eine Ethik der Mäßigung passt nicht in die moderne Welt.*

Ihr war übel geworden. Sie war für diese Kinderfrage nicht geeignet. Sie war zu sentimental. Ihr taten die Kinder einfach Leid. Auch der Ministerin taten sie übrigens Leid, aus beruflichen und öffentlich nutzbar zu machenden Gründen. Auch in dieser Frage unterschieden sie sich gründlich. Carola genügte es einstweilen, die organisatorischen Dinge, für die sie zuständig war, so reibungslos wie möglich zu bewältigen. Ihr Stab war schon seit ein paar Tagen in Hamburg. Sie konnte sich auf ihre Leute verlassen, das wusste sie. Sie war trotzdem einen Tag früher nach Hamburg gekommen. Ihre Suite im Hotel sah inzwischen aus wie ein kleiner Kommandostand, zumindest das Wohnzimmer. Diese großen Hotels waren in solchen Dingen erfahren. Eine direkte Verbindung zur Ministerin, die erst am Morgen des Konferenzbeginns auftauchen würde, direkte Verbindung zum Tagungsgebäude, zu Kaul und seinen Sicherheitsleuten und zu ausgewählten, loyalen Presseleuten. Ihre engsten Mitarbeiterinnen wussten, dass sie da war. Aber sie würden sie nur stören, wenn es unbedingt nötig wäre.

Während sie in der Glasveranda des Hotels saß und auf ihr Essen wartete, beobachtete sie die Menschen, die über den leeren Platz davor gingen. Sie war selbst ein paar Minuten vorher dort draußen gewesen. Das Hotel und die um den Platz liegenden Gebäude bildeten eine Windschleuse, die die Architekten beim Entwurf nicht bedacht hatten. »Dem Bürger fliegt vom spitzen Kopf der Hut«, wie es in Jakob van Hoddis' Gedicht heißt. Sie amüsierte sich eine Weile beim Beobachten, bis sie eine kleine Gruppe von Herren wieder erkannte, mit denen sie in den letzten Wochen zu tun gehabt hatte. Es hatte sie viel Kraft gekostet, sie als Sponsoren für die Konferenz zu gewinnen. Aber man brauchte Sponsoren, denn kein Staat der Welt konnte eine internationale Konferenz von diesem Umfang heute noch allein finanzieren. Im Bereich Kinder war das nicht unbedingt einfach gewesen. Natürlich hätte man Coca Cola oder MacDonald in Betracht ziehen können. Aber wenn es auf einer Konferenz eine Arbeitsgruppe zum Thema »Fehlernährung von Kindern in westlichen Industrieländern« gab, bot sich das nicht unbedingt an. Ganz abgesehen davon, dass diese Konzerne solchen Anfragen nicht aufgeschlossen gegenüber stehen.

Carola hatte eine genialere Idee gehabt: Anknüpfend an die vor ein paar Jahren durchgeführten öffentlichen Kampagnen gegen Landminen, hatte sie versucht, einigen Vertretern der Rüstungsindustrie den Gedanken schmackhaft zu machen, dass man mit dem Sponsoring der Konferenz sehr gut Imagepflege betreiben könnte. Sie hatten auf den Vorschlag nicht gleich positiv reagiert. Die Kampagnen gegen Landminen waren ja verebbt, obwohl die Situation sich praktisch nicht geändert hatte. Im Grunde konnten die Herren davon ausgehen, dass sie in ihren Geschäften nicht mehr gestört werden würden. Die Öffentlichkeit vergisst sehr schnell. Erst der diskrete Hinweis darauf, dass die Rüstungsindustrie auch noch in einem anderen Bereich an den Pranger gestellt werden könnte, hatte dann zum Erfolg geführt. Es entwickelte sich zur Zeit eine Art »internationales Nachdenken« darüber, weshalb die Produktion von Handfeuerwaffen offenbar an die körperlichen Möglichkeiten von Kindern, diese Waffen zu benutzen, angepasst worden war. Tatsache war – das konnte sie den inhaltlichen Vorbereitungen der Konferenz entnehmen –, dass es weltweit nicht so viele Kindersoldaten geben würde, wenn die Maschinengewehre, Granaten und Handfeuerwaffen nicht so leicht von Kindern zu bedienen wären. Man könnte beinahe den Eindruck gewinnen, die Rüstungsindustrie hätte bewusst eine weitere Käuferschicht für sich entdeckt.

Es war den Herren nicht angenehm, mit Tatsachen dieser Art konfrontiert zu werden. Carolas Aufgabe war es nicht, darüber zu wachen, dass die entsprechende Arbeitsgruppe während der Konferenz keine inhaltlichen Zugeständnisse machte. Was sie betraf, so hatte sie Sponsoren beschafft, damit die Konferenz überhaupt stattfinden konnte.

Diese Gedanken gingen ihr beim Anblick der vorübergehenden Herren durch den Kopf. Und dann, während sie noch damit beschäftigt war, den wehenden Enden der Luxus-Trenchcoats nachzusehen, klingelte ihr Handy. Sie begriff erst beim zweiten Klingeln, was das bedeuten könnte, und sie fürchtete sich davor, das Gespräch anzunehmen. »Wenn Sie Ihre Großmutter, Verzeihung, Frau von Werner, noch einmal sehen wollen, dann sollten Sie so schnell wie möglich kommen.«

Sie antwortete nicht. Wozu? Sie ging an die Rezeption, um sich nach der schnellsten Verbindung Hamburg-Berlin zu erkundigen. Vor ihr stand eine dicke Frau, die versuchte, ihren Umfang unter einem weiten und langen schwarzen Schlabbergewand zu verbergen. Carola schob die Frau einfach beiseite. Die freundlichen Gesichter der jungen Frauen an der Rezeption blieben unbeeindruckt freundlich, als sie »ein Notfall« sagte.

Der Zug hatte den Hauptbahnhof vor fünf Minuten verlassen. Der nächste fuhr in einer Stunde. Kaul.

Er wusste schon, dass sie früher gekommen war. Sein Überwachungssystem funktionierte. Sie verabredeten sich für den frühen Morgen des nächsten Tages. Der

Wagen, der sie vorher noch nach Berlin bringen würde, stand eine Viertelstunde später vor dem Hotel.

Sie hatte keinen Blick für Menschen oder Straßen, als sie mit heulenden Sirenen durch die Stadt fuhren. Der Fahrer ließ die Sirenen auf der Autobahn eingeschaltet, auch noch, als sie die Autobahn verließen und über die Heerstraße durch Berlin rasten. Er schaltete sie erst aus, als sie das Heim erreicht hatten.

Sie hatte sich gefasst. Unterwegs hatte sie weder die Sirenen gehört noch irgendetwas von der Außenwelt wahrgenommen. Sie war mit Ömchen und mit sich beschäftigt gewesen; mit ihrer Geschichte. Nebensächlichkeiten fielen ihr ein und wichtige Dinge. Sie dachte an das Kleid aus verschiedenfarbiger Spitze, braun und bunt. Sie versuchte, sich die Farben zu beschreiben, aber sie fand die richtigen Worte nicht, nur, dass der Stoff der schönste gewesen war, den sie je gesehen hatte, wurde ihr klar. Sie dachte darüber nach, was Ömchen gesagt hatte, als sie von ihrem Entschluss erfuhr, in die Politik zu gehen. Sie hatte sie in ihrem Landhaus besucht. Der Mann, mit dem sie noch verheiratet gewesen war, hatte sie mit ihr allein gelassen. Nicht aus Rücksicht, vermutlich, sondern weil er sich unter Ömchens prüfenden Augen nie besonders wohl gefühlt hatte.

»Du bist ehrgeizig, ich weiß«, hatte sie gesagt. »Ich weiß auch, dass ich dich von diesem Vorhaben nicht abbringen kann, selbst wenn ich dir vor Augen führte, welche Veränderungen für deine Persönlichkeit mit deinem Entschluss verbunden sein werden. Du bist klug genug, so etwas selbst zu wissen. Wenn du nicht zu denen gehören willst, die so sehr mit ihrem Vorwärtskommen beschäftigt sind, dass sie nicht mehr zuhören können, sondern nur noch den Eindruck erwecken, als hörten sie zu, dann brauchst du etwas neben deiner Arbeit, das dich am Leben hält. Eine Liebe, am besten. Nur nicht den da«, dabei zeigte sie mit dem Kopf in die Richtung, in der ihr Mann das Zimmer verlassen hatte.

Sie wusste, dass die alte Frau Recht hatte, auch wenn ihr deren Einschätzung ihres Mannes einen Stich gab.

»Bleib lebendig, meine Kleine, das ist alles, was ich dir raten kann. Ich werde nicht immer ein Auge auf dich haben können.«

Dann sprachen sie von etwas anderem.

War sie »lebendig geblieben«? Sie wusste es nicht mehr. Sie wusste nur, dass sie die alte Frau festhalten wollte. Ömchen durfte sie nicht verlassen. Sie hatte keine Blumen gekauft und keinen Champagner. Es war das erste Mal, dass sie mit leeren Händen zu ihr kam.

In ihrem Zimmer lag der gewaschene Morgenrock am Fußende des Bettes. Es war niemand bei ihr. Weshalb ließ man sie allein? Sie nahm ihre Hand. Die Hand war weiß und schmal und kalt. Sie hielt die Hand und setzte sich neben sie. Sie nahm die Hand in ihre beiden Hände und bildete sich ein, dass sie langsam wärmer wurde. Einmal öffnete die alte Frau ein wenig die Lippen, aber es kam kein Wort, und ihre Augen blieben geschlossen. Nach einer Weile wurde die Tür geöffnet. Jemand kam herein und schloss leise die Tür, ohne sie zu stören. Um halb zwölf in der Nacht starb ihre Großmutter. Carola hielt sie in den Armen. Ihre Wärme hat sie nicht am Leben gehalten. Sie hatte die Augen nicht mehr geöffnet. Sie hat trotzdem gewusst, dass ich da war, dachte Carola. Ich bin sicher, dass sie es gewusst hat.

Auf dem Rückweg nach Hamburg ließ der Fahrer die Sirene ausgeschaltet. Sie hatten es nicht mehr eilig. Der Wagen war bequem. Er rollte leise über die beinahe leere Autobahn. Gegen drei Uhr morgens setzte der Fahrer sie vor ihrem Hotel ab. Sie hatte drei Stunden an nichts gedacht, nur dem leisen Summen der Räder zugehört. Der erste Gedanke, an den sie sich bewusst erinnerte, kam, als sie im Fahrstuhl nach oben fuhr. Sie dachte an Kaul, und dass er jetzt die Möglichkeit hatte, bei welcher Gelegenheit auch immer, ein Entgegenkommen von ihr zu verlangen. Sie nahm sich vor, dass er sich getäuscht haben sollte.

Vor dem Einschlafen dachte sie daran, dass sie versuchen würde, nach dem Ende der Konferenz ein paar Tage ins Landhaus zu fahren. Sie brauchte Zeit zum Nachdenken.

Das Treffen mit Kaul fand am nächsten Morgen in der Innenbehörde statt. Sie fühlte sich frisch, obwohl sie nicht länger als drei Stunden geschlafen hatte. Bevor sie das Hotel verließ, kamen die Leute vom Einsatzstab. Sie ließ sie herein, besprach mit ihnen, was zu tun war und verließ das Hotel. An ihre bedrückten Gesichter erinnerte sie sich erst, als sie Kaul gegenübersaß. Er hatte sie zwar nicht über die nahende Katastrophe informieren, aber andeuten lassen, dass der Einsatzplan für die Sicherheitskräfte kurzfristig geändert werden würde. Sie waren versiert genug, um die Probleme zu ahnen, die vermutlich damit verbunden sein würden, aber sie hatten Carola mit ihren Vermutungen verschont. Sie wussten ja selbst noch nicht, worum es ging.

»Ich nehme an, Sie haben nur eine kurze Nacht gehabt«, sagte Kaul. »Leider werden Sie auch keinen ruhigeren Tag haben. Meine Ahnungen waren nicht unbegründet. Sie erinnern sich, dass ich Ihnen gesagt habe, wir seien beunruhigt über die Häufung gewisser Vorfälle, die mit Kindern verbunden waren?«

Sie nickte. Ihr gefiel sein Ton nicht, obwohl sie nicht hätte sagen können, weshalb. Er sprach klar und sachlich und ohne erkennbare Erregung. Er sah übernächtigt aus. Sie hatte gesehen, dass sein Vorzimmer mit Männern gefüllt war, die schwiegen, als sie die Tür geöffnet hatte, und die ihr nachsahen, während sie durch die Gasse, die sie bildeten, in Kauls Zimmer gegangen war. Sie hörte die Männer reden, obwohl Kaul die Tür hinter sich geschlossen hatte. Was sie sagten, war nicht zu verstehen.

»Ich gebe Ihnen einen Lagebericht«, sagte Kaul. »Danach werden wir gemeinsam entscheiden, was zu tun ist.«

Sie nickte wieder und sah Kaul an, der eine Zigarette aus dem Holzkästchen nahm, das zwischen ihnen auf dem Tisch stand. Er zündete die Zigarette nicht an.

»Trotz Ihrer Vermutung, dass die Zunahme der Beschwerden über das auffällige Verhalten von Kindern sozusagen natürliche Ursachen hätte, haben wir uns erlaubt, unsere Beobachtungen nicht zurückzunehmen, sondern zu verstärken und auszuweiten. Danach ergibt sich inzwischen folgendes Bild: Gesteuert durch Hintermänner, die wir noch nicht kennen, haben Kinder, aus verschiedenen Teilen der Welt, Möglichkeiten gefunden, in die Stadt einzudringen. Ihr Ziel ist die Teilnahme an der von Ihnen veranstalteten Konferenz.«

»Das ist unmöglich«, sagte sie.

»Wenn Sie gestatten, berichte ich die Einzelheiten, die uns bekannt sind. Diese Aktion muss von langer Hand vorbereitet worden sein. Nach unseren Informationen sind die ersten Kinder bereits seit Monaten in der Stadt. Inzwischen dürfte es sich etwa um zweihundert handeln. Sie haben damit begonnen, sich zu sammeln und ihren Marsch vorzubereiten.«

»Wie soll das gehen?«, sagte sie. »Aus welchen Teilen der Welt – wie verständigen sie sich? Wer führt sie durch die Stadt? Wovon leben die? Wo sammeln sie sich? Was wollen sie überhaupt?«

»Soweit wir informiert sind, hat sich eine einheimische Unterstützergruppe gefunden. Es handelt sich um eine Selbsthilfegruppe von Kindern, die als Kleinkinder das Material für Pornofilme abgegeben haben. Diese Gruppe besteht seit einem Jahr. Sie ist zuletzt dadurch aufgefallen, dass sie ein Bankett gestört hat. Dieses Bankett wurde zur Unterstützung von Kindern gegeben, die missbraucht worden sind. Etwa vierhundert Teilnehmer, die Teilnahme kostete 500 Euro. Man hat die Störung vertuscht, aber seit dieser Zeit ist uns die Gruppe bekannt.«

»Weshalb sollten die eine Veranstaltung stören, von der sie nur Gutes zu erwarten hatten. Es muss doch Gründe für so ein Verhalten gegeben haben.«

»Das nehmen wir an«, sagte Kaul. »Auch wenn diese Gründe mit dem, was wir zu besprechen haben, nicht unmittelbar zusammenhängen. Einige der Teilnehmer an diesem Bankett werden den Kindern aus anderen Zusammenhängen bekannt gewesen sein. Sie gestatten, dass ich fortfahre. Diese Gruppe ist offenbar bereit, als eine Art Stadtführer zu fungieren. Ihr ist es auch zu verdanken, dass die Angereisten einen gemeinsamen Unterschlupf gefunden haben. Zur Zeit organisieren sie sich nach Betroffenheit. Wir konnten unterschiedliche Anliegen ausmachen, mit denen sich die Konferenz auseinander zu setzen haben wird.«

Täuschte sie sich oder war in der Stimme von Kaul ein überheblicher Unterton zu hören? Sie versuchte, ruhig zu bleiben.

»Darf ich Sie bitten, zur Sache zu kommen«, sagte sie. Ihre Stimme klang schärfer als beabsichtigt. Sie hörte die Männer vor der Tür lachen.

»Die Gruppen Straßenkinder, Opfer von Sex-Tourismus, Kinder-Soldaten, Kriegsopfer, Missbildungen durch Agent Orange, Kinderarbeit und Aids konnten wir ausmachen.«

»Aber das ist doch – das ist doch ...«

»Das sind die Themen, mit denen sich Ihre Kinder-Konferenz befassen wird. Genau. Deshalb nehmen wir an, dass es unter den Konferenzteilnehmern einige gibt, die als Hintermänner ein Interesse daran haben könnten, besonderes Aufsehen zu erregen.«

»Das halte ich für ausgeschlossen«, sagte sie. »Dies ist zwar die erste Konferenz, die ich verantwortlich organisiere, aber nicht die erste, an der ich teilnehme. Ich versichere Ihnen, dass keiner der Teilnehmer daran interessiert ist, Aufsehen zu erregen. Die meisten nutzen die ihnen gebotenen Möglichkeiten zum Sightseeing. Die, die wirklich arbeiten, sind ausreichend damit beschäftigt, Forderungen aufzustellen und Resolutionen zu verfassen. Alle würden die Teilnahme direkt Betroffener als kontraproduktiv begreifen. Es hat eine lange Zeit gebraucht, den Begriff der repräsentativen Demokratie in den Entwicklungsländern zu verankern. Aber zumindest das haben wir bei den dort herrschenden Eliten geschafft. Nein, Sie irren sich, wenn Sie annehmen, dass aus den Reihen der Konferenzteilnehmer Unruhe verbreitet werden könnte.«

»Letzten Endes«, sagte Kaul, nachdem er einen Augenblick überlegt hatte, »ist das wohl auch völlig gleichgültig. Die einzige Frage ist: Wie gedenken Sie mit dem umzugehen, was bevorsteht?«

»Ich weiß nicht, was bevorsteht«, sagte sie.

Sie war so ruhig wie möglich. Kaul versuchte, sie vorzuführen. Seine ganze Strategie, sein Verhalten ihr gegenüber, das nach außen auf Kooperation und Konsens angelegt gewesen war, hatte in Wirklichkeit der Vorbereitung dieser Situation gedient. Er hatte sie so lange getäuscht, bis er glaubte, sie überrumpeln und das Heft selbst in die Hand nehmen zu können. Die Bereitwilligkeit, mit der er ihr bei ihrer Fahrt nach Berlin geholfen hatte, war der krönende Abschuss seiner Taktik gewesen, sie in Sicherheit zu wiegen, um sie kalt zu stellen. Er würde sich täuschen.

»Und ich weiß es deshalb nicht, weil Sie es bisher unterlassen haben, mich in allen Einzelheiten über Vorgänge zu unterrichten, die Ihnen offenbar seit längerem bekannt sind. Ich verstehe das als den bewussten Versuch, die Regierung in Berlin zu hintergehen, um provinziellem Ehrgeiz nachzugeben. Eine solche Haltung ist in normalen Zeiten möglicherweise nur lächerlich, in einer politisch brisanten Situation ist sie staatsgefährdend und wird entsprechend behandelt.«

Sie hatte Kaul nicht aus den Augen gelassen. Er war überrascht. Er hatte nicht mit Widerstand gerechnet, sondern damit, dass sie Hilfe suchend nach seiner Hand greifen und sich von ihm führen lassen würde.

Bei der nächsten passenden Gelegenheit hätte er dann ihre Hand losgelassen, und sie wäre gestolpert, begleitet von einem sanften Tritt seinerseits, ins Bodenlose gestolpert. Wie einfach er sich die Sache vorgestellt hatte. Kränkend einfach. Aber sie konnte sehen, wie Kaul bei dem Wort »staatsgefährdend« zusammengezuckt war. Da waren sie alle zu treffen: die Ehrgeizigen, die Intriganten, die Machtgierigen. Wenn man sie dabei erwischte, dass sie sich gegen den großen Übervater Staat vergangen hatten, der ja glücklicherweise nur ihr Übervater war und nicht Carolas, dann gaben sie früher oder später klein bei. Alle. Auch Kaul.

»Wir befinden uns ohne Zweifel in einer politisch brisanten Situation. In genau –«, sie sah auf die Uhr, um die Szene etwas dramatischer zu gestalten –, »in genau sechsundzwanzig Stunden beginnt in der Stadt, in der Sie für die Sicherheit verantwortlich sind, eine internationale Konferenz. Die Liste der Delegierten und der Gäste ist Ihnen bekannt. Wenn Sie nicht in der Lage sind, für deren Sicherheit und für den ungestörten Ablauf der Konferenz zu sorgen, werde ich umgehend veranlassen, dass der Bundesinnenminister Sie Ihres Postens enthebt. Bis zur endgültigen Klärung Ihres Verhaltens nach der Konferenz werden Sie dann Gelegenheit haben, an einem ruhigen Ort über Ihre Verteidigung nachzudenken.«

Das war hoch gepokert, aber sie glaubte nicht, dass Kaul freiwillig die Leitung der Sicherheitsmaßnahmen aus der Hand geben würde. Und sie behielt Recht. Er schwieg einen Augenblick, richtig blass sah er aus, der liebe Kaul. Im Vorzimmer war es merkwürdig ruhig geworden.

»Sollte der Eindruck entstanden sein, dass von meiner Seite wesentliche Informationen zurückgehalten worden sind, so tut es mir Leid, und ich versichere, dass dem nicht so war. Wenn Sie einverstanden sind, möchte ich Ihnen nun unsere Vorschläge unterbreiten.«

Sie nickte. Er hatte »unsere« Vorschläge gesagt. Er versteckte sich, im Grunde war er feige.

»Es ist uns bekannt, wo sich die Kinder seit einigen Tagen sammeln. Es handelt sich um die Ruine einer Fabrik in einem größeren, unbebauten Gelände hinter Bramfeld. Sie hausen dort unter schwierigen Bedingungen: Kälte und Hunger sind dabei, sie mürbe zu machen. Auch deshalb sind sie gezwungen, ihren Sammelplatz sobald wie möglich zu verlassen. Dass sie es dort schon einige Tage aushalten, liegt daran, dass sie neben der Selbsthilfegruppe der Pornoopfer, ich benutze die Bezeichnung, die die Jugendlichen sich selbst geben aus Einfachheitsgründen, ein paar andere Unterstützer gefunden haben. Es handelt sich zur Zeit um zwei Erwachsene und ein Kind.«

»Ein Kind?«

»Die Bezeichnung dürfte nur dem Alter nach zutreffen. Besagtes Kind, ein Mädchen, schätzen wir auf etwa zwölf Jahre. Es lebt als eine Art sexuelles Maskottchen im Wohnwagen eines Glücksspielers in der Nähe der Schausteller auf dem Dom. Die beiden Erwachsenen suchen im Augenblick nach weiteren Helfern. Ob sie unter der gegebenen Stimmung in der Bevölkerung großen Erfolg haben werden, ist sehr zweifelhaft. Mit ziemlicher Sicherheit werden sie nur wenige Unterstützer finden. Wir haben vor, im Laufe der nächsten Stunden die Personen, die sich bisher als Unterstützer betätigen oder bereit sind, sich zu betätigen zu verhaften. Dann gehen wir gegen Morgen mit der Heimwehr konzentriert gegen die Kinder vor, nehmen sie gefangen und ...«

Ihr war sehr schnell klar geworden, dass sie auf gar keinen Fall mit Kauls Vorschlägen einverstanden sein durfte. Es musste ihr etwas einfallen, um sie zu überbieten, effektiver zu machen, ihre Überlegenheit zu demonstrieren. Sie brauchte Zeit, also stellte sie eine Frage.

»Heimwehr?«

»Auf ausdrückliche Anordnung des Innenministers der Länder und mit Zustimmung aus Berlin trainieren wir eine Truppe –«

»Danke. Das ist mir bekannt. Die Bezeichnung war mir neu.«

Sie hatte nur in Andeutungen von dem Aufbau solcher Truppen gehört. Ihre Notwendigkeit ergab sich aus den Folgen der Politik der Regierung. Es war auf die Dauer nicht damit zu rechnen, dass sich niemand mit Gewalt gegen die Verschlechterung seiner Lebensbedingungen wehren würde. Man rechnete nicht mit flächendeckenden Aufständen. Dafür war die Gesellschaft zu individualistisch geworden. Aber schon eine kleine Gruppe, zu allem entschlossen, konnte unliebsames Aufsehen erregen. Mit arbeitslosen Jugendlichen, die auf dumme Gedanken kamen, ja, sogar mit Aktionen verzweifelter, weil überflüssig gewordener Bankangestellter war vielleicht zu rechnen. Dem vorzubeugen und speziell geschulte Einsatztruppen bereit zu halten, war eine staatliche Aufgabe, die dem friedlichen Zusammenleben aller diente. Kauls Überlegung, diese Truppe gegen die Zusammenrottung der Kinder einzusetzen, erschien ihr logisch.

»Sie haben bisher kein Wort darüber verloren, wie es möglich sein konnte, dass diese Kinder überhaupt in die Stadt gekommen sind. Sicherheitslücken in einem erstaunlichen Ausmaß, die wir in unserem Bericht im Anschluss an die Konferenz nicht unerwähnt lassen werden. Im Augenblick ...«

Kaul versuchte, sie zu unterbrechen, aber sie ließ ihn nicht zu Wort kommen. Genau in diesem Augenblick hatte sie die Idee, wie sie ihm sein Konzept aus der Hand schlagen und ihn dazu bringen könnte, sich ihr unterzuordnen.

»Im Augenblick geht es um etwas anderes. Es geht darum, die Konferenz so effektiv wie möglich und ohne Störung oder Verdächtigungen durch die Öffentlichkeit über die Runden zu bringen. Soweit ich Sie verstanden habe, hat es bisher schon erhebliche Unruhe durch das Auftauchen der Kinder gegeben. Diese Unruhe stellen wir nicht dadurch ab, dass wir eine große Verhaftungsaktion durchführen und hoffen, dabei alle Kinder zu erwischen. Mein Vorschlag ist folgender: Wir lassen die Gruppen, selbstverständlich unter der strengen Observation Ihrer Leute, ihre Vorbereitungen treffen. Dann lassen wir sie zu geeigneter Zeit im Park vor dem Konferenzgebäude aufmarschieren und von Pressevertretern empfangen. Wir unterhalten uns öffentlichkeitswirksam mit den Anführern, um ihre Anliegen hören und während der Konferenz berücksichtigen zu können. Die Ministerin bekommt Gelegenheit, sich für die Presse mit ein paar Kindern fotografieren zu lassen. Danach ziehen die Gruppen ab, und wir können ungestört tagen.«

»Ziehen die Gruppen ab?«, wiederholte Kaul langsam und fragend.

»Natürlich«, antwortete sie. »Sie gehören dann Ihnen, sozusagen. Ich nehme an, dass Sie wissen, was in solchen Fällen zu tun ist. Dafür ist Berlin nun wirklich nicht mehr zuständig.«

»Sie vergessen die erwachsenen Unterstützer«, sagte Kaul, aber er sagte es in einem Ton, der schon ahnen ließ, dass er ihr zustimmen würde. Vielleicht hatte ihn das Bild von der Ministerin mit ein paar glücklich lachenden Kindern im Arm überzeugt.

»Ich vergesse sie nicht«, antwortete sie und bemühte sich, ihrer Stimme keinen triumphierenden Klang zu geben. Sie durfte auf keinen Fall Kauls Ehrgefühl verletzen. Er würde auch jetzt schon auf Rache sinnen, und sie dachte kurz daran, wie erleichtert sie die Stadt wieder verlassen würde, wenn das alles überstanden wäre.

»Mit denen will ich sprechen. Vorher. Am besten heute Abend. Organisieren Sie das.«

Sie sah so etwas wie Hochachtung im Gesicht von Kaul. Es war keine uneingeschränkte Hochachtung, denn sie war eine Frau, aber doch eine Andeutung davon.

»In Ordnung«, sagte er. »Wie erreiche ich Sie?«

»Über meinen Stab im Hotel oder im Konferenzgebäude. Wenn Sie meinen Überlegungen folgen, dann dürften sich daraus erhebliche Änderungen Ihrer Einsatzpläne ergeben. Ich lasse Sie deshalb nun allein. Es genügt, wenn wir um 18 Uhr eine letzte Besprechung abhalten. Wir verständigen uns dann über noch fehlende Einzelheiten. Ich halte mir den restlichen Abend für das Gespräch mit den Unterstützern frei.«

Sie stand auf, nickte ihm zu und wandte sich zum Gehen. Kaul kam ihr zuvor. Er öffnete ihr die Tür. Ihnen entgegen blickten die Augen von mindestens zwanzig Männern in gut sitzenden Kampfanzügen. Die Anzüge waren ihr beim Hereinkommen nicht aufgefallen.

In der Nacht, die diesem Tag folgte, hatte sie zum ersten Mal einen Traum, von dem sie noch nicht wusste, das er sie von da an ihr Leben lang begleiten würde, der wieder auftauchte, wenn sie ihn vergessen glaubte, und den zu deuten, sie sehr lange Zeit nicht in der Lage sein würde.

Sie sah eine Gruppe von Frauen in einer ruhigen Straße stehen. Die Erde war mit roten und gelben Blättern bedeckt und gelbe Blätter fielen langsam zu Boden. Die Szene war in gelbes Licht getaucht. Auch die Kampfanzüge der Frauen waren leuchtend gelb. Die Frauen waren sehr groß und sehr schlank. Ihre Gestalten erinnerten trotz der gelben Farbe an Figuren auf Bildern von El Greco. Sie hielten Maschinenpistolen in den Händen. Sie sprachen ruhig miteinander und begleiteten einige, die die Gruppe verließen, lange mit ihren Blicken.

Während sie am Straßenrand stand und die Gruppe beobachtete, wurde ihr allmählich bewusst, was geschehen war. In einem letzten, furchtbaren Krieg war die Welt zerstört worden. Übrig geblieben waren ein paar Frauen, nun damit beschäftigt, darüber zu wachen, dass es nie wieder Kriege geben würde.

*

Bella und Kranz verließen das Haus am Nachmittag gemeinsam. Sie waren übereingekommen, dass Kranz Näheres über die Position des Schiffes in Erfahrung bringen sollte. Er wollte versuchen, einen ihm bekannten Kapitän, der seit einigen Jahren im Oberhafenamt arbeitete, zu unauffälligen Nachforschungen zu überreden. Bella hatte sich vorgenommen, auf einem langen Spaziergang das Gelände um den Seegerichtshof und, wenn es irgendwie möglich wäre, auch das Gebäude zu untersuchen. Sie wollte eine Vorstellung davon bekommen, wo Kaul seine Leute postieren würde.

Lange hatten Kranz und sie darüber diskutiert, ob es klug sein könnte, die Presse über ihr Vorhaben zu informieren. Sie waren übereingekommen, es nicht zu tun. Weder Bella noch Kranz kannten vertrauenswürdige Journalisten, und sowieso würde der Marsch der Kinder, erst einmal in Gang gesetzt, auffällig genug sein, um Reporter und Fotografen anzulocken. Dann würde sich sicher eine Möglichkeit ergeben, das Anliegen der Kinder öffentlich zu machen. Sie kamen überein, dass, wenn es überhaupt so weit kommen sollte, die Kinder Interviews geben würden. Sie konnten ihre Sache am besten vertreten. Sich selbst sahen sie als Begleiter, deren Anwesenheit garantierte, dass die Kinder ihr Ziel sicher erreichten. Sie machten sich keine Illusionen darüber, dass die Aktion verhindert werden könnte.

Am Baumwall trennten sie sich. Bella sah Kranz nach, bis der im Gebäude der Oberhafendirektion verschwunden war. Sie empfand Dankbarkeit und Zärtlichkeit für ihn, und, vielleicht war es das Echo dieser Gefühle, das sie in bester Laune anschließend am Hafenbecken entlang in Richtung Elbchaussee wandern ließ. Sie ging die Brücke 1 hinunter. Auf dem Ponton standen Menschen, die auf Barkassen warteten, um die Elbe zu überqueren. Man aß Fischbrötchen. An Stehtischen wurde trotz des grauen Winternachmittags Bier getrunken, geraucht und gelacht. Seemännisch kostümierte Aufreißer priesen laut die Bequemlichkeit von Hafenrundfahrtschiffen an. Möwen kreischten und hüpften zwischen den Beinen der Herumstehenden nach Resten von Fisch und Brötchen.

Wie konnte ich nur auf die Idee kommen, mich in den Wäldern Brandenburgs zu verkriechen? dachte Bella.

Als sie über die Brücke 10 den Ponton verließ, wusste sie es. Dort, ganz in der Nähe, war Ruth ermordet worden. Mit deren Tod hatte die Geschichte angefangen, mit der Flucht im Flugzeug hatte sie geendet. Aber trotzdem, dachte sie, wie konnte ich nur auf die Idee kommen, woanders leben zu wollen?

»Hallo«, sagte jemand neben ihr.

Wo doch Kauls Leute überall sind, dachte sie belustigt.

»Hallo«, sagte sie.

Wagner ging eine Weile schweigend neben ihr her. Er hatte sich Bellas Schritten angepasst. Ein uninformierter Beobachter hätte die beiden für ein Paar halten können, das schon sehr lange zusammen war.

»Sagen Sie Ihren Spruch auf, und dann gehen Sie«, sagte Bella.

Sie blieb stehen und sah Wagner ins Gesicht. Er sieht ein bisschen verknittert aus, dachte sie. Hat er niemanden, der ihn ablöst?

»Was ich Ihnen jetzt sage, ist ein offizieller Auftrag.

Sie haben sich, vielleicht, vorgestellt, dass Ihre Aktivitäten unbeobachtet geblieben sein könnten. Dem ist nicht so. Die Sicherungsgruppe ist mit Berlin übereingekommen, Ihnen ein Angebot zu machen. Niemand kann daran interessiert sein, dass die Situation eskaliert. Deshalb habe ich Ihnen vorzuschlagen, sich heute am späten Abend mit der verantwortlichen Staatssekretärin zu treffen, um die beiderseitigen Absichten kennen zu lernen und eine Vereinbarung zu treffen, die alle Seiten zufrieden stellt.«

»Oh«, sagte Bella, »damit habe ich nicht gerechnet. Was ist los? Hat Ihr Chef Kreide gefressen?«

»Ich bin gehalten, Sie um eine förmliche Zusage zu bitten, damit die Staatssekretärin sich auf das Gespräch vorbereiten kann.«

Wagners Gesicht blieb zu gleichmütig, fand Bella. Es war offensichtlich, dass er sich zuerst seines Auftrages entledigen und dann privat mit ihr sprechen wollte. Sollte sie sich auf ein Treffen einlassen? Konnte sie zusagen, ohne sich mit Kranz und den anderen vorher abzusprechen?

»In Ordnung«, sagte sie. »Wann und wo?« Zusagen bedeutet noch nicht hingehen.

Wagner holte eine Karte aus seiner Manteltasche und reichte sie Bella. Sie bemerkte, dass sein Gesicht den starren, unbeteiligten Ausdruck verlor. Sie steckte die Karte ungelesen ein.

»Und nun möchte ich gern allein weitergehen«, sagte sie und wusste schon, dass Wagner noch für eine Weile nicht von ihrer Seite weichen würde. Und sie ahnte auch, was er sagen wollte.

»Gehen Sie nicht«, sagte Wagner. »Überlegen Sie. Es ist doch klar, dass man Sie für die Stichwortgeberin hält. Ohne Sie sind die übrigen Beteiligten kopflos. Man wird Sie festnehmen, vorübergehend selbstverständlich nur, und wenn alles nach deren Plan gelaufen ist, wieder freilassen.«

Kranz, erinnerte sich Bella, hatte es für möglich gehalten, dass Wagner es wirklich ernst meinen könnte mit seinen Warnungen. Sollte sie Wagner vertrauen? Sie verstand, dass er sie warnen wollte, aber ihre Entscheidungen konnte sie nicht von ihm abhängig machen.

Plötzlich, es war wie ein Schlag, kam ihr die Situation vollkommen irrsinnig vor. Die Kinder in der Fabrikruine, das Schiff mit den Kindersklaven, das vielleicht gerade in die Elbmündung einfuhr, die dicke Frau Feist, ihre Plastiktasche vor dem Bauch haltend und gebratene Hähnchen vertilgend, Maja, dem Spieler zu Diensten und nur so überlebend, Nan und Jorge … Was hatten sie sich vorgenommen? Sie konnten die Welt nicht in Ordnung bringen. Was interessiert mich denn überhaupt die Welt?

Es war gerade dieser Gedanke, dieses »Was geht mich denn die Welt an?«, bei dem sie sich überraschend leicht und ohne Bedenken fühlte. Sie musste sich nicht nach den Gesetzen derer richten, die in der Welt den Ton angaben, nach den Vorhaben skrupelloser Politiker und ihrer Gehilfen, die Kaul hießen oder Meyer oder Wagner. Wagner?

»Danke«, sagte sie. »Ich verstehe Ihre Warnung, und ich verspreche, sie ernst zu nehmen.«

»Dies ist meine letzte offizielle Begegnung mit Ihnen«, sagte Wagner. »Ich werde abgezogen. Ich gehe davon aus, dass man mich weiter in dieser Sache arbeiten lässt, aber ich weiß noch nicht, an welchem Ende.«

»Werden Sie versuchen, uns zu informieren, falls es etwas gibt, das wir hören sollten?«

»Das wissen Sie doch«, antwortete Wagner. »Ich gebe Ihnen jetzt nicht die Hand. Das könnte zu vertraulich wirken. Und man weiß nie ... Leben Sie wohl. Viel Glück.«

Es waren nicht sehr viele unauffällig herumschleichende, lässig gekleidete Touristen, die die Gegend um den Seegerichtshof im Auge zu halten hatten. Ein paar Gärtner, die auffällig neue Schürzen und Gummischuhe trugen und beklagenswert ungeschickt mit Harken und Schaufeln hantierten, ergänzten das Bild. Sie würden am Abend Schwielen an den Händen haben, wenn man sie nicht ablöste. Alles in allem waren sie trotzdem zu viele, um sich dem Gebäude unauffällig nähern zu können. Es würde auch gar nicht nötig sein. Bella stellte fest, wo der Eingang des umzäunten Parks war. Den würden sie ganz sicher bewachen. Der Zaun, der das Gelände umgab, war notfalls mit einem Seitenschneider zu öffnen. Vielleicht konnten das Pit und Marie erledigen. Der Park war so groß, dass sich auch mehr als zweihundert Kinder verloren darin ausnehmen würden. Er war von Büschen umgeben, die schon ziemlich kahl waren. Personen, die sich darin versteckt hielten, würde man erkennen können, jedenfalls am Tage.

Bella nahm den Bus zurück über die Elbchaussee. Sie hoffte, dass Kranz inzwischen zurückgekommen war. Sie musste mit ihm sprechen, ihm von Wagner und seiner Warnung erzählen. Sie wollte nicht allein entscheiden, ob sie sich mit – sie zog die Karte aus der Tasche, die Wagner ihr gegeben hatte – mit Carola von Werner treffen sollte.

Darüber dachte sie einen Augenblick nach: Hatte sie neuerdings Angst vor Entscheidungen? Sehr schnell wurde ihr klar, dass das Unsinn war. Sie würde nicht allein entscheiden, weil sie das, was vor ihnen lag, als Gruppe bewältigen wollten. Zum ersten Mal, seit sie aus dem Polizeidienst ausgeschieden war, arbeitete sie wieder in einem Team. Und sie stellte fest, dass ihr diese Arbeitsweise gefiel. Während der Bus am Fischmarkt vorüberfuhr, die alte Fischauktionshalle sichtbar wurde, ihr Blick auf die Skulptur von Sihle-Wissel fiel, über die sie sich oft geärgert hatte, war sie plötzlich davon überzeugt, dass sie es gemeinsam schaffen würden, die Kinder ans Ziel zu bringen. Sie spürte, wie Ruhe und Zuversicht von ihr Besitz ergriffen. Sie fühlte sich gut.

Kranz war zu Hause. Der Mann im Oberhafenamt hatte sich erstaunlich kooperationswillig gezeigt.

»Ach, weißt du, so erstaunlich war's nicht. Ich hatte mal die Möglichkeit, seinem Sohn einen Gefallen zu tun, einen ziemlich großen. Ohne mich hätte der vermutlich seine Karriere aufgeben müssen. Lass uns nicht weiter davon reden, sonst bekomme ich noch nachträglich ein schlechtes Gewissen.«

»Und das Schiff?«

»Also: Normalerweise läuft es so, dass sich die Schiffe ein bis zwei Tage, bevor sie im Hafen vor Anker gehen, beim Oberhafenamt melden. Dort weist man ihnen einen Liegeplatz zu und macht sie darauf aufmerksam, dass sie bei Elbe I einen Lotsen an Bord zu nehmen haben. Von dem Afrikaner hat man bisher noch nichts gehört. Die Schiffe sind nicht verpflichtet, sich vorher zu melden, verstehst du? Sie machen das zu ihrer eigenen Sicherheit und Bequemlichkeit. Er hat versprochen, sich zu melden, sobald er etwas erfährt.«

»Aber der Lotse. Der Lotse wird feststellen, dass an Bord etwas nicht in Ordnung ist. Er kann die Hafenpolizei rufen. Man wird sie an einen entlegenen Kai dirigieren und gar nicht aussteigen lassen.«

»Soll ich dir sagen, was unser Mann im Oberhafenamt zu der ganzen Geschichte gesagt hat?«

»Bitte.«

»Er glaubt, dass uns jemand einen Bären aufgebunden hat. Er hält es für unwahrscheinlich, dass Kinder eine Mannschaft festsetzen und ein paar Mann zwingen können, das Schiff nach ihren Angaben zu steuern. Er hält es für notwendig, dass zwei oder drei Mann die Maschinen bedienen. Und sie brauchen mindestens zwei Mann auf der Brücke. Ihm ist unklar, wie sie das machen wollen. Genau genommen: Er hält es für unmöglich.«

»Ich nicht«, sagte Bella. »Seit ich in der Ruine war, kann ich es mir vorstellen.«

Sie schwiegen eine Weile. Der Wind war heftiger geworden. Irgendein Stück Ziegel, vielleicht auch ein Ast, der auf das Dach geweht war, machte polternde Geräusche.

»Wir können nicht wissen, was wirklich mit diesem Schiff los ist«, sagte Kranz schließlich. »Wir können uns nur vornehmen, an alles zu denken, was nötig ist. Der Mann wird uns informieren. Und das mit dem Lotsen habe ich natürlich auch geregelt. Er wird den schicken, den ich ihm genannt habe.«

»Hast du noch jemandem einen Gefallen getan?«

»Ich war im Amt die gefälligste Person, die du dir vorstellen kannst, der Gefallen persönlich«, grinste Kranz.

»Wie du lügst«, antwortete Bella. »Ich muss mich vor dir in Acht nehmen. Aber erst will ich dich noch etwas fragen.«

Sie zog die Karte hervor, die sie von Wagner bekommen hatte.

»Hier, die kennst du nicht, nehme ich an?«

»Nein«, sagte Kranz. »Wer ist das?«

»Die Staatssekretärin aus Berlin, die die Konferenz vorbereitet hat. Sie will mich treffen. Soll ich gehen?«

Kranz überlegte nur kurz. Er stand auf, um ans Fenster zu gehen. Von Wagner war nichts zu sehen.

»Es kann bedeuten, dass sie dich festsetzen wollen«, sagte er. »Aber wenn sie das wollten, könnten sie es auch jetzt machen. Die will mit dir reden, weil sie herausbekommen haben, dass du nicht allein bist. Sie will wissen, was wir vorhaben. Sie wird versuchen, dir unser Vorhaben auszureden ...«

»Wenn ich ihr davon erzähle«, warf Bella ein.

»... und wenn du dich nicht darauf einlässt, wird sie dir entgegenkommen. Auf das Entgegenkommen solcher Leute einzugehen, ist gleichbedeutend damit, dem Teufel die Hand zu geben.«

»Was sollen wir also tun?«

»Hingehen«, sagte Kranz. »Du hast doch keine Angst vor dem Teufel, oder?«

*

Carola war damit einverstanden gewesen, dass Kaul, in Änderung ihrer Verabredung, vorgeschlagen hatte, zum letzten Check-up ins Polizeipräsidium zu kommen. Die Fahrt im Taxi vom Hotel bis zur Alsterkrugchaussee war die erste Gelegenheit, seit sie am Morgen aufgestanden war, mit sich und ihren Gedanken allein zu sein. Daran hatte sie nicht gedacht, als sie Kauls Vorschlag zugestimmt hatte. Die Gedanken an den Tod von Ömchen überfielen sie nicht direkt. Sie war noch nicht in der Lage, daran zu denken. Was aber unvermittelt kam, war das Bewusstsein, allein zu sein.

Die Konferenz würde vier Tage dauern. Alles war vorbereitet, Pannen so gut wie ausgeschlossen. Eine Abschlussresolution war ausgearbeitet. Mit dem Abräumen der Technik hatte sie schon nichts mehr zu tun. Die Ministerin würde so bald wie möglich eine interne Einschätzung von ihr verlangen. Die würde sie spätestens drei Tage nach der Konferenz fertig haben. Dann gäbe es nichts mehr, das sie davor bewahren könnte, ins Leere zu stürzen. Sie dachte nicht an die alte Frau. Sie sah sie nicht vor sich. Sie hätte den Anblick nicht ertragen. Sie sah sich selbst, in ihrer kleinen Wohnung, zusammengerollt auf dem Sofa, hörte die Stille im Haus, sah den Blick über die Dächer, von dem sie niemandem mehr erzählen konnte, sah das leere Haus auf dem Land, das Gartenzimmer, die Korbsessel mit den geblümten Kissen, leer.

Um nicht in Panik zu geraten, lenkte sie ihre Gedanken gewaltsam auf das bevorstehende Gespräch mit Kaul. Sie hatte noch einmal darüber nachgedacht, was ihnen mit diesen Kindern ins Haus stand. Sie hatte die Ministerin über ihren Pressetermin informiert und dabei die Hintergründe so weit wie nötig ausgespart. Aber während sie mit diesen Dingen beschäftigt gewesen war, hatte sich ihre Wut auf Kaul und sein angeblich so gut funktionierendes Sicherheitssystem gesteigert. Wozu waren Gesetze da, Verordnungen, Heerscharen von Grenzschützern und Polizisten, wenn sie nicht in der Lage waren, eine internationale Konferenz von Bedeutung vor ein paar hergelaufenen Kindern zu bewahren?

Während sie durch die Gänge des Polizeipräsidiums geführt wurde – weshalb musste sie eigentlich ihr halbes Leben damit verbringen, durch hässliche Gänge zu laufen –, suchte sie nach Worten, die sie Kaul entgegenhalten konnte: Beherrscht aber entschlossen, so wollte sie sich ihm gegenüber verhalten.

Kaul empfing sie in einem großen, schmucklosen Raum zu ebener Erde, dessen Fenster auf eine öde Rasenfläche hinausgingen. Die Fenster waren vergittert. Bei anderer Gelegenheit hätte ihr sein völliger Verzicht auf Bequemlichkeit und Dekoration vielleicht imponiert; jetzt sah sie darin nur den ihm angemessenen Ausdruck von Phantasielosigkeit und eine Härte, die sie für vorgetäuscht hielt. Sie erinnerte sich an das Gespräch mit ihm in Berlin. Er war nicht so hart, wie er sich gab. Er funktionierte, das war alles. Er tat, was ihm befohlen wurde. Er war Nutznießer der Tatsache, dass die Politik unfähig war, die Probleme zu lösen, die weltweit zunehmende Verarmung und illegale Zuwanderung mit sich brachten. Leuten wie Kaul gab man die Macht, hinter der sich die Politiker verstecken konnten. Leute wie Kaul hatten zu funktionieren. Sonst nichts. Und Kaul hatte versagt.

»Die Vorbereitungen sind abgeschlossen«, sagte

Kaul. »Wenn Sie sich hier herüber bemühen möchten.«

Er zeigte auf die rechte Wand neben den Fenstern. Ein sehr großer, flacher Bildschirm hing davor, auf dem jetzt der Seegerichtshof und der ihn umgebende Park erschien. Mit einem Lichtstab bezeichnete Kaul die Positionierung seiner Leute.

»Das habe ich gesehen. Ich komme von dort. Die Kinder. Mich interessieren die Kinder. Welchen Weg werden sie nehmen? Wer wird sie begleiten? Wann ist mit ihnen zu rechnen? Wie viele werden es sein?«

Kaul ließ das Bild verschwinden. An seiner Stelle erschien ein weitläufiger Acker, kahl, von tiefen Furchen durchzogen, darauf, im Hintergrund, die Umrisse einer Fabrikruine. Das Bild wurde kleiner. Es erschien der Teil eines Stadtplans, in den Acker, Fabrik, umliegende Straßen eingepasst wurden. Kaul zeichnete mit dem Leuchtstab den Weg in den Stadtplan ein, den die Kinder nehmen würden.

»Das ist sicher?«

»Ja. Nach unseren Informationen. Hier haben Sie die Liste. Es werden voraussichtlich sieben oder acht Gruppen sein. Die Namen der Personen, die sie begleiten, sind den Gruppen beigegeben.«

Sie sah die Liste an und dann Kaul. Ihr Mund verzog sich zu einem schmalen, bösen Lächeln.

»Na, wunderbar«, sagte sie. »Wenn Sie mir nun noch erklären würden, wo die alle herkommen und wie sie ins Land kommen konnten, dann kann ich das in meinen Bericht mit aufnehmen. Das wird auch für die nächste Innenministerkonferenz von Bedeutung sein.«

Kaul sah sie einen Augenblick schweigend an. Sein

Gesichtsaudruck blieb unverändert. Er wandte sich dem Bildschirm zu, löschte den Straßenplan, und ein anderes Bild tauchte auf: eine Landkarte von Europa, im Süden Marokko mit Algerien, im Osten die Türkei, Russland, Georgien und Armenien. Mit einer roten Linie war die Außengrenze des Schengen-Gebietes eingezeichnet.

»Wenn ich Ihnen erklären darf«, sagte Kaul. Seine Stimme war eisig. »Hier sehen Sie, durch verschieden große, unterschiedlich farbig markierte Kreise gekennzeichnet, die verschiedenen Todesarten, die diese Leute beim Versuch, nach Europa hineinzugelangen, erleiden. Zartlila bedeutet Ertrinken. Wie Sie sehen, ist Ertrinken die häufigste Todesursache. Allein an den Küsten der Meerenge von Gibraltar wurden zwischen 1997 und 2001 dreitausendzweihundertsechsundachtzig Leichen geborgen. Wie Sie sehen, waren es in der Meerenge zwischen Sizilien und Tunesien mindestens tausend. Sehr beliebt zum Absaufen sind auch der Otranto-Kanal zwischen Italien und Albanien und Oder und Neiße, kurz vor Berlin. Berlin – das müsste doch interessant für Sie sein. Vielleicht achten Sie einmal auf Leute mit nassen Kleidern. Die dunkelroten Markierungen bedeuten Ersticken. Dafür bieten sich verschiedene Gelegenheiten. Sehr beliebt sind dafür LKW-Anhänger, Container oder der Laderaum von Frachtschiffen. Die hellroten dagegen haben mit Erfrieren zu tun. In den Frachträumen von Flugzeugen, wie Sie sich denken können.«

Sie sollte ihn unterbrechen. Sie hasste diese Stimme. Sie hörte zu.

»Dann sind da noch«, sagte Kaul, »ein paar andere Todesursachen, alles verschiedenfarbig markiert: Unfälle, Minenfelder an den Grenzen, Selbstmord, unterlassene Hilfeleistung und rassistische Übergriffe. Und dann, ich sage es ungern, aber weshalb soll man es verschweigen, die so genannte Gewalt der Ordnungskräfte, besonders auffällig an der türkisch-iranischen Grenze, aber auch in Wien, in Brüssel oder London nicht unbeliebt. Alles in allem, in fünf Jahren mindestens zehntausend Leichen. Nur die, die gefunden und gezählt wurden, allerdings. Sie sehen, diese Flüchtlinge sind einfach zum Äußersten entschlossen. Und deshalb kommt der größere Teil von ihnen durch, verstehen Sie: Die kommen durch, wie auch immer. Mit Schiffen, in Flugzeugen, auf LKWs, manche sogar mit Talentsuchern aus Sportvereinen. Wem das Wasser bis zum Hals steht, der kommt durch oder stirbt. Wenn Sie mich fragen: Die Zweihundert da in der Ruine, diese Kinder hatten es besonders schwer, weil sie kein Geld haben für Schleuser, die sind höchstens noch ein Viertel von denen, die losgegangen sind. Sie sollten froh sein. So weit funktioniert unser Grenzsystem doch immerhin schon. Erwähnen Sie das, bitte, in Ihrem Bericht.«

Kaul hatte sich ihr zugewandt. Sie sahen sich an. Hinter ihm an der Wand leuchtete die Karte der Toten.

»Danke«, sagte sie. »Das war sehr aufschlussreich. Wenn Sie mir eine Kopie dieser Karte machen lassen, kann ich sie dem Bericht beilegen.«

»Wie Sie wünschen«, sagte Kaul. »Obwohl ich davon ausgehe, dass der Ministerin und auf jeden Fall dem Innenminister diese Zahlen bekannt sind.«

Sie sprachen ein paar weitere Punkte an, besonders das Verhalten von Kauls Truppe, sobald die Kinder im Park erscheinen würden. Auch der Einsatz der Zuhältertruppe in bestimmten Bordellen und die Sicherung der Luxushotels spielte in ihrem Gespräch eine Rolle. Einig waren sie sich darin, dass die Shopping-Touren der Delegierten auf eigene Gefahr vorgenommen werden sollten. Nur die wenigen als sehr hochrangig eingestuften Delegierten, wie der Generalsekretär der UNO und zwei Regierungschefs, die die internationale Öffentlichkeit für die Erhöhung ihres Ansehens zu Hause gerade dringend brauchten, würden ständige Begleiter bekommen. Glücklicherweise handelte es sich bei diesen Besuchern nur um Stunden-Gäste, so dass der personelle Aufwand zu verkraften war.

Carolas Stimme blieb während des Gesprächs so gleichmütig wie die von Kaul. Es schien ihr aber, als koste es sie sehr große Kraft, unbeeindruckt zu erscheinen, und sie war froh als sie die Besprechung beenden konnte.

»Ich bringe Sie nach draußen«, sagte Kaul. »In diesen Gängen findet man sich beim ersten Besuch schlecht zurecht. Wir geben Ihnen einen unauffälligen Wagen, der Sie zurück bringt ins Hotel. Die Verabredung mit dieser Block ist erst um 22 Uhr. Ich wäre Ihnen verbunden, wenn Sie mich über das Ergebnis informieren würden.«

»Danke. Das werde ich tun, obwohl ich nicht annehme, dass Sie Ihre gut durchdachten Pläne noch ändern müssen.«

Als sie im Auto saß, wusste sie nicht mehr, woher sie die Kraft genommen hatte, diesen letzten Satz zu sagen. Ein letztes Mal hatte sie ihn darauf hinweisen wollen, dass es in seiner Verantwortung lag, die Konferenz ohne äußere Zwischenfälle stattfinden zu lassen. Es war ihre Idee gewesen, die Kinder im Park zu empfangen. Es war Kauls Aufgabe, dafür zu sorgen, dass dabei nichts schief ging.

»Fahren Sie, bitte, langsam«, sagte sie dem Fahrer. Sie wollte nicht sofort ins Hotel zurück. Sie musste allein sein und nachdenken. Ihr zur Kommandozentrale umgebautes Hotelzimmer war dafür nicht der richtige Ort.

Sie sah aus dem Fenster, ohne die Gegend wahrzunehmen, und versuchte, sich zu konzentrieren. Irgendetwas war mit ihr geschehen, während sie dort gesessen und Kaul zugehört hatte. Sie verstand, was es gewesen war, je länger sie sich die Situation in ihr Gedächtnis zurückrief. Die Karte auf dem Bildschirm war mit bunten Punkten in verschiedenen Größen übersät. Auf die Punkte, die am größten waren, die die meisten Leichen bedeuteten, hatte Kaul besonders lange hingewiesen. Sie hatte Zeit gehabt zu rechnen. Zwei Tote pro Tag allein an der Küste von Gibraltar, nicht gerechnet die, die das Meer für sich behielt. Die, die abgefangen wurden, schickte man zurück. Sie würden es wieder versuchen. Sie musste sich darüber klar werden, ob sie zu denen gehören wollte, die diese Politik zu vertreten hatten. Natürlich hatte sie gewusst, dass es Schwierigkeiten an den Grenzen gab. Es war nur plötzlich alles so – so plastisch geworden. Diese Kinder da draußen auf dem Acker. Hatte sie sich nicht zu viel vorgenommen damit, dass sie sie kommen ließ? Was bezweckte sie eigentlich wirklich damit? Sie konnte nicht ernsthaft geglaubt haben, irgendetwas für sie tun zu können. Durch ihr Manöver wurde es möglich, der Ministerin einen ihrer beliebten Fototermine zu organisieren, also einen Propagandaeffekt zu erzielen, auf das Elend der Kinder hinzuweisen und damit auf die Bedeutung der Konferenz. Ihr Ansehen im Apparat würde steigen. Die anschließende Entsorgung der Kinder – hatte sie »Entsorgung« gedacht?

»Halten Sie bitte hier, einen Augenblick.«

Der Fahrer hielt vor einem Juwelierladen am Jungfernstieg. Sie stieg aus und steuerte auf den Eingang zu. Ein Wachmann in Dunkelblau, mit roten und goldenen Tressen auf Schultern, Ärmeln und Taschen und über dem Schirm der Mütze öffnete ihr freundlich grüßend die Tür. Ein Herr, graue Hose, dunkelblaues Sakko, kam auf sie zu, um sie nach ihren Wünschen zu fragen. Der Laden war holzgetäfelt. In Glasvitrinen lagen auf rotem Samt Schmuckstücke und Silberzeug. Es war so still hier. Sie sah sich um. Der Herr neben ihr erkundigte sich zum zweiten Mal nach ihren Wünschen.

»Trauer«, sagte sie, »was trägt man Ihrer Meinung nach bei Trauer?«

Der Herr sah ein ganz klein wenig verständnislos auf sie, aber er fing sich sofort wieder.

»Das kommt darauf an, bei welcher Gelegenheit. Für jeden Tag am besten etwas Dezentes, eine einzelne Perle vielleicht, sehr zurückhaltend in Platin gefasst. Bei einer größeren, einmaligen Trauerfeierlichkeit, ebenfalls zurückhaltend natürlich, aber dann darf es, dem lieben Verstorbenen angemessen, durchaus auch ein etwas größeres Stück sein, diese …«

Der Teppichboden unter ihren Füßen bewegte sich in Wellen, dunkelblau, Sterne spiegelten sich darin, die Wände begannen sich zu drehen, langsam, die Steine, das Gold, es blitzte und funkelte um sie herum.

»Könnte ich einen Stuhl haben?«

Ihre Stimme, leise und klein. Was tat sie hier?

»Geht es Ihnen besser?«

Der Herr im dunkelblauen Sakko, eine Frau, die sie bisher noch nicht wahrgenommen hatte, graues Kostüm, Chanel-Schuhe, feine Goldkette im Ausschnitt des Kostüms.

»Danke. Ein anderes Mal. Danke, mein Wagen steht vor der Tür.«

Sie ging hinaus. Der Fahrer stand neben dem Wagen und öffnete ihr die Tür. In ihrem Rücken spürte sie die Blicke der Juweliere.

»Ins Hotel«, hörte sie sich sagen.

*

Er hatte seinen Arsch hingehalten, aber deshalb war er noch lange nicht blöd. Zu Hause wusste das keiner. Außerdem würde er sowieso nicht mehr zurückgehen können. Am liebsten irgendwohin, wo es warm wäre. Aber zuerst musste man ihn anhören. Er hatte seinen Arsch nicht für gar nichts hergehalten. Nicht dafür, dass diese fette Kuh sie alle der Polizei auslieferte. Er hatte oft genug gesehen, was passierte, wenn die Polizei sich der Sache annahm. Die konnten sowieso nur rumballern. Bis hierher war er gekommen. Den Rest würde er auch noch überstehen.

Jorge stand auf. Ihm war kalt. Er hüpfte einen Augenblick auf der Stelle hin und her, um seine steifen Glieder wieder in Schwung zu bringen. In der Ruine war es dunkel. Bei den Vietnamesen brannten kleine Kerzen. Bei denen brannten immer Kerzen, auch bei denen aus dem Irak. Sie hatten Verrückte dabei, die sich im Dunkeln fürchteten und anfingen zu schreien und zu zittern. Nicht zum Aushalten. Bei den Vietnamesen waren welche dabei, vor denen konnte man sich wirklich fürchten. Augen auf der Stirn. Zum Kotzen. Arme Schweine. Da waren die Iraker noch besser dran. Ratz-fatz, und das Bein war ab. Aber hier waren die Leute reich. Die würden hier Ersatzteile kriegen. So einen Zyklopenkopf konnte man wahrscheinlich nicht ersetzen.

Die fette Kuh hatte bemerkt, dass er aufgestanden war. Sie winkte ihm zu. Jorge winkte zurück. Sollte sie ruhig denken, er vertraute ihr. Noch taten es die anderen. Aber er hatte gesehen, was er gesehen hatte. Langsam schlenderte er hinüber zu Nan. Wenn er sich vorstellte, dass es Männer gab, erwachsene Männer, die sich mit dem Gemüse einließen, das da um Nan herum auf dem Boden lag, hatte er schon wieder Lust zum Kotzen. Nan schlief nicht. Er setzte sich neben sie, möglichst nah an die Wand und nah zu ihr. Hatte die Kuh ihn gesehen? Der entging nichts. Sollte sie doch denken, was sie wollte. Schön Wache halten, Alte, lass dich nicht stören.

»Hast du gesehen, was sie mit ihrer Tasche macht?«

»Was meinst du?«

Nan war gerade erst aufgewacht. Sie hatte sich eine der Decken organisiert. Wenn einem warm war, konnte man auch schlafen.

»Vorhin, als hier alles schlief, ist sie pissen gegangen. Ich bin ihr nach. Hier ist was faul, hab ich gedacht. Ich denk das schon länger. Ich versteh nicht, weshalb die uns immer noch in Ruhe lassen. In Rio hätten sie uns inzwischen längst erledigt.«

»Hier ist nicht Rio«, sagte Nan. »Was macht sie mit ihrer Tasche?«

»Sie redet da rein.«

Jorge schwieg. Er legte seinen Kopf gegen die Mauer und tat, als schliefe er. Auch Nan sagte nichts. Die dicke Frau kam auf sie zu.

»Morgen früh, dauert nicht mehr lange, gibt es heißen Tee«, flüsterte sie freundlich. »Versuch zu schlafen.«

»Ja.«

Die Dicke nahm ihre Runde wieder auf. Jorge blinzelte zu ihr hinüber.

»Wir werden sie erledigen«, sagte er. »Geh zu ihr und sag ihr, du würdest dich in den Gruppen ein bisschen umsehen. Nachsehen, ob alles in Ordnung ist. Dagegen hat sie nichts. Ich bleib hier liegen, damit sie keinen Verdacht schöpft. Du gehst in jede Gruppe und redest mit den Stärksten. Es reicht, wenn du sagst, dass wir sie ausschalten müssen. Wenn du mit allen geredet hast, geh wieder zu ihr. Das ist das Zeichen. Wir kommen dann.«

Nan überlegte einen Augenblick, dann stand sie auf, wickelte sich aus der Decke und ging hinüber zu der dicken Frau. Die blieb stehen und sah ihr freundlich entgegen. Sie strich mit ihren Wurstfingern über Nans Haar. Jorge spürte, wie sich seine Kopfhaut kräuselte. Nan ging zu den Vietnamesen. Den Stärksten von denen konnten sie nicht gebrauchen. Er hatte keine Arme. Oder doch? Sie sprach mit ihm und ging weiter. Acht Gruppen, acht Leute. Als sie ihren Rundgang beendet hatte, waren auch die anderen wach geworden. Jorge wusste es, und er sah, dass sie alle so taten, als ob sie schliefen. Er beobachtete Nan genau. Was tat sie? Sie ging nach draußen. Warum? Weil sie Schiss hatte? Ne, weil sie scheißen musste. Das kannte er. Das hatte nichts zu bedeuten. Sie würde gleich zurückkommen. Er sah nach links, zu den Vietnamesen hinüber. Er sah, wie der Größte, der ohne Arme, sich locker machte. Drüben bei den Mexikanern stand Chico langsam auf. Mit Chico hatte er schon ein paar Mal geredet. Der war wirklich stark. Die Steineschlepperei hatte ihm Muskeln gebracht. Da kam Nan zurück. Sie ging auf die Dicke zu. Sie riss ihr die Handtasche weg. Die Dicke war so überrascht, dass sie es, ohne Widerstand zu leisten, geschehen ließ.

Es hatte nicht geklappt. Es waren nicht nur die Stärksten aufgestanden, sondern alle. Sie waren auch nicht leise gewesen. Sie hatten die Ruine mit ihrem Gebrüll erfüllt. Sie hatten gebrüllt und geheult und geschrieen und gekeucht und gejault. Von der Dicken war kein Laut zu hören gewesen. Am Anfang nicht. Und nachher sowieso nicht. Sie war nur noch ein blutiger Klumpen, als sie mit ihr fertig waren. Sie saßen keuchend bei den blutigen Fetzen. Ein paar Kleinere fingen an zu heulen. Nan hielt die Tasche mit dem Funkgerät an sich gepresst.

»Gib her«, sagte Jorge.

Er war ganz ruhig. Auch Nan tat, als habe sie schon vergessen, was gerade geschehen war. Sie ging zu einem der Heulenden und versuchte, ihn zu beruhigen. Neben Jorge begann jemand zu lachen. Jorge sah sich um. Der ohne Arme. Er lachte und hatte einen Ausdruck im Gesicht, als wäre er durchgedreht.

»Hier«, sagte Jorge.

Er stieß den Lachenden an, zeigte auf das Funkgerät und warf es zu Boden. Der Junge verstand ihn sofort. Er sprang auf das Gerät und trampelte es in Stücke. Sein Lachen hörte irgendwann auf. Er sah wieder normal aus. Wir können nicht mehr warten, dachte Jorge. Wir müssen hier weg. Bevor noch mehr durchdrehen.

»Lass uns das da verstecken«, sagte er, und zeigte auf den blutigen Körper. »Da hinten, da hat sie Platz. Unter den Steinen.«

*

Kurz nachdem Bella gegangen war, um sich mit Carola von Werner zu treffen, bekam Kranz den Anruf vom Oberhafenamt. Der Gewährsmann am Telefon sprach leise, aber er war gut zu verstehen.

»Wir haben sie«, sagte er. »Sie haben sich gemeldet. Ihr Schiff heißt Mombasi. Sie wollen einen Liegeplatz. Ich hab ihnen den Athabaskakai zugewiesen.«

»Wo ist das genau«?, fragte Kranz. »Sie wollen in die Stadt. Sie dürfen dabei keine Zeit verlieren.«

»Gegenüber von Neumühlen. Was besseres habe ich nicht«, flüsterte der Mann. »Ich muss auf Elbe I Bescheid sagen. Gehst du mit an Bord?«

»Ja. Aber das geht nur, wenn sie einen vernünftigen Liegeplatz bekommen.«

»Ich sag doch: Das ist alles, was ich machen kann. Der Platz ist okay. Sieh zu, dass du spätestens morgen früh um 6 Uhr auf Elbe I bist. Ich sag dem Lotsen Bescheid, dass du kommst. Der Mann ist in Ordnung.«

Die Verbindung wurde unterbrochen. Kranz stand

da und wusste nicht, was er tun sollte. Dann fasste er einen Entschluss. Er verließ die Wohnung, suchte eine Telefonzelle im S-Bahnhof Jungfernstieg und rief von dort aus die Nummer einer Kneipe an. Er verlangte Pit, aber Marie kam ans Telefon.

»Pit will zur Transparentgruppe«, sagte sie. »Was gibt es?«

»Sie kommen«, sagte Kranz. »Sag den anderen Bescheid. Morgen gegen zwölf sind wir da. Ich geh jetzt an Bord.«

Er legte auf und sah sich um. Der U-Bahnschacht war leer. Die weißen Kacheln an den Wänden glitzerten. Eine Frau ging vorüber, erreichte die Rolltreppe und verschwand nach unten. Er hatte nicht gewusst, dass die Hamburger am späten Abend nicht mehr unterwegs waren. Blieben sie zu Hause, wenn die Läden geschlossen hatten? Er sah sich um. Von Wagner war nichts zu sehen. Er würde nach Hause gehen und sich eine winddichte Jacke holen. Und dann musste er am Hafen jemanden finden, der ihm zum Feuerschiff brachte. Er dachte mit Unbehagen an das, was ihm bevorstand. Was würde ihn an Bord erwarten? Außerdem hatte der Wind zugenommen. Er wusste, er würde schnell seekrank werden.

Es wurde schwieriger, als er angenommen hatte, jemanden zu finden, der ihn zu Elbe I brachte. In dieser Jahreszeit gab es keine Segler mehr, die ihm mitnehmen konnten. Er klapperte sämtliche Barkassen ab. Seine Schritte hallten auf den Brücken und Stegen. Die Barkassenführer hatten die Schiffe verlassen. Es musste doch irgendeine Möglichkeit geben –

Schließlich sprach er den Schiffsführer an, der die

Zuschauer von der am anderen Ufer liegenden Musical-Bühne herübergebracht hatte.

»Ich? Ne, guter Mann. Da müssen Sie sich jemand anderen suchen. Mir reicht's für heute. Außerdem ist das hier nicht mein Schiff. Es gehört der Stadt. Damit kann ich nicht einfach machen, was ich will.«

Das Schiff, eine Hafenfähre, war gelb gestrichen und trug ein paar große, hässliche Löwenköpfe an den Seiten. Im Grunde war Kranz froh, dass er nicht damit fahren würde. Die ganze Sache war schon merkwürdig genug, er brauchte nicht auch noch den König der Löwen. Der Schiffsführer, der ihn beobachtet hatte, kam noch einmal auf ihn zu.

»Nehmen Sie den letzten HVV-Dampfer«, sagte er, »und fahren Sie auf die andere Seite. Weiter raus, in Richtung Finkenwerder gibt es sicher den einen oder anderen kleinen Fischer, der Sie hinbringt. Zur Not gehen Sie zu meinem Vater. Er ist zwar ein sturer Bock. Und umsonst fährt er bestimmt nicht. Aber wahrscheinlich macht er's.«

Der Mann nannte eine Adresse auf der anderen Seite. Kranz nahm die letzte Fähre, um hinüberzufahren. Er war, außer einem sehr jungen Liebespaar, das sich während der Fahrt ohne Unterbrechung aneinander festsaugte, der einzige Fahrgast. Er beobachtete die jungen Leute aus den Augenwinkeln, auch, um sich von den Schwankungen des Schiffes abzulenken. Sie hätten ihn nicht einmal bemerkt, wenn er sich direkt vor ihnen aufgebaut hätte. Wie werden sie aussteigen, überlegte er, bleiben sie mit den Mündern zusammen und gehen als Siamesische Zwillinge von Bord?

Dann wurde ihm doch noch übel. Er meinte, der

Wind müsste zugenommen haben. Krampfhaft versuchte er, auf einen festen Punkt am Ufer zu starren. Das Ufer bestand aus Lichtern und beleuchteten Giebeln an der Backbordseite. An Steuerbord waren nur die dunklen Umrisse von Öltanks zu erkennen. Als die Fähre endlich anlegte, mit einem Ruck knallte sie gegen den Anleger, war er so froh, von Bord zu kommen, dass er die jungen Leute darüber vergaß.

Er fand das Haus des Fischers, nachdem er länger als eine Stunde durch Finkenwerder gelaufen und niemanden getroffen hatte, den er fragen konnte. Die Straßenlaterne beleuchtete ein niedriges Backsteinhaus, das früher vielleicht einmal ein Strohdach gehabt hatte. Hinter allen Fenstern brannte Licht. Er ging durch den Vorgarten, klingelte an der Haustür und hatte damit einem offenbar riesigen Hund das Signal gegeben, von der anderen Seite mit Wucht gegen die Tür zu springen. Ihm blieb nichts erspart.

Doch dann gestaltete sich die Angelegenheit wider Erwarten einfach. Der Fischer sperrte den Hund ein, bevor er die Tür öffnete. Sie wurden sich, nachdem Kranz den Sohn ins Spiel gebracht hatte, schnell einig.

»Mutti! Ich fahr noch mal raus. Ich nehm' den Hund mit!«

Der Mann langweilt sich einfach, dachte Kranz. Was kann er abends machen? Fernsehen und Bier trinken. Früher hat er Netze geflickt und dabei mit anderen Fischern zusammengesessen. Alles, was er mit seiner Frau bereden wollte, hat er seit Jahren erledigt. Was sie mit ihm bereden möchte, interessiert ihn nicht.

Das kleine Motorboot flößte Kranz zuerst Angst ein. Später dann, der Hund mit wehender Mähne im

Bug, der Alte in Ölzeug am Ruder, fand er sogar ein gewisses Vergnügen daran, auf diese Weise über das Wasser zu fahren.

»Dem weichen wir besser aus«, sagte der Alte, als ein hohes Containerschiff auf sie zukam. »Der schiebt uns untern Kiel, auch wenn er uns gesehen hat. Da kann man Sachen erzählen.«

Aber er erzählte nichts, fuhr stumm weiter, nickte Kranz zu, während der begann, die Leiter der Elbe I emporzuklettern, und drehte dann bei. Kranz hielt inne, um ihm nachzusehen. Der Hund hockte noch immer im Bug. Der Alte stand aufrecht im Heck; Seeleute vom alten Schrot und Korn, alle beide.

An Deck wurde er von einem Mann in Empfang genommen, der sich als Petersen vorstellte. Er war informiert.

»Ich bin der Lotse. Wir haben noch ein paar Stunden Zeit«, sagte Petersen. »Wenn Sie wollen, können Sie in meine Kabine gehen und sich noch mal hinlegen. Ich rufe Sie, wenn es so weit ist.«

Während Kranz in Petersens Kabine lag und versuchte, das ungleichmäßige Rollen des Schiffes zu ignorieren, versuchte er, sich vorzustellen, was ihn an Bord der Mombasi erwartete. Es gelang ihm nicht. Mit einem Kreuzfahrtschiff, mit dem er noch vor wenigen Wochen unterwegs gewesen war, hatte das alles nichts zu tun. Er konnte sich auch nicht vorstellen, wie die Kinder mit der Mannschaft fertig geworden waren.

Er schlief ein, wurde von Petersen geweckt und befand sich mit ihm auf der Lotsen-Barkasse, ehe er wusste, wie ihm geschah. Und dann sah er im Morgengrauen die Mombasi: ein Pott, an dem der Rost die

Farbe gefressen hatte, mittelgroß, vielleicht zwanzigtausend Tonnen, altertümliche Deckaufbauten, Ladebäume, die aussahen, als brächen sie zusammen, wenn man einen Sack Kartoffeln daran hängte. An Deck war keine Menschenseele zu sehen. Aber an Steuerbord hing die Strickleiter für den Lotsen über die Reling. Der Aufstieg war mühsam. Das Schiff hatte zwar Fahrt weggenommen, aber es fuhr und es rollte. Petersen hatte ihn vorgehen lassen. Er konnte nicht verschnaufen, der Mann war ihm auf den Fersen. Die Schiffswand kam ihm vor wie ein Hochhaus. Als er oben an Deck war, fiel er der Länge nach auf die Planken. Er blieb liegen, bis neben seinem Kopf zwei nackte, dunkle Füße auftauchten. Dann hörte er kichernde Stimmen und sah auf.

Ein paar kleine Jungen in viel zu großen Pullovern, aber barfuß, amüsierten sich prächtig über ihn. Hinter ihm kam Petersen an Bord. Er fiel nicht hin.

»Stehen Sie auf, Mann«, sagte er, »bevor die sich totlachen. Ich nehme an, ich brauch' Sie auf der Brücke.«

Kranz sprang hoch, ohne die Kinder zu beachten und folgte Petersen. Sie kamen an Gängen vorbei, die unter Deck führten und aus denen ein süßlicher Geruch kam, ein Geruch, von dem Kranz übel wurde. Petersen tat so, als röche er nichts. Er stieg die Treppe zur Brücke hinauf. Schon als sie vor der Tür standen, konnten sie sehen, dass das Schiff von einem Erwachsenen gesteuert wurde. Der tat so, als bemerke er die beiden Männer nicht. Er blickte einfach über sie hinweg. Schräg hinter ihm standen zwei größere schwarze Mädchen, die Maschinengewehre auf ihn gerichtet hielten.

»Du lieber Himmel«, sagte Petersen, »so hab ich mir die Sache eigentlich nicht vorgestellt.«

Sie öffneten die Tür. Weder der Mann am Ruder noch die beiden Mädchen wandten sich ihnen zu. Der Mann, ein Weißer unbestimmbarer Nationalität, sah weiter geradeaus. Die Mädchen, zwölf oder dreizehn, in viel zu großen, aufgekrempelten Männerhosen und Jeansjacken, die ihnen bis in die Kniekehlen hingen, hielten die Maschinenpistolen weiter auf den Rücken des Mannes am Ruder gerichtet.

»Guten Morgen«, sagte Petersen.

Niemand antwortete ihm. Sie hatten von hier einen guten Überblick über das Vorderdeck. Die Knirpse in den Pullovern, es waren drei, hatten sich hingehockt und beredeten irgendetwas. Sie standen auf und bewegten sich in Richtung Brücke.

»Die fehlen uns hier noch«, sagte Petersen. »Gehen Sie runter und setzen Sie sie außer Gefecht.«

Kranz wäre lieber auf der Brücke geblieben, aber Petersen hatte nun das Kommando. Also lief er die Treppe hinunter, um die drei Jungen daran zu hindern, heraufzukommen. Am Fuß der Treppe erwarteten sie ihn. Fass sie bei der Hand oder am Kragen, dachte er, als sie ihm fröhlich lachend ihre Hände entgegen hielten. Er kam sich schäbig vor, als er die Hände ergriff. Sie begannen zu schreien, als er sie vor sich her schob. Wohin mit ihnen? Er fand eine abschließbare Toilette unter der Treppe zur Brücke. Sie war in einem unsäglichen Zustand, aber er traute sich nicht, unter Deck zu gehen, dorthin, von wo der süßliche Gestank kam. Als er wieder die Treppe zur Brücke hinaufstieg, versuchte er, sein Gewissen zu beruhigen. Sie haben mir vertraut, dachte er, ich werd mich nachher besonders um sie kümmern. Nachher.

Die Mädchen hatten sich im Schneidersitz auf den

Boden gesetzt und die Maschinengewehre über ihre Knie gelegt. Sie sprachen nicht und beobachteten aufmerksam, was vor ihnen geschah.

»Ich hab ihnen erklärt, dass ich von Bord gehe, wenn sie die Dinger nicht beiseite legen. Dass sie mich aber brauchen, wenn sie heil ankommen wollen. Das hat sie überzeugt. Der Mann am Ruder ist der zweite Offizier. Er ist Holländer und heißt Tom. Den Kapitän und den ersten haben sie erschossen. Viel mehr ist aus ihm nicht rauszukriegen. Nehmen Sie eins von den Mädchen und peilen Sie die Lage an Bord. Ich will wissen, was wir da eigentlich an Land bringen. Die Mädchen verstehen Englisch. Gehen Sie als Erstes in den Maschinenraum. Geben Sie durch, was da unten los ist. Beeilen Sie sich, Mann.«

Eines der Mädchen stand auf, hängte sein Maschinengewehr über die Schulter und folgte Kranz. Es war nicht klar, ob als Führerin oder zu seiner Bewachung. Als er an dem Verschlag vorbei kam, in den er die drei Jungen gesperrt hatte, hörte er sie kichern. Vielleicht sind hier alle verrückt, dachte er, wäre doch kein Wunder.

Auf dem Weg über das Zwischendeck und das Unterdeck bis an den endgültigen Abstieg in den Rumpf des Schiffes begegneten sie niemandem. Die Tür zur Treppe, die hinunter in den Maschinenraum führte, war abgeschlossen. Weder innen noch außen steckte ein Schlüssel. Kranz stand ratlos davor, bis das Mädchen neben ihm seinen Ärmel fasste und ihn zur Seite zog. Es zerschoss das Schloss und durchlöcherte mit dem Rest des Magazins die Tür, ohne eine Miene zu verziehen. Kranz begann sich vor dem Mädchen zu fürchten.

Im Maschinenraum war es so heiß, dass ihm sofort

der Schweiß ausbrach. Dazu stank es nach Öl, so dass er kaum Luft zu holen wagte. Im anschließenden Kesselraum fand er drei Männer, von denen zwei schliefen und einer sich nur mit Mühe aufrecht hielt. Die Männer waren Filipinos. Die Schlafenden lagen neben einem Lager aus Flaschen, Dosen und Wassertanks, die zum Teil leer, zum Teil noch mit Schnaps, Wasser und Lebensmitteln gefüllt waren. Er begriff, dass die Kinder die Männer zusammen mit den Lebensmitteln hier unten eingesperrt hatten. Gut überlegt, dachte er, so haben sie die Bewacher gespart. Die Schlafenden hatten die Schüsse nicht gehört. Der Maschinenlärm übertönte alles. Vielleicht war auch das Quantum Rum, dass sie zum Einschlafen gebraucht hatten, zu groß gewesen. Den Rum brauchten sie, um den Gestank nicht wahrnehmen zu müssen. Eine Toilette gab es weder im Maschinenraum noch im Kesselraum. Je länger er sich da unten aufhielt, desto deutlicher bekam der Ölgeruch eine Beigabe von Scheiße.

Der Mann am Kessel hatte die Schüsse gehört. Er sah Kranz entgegen, und vor Erleichterung liefen Tränen über sein Gesicht.

»Alles in Ordnung«, sagte Kranz in das Mikrofon, das die Verbindung zur Brücke darstellte. »Wird Zeit, dass wir anlegen. Hier braucht einer dringend Ablösung.«

Während er mit dem Mädchen im Rücken nach oben stieg, hörte er Petersens beruhigende Stimme über die Sprechanlage Anweisungen geben.

Dann kam das, was er in seinem ganzen Leben nie mehr vergessen würde. Das Mädchen führte ihn an den Schlafräumen der Mannschaft, der Offiziere und an der Messe vorbei. Alle Türen waren geöffnet. In den Räumen saßen und lagen Kinder, nicht jünger als fünf, nicht älter als dreizehn. Einige schliefen, die meisten sahen ihn an, ohne ihn wirklich zu sehen. Ein paar lachten das kichernde Lachen der Jungen, die er an Deck getroffen hatte. Überall waren die Reste von Essen verstreut. In der Offiziersmesse lag ein älteres Mädchen auf einer Bank an der Wand und starrte an die Decke. Es richtete sich auf, als sie an ihm vorübergingen und sah ihnen nach. Die Maschinengeräusche waren in diesem Teil des Schiffes kaum noch zu hören. Kranz nahm die Stille wahr und hin und wieder das Kichern. Sie stehen unter Schock, dachte er. Die krieg ich gar nicht vom Schiff runter, während das Mädchen immer weiter ging, dem süßlichen Geruch entgegen. Kranz suchte und fand in seiner Jackentasche ein Taschentuch, das er sich vor die Nase hielt.

Offenbar hatte das Schiff elf Mann Besatzung gehabt. Sieben davon lagen im Heck und verwesten. Auch ein paar Kinder lagen dort, fünf oder sechs entdeckte Kranz, bevor er sich übergab und davonrannte, an die Reling, in die frische Luft, weg von den faulenden Körpern.

Das Mädchen war ihm gefolgt. Es stand neben ihm und beobachtete seine Anstrengung, die Fassung wiederzugewinnen.

»Ich zeig dir jetzt die Hände«, sagte sie.

Ich will nichts mehr sehen, dachte Kranz, aber er folgte ihr. Sie gingen zurück zu den Mannschaftsräumen. Unterwegs überlegte er, dass elf Mann Besatzung zu gering war. Hatten die Kinder die anderen über Bord geworfen? Aber dann fiel ihm ein, dass der Eigner gar nicht vorgehabt hatte, sein Schiff eine weite Reise machen zu lassen. Es sollte ja nur ein paar

Kindersklaven von Benin an die Elfenbeinküste bringen.

Das Mädchen, das vor ein paar Minuten noch in der Messe gelegen und an die Decke gestarrt hatte, war aufgestanden und kam ihnen nach, in der Hand eine Maschinenpistole.

Irgendwo wird man eine Kiste mit Waffen finden, dachte Kranz. Wahrscheinlich bei den Sachen des Kapitäns.

Sie standen vor einer verschlossenen Tür, die ein beinahe unleserlich gewordenes Schild mit der Aufschrift »Lavatory« trug. Die Mädchen nickten sich zu, bevor die Erste die Tür öffnete.

Sie hatten aus Wäschestücken ein Lager auf dem Fußboden gemacht. Vier Jungen lagen dort, kleine Kerle mit runden Augen und runden Schädeln, auf denen die Haare nachgewachsen waren. Sie hielten ihre Hände von sich gestreckt. Sie hätten sie sowieso nicht benutzen können. Die Hände der Kinder waren Klumpen aus rohem Fleisch.

»Kranke von den Baumwollfeldern«, sagte das Mädchen neben ihm. »Das ist, was sie uns zugedacht haben. Die kamen an Bord, als wir im Hafen von Grand-Bassam angelegt hatten. Sie«, das Mädchen zeigte mit dem Kopf auf ihre Begleiterin, »sie hat beim Kapitän in der Kajüte geschlafen. Sie hat uns die Waffen gegeben, nachdem sie ihn erschossen hatte. Sie hat auch die Botschaft gelesen.«

»Drei Mädchen«, sagte Kranz. »Ihr seid drei Mädchen?«

»Vier«, sagte die, die bisher geschwiegen hatte. »Eine darf schlafen. Sie liegt auf dem Vorschiff.«

Vier Mädchen, etwa fünfzig Kinder, vier davon

krank. Die anderen beinahe durchgedreht. Die Botschaft war der Aufruf von Nan. Sie hatten sie verstanden.

Er ging zurück auf die Brücke, vorbei an den schweigenden oder kichernden Kindern. Um die beiden Mädchen kümmerte er sich nicht. Sie wussten besser als er, was an Bord zu tun war.

Petersen hatte den Zweiten Offizier am Ruder abgelöst. Der Mann saß auf dem Boden, den Rücken an die Wand gelehnt und starrte vor sich hin. Er hielt eine halb leere Flasche mit Wasser in der Hand, die er zwischen seinen Beinen abgestellt hatte.

»Der ist erledigt«, sagte Petersen. »Ich hab erst mal Fahrt weggenommen. Vermutlich brauchen wir Zeit zum Überlegen.«

»Was wir brauchen«, sagte Kranz, und dann spürte er, dass er gleich heulen würde, und machte eine Pause, um seine Fassung wiederzugewinnen, »was wir brauchen, sind Krankenwagen und Leichenwagen und eine andere Welt, verdammt noch mal, und keine beschissenen Konferenzen.«

»Aha«, sagte Petersen.

Er stand am Ruder wie der Inbegriff des tüchtigen Seemannes: ruhig, breitbeinig, den Kragen seiner dunklen Jacke hochgeschlagen. Als er sich vorbeugte, um in das Mikrofon zu sprechen, fielen ihm seine hellen Haare ein wenig ins Gesicht.

»Noch ein paar Knoten runter«, sagte er. »Du hast es bald geschafft.«

*

»Da Lole« hatte sie auf der Karte gelesen, und »Da Lole« stand über der Tür des kleinen Restaurants, vor dem Bella stand. Sie war durch die tote Stadt gewandert, über den Burstah, den Rödingsmarkt, vorüber am »Steigenberger« am Fleet. Dort hatte sie an der Bar einen Wodka mit Orangensaft getrunken und die Frauen beobachtet, die in der Lobby auf roten Ledersesseln saßen und ihre langen Beine zum Taxieren freigaben. Die Bar im »Intourist« in Moskau war plötzlich vor ihren Augen gewesen: die Frauen nicht hässlicher als diese hier, nur hatte an der Bar ein Fernseher gestanden. Der Film, wie hieß der Film, der damals gezeigt worden war? Irgendetwas über Budjonny, den roten Reitergeneral. Hier lief kein Fernsehgerät, stattdessen sang Frank Sinatra »New York, New York«; selbstverständlich dezent im Hintergrund. Alles war hier dezent, richtig zum Wohlfühlen.

Sie hatte ihren Wodka zu schnell getrunken und war weitergegangen, vorbei an der »Ständigen Vertretung« und einem Krokodilsporträt von Adenauer, vorüber an Handelshäusern und Versicherungspalästen, hinter denen für einen kurzen Augenblick der Michel auftauchte; angestrahlt und feierlich damit beschäftigt, zwischen neu entstandenen hohen Stahl- und Glasbauten seine Würde zu bewahren. Sie verlor die Kirche aus den Augen, bevor sie entschieden hatte, ob der Versuch gelingen könnte.

»Da Lole« lag am Ende einer Straße, deren Mietshäuser nur vier Stockwerke hatten und aus rotem Backstein errichtet worden waren; Arbeiterwohnungen aus den 30er Jahren des vorigen Jahrhunderts, mit kleinflächig unterteilten Fenstern und flachen Betonreliefs an den Eingangstüren, die spielende Kinder, fliegende Fische oder tobende Hunde darstellten. Der Wechsel von den Glaspalästen zu den Backsteinblocks war unerwartet und beeindruckend gewesen. Und auch das Lokal gefiel ihr.

Sie war absichtlich früher gekommen, nicht nur, weil sie sich durch gute Ortskenntnisse einen Vorteil zu verschaffen hoffte, sondern auch, weil sie nervös war und weil sie es, seit Kranz gegangen war, allein in der Wohnung nicht mehr ausgehalten hatte.

Sie bestellte Weißwein. Die Frau, die an ihren Tisch kam, um die Bestellung aufzunehmen, hatte mit der Lole aus den Romanen von Izzo nicht die geringste Ähnlichkeit. Sie war groß, stämmig und hellblond gefärbt. Eigentlich sieht sie aus, wie die Touristinnen, die in den 50er und 60er Jahren ihre Haare blond färbten und dann im Urlaub nach Italien reisten, um mit Italienern anzubändeln, nur, dass sie inzwischen älter geworden ist und ein paar Kilo zugenommen hat, dachte Bella. Der Mann, der ihr wenig später den Wein brachte, war Italiener.

»Nix los um diese Zeit«, sagte er, freundlich lachend. »Möchten Sie essen?«

Bella schüttelte den Kopf. Der Mann verschwand in der Küche. Sie war allein und sah sich um. An den Wänden hing italienisches Steinzeug, daneben Regale mit Weinflaschen, ein paar Stehtische, Aschenbecher aus blauem Glas und im hinteren Teil des Raumes drei Tische, um die Sofas und zusammengesuchte Stühle gestellt worden waren. Ein merkwürdiger Treffpunkt, fand sie. Möglicherweise hatte die Carola von Werner ihn deshalb vorgeschlagen, weil man hier gut essen konnte. Wenn sie damit Recht hatte, war es falsch gewesen, auf das Essen zu verzichten. Und die Wahl des Ortes bedeutet ein Friedensangebot, dachte sie. Sie lauschte Gianna Nannini, als die Tür aufging. Sie hörte die Glocke, die an der Tür angebracht war, und gleich darauf eine laute, herzliche Begrüßung, aus der sie nur die Wörter Carola und Lole heraushörte, dann eine Frage und »si, si, in der Ecke« und dann kam eine Frau auf ihren Tisch zu, die der Carola von Werner, die sie sich vorgestellt hatte, ähnlich sah: dünn, elegant, beherrscht und lächelnd.

»Sie sind Bella Block, und ich nehme mir heraus, Sie Bella zu nennen. Vittorio, dies ist Bella. Seine kleine Tochter heißt Bella. Zuerst einmal ein Wasser, Vittorio, und dann den Roten, du weißt schon. Ich hab Sie doch nicht warten lassen?«

»Nein«, sagte Bella und dachte, dass es merkwürdig ist, wie manche Frauen mit aller Kraft und vielen Ideen damit beschäftigt sind, sich auf eine Weise herzurichten, die sie unsympathisch wirken lässt, obwohl sie das Gegenteil erreichen wollen. Als hätte die Staatssekretärin ihre Gedanken erraten, änderte sie ihr Verhalten. Sie nahm sich so weit zurück, dass sogar ihre Kleider plötzlich weniger elegant aussahen.

»Ich esse hier, wenn ich in Hamburg bin und allein sein will«, sagte sie. »Das Essen ist gut.« Sie machte eine kleine Pause und sah Bella prüfend an. »Mir liegt nicht daran, irgendein Aufsehen zu erregen. Es geht um ein informelles Gespräch, von dem, wie ich hoffe, wir beide profitieren werden. Mir ist bekannt, was Sie vorhaben. Ich mache Ihnen ein Angebot.«

Ein Chamäleon, dachte Bella. »Ich habe nichts zu verkaufen«, sagte sie.

Vittorio brachte den Roten und auch die Flasche Weißwein, aus der er Bella eingeschenkt hatte. Er stellte die Flaschen und ein Rotweinglas auf den Tisch und verschwand so leise, wie er gekommen war.

»Ich bin müde«, sagte Carola von Werner. Bella sah, dass sie müde war.

»Sicher können Sie sich vorstellen, dass die Vorbereitung der Konferenz mich Kraft gekostet hat.«

Da war noch etwas anderes, das sie Kraft gekostet hatte, aber darüber würde sie nicht sprechen. Nicht einmal mit sich selbst, dachte Bella. Sie schwieg.

»Die Vorbereitungen sind abgeschlossen. Unser Programm steht. Es wurde international abgestimmt und kann nicht mehr verändert werden. Die Geschichte mit den Kindern kam sozusagen unverhofft. Es gibt eine Möglichkeit, ihren Forderungen trotzdem Gehör zu verschaffen. Die im Grunde natürlich mit unserem Programm übereinstimmen.«

Es war überflüssig, danach zufragen, wie die Forderungen der Kinder bekannt geworden waren. Sie würde später darüber nachdenken.

»Straßenkinder, Kindersoldaten, Kriegsopfer, Opfer von Sex-Tourismus, Kinderarbeit – das sind die Inhalte, mit denen sich die Delegierten beschäftigen werden. Ich schlage vor, dass die Kinder uns ihre Forderungen vortragen. Wir versprechen, uns damit zu beschäftigen, und Sie sorgen dafür, dass sie anschließend friedlich wieder abziehen.«

Wo ist der Haken, dachte Bella.

»Es gibt keinen Haken«, sagte Carola von Werner. Sie trank einen Schluck Rotwein. Ihre Hände waren schmal, mit langen Fingern und Nägeln, die auf französische Art manikürt waren. Am Mittelfinger der rechten Hand saß ein altmodisch gefasster Ring mit einem sehr schönen Türkis.

»Sie werden verstehen, dass wir es uns aus Zeitgründen nicht leisten können, einen großen Presserummel zu veranstalten. Das Gelände ist abgeschirmt. Aber wir sind bereit, einige ausgewählte Pressevertreter zuzulassen, die das Gespräch und die Anwesenheit der Kinder dokumentieren werden.«

»Das ist mehr, als ich erwartet hatte«, sagte Bella.

»Wir sind doch keine Unmenschen«, antwortete Carola von Werner.

»Die Kinder sind in einem sehr schlechten Zustand«, sagte Bella. »Sie können nicht länger warten. Sie wollen gehört werden, und sie brauchen Essen und Kleidung.«

»Ich kümmere mich darum. Wenn die Kinder nicht länger warten können, schlage ich vor, das Gespräch gleich morgen, am Beginn der Konferenz, einzuplanen. Die Ministerin wird dabei sein. Dagegen, nehme ich an, werden Sie keine Einwände haben.«

»Nein«, sagte Bella. »Was wir wollen, ist, dass die Kinder gehört werden, dass sie versorgt werden und dass man sich anschließend um sie kümmert.«

»Das werden wir tun«, sagte Carola von Werner. »Eine andere Frage: Ich nehme an, die Kinder sind unbewaffnet?«

»Natürlich«, sagte Bella. »Ihre Leute müssten Sie darüber informiert haben.«

»Die Frage ist mir wichtig. Ich wollte die Antwort von Ihnen hören. Ich nehme an, Sie können sich vorstellen, dass von ihrer Beantwortung eine Menge abhängt.«

»Sie werden Probleme mit den Einwanderungsbehörden bekommen«, sagte Bella.

»Das wird meine Sorge sein. Wo ein Wille ist, ist auch ein Weg. Ich sage Ihnen, ganz persönlich bewundere ich die Leistung, die diese Kinder vollbracht haben.«

Klang das aufrichtig? Wann ist ein Chamäleon aufrichtig? Wenn es rot ist? Oder grün?

Sie schwiegen und tranken. Sie ist wirklich müde, dachte Bella. Müde und traurig. Was geht das mich an? Was tun wir hier eigentlich? Was für ein Stellvertreter-Gefecht liefern wir uns? Dieser ganze Irrsinn, dieser gottverdammte Irrsinn.

»Die Kinder sind am Ende«, sagte sie. »Wir werden sie begleiten, damit ihnen zu guter Letzt nicht doch noch etwas zustößt. Sie werden sie empfangen. Sprecher sind Jorge und Nan. Sie werden Ihnen selbst sagen, woher sie kommen. Falls Sie das noch nicht wissen«, setzte sie nach einer Pause hinzu. Sie stand auf.

»Ich bürge für mein Versprechen«, sagte Carola von Werner. Ihre Stimme klang nun so müde, dass sie Bella Leid tat.

»Falls wir Autos schicken, würden Sie einsteigen?«

»Ich weiß nicht«, sagte Bella, »wenn wir uns auf Sie verlassen können?«

»Ja«, sagte Carola von Werner. »Ich bürge. Wir schicken ein paar Wagen. Die letzten hundert Meter sollten sie zu Fuß gehen. Wegen der Presse.«

»In Ordnung,« sagte Bella. »Danke.«

Sie sah auf Carola von Werner herunter. Plötzlich hatte sie eine Idee.

»Ich weiß,« sagte sie, »dass nicht Sie für die Sicherheit der Konferenz zuständig sind. Aber ich nehme an, dass Sie mit Herrn Kaul die notwendigen Absprachen treffen. Sagen Sie ihm, er soll damit aufhören, mich zu bedrohen.«

»Kaul bedroht Sie?« Carola war glaubwürdig erstaunt.

»Er lässt auf mich schießen«, sagte Bella. »Vielleicht

glaubt er, er könnte mich einschüchtern. Sagen Sie ihm, er imponiert mir nicht einmal, wenn er ohne Fallschirm vom Michel springt.«

Bevor sie sich umwandte und ging, sah sie das Lächeln in Carolas Gesicht.

»Ich werd's ihm ausrichten,« sagte Carola von Werner in ihrem Rücken, während Bella zur Tür ging. Die Stimme klang nicht mehr ganz so müde wie vorher.

Vor der Tür war die Luft feucht und nebelig. Bella atmete tief und setzte sich in Bewegung. Sie ging schnell und schneller und irgendwann begann sie, langsam und gleichmäßig zu laufen. Die Gedanken an das, was jetzt kommen würde, hatten ihre Schritte von selbst beschleunigt.

Von allen, außer von der dicken Feist, hatte sie Telefonnummern. Nicht von Wohlers, aber den könnte Hannah mitbringen, wenn sie es für nötig hielte. War es nötig? Das musste sie jetzt entscheiden. Ja, Wohlers sollte mitkommen. Er konnte einen der Wagen fahren, den diese Werner schicken würde. Es war nicht mehr die Frage, ob sie ihr vertrauen konnte. Obwohl sie zwischendurch vertrauenswürdig gewirkt hatte, bin ich voller Misstrauen, dachte Bella. Es ist nun zu spät. Jetzt müssen wir handeln und aufpassen. Mehr können wir nicht tun. Aber wir haben auch einen Vorteil. Wir müssen uns nicht mehr verstecken. Sie wissen über uns Bescheid. Weshalb haben sie nicht eingegriffen? Das kann eine Falle sein. Damit kann ich mich jetzt nicht befassen. Ich kann unser Telefon benutzen. Sie wissen sowieso, was wir vorhaben.

Sie lief, bis sie keuchend vor einem Schaufenster am

Burstah stehen blieb. Es war das Schaufenster einer Galerie. Schräg gestellt stand ein einziges, großes Bild im Fenster, die Kopie eines Bildes von Rousseau. Über ein mit Toten übersätes Schlachtfeld rast ein Kind auf einem Pferd. Das Kind, ein Mädchen, trägt ein weißes Kleid und hält in den erhobenen Händen ein Schwert und eine brennende Fackel. Schwarz das Pferd, schwarz die verkohlten Blätter und Bäume, schwarz die Krähen, die sich an den Toten auf der Erde zu schaffen machen. Darüber ein blauer Himmel, an dem Wolken segeln, die vom Feuer gefärbt sind.

Ein verwachsener, dicker Mann, klein, mit langen gelben Haaren und einem zotteligen Hund, dessen Fell ebenfalls gelb war, stand neben ihr.

»Der Krieg oder die reitende Zwietracht«, sagte der Mann.

Er hatte eine hohe Stimme und geriet beim Sprechen außer Atem.

»Ich steh jeden Abend hier und seh mir das Bild an. – Bis alles in Scherben fällt«, setzte er nach einer kurzen Pause hinzu.

Entweder stank der Mann oder der Hund oder beide.

»Guten Abend«, sagte Bella und setzte sich in Bewegung. Wie lange hatte sie dort gestanden? Welche Faszination von einem Bild ausgehen kann. Kein Bild, eine Vision.

Es war fast Mitternacht, als sie in Kranz' Wohnung den Anrufbeantworter abhörte. Zwei Anrufe: Kranz und eine unbekannte Männerstimme, die dazu aufforderte, System-Lotto zu spielen.

»Wenn Sie Ihre großen Gewinnchancen nutzen wollen, drücken Sie die Eins. Wenn Sie kein Geld brauchen, legen Sie auf.«

Der Anruf von Kranz war eher beruhigend, auch, wenn sie ihn nicht ganz verstand.

»Athabaskakai«, sagte er, »das wird eine große Schweinerei, wir kümmern uns aber, ruf zurück, sobald du kannst.«

Sie würde zuerst die anderen anrufen. Sie mussten unbedingt sofort in die Ruine fahren. Wer hatte Nachtdienst? Der Zettel mit den Telefonnummern und den Dienstzeiten, wo war, verdammt, der Zettel? Direkt neben dem Telefon. Die Feist konnte sie nicht anrufen. Hannah, zuerst Hannah anrufen. Die ist am beweglichsten. Hannah meldete sich sofort.

»Wir setzen uns in Bewegung«, sagte Bella. »Die Feist kann ich nicht erreichen. Sie müssen so schnell wie möglich zu den Kindern.«

»Die Feist ist tot«, sagt Hannah. »Ich bin bei den Kindern. Sie haben entdeckt, was in ihrer Handtasche war. Ich weiß nicht, ob wir noch richtig liegen, wenn wir von Kindern reden. Es ist ziemlich scheußlich. Aber Wohlers und ich, wir tun unser Bestes. Viele sind es nicht, die noch klar denken können. Nan und Jorge, ein kleiner Mexikaner, wir wissen noch nicht mal, wie er heißt, und …«

»Bitte Hannah, Sie machen das großartig. Wir sind unterwegs. Versuchen Sie, die Gruppen wieder herzustellen. Sie kennen die Anführer. Bis bald.«

Brunner. Als Nächstes Brunner anrufen. Wenn er wieder angefangen hat zu trinken, bring ich ihn um.

»Ja?«

Billy Holiday im Hintergrund: »Stars fell on Alabama«. Das war auch eines ihrer Lieblingsstücke gewesen, damals als sie und Beyer, ihr junger Kollege, ineinander verliebt gewesen waren.

»Es geht los«, sagte Bella.

»Mach mal die Musik aus, Charly.«

Brunners Stimme ist ein wenig rauer und ein wenig tiefer als üblich. Er ist immer noch in Charly verliebt, dachte Bella. Ich hab sie gestört.

»Es ist so weit. Nimm dein Auto und Charly und macht euch auf die Socken. Wir treffen uns dort.«

»Wir wären sowieso gleich gefahren«, sagte Brunner. »Das Auto steht voll gepackt und startklar vor der Tür. Sie hat gemeint, wir könnten die Kinder nachts nicht ohne etwas Heißes lassen. Wir hatten nur noch eine Kleinigkeit zu erledigen.«

»Gib mal her.«

Das war die Stimme von Charly. Sie hatte ihre normale Tonlage schon wieder gefunden.

»Er redet zu viel. Ciao, Bella. Bis gleich.«

Pit und Marie. Die hätte sie zuerst anrufen müssen. Sie haben kein Auto. Wie sollen sie nachts –

»Nehmt euch ein Taxi. So viel Geld werdet ihr irgendwo auftreiben. Leiht es euch beim Wirt. Der kennt euch. Ihr bekommt es von mir zurück.«

Die Kneipengeräusche waren eindeutig. Aber Pit trank nicht. Er ging zum Diskutieren in die Kneipen.

»Wo ist Marie?«

»Sie sitzt neben mir«, sagte Pit. »Wir sind unterwegs. Bist du sicher, dass der Zeitpunkt richtig gewählt ist?«

Pit denkt immer strategisch. In diesem Fall war Strategie inzwischen überflüssig geworden.

»Ganz sicher nicht«, antwortete Bella. »Es kann sein, dass wir schon zu spät dran sind.«

»Verstehe«, sagte Pit, bevor er auflegte.

Kranz. Es dauerte lange, bis sie ihn erreichte. Seiner Stimme war unterdrückte Erregung anzumerken. »Du musst sofort herkommen. Komm, so schnell du kannst. Athabaskakai. Weißt du, wo das ist? Nimm dir ein Taxi. Beeil dich.«

»Das geht nicht, Paul.«

Sie hielt einen winzigen Augenblick inne, bevor sie weiter sprach. Zum ersten Mal hatte sie Kranz mit seinem Vornamen angesprochen. Er schien es gar nicht bemerkt zu haben.

»Die Kinder in der Ruine sind in Aufruhr. Wir versuchen, sie so weit zu beruhigen, dass wir uns mit ihnen in Bewegung setzen können. Das Treffen mit den Konferenzteilnehmern findet morgen schon statt. Morgen am Vormittag. Ihr müsst dabei sein. Eine andere Möglichkeit wird es nicht mehr geben. Kannst du das schaffen?«

Am anderen Ende blieb es still. Aus dem Hintergrund war ein Geräusch zu hören, als ginge John Silver über ein eisernes Schiffsdeck. Sie werden doch keine Einbeinigen dabei haben? Der Schritt hört sich an wie der eines Erwachsenen.

»Paul? Bist du noch da?«

»Ja«, sagte Kranz, »ich bin noch da. Und wie. Ich bin sogar ganz allein da. Petersen ist von Bord gegangen. Er wollte einen Krankenwagen organisieren, aber noch ist keiner gekommen. Dafür stehen hinter mir vier Mädchen mit Maschinengewehren. Sie möchten etwas zu essen und richtige Betten und irgendeinen Minister sprechen, der auf einer Konferenz sein soll, die sich um die Rechte von Kindern kümmert.«

»Sag ihnen, dass sie morgen am Ziel sind. Bring sie in den Park.«

»Und wie soll das gehen? Versteh doch: Es sind

Kranke dabei. Ich bin allein. Die Mädchen misstrauen mir.«

»Zu Recht, mein Lieber, wenn du dich noch länger bemitleidest«, sagte Bella.

»Was der Mensch braucht, ist hin und wieder eine liebevolle Aufmunterung. Das machst du großartig.«

»Ich liebe dich«, sagte Bella.

»Das hat mir noch gefehlt, danke. Bella? Bella, hörst du mich? Hörst du den Motor? Da kommt Petersen.«

Kranz wartete Bellas Antwort nicht ab. Er legte einfach auf.

*

Die Ministerin kam eine Viertelstunde vor Konferenzbeginn. Weil der Generalsekretär der UNO erst am letzten Tag erwartet wurde, hatte sie die Hauptaufmerksamkeit der Presse für sich. Natürlich, die Delegierten mit den farbigen Gewändern stahlen ihr ein wenig die Show. Aber irgendwie waren diese Leute auch zu bemitleiden. Sie waren die, die die meisten Probleme hatten. Da mochten sie sich noch so bunt anziehen.

Carola von Werner bereitete die Ministerin auf die Begegnung mit den Kindern vor.

»Noch einmal Presse?«, fragte die Ministerin ungehalten. Sie trug einen Hosenanzug in kräftigem Lila. Die Farbe ließ sie blass und alt aussehen.

»Du musst nicht«, sagte Carola. »Aber es sind ganz hübsche Kinder dabei. Wir brauchen sowieso ein paar neue Fotos von dir.«

»Gut, gut, für dich mache ich alles«, antwortete die Ministerin. »Wer sind die Herren dort drüben?«

»Sponsoren. Um genau zu sein, sie gehören zum Hauptsponsor. Die Rüstungsleute aus München. Sie können nur zur Eröffnung dabei sein. Ich glaube, du solltest sie begrüßen.«

Die Konferenz begann pünktlich. Nach der offiziellen Begrüßung der Delegierten durch die Ministerin übernahm es Carola, die notwendigen organisatorischen Dinge bekannt zu geben. Auch der Dank an die Sponsoren war ihre Sache. Die Herren hatten sich bereit erklärt, bis zur Mittagspause an der Sitzung des Arbeitskreises Agent Orange teilzunehmen. Möglicherweise versprachen sie sich neue Informationen zum Thema C-Waffen. Dass es in Vietnam auch jetzt noch, dreißig Jahre nach dem Krieg der USA gegen die Vietnamesen, 500.000 verkrüppelte Kinder gab, für deren Missbildungen Agent Orange verantwortlich war, wussten sie vermutlich. Carola hätte die Herren lieber in einem der Arbeitskreise gesehen, die sich mit Landminen oder der Waffenproduktion für Kindersoldaten beschäftigen würden. Aber sie konnte selbstverständlich nur Anregungen geben, die in diesem Fall überhört worden waren. Darauf zu bestehen, hatte keinen Sinn. Sponsoren waren oft empfindlicher, als man ihnen zutraute.

Ihr Stab war in das Konferenzgebäude umgezogen. Wenn die ersten zwei Stunden ohne Probleme über die Bühne gegangen waren, war nach allen Erfahrungen das Gröbste geschafft. Sie hatten im Stab verabredet, sich auf die Arbeitsgruppen zu verteilen, die erste halbe Stunde zu beobachten, um sich dann zu einem Check-up zu treffen. Die Gruppen wurden von ausländischen Delegierten geleitet, die sich auf ihre Arbeit vorbereitet hatten und kurze Statements zum Thema abgaben, bevor die Diskussion begann.

Die Berichte im Stab schienen zufriedenstellend. Sie saßen in einem kleinen Raum hinter der Front des Gebäudes. Entschädigt für die Enge wurden sie durch den Blick auf den Park und die dahinter liegende Elbe. Carola rief die Berichte aus den Arbeitsgruppen auf, während ihr Blick den Barkassen folgte, die vorüber fuhren. Der Motorenlärm drang nicht bis hier herauf.

»Kinderhuren«, sagte sie.

Im Stab hatten sie sich angewöhnt, Kurzbezeichnungen für die Arbeitsgruppen zu benutzen, die sich als praktisch erwiesen hatten, selbstverständlich, ohne diskriminierend gemeint zu sein.

»Läuft. Tendenz: Sex-Tourismus nimmt zu, Umsätze steigen, die Konvention zur Ächtung findet mehr und mehr Unterzeichner, einzelne Staaten verschärfen die Polizeieinsätze. Nichts über die Ursachen. Kein Ende abzusehen.«

»Gut«, sagte Carola.

Ihr »gut« bezog sich auf die vorbereitete Abschlussresolution. Das Problem wurde dort in ähnlicher Weise angesprochen.

»Vietnam.«

»Noch immer neue Missbildungen durch Agent Orange. Bisher keine Entschädigung durch die USA.«

»Das haben wir erwähnt. Man kann hier ruhig etwas härter einsteigen. Zumindest eine Rüge sollten wir vorbereiten. Straßenkinder.«

»Da wird 's endlos. Es gab Zwischenrufe schon während des Einleitungsreferats. Insgesamt überall auf der Welt steigende Tendenz.«

»Haben wir. Kindersoldaten.«

»Die Tendenz ist wohl, dass das Ganze übertrieben wird. Scheint eher ein Medienproblem zu sein. Verlässliche Zahlen sind nicht zu bekommen. Fakt ist allerdings, dass die Waffen immer leichter werden und immer einfacher zu bedienen sind. Altersgrenzen gibt es immer noch nicht.«

»Wer leitet diesen Arbeitskreis?«

»Mosambique. Und die Kolumbianer haben ein Zusatzreferat durchgesetzt.«

»Das wird schwierig. Die sind zu moralisch. Wir nehmen den Satz über die Waffen aus der Abschlusserklärung heraus und sorgen dafür, dass die Kolumbianer während der Abstimmung abgelenkt werden. Aids-Kinder.«

»Zunehmend. Winzige Ansätze sinnvoller medikamentöser Behandlung, vollkommen unzureichend. Das Problem der fehlenden Eltern wird besonders in Afrika akut.«

»In Ordnung. Den Appell an die Arzneimittel-Industrie kann man ruhig verstärken. Kinderarbeit.«

»Was machen die da draußen?«

Der junge Mann, im Begriff, Carola Bericht zu erstatten, hatte seinen Blick zufällig nach draußen gelenkt. Jetzt folgten die anderen seinen Blicken. Unten auf dem Rasen waren Männer und Frauen damit beschäftigt, große Matten auf dem Boden auszurollen.

»Erklär ich Ihnen gleich«, sagte Carola, »lassen Sie uns zuerst unsere Runde beenden. Kinderarbeit, bitte.«

»Keine klaren Aussagen. Einerseits werden die Auswirkungen beschrieben: Zerstörung von Wachstum und Gesundheit, Auflösung sozialer Beziehungen, mangelnde Schulbildung und damit die Heranziehung eines Heeres von Unqualifizierten und Kranken, die niemals vermittelbar sein werden; andererseits wird auf die Notwendigkeit von Kinderarbeit für die Familien und den Export hingewiesen. Kein Wort bisher zu dem ungeheuren Reichtum, der bei denen entsteht, für die die Kinder arbeiten.«

»Das gehört wohl auch kaum auf unsere Konferenz. Die Aussage in unserer Erklärung ist lau. Ich denke, das lassen wir so. Vielleicht gibt es in diesem Punkt eine Diskussion. Dann haben wir den Delegierten die Möglichkeit zum Eingreifen gegeben, wenn wir nachbessern. Habe ich irgendetwas vergessen?«

Eine schmale, blonde Frau in Jeans und schwarzem Sweatshirt trat einen Schritt nach vorn. Sie trug ihre Haare im Nacken zusammengebunden und war als einzige der anwesenden Frauen nicht geschminkt.

»Die Minenopfer«, sagte sie.

Ihre Stimme war leise, aber bestimmt.

Ein paar Mal sah sie, während sie sprach, flüchtig aus dem Fenster. Unten waren die Soldaten oder Polizisten oder Grenzschützer, was immer sie waren, inzwischen damit fertig geworden, die Matten auf dem Rasen auszulegen. Sie hatten sich wieder zurückgezogen. Ein paar Frauen in weißen Kitteln gingen über das Gras. Sie hatten sich untergehakt, und es sah so aus, als ob sie lachten.

»Ich habe mich in der Vorbereitung der Arbeitsgruppe mit dem Problem auseinander gesetzt. Die Anzahl der betroffenen Kinder und das Ausmaß ihrer Verstümmelungen sind ausreichend dokumentiert.

Das Referat, das der Mann aus dem Irak zum Thema gehalten hat, war dem Ernst der Lage nicht angemessen. Man muss davon ausgehen, dass er ein Mann des US-Geheimdienstes ...«

»Bitte. Ich bitte Sie, Jessica, bei der Sache zu bleiben.«

Carolas Stimme war nicht lauter geworden. Sie hatte sich nur im Ton verändert. Führungsqualitäten drücken sich auf verschiedene Weise aus, unter anderem in der Beherrschung der Stimme. Der Wirkung ihrer Stimme konnte sie sich unter allen Umständen sicher sein. Die weiß gekleideten Frauen hatten den Rasen überquert. Auch Carola war ihnen mit den Augen gefolgt. Sie sah in die Runde und stellte fest, dass bei ihnen allen die Konzentration nachgelassen hatte.

»Kommen wir zum Ende. Was steht in der Abschlusserklärung zum Thema Minen?«

»Es wird eine weltweite Ächtung gefordert. Schon seit fünfzig Jahren.«

»Dann fordern wir sie im einundfünfzigsten Jahr. Und nun ein paar Informationen, die voraussichtlich den heutigen Vormittag betreffen. Die Bewegungen dort unten auf dem Rasen sind Ihnen nicht entgangen. Wir empfangen, außer der Reihe, aber innerhalb der Themen der Konferenz, eine Delegation von Kindern. Es würde zu viel Zeit erfordern, Sie über die Hintergründe und das Zustandekommen dieses Kinder-Aufmarsches ins Bild zu setzen. Ehrlich gesagt, tappen wir in manchen Punkten selbst noch im Dunkeln, was das angeht. Genau geplant und hell beleuchtet sehen wir dagegen den Ablauf der kleinen Aktion. Die Kindergruppen werden im Park erscheinen. Ihre Sprecher werden mit uns reden. Die Ministerin wird sich vor der anwesenden Presse mit ein paar Kindern aus unterschiedlichen Herkunftsländern …«

»Schwarz, weiß, rot«, sagte ein Referent im Hintergrund …

»Jawohl, aus unterschiedlichen Herkunftsländern fotografieren lassen. Wir werden den Kindern die Aufnahme ihrer Forderungen in die Abschlusserklärung zusichern. Sie werden von uns verpflegt werden und sich wieder zurückziehen. Ihre Aufgabe wird es sein, in den Arbeitsgruppen über den Vorgang zu informieren und die Delegierten, die ihre Arbeit unterbrechen und dem Spektakel zusehen wollen, dazu zu veranlassen, während der Aktion aus den Fenstern zuzusehen und das Gebäude nicht zu verlassen. Im Übrigen werden an den Ausgangstüren Posten aufgestellt sein, die eine Vermischung der Delegierten mit den Kindern verhindern werden. Aus Zeitgründen, um für einen ungestörten Fortgang der Konferenz zu sorgen. Der Umfang des Arbeitsprogramms ist Ihnen bekannt. Wir versuchen, in dieser Situation, die auch für uns überraschend kam, beiden Seiten gerecht zu werden. Noch Fragen?«

»Sind diese Kinder bewaffnet?«

Einen Augenblick lang herrschte gespannte Stille.

»Nein. Darüber wären wir informiert worden«, sagte Carola.

Die Stille hielt an. Die Augen der Anwesenden hatten sich zum Fenster gewandt. Beinahe mechanisch trat einer nach dem anderen an die Fenster heran.

Da unten im Park kroch ein Zug von schwarzen Kindern über die Mauer zur Straße. Sie kamen von der Pritsche eines offenen Lastwagens, der auf den Bürgersteig und nahe an die Mauer herangefahren war. Die Kinder steckten in Kleidern, die ihnen zu groß waren. Sie waren barfuß. Es waren vierzig oder fünfzig, die über die Mauer kamen. Zwei Männer bildeten den Schluss. Sie trugen in einer Art Hängematte ein paar Kinder zwischen sich. Die anderen Kinder gingen auf die Matten zu und ließen sich nieder. Sie wirkten merkwürdig stumm. Nicht lebendig, wie Kinder eigentlich sein sollten. Waren sie eingeschüchtert? An den vier Ecken einer der Matten hatten sich Mädchen niedergelassen. Sie schienen größer zu sein als die Übrigen. Bevor sie sich setzten, hatten sie Maschinengewehre von ihren Rücken genommen, die sie nun über ihre Knie legten.

*

Nachdem sie die Dicke getötet hatten, waren die meisten zusammengeklappt. Es war schwer, sie dazu zu bewegen, sich in Marsch zu setzen. Die Kinder waren verwirrt und erschrocken über das, was sie getan hatten. Ihr Mut hatte sie verlassen. Nan und Jorge, der große Vietnamese, der erstaunlich vernünftig geworden war, und Chico, der Mexikaner hatten gemeinsam überlegt, wie es weitergehen sollte. Sie konnten nicht länger in der Ruine bleiben. Sie überlegten: Waren unter den Erwachsenen, die sie besucht hatten, noch mehr Verräter?

Sie beschlossen, die anderen ausruhen zu lassen, am Morgen alles zu verteilen, was noch an Vorräten da war und dann loszugehen. Nan ging zu den Transparentmalern, die während des Aufstands in ihrer Ecke gehockt und »bravo« gerufen, sich aber nicht beteiligt hatten. Sie waren einverstanden, am Morgen loszugehen. Das war wichtig, denn man würde sie als Anführer brauchen.

Als alles geregelt war, war für einige der Schlaf noch einmal zurückgekommen. Es war ein unruhiger Schlaf. Und in der Halle herrschte eine merkwürdige Stille, die nur deshalb still zu sein schien, weil sie manchmal von tiefen Schluchzern oder leisem Lachen unterbrochen wurde.

Hannah und Wohlers waren als Erste gekommen. Sie hatten das schnellste Auto. Sie hatten es am Straßenrand stehen gelassen. Wohlers trug einen Arm voll Decken, während Hannah eine Tasche mit Medikamenten, Traubenzucker und Vitamintabletten schleppte. Die meisten Kinder schliefen, als sie die Ruine betraten. Sie verständigten sich leise, sie in Ruhe zu lassen, bis die Übrigen eingetroffen sein würden.

Pit und Marie kamen mit einem Motorrad. Sie hörten die Maschine schon von weitem herandonnern, so dass Wohlers angewidert sein Gesicht verzog. Für ihn zählten schnelle Motoren nur, wenn sie sanft schnurrten.

»Sie sind ein Snob«, sagte Hannah.

Sie war froh, dass die Freunde kamen, egal, mit welchem Fahrzeug. Wohlers hob gleichmütig die Schultern. In Wirklichkeit war er genauso froh wie Hannah, dass die anderen kamen. So würden sie nicht allein für verrückt erklärt werden. Nan, die von dem Motorradgeräusch geweckt worden war, kam zu Hannah und Wohlers. Sie sah erleichtert aus. Während die Jungen misstrauisch gewesen waren, hatte Nan das Gefühl gehabt, dass diese Erwachsenen ihnen helfen wollten.

»Es geht los«, sagte Hannah. »Ihr seid angemeldet,

sozusagen. Wir warten noch auf die anderen. Dann müssen deine Leute aufstehen.«

Pit und Marie sahen ziemlich unförmig aus, als sie über den Acker auf die Ruine zugestapft kamen. Es stellte sich heraus, dass sie sämtliche Taschen in ihren Lederanzügen mit Schokoriegeln vollgestopft hatten.

»Kann sein, ich hab sogar einen Schokoladenarsch«, sagte Pit, während er seine Taschen leer machte. Hannah blickte Wohlers an, der keine Miene verzog. Dann kamen Brunner und Charly.

»Mein Vater«, sagte Marie, »mit meiner Mutter«, ergänzte Pit.

Es hörte sich an, als seien die beiden stolz auf ihre Erzeuger.

»Es ging nicht schneller«, sagte Brunner, als sie näher kamen.

»Ihr könnt euch nicht vorstellen, was wir ihrer Meinung nach alles mitnehmen sollten.«

Brunner und Charly trugen einen großen Korb zwischen sich, dessen Inhalt mit einem Tuch abgedeckt war.

»Fehlt noch Bella«, sagte Brunner, während sie den Korb abstellten.

»Ich glaub's nicht«, hörten sie Wohlers sagen.

Sie wandten ihre Gesichter zur Straße. Da kam, deutlich zu erkennen in der Morgendämmerung, Bellas alter Porsche über die Landstraße gefahren, hinter ihm eine Kolonne von drei großen Pritschenwagen mit aufmontierten Zeltbahnen und hochgestellten Ladeklappen.

»Marsch, nach innen«, kommandierte Charly. »Es gibt Frühstück. Und dann machen wir eine Landpartie.«

»Bitte, gehen Sie nicht hinein«, sagte Nan. »Ich werde die Kinder wecken. Wir wollen auf den Autos essen. Bitte.«

Sie trug ihre Bitte so flehentlich vor, dass niemand zu widersprechen wagte. Sie ging hinein, und sie hörten sie mit Jorge und noch ein paar anderen sprechen. Gleich darauf hörten sie die quäkenden Stimmen der Kinder. Pit, der die Mauer entlang gelaufen war und durch ein Loch ins Innere gesehen hatte, kam blass und sehr still zurück.

»Was ist los? Wie siehst du aus?«, fragte Marie.

»Er hat gesehen, was das taktvolle kleine Mädchen versucht hat, Ihnen zu ersparen«, sagte Wohlers. »Es dürfte Ihnen aufgefallen sein, dass die Feist, die die Nachtwache übernommen hatte, nicht mehr unter uns weilt. Die Kinder haben sich ihrer entledigt, wobei sie sich unkonventioneller Mittel bedienten.«

Alle starrten auf Wohlers. Bella, die herangekommen war und die letzten Worte gehört hatte, ging als einzige in die Fabrik. Sie war blass wie Pit, als sie wieder herauskam.

»Sie hat für Kaul gearbeitet«, sagte sie. »Wir werden uns um Maja kümmern müssen. Übernimmst du es, sie zu holen, Pit, wenn wir die Mädchen in die Autos gebracht haben?«

Pit nickte. Er flüsterte mit Marie, dann die mit Charly, und Charly wandte sich Bella zu.

»Die Kinder müssen essen, bevor wir losgehen«, sagte sie. »Vielleicht kann man das auf den Wagen machen?«

Bella ging noch einmal hinein, um Nan und die anderen davon zu überzeugen, dass sie die Ruine verlassen und zu den Autos hinüber gehen sollten.

Lange mussten sie nicht warten, bis die ersten Kinder die Ruine verließen. Sie hatten sich wieder in Gruppen zusammengefunden. Beim Anblick der kleinen Vietnamesen begann Marie zu weinen. Pit ging zu ihnen, nachdem er Marie beruhigt und sie zur Gruppe der Kinder um Nan geschickt hatte. Langsam formierte sich der Zug. Bella war zu den Transparentmalern gegangen, die sich um Chico, den mexikanischen Jungen, geschart hatten. Sie hatten gut gearbeitet. Jede Gruppe hatte ihr Transparent bekommen. »Kinder sollen nicht arbeiten, sie sollen lernen« stand auf dem Stück Stoff, das der Mexikaner und ein zweiter Junge hielten. Wohlers hatte den Minenopfern ihr Transparent abgenommen und sich um den Körper gewickelt. Er half den Kindern, deren Füße verstümmelt waren, über den unregelmäßigen Boden zu gehen.

Das ist der traurigste Zug, den ich je gesehen habe, dachte Bella. Die Politiker werden etwas tun müssen, schon, um ihr schlechtes Gewissen zu beruhigen. Sie werden einfach etwas tun müssen. So versuchte sie, die Zweifel, die sie beim erbärmlichen Anblick der Kinder überfielen, zu unterdrücken.

Sie brauchten lange, um über den Acker bis zu den wartenden Autos zu gelangen. Die Kinder waren entkräftet, und es war schwierig, sie auf die Ladeflächen zu bringen. Die Männer, die am Steuer der Autos saßen, halfen ihnen nicht. Sie hatten ihnen entgegen- und dann über sie hinweggesehen, als sie in die Nähe der Autos kamen. Bella ging, nachdem die Kinder verteilt waren, zu den Fahrern, um ihnen zu sagen, dass sie etwas essen würden, bevor die Fahrt begänne. Die Männer reagierten abweisend, aber sie widersprachen nicht.

Auf die Ladeflächen der Autos war Stroh geschüttet worden. Die aufgezogenen Planen boten einen guten Schutz vor Wind. Während die Erwachsenen Essen verteilten, breitete sich unter den Kindern eine beinahe fröhliche Stimmung aus. Einige folgten Pit mit neugierigen Blicken, als der seine Maschine anwarf und donnernd davonfuhr.

Mit dem Essen ließen die Erwachsenen den Kindern Zeit. Sie gingen zwischen den Autos hin und her, wechselten ein paar Worte miteinander und beruhigten sich auch selbst auf diese Weise.

»Wenn ich das hier hinter mich gebracht habe und noch am Leben bin«, sagte Wohlers leise, während er an Bella vorüberging, »dann werde ich mir einen anderen Job suchen.«

»Tun Sie's nicht«, erwiderte Bella ebenso leise. »Da, wo Sie jetzt sind, haben wir kaum Verbündete.«

»Wollen Sie so etwas öfter machen?«

»Weshalb nicht«, antwortete Bella, nun beinahe fröhlich, »funktioniert doch alles ganz prima.«

Wohlers hatte wirklich sehr erschrocken ausgesehen, aber dann verzog er doch seinen Mund zur Andeutung eines Lächelns. Als Brunner damit begann, die Ladeklappen hoch zu drücken und die größeren Kinder ihm halfen, sie festzumachen, kam die Sonne hervor. Sie schien flach über den Acker, berührte die zertrampelten Furchen und fiel mit ihren Strahlen in das Innere des Wagens. Die, die noch aufrecht saßen, hielten ihre Gesichter der Sonne hin. Bella ging zum Fahrer des ersten Wagens.

»Wir sind so weit«, sagte sie. »Ich werde vorausfahren, und meine Freunde werden sich den Lastwagen anschließen. Wundern Sie sich nicht, wenn ich langsam fahre. Wir haben es nicht eilig. Und die Kinder sollen die Fahrt genießen.«

Die Delegierten, nicht alle, denn einige hatten beschlossen, während der Unterbrechung der Sitzung ihr Telefon zur Hand zu nehmen und sich zu einem ausführlichen Gespräch mit der jeweiligen Regierung, dem Freund oder der Freundin, dem Ehemann oder der Ehefrau zurückzuziehen, die Delegierten standen hinter den bis zum Boden reichenden Fenstern des Konferenzgebäudes und klatschten Beifall, als die Kinder auf den Rasen im Park drängten und sich auf den Matten verteilten. Es gab einen kleinen, vorläufig von niemandem bemerkten Zwischenfall, der später der Ministerin Schwierigkeiten bereiten würde. Jemand aus dem Stab von Carola, manche vermuteten, es könnte sich um Jessica gehandelt haben, aber das wurde nie geklärt, weil Jessica nach der Konferenz ihren Job aufgab, hatte den Herren der Rüstungsindustrie aus München ein Opernglas angeboten. Die Transparentmaler waren sehr deutlich geworden. Die Losung »Rüstung = Kindermord« im Verein mit schlecht verheilten Beinstümpfen war kein schöner Anblick. Dazu kam, dass sich die Minenopfer zu den missgebildeten Kindern aus Vietnam setzten. Die Gruppen waren beide nur klein. Der Erste der Münchener sah durch das Glas, zögerte und reichte es dann an seinen Nebenmann. Als auch der Dritte durch das Glas gesehen hatte, legte er es beiseite, und die Herren verließen, ohne dass in diesen Augenblicken von ihnen weiter Notiz genommen worden wäre, die Konferenz.

Carola hatte von dem Augenblick an, als sie die Mädchen mit den Maschinenpistolen wahrgenommen hatte, die Befürchtung, die Sache könnte ihr aus der Hand gleiten. Würden sie von den Waffen Gebrauch machen? Sie versuchte, Kaul zu erreichen, aber der Einsatzleiter war beschäftigt oder ließ sich verleugnen. Sie erreichte ihn nicht und beschloss, nach Plan zu handeln. Sie sah sich suchend um, entdeckte die Ministerin in einer Gruppe hoch gewachsener Afrikaner, neben deren bunten Gewändern das Lila ihres Hosenanzugs besonders hässlich wirkte, und ging zu ihr hinüber.

»Die Presse wird gleich da sein«, flüsterte sie. »Ich komme mit nach unten. Es sind sehr hübsche Kinder dabei, besonders bei den Schwarzen und denen aus Thailand. Du hast nicht viel Zeit. Sag das den Fotografen.«

Die Fotografen wussten, worauf es ankam. Die Kinder standen schon bereit, als Carola mit der Ministerin auf den Rasen trat.

»Das ist ganz entzückend, wie Sie die kleinen Köpfe streicheln. Können Sie die Kinder kurz in den Arm nehmen?«

Die Ministerin lächelte, tat wie geheißen und lächelte immer noch, als Bella, Nan und Jorge auf sie zu kamen.

»Das ist die Ministerin, mit der müsst Ihr reden«, sagte Bella.

Die Ministerin ließ die Kinder los, die sie im Arm hielt, und sah sich Hilfe suchend um. Aber Carola war zur Stelle.

»Du gehst am besten nach drinnen«, sagte sie schnell. »Ich übernehme das hier. Man soll drinnen das Zeichen zur Weiterarbeit geben.«

Sie trat Bella, Nan und Jorge entgegen, während die Ministerin sich dem Haus zuwandte und in der Tür verschwand, die jemand aus Carolas Stab für sie offen gehalten hatte. Über die Köpfe der Kinder hinweg sah Carola sich suchend nach Kaul um. Er war nirgends zu entdecken. Dagegen waren die Sicherheitskräfte und die Frauen in den weißen Kitteln, die neben einer am Rand aufgefahrenen Gulaschkanone standen und lachten, als hätten sie nie damit aufgehört, seit sie vor einer halben Stunde über den Rasen gegangen waren, überall deutlich zu sehen.

»Warten Sie einen Augenblick«, sagte Carola zu Bella. »Das sind die Sprecher der Kinder? Ich möchte mich nur vergewissern, dass alles in Ordnung ist.«

Sie ging zu den anderen Kindern hinüber, die friedlich auf den Matten saßen und sich von der milden Wintersonne bescheinen ließen. Alle Unruhe, alle Angst der letzten Monate und Tage waren von ihnen abgefallen. Die Kinder vom Schiff schliefen fast alle. Ruhig, und zum ersten Mal in Sicherheit, versuchten sie im Traum, das Glück zu begreifen, das ihnen widerfahren war. Sie waren angekommen. Auch die vier großen Mädchen hielten sich nur noch mit Mühe wach. Zwei Sanitäter, deutlich zu erkennen an ihren Rot-Kreuz-Armbinden, kamen auf Kranz und den Arzt zu, die die Hängematte mit den Kranken zwischen sich auf den Boden gelegt hatten.

»Du lieber Himmel«, sagten sie, als sie die Wunden sahen, »was hat man denn mit denen gemacht?«

»Bayer lässt grüßen, kann auch Schering oder Pfizer, kann auch Hoffmann La Roche sein«, gab ihnen der Arzt zur Antwort.

Er stand auf und folgte den Sanitätern, die die Kinder aufgenommen hatten und vorsichtig zwischen sich trugen. Kranz war erleichtert, nicht nur, weil er sie nun in den richtigen Händen wusste, sondern auch, weil es ihm schwer gefallen war, ihren Anblick zu ertragen.

Als Carola vor ihm stand, war er überrascht über ihren wütenden Gesichtsaudruck.

»Carola von Werner«, sagte sie. »Ich bin für diese Veranstaltung hier verantwortlich. Die Abmachung hieß: unbewaffnet. Sie übernehmen die volle Verantwortung für alles, was hier passiert. Ich kann nur sagen, dass ich mich an unsere Abmachung gehalten habe.«

»Sehen Sie sich die Mädchen an«, sagte Kranz. Er war aufgestanden. Über Carolas Schulter hinweg sah er auf Bella. Sie winkte ihm zu.

»Sehen Sie sich die Mädchen genau an«, sagte er. »Sie haben diese bedauernswerten Kinder, die als Sklaven auf vergifteten Feldern schuften sollten, bis man sie zur Seite werfen und Nachschub heranholen würde, vor dem Leben, das ihnen zugedacht war, gerettet. Sie haben dabei so viel Umsicht bewiesen, wie wir vermutlich beide zusammen nicht aufbringen würden. Ich garantiere Ihnen, dass Sie von denen hier keine Schwierigkeiten zu erwarten haben. Die können Freund und Feind unterscheiden. Im Augenblick brauchen sie ihre Waffen eher, um sich daran festzuhalten.«

Carola sah Kranz einen Augenblick schweigend an. Aus den Augenwinkeln sah sie jetzt auch Kaul, der plötzlich am Rand des Parks aufgetaucht war und sich auf die weiß gekleideten Frauen zu bewegte.

»Gut«, sagte sie, »auf Ihre Verantwortung.«

Sie ging weiter, langsam an den Matten vorüber, betrachtete die dösenden Kinder genau. Ein dröhnendes, einzelnes Motorrad kam die abgesperrte Straße heraufgefahren und hielt hinter dem LKW, der die Kinder vom Schiff gebracht hatte. Ein junger Mann in einem schwarzen Lederanzug und ein Mädchen im langen, weiten Rock, das einen bunten Schal um die Schultern geschlungen hatte, stiegen über die Mauer und liefen auf Bella zu. Carola folgte ihnen mit den Augen, bis sie Bella erreicht hatten. Der Junge und die kleine Thailänderin, die die Block als »Sprecher« bezeichnet hatte, schienen das Mädchen zu kennen. Carola seufzte, suchte Kaul, sah ihn neben der Feldküche und ging zu ihm.

Kranz, nach einem Blick auf die Afrikaner, beschloss, einen kleinen Rundgang zu machen, um sich zu vergewissern, dass alles in Ordnung wäre. Er sprach zuerst mit Marie. Beim Anblick der kleinen Asiatinnen, in deren Mitte sie saß, wurde er traurig.

»Es ist alles in Ordnung mit ihnen«, sagte Marie, »wir müssen hier nur bald verschwinden. Noch scheint die Sonne, aber lange wird es nicht mehr dauern, bis sich der Himmel zuzieht. Die werden uns doch hier nicht im Regen stehen lassen.«

Als Kranz sah, dass Marie lächelte, während sie mit ihm sprach, fühlte er sich besser. Getröstet ging er weiter.

Carola hatte Kaul erreicht.

»Alles nach Plan«, sagte Kaul. »Sie werden sich noch mit denen da drüben unterhalten müssen. Wir kümmern uns inzwischen um die anderen.«

»Ich verlasse mich auf Sie«, sagte Carola. »Da drüben bei den Schwarzen sind bewaffnete Mädchen.«

»Wir wissen das. Die Truppe hat uns überrascht.

Sie waren nicht angemeldet, sozusagen. Aber Sie sehen ja: Sie lassen sich gut integrieren. Gehen Sie nur. Ihre Delegierten sind schon wieder bei der Arbeit.«

Beide sahen zur Front des Gerichtsgebäudes hinüber. Niemand stand mehr hinter den Scheiben.

»Die Ministerin«? fragte Carola.

»Ist vor ein paar Minuten abgefahren. Wir haben sie am vorderen Eingang abgeholt. Sie ist auf dem Weg nach Berlin.«

»Na dann«, sagte Carola.

Es klang erleichtert. Dann fiel ihr etwas ein. Sie musterte Kaul ein ganz klein wenig abschätzig, während sie sagte: »Mein Kompliment für das hier. Hervorragende Organisation. Aber war es wirklich nötig, die Block zu bedrohen? Es scheint so, als wäre sie nicht besonders beeindruckt.«

»Wir bedrohen niemanden,« antwortete Kaul. »Dies ist ein freies Land. Manche Leute nehmen sich einfach zu wichtig. Das ist alles.«

Dabei lächelte Kaul, und zum ersten Mal dachte Carola: Dieser Mann nimmt sich zu wichtig und ist deshalb gefährlich. Sie war froh, dass die Zusammenarbeit mit ihm bald beendet sein würde. Sie wandte Kaul den Rücken zu und winkte zu Bella hinüber.

»Ja, dann«, sagte Kaul und winkte einen der Uniformierten zu sich heran. Sie waren deutlich zu erkennen, anscheinend legten sie nicht mehr so viel Wert darauf, sich in den Büschen verborgen zu halten.

»Diese Presseheinis haben jetzt genug Fotos gemacht«, sagte er, als der Mann neben ihm stand. »Noch eins von der Staatssekretärin, während sie mit den Kindern ins Haus geht. Und dann: hopp.«

Der Mann salutierte und ging zu zwei Kameramännern, die damit beschäftigt waren, neue Filme in ihre Kameras einzulegen.

»So was kann man nicht fotografieren«, sagte der jüngere Kameramann, ein stämmiger, von oben bis unten mit aufgesetzten Taschen und Springerstiefeln dekorierter Mann, dessen Haare dunkel waren und sehr kurz geschoren. Er nickte bei seinen Worten zur Matte der vietnamesischen und irakischen Kinder hinüber. Trotz seiner martialisch wirkenden Aufmachung waren seine Gesichtszüge eher weich und im Augenblick voller Mitleid.

»Du nicht, ich schon«, gab sein Kollege zur Antwort. »Ich sag nur: Jones Griffith. Ich nehme an, du kennst dessen Fotos. Man muss sich entscheiden.«

»Kann sein. Kann auch sein, dass ich diesen Job an den Nagel hänge.«

»Du musst dich in jedem Job entscheiden«, sagte der Kollege.

Er war deutlich älter als der andere und sehr viel weniger dekorativ als Kameramann herausgeputzt. Seine Haare waren ebenfalls kurz geschoren, aber sie waren weiß.

»Da drüben«, sagte Kauls Spezialist fürs Grobe, als er die Fotografen erreicht hatte. »Die Frau, die gleich mit den beiden ins Haus geht. Ein paar Fotos von denen, zwei, drei und dann macht 'ne Fliege. Ist das klar?« Es war klar.

Die Fotografen schulterten ihre Taschen und setzten sich in Bewegung.

»Siehst du«, sagte der Ältere, »wenn man von dem

ein Foto machen dürfte, dann müsste es so aussehen, dass jeder, der es sieht, gleich an ein Arschloch denkt. An ein echtes, verstehst du?«

Am Rand des Parks waren die Frauen in den weißen Uniformen dazu übergegangen, die Suppe auszuteilen. Sie füllten kleine Behälter und setzten sie auf die Tabletts in den Händen der Uniformierten. Die hatten sich in einer Kette vor der Feldküche aufgestellt. Mit den Tabletts in der Hand gingen sie hinüber zu den Kindern auf den Matten. Pit und Marie, Charly und Brunner, Hannah und Wohlers halfen dabei, den Kindern die Suppe einzuflößen. Einige von ihnen, aus dem Schlaf geweckt, jammerten und weigerten sich zu essen. Aber die Uniformierten bestanden darauf.

»Sie gehört nicht zu den Eingewanderten«, sagte Bella.

Sie hielt Maja an der Hand. Carola hatte sich nach ihrer Herkunft erkundigt. Im Gegensatz zu den anderen Kindern, die schmutzig, abgerissen und übermüdet aussahen, wirkte sie geradezu lieblich.

»Aber man muss sich trotzdem um sie kümmern. Sie kann da nicht bleiben, wo sie im Augenblick lebt.«

»Erinnern Sie mich«, sagte Carola. »Die Kleine gefällt mir. Wenn ich das alles hier hinter mich gebracht habe, kann ich vielleicht etwas tun. Und danke für die gute Zusammenarbeit. Vielleicht essen wir einmal wieder zusammen, wenn ich in Hamburg bin. Da Lole. Wäre doch schön. Und viel Glück, Ihnen und Ihren Freunden.«

Sie wandte sich ab und ging, Nan und Jorge an der

Hand haltend, auf die Tür zu. Bella sah ihnen nach. Als sie »Freunde« gesagt hatte, war in ihrer Stimme eine Spur Wehmut gewesen.

»Darf ich noch einmal auf dem Motorrad fahren?«, fragte Maja. Eine Weile hatte sie diese Frage, die einzige, die sie interessierte, seit sie hatte absteigen müssen, zurückgehalten. Sie hatte sogar noch damit gewartet, als Bella den Kindern und Carola nachsah und dann nachdenklich auf ihre Fußspitzen blickte. Aber nun konnte sie die Frage einfach nicht mehr zurückhalten.

»Entschuldige«, sagte Bella, »ich war in Gedanken. Natürlich darfst du noch einmal Motorrad fahren. Wenn Marie damit einverstanden ist.«

Es war sehr still auf der Wiese. Sie wandte sich um. Einer der Uniformierten trug vier Maschinengewehre auf den Armen. Er ging damit in die Richtung der Feldküche. Zwanzig oder dreißig Uniformierte waren damit beschäftigt, die Kinder, die sich nicht mehr bewegten, auf Zeltbahnen zu legen.

Epilog I

Der Kongress wurde ohne weitere Zwischenfälle fortgesetzt. Die Delegierten einigten sich auf eine gemeinsame Resolution, die die Nöte der Kinder in bewegten Worten beschrieb. Sie war den Resolutionen vergangener Kongresse durchaus vergleichbar und würde genauso zu nichts führen. Man einigte sich darauf, in zwei Jahren erneut zusammenzukommen. Dem Vorschlag, die nächste Konferenz in einem afrikanischen Land abzuhalten, wurde nicht zugestimmt, auch wenn unbestritten war, dass es nötig sein könnte, die Augen der Weltöffentlichkeit verstärkt auf die Probleme dieses Kontinents zu lenken. Aus Gründen schon vorhandener Infrastruktur einigte man sich auf Paris. Der Tatsache, dass Paris als Tagungsort extrem kostspielig sein könnte, wurde mit dem Hinweis begegnet, dass es Möglichkeiten gebe, die französische Industrie und auch große Modehäuser als Sponsoren zu gewinnen.

Dass es, trotz der nach außen absolut perfekt organisierten Konferenz, in der Berliner Republik zu einem Skandal kam, der mit der Ablösung der Ministerin endete, nahmen die Delegierten nicht mehr wahr, und auch ihr Erstauen darüber, wenn ihnen in Paris eine andere Frau aus Deutschland als Ministerin begegnete, würde sich aus zwei Gründen in Grenzen halten.

Zum einen war die Ablösung von Ministern im internationalen Politikgeschäft längst an der Tagesordnung. Seit es schwieriger geworden war, den Völkern die Bedürfnisse der Großindustrie verständlich zu machen, weil gerade diese Bedürfnisse die Leute weltweit ins Elend stürzten, wurden Minister weltweit immer schneller ausgewechselt. Zum anderen würde den Delegierten in Paris die neue deutsche Ministerin nicht unbekannt sein.

Nach einer direkten Beschwerde der Herren aus München, die sich in ihrer Rolle als Sponsoren durch den Auftritt der Opfer von chemischen Kampfstoffen und Landminen düpiert gefühlt hatten, war die Ministerin nicht mehr lange zu halten gewesen. Der Kanzler entließ sie, während Carola von Werner den Auftrag bekam, dem Regierungskabinett eine zusammenfassende Erläuterung der Vorgänge am Beginn der Konferenz vorzutragen.

Die Abschrift eines Mitschnitts dieser Erklärung wird hier zur Information angefügt (da sie von interessierter Stelle inzwischen auch im Internet verbreitet wurde, wird damit kein Geheimnisverrat begangen):

»Wir haben die Angelegenheit inzwischen rekonstruiert. Natürlich erst, als dazu Zeit war. Immerhin waren auf der Konferenz 1.200 Teilnehmer, und auch, wenn man davon ausgeht, dass viele mit ihrer Anwesenheit kaum mehr verbanden als das übliche lockere Wochenende, hatte es doch eine Menge Wortmeldungen gegeben. Eine Rekonstruktion der Ereignisse ist deshalb erst möglich gewesen, nachdem wir die Resolution verabschiedet hatten und die Teilnehmer wieder zu Hause waren.

Die Abschlussresolution hat Ihnen vorgelegen. Wir glauben, dass sie uns, unter dem Eindruck der vorangegangenen Ereignisse, gut gelungen ist. Dass wir uns an dieser Stelle über den Sinn von Resolutionen nicht mehr äußern müssen, ist wohl selbstverständlich. Die Rekonstruktion der Ereignisse war nicht einfach. Wen sollte man fragen? Wenn wir nicht Überläufer gewonnen hätten, wäre da kaum eine Möglichkeit gewesen, der Sache auf den Grund zu gehen.

Nach allem, was wir herausgefunden haben, hat das Ganze an der Grenze zwischen Thailand und Kambodscha begonnen. Das Mädchen war zehn, aber sie war schon zwei Jahren zuvor verkauft worden. Sie hat angegeben, ihr Preis sei damals fünf Euro gewesen, aber wer will wissen, ob die Angabe stimmt. Solchen Mädchen kann man nicht unbedingt glauben. Dieses war obendrein auch noch ungewöhnlich intelligent. Es ist zwei Jahre durch die Bordelle getourt, ohne dass die Polizei es erwischt hätte. Natürlich ist Kinderprostitution auch dort inzwischen verboten. Ganz ohne Ergebnis sind die internationalen Kinder-Konferenzen der letzten Jahre nicht geblieben.

Der Schwede, bei dem Nan am Schluss gelandet war, nennen wir sie Nan, aber Namen sind in diesen Fällen wirklich gleichgültig, war Journalist. Er war doppelt so groß, dreimal so dick und viermal so alt wie Nan. Und er hatte ein Notebook. Sie hat damit herumgespielt, als er schlief. Er hat sie wohl mindestens eine Woche bei sich im Hotel behalten, bis ihm die Sache zu langweilig wurde. Aber das kleine Biest hat diese Woche gut genutzt. Wer ihr Lesen und Schreiben beigebracht hat, ist unklar. Sie hat behauptet, es sei der Schwede gewesen, aber letzten Endes ist das gleichgültig. Fest steht, dass sie lange vorher von unserer Konferenz wusste und ihren Aufruf weltweit verbreitete. Die Situation von Kindern ist in manchen Teilen der Welt noch immer nicht zufriedenstellend. Wenn es anders wäre, hätten Konferenzen, wie sie regelmäßig veranstaltet werden, kaum einen Sinn. Der Aufruf von Nan war unnötig. Wir kennen die Lage, und was Thailand/Kambodscha betrifft, sind es zwanzig- bis dreißigtausend kleine Mädchen, die sich prostituieren. Die Weltbevölkerung bewegt sich auf die sechs Milliarden zu. Und wie gesagt: Den Regierungen sind die Probleme bekannt.

Der Aufruf hat dann eine Menge Ärger verursacht. Wir können uns nicht vorstellen, dass Nan selbst mit diesen Reaktionen gerechnet hat. Insoweit schien sie uns durchaus glaubwürdig zu sein. Auch die Geschichte mit dem brasilianischen Jungen Jorge haben wir ihr geglaubt. Es ist kaum denkbar, dass auf den Müllhalden in Brasilien eines von den zwölf Millionen Kindern, die dort herumstrolchen, ein funktionierendes Notebook findet und obendrein noch bedienen kann.

Nan hat also erklärt, die erste Reaktion auf ihren Aufruf sei aus einem Internet-Café in Rio gekommen. Sie habe am Anfang überhaupt nicht verstanden, was dieser Jorge gewollt hat. Das klang glaubhaft. Das Mädchen hatte nie über seinen Tellerrand hinausgesehen. Die Bordelle zwischen Thailand und Kambodscha mögen Bildungsanstalten für alles Mögliche sein, aber dass man dort etwas über brasilianische Verhältnisse erfährt, ist wohl eher unwahrscheinlich. Jorge war älter, dreizehn, und er war auf der Flucht. Vielleicht hatte die mitunter unkonventionelle Art der

Geschäftsleute in Saõ Paulo und Rio, mit dem Problem Straßenkinder fertig zu werden, ihn in Schwierigkeiten gebracht. Die Polizei erschießt sie mitunter, wenn sie sich in den Bankenvierteln zur Ruhe begeben. Von unserer Konferenz wusste Jorge nichts. Das hat er erst auf der Flucht erfahren. Selbstverständlich hat es auf unserer Konferenz eine besondere Arbeitsgruppe Brasilien gegeben, denn natürlich übersehen wir die dort entstandene Problematik nicht.

Der Sprung von Brasilien nach Afrika muss dann über die Sprache gelaufen sein. Lusitanien – nehme ich an. Dass die Sklavenmärkte für Kinder ein wachsendes Problem sind, würden wir jederzeit bestätigen. Man kann davor die Augen nicht verschließen. Es ist leider auch nicht das einzige Problem, das uns Afrika bereitet. Aids, Straßenkinder, Kindersoldaten und dann, natürlich, die Hungerkatastrophen, immer wieder, die kann man schon fast vorhersagen. Deshalb hatten wir Afrika auch auf dieser Konferenz als einen unserer Schwerpunkte eingeplant. In diesem Zusammenhang können wir leider nicht verschweigen, dass einer unserer Schirmherren, ein bekannter, international bekannter, Fußballspieler aus Westafrika, sich als Eigner eines Schiffes herausstellte, das mit Kindern unterwegs war, die als Arbeitssklaven verkauft werden sollten. Wie es den Kindern gelungen ist, den Kapitän und auch die Mannschaft des Schiffes dazu zu bringen, den Kurs zu ändern, möchte ich in diesem Zusammenhang unerwähnt lassen.

Zurück zu den anderen: Es war in gewisser Weise ein Vorteil für uns, dass die Kinder unbewaffnet waren. Kinder können nicht strategisch denken. Mit ein wenig Überlegung hätte es ihnen leicht fallen müssen, alle

Gruppen zu bewaffnen. Stattdessen haben wohl die Anführer, Nan und Jorge und noch ein paar andere – jede Gruppe hatte ihren Anführer: die Kinderhuren, die Strolche von der Straße, die Ackersklaven, die Kindersoldaten, die Halbtoten aus dem Irak und die aus Vietnam, na ja, es gab acht oder neun verschiedene Gruppen – beschlossen, dass sie keine Waffen brauchten.

Wir waren natürlich erleichtert. Leicht zu bedienende Handfeuerwaffen schaffen international Probleme, die wir noch nicht gelöst haben. Ein Aufmarsch bewaffneter Kinder hätte die Öffentlichkeit düpieren und dadurch die Rüstungsindustrie weltweit in Erregung versetzen können. Unsere Strategie ist in diesem Fall eher behutsam. Es ist zwar richtig, dass es der Industrie inzwischen immer besser gelingt, die Waffen leicht und leicht handhabbar zu machen. Aber daraus zu schließen, sie seien für Kinder gedacht, wäre voreilig. Außerdem wird nach allen Erfahrungen nirgends so sensibel auf Kritik reagiert wie in Kreisen der Rüstungsindustrie. Ein kräftiges Wort, und die Frage der Arbeitsplätze steht im Raum. Da sitzen wir als Kinderschützer zwischen Baum und Borke. Was, das nur am Rande, auch die finanzielle Unterstützung unserer Weltkonferenzen direkt betrifft. Kein Staat ist heute mehr in der Lage, so große Konferenzen allein auszurichten. Wir brauchen diese Treffen aber, um auf das Elend der Kinder in der Welt hinweisen zu können. Kinder brauchen eine Lobby, darüber sind sich alle einig, sogar die Rüstungsindustrie. Können wir da auf deren finanzielle Unterstützung verzichten?

Zurück zu den Kindern: Es ist uns bis heute nicht gelungen, alle Tricks nachzuvollziehen, mit denen sie nach Europa eingedrungen sind. Ein paar ihrer Wege hat Europol inzwischen ausfindig gemacht und versperrt. So werden die großen Sportvereine sich daran gewöhnen müssen, ihren Nachwuchs wieder innerhalb unserer Grenzen zu rekrutieren. Die Kontrollen der Schiffe sind inzwischen in den Off-Shore-Bereich vorverlegt worden. Die Grenzüberwachungsanlagen an den europäischen Küsten wurden weiter perfektioniert. Im Grunde halten wir es für ausgeschlossen, dass wir noch einmal vor einer ähnlichen Situation stehen könnten. Und das ist gut so, denn ich verschweige nicht: Diese Situation war für alle Beteiligten außerordentlich unangenehm.

Es begann damit, das konnten wir später aus den empörten Anrufen einer Reihe von Hamburger Bürgern rekonstruieren, dass sich die Kinder, die die Stadt erreicht hatten, Schlafplätze in gepflegten Treppenhäusern suchten. Mit dem, was sie planten, hat das, natürlich, noch niemand in Verbindung gebracht. Und außerdem: Es gibt zu viele Leute bei uns, die einfach überreagieren. Es gibt weltweit immer mehr Straßenkinder, davon kann sich Europa heute nicht mehr ausnehmen. Natürlich reagiert die Polizei darauf. Aber wem es gelungen ist, brasilianischen Todeskommandos zu entkommen oder mit dickwanstigen Freiern fertig zu werden, für den sind unsere Überwachungsorgane Kinderkram.

Den Park, der unser Tagungsgebäude umgibt, haben die Kinder gemieden; jedenfalls so lange, bis sie vollzählig versammelt waren.

Sie kamen am ersten Tag der Konferenz. Auf dem Programm in den Arbeitsgruppen standen Themen, die sie direkt betrafen: Wie kann die Industrie die Zusammensetzung bestimmter Klebstoffe verändern, so dass sie nicht mehr zu dem außerordentlich gesundheitsschädlichen und, leider, sehr weit verbreiteten ›Schnüffeln‹ benutzt werden können? Wie kann es uns gelingen, das Alter von Soldaten weltweit auf achtzehn Jahre festzusetzen, eine Forderung, die seit fünfzig Jahren besteht. Welche Reaktionen der elektronischen Industrie sind zu erwarten, wenn der Pornografie mit Kindern im Internet tatsächlich ein Riegel vorgeschoben wird? Soll man heute noch, über dreißig Jahre nach dem Ende des Vietnam-Krieges, die genetischen Veränderungen dem Agent Orange der USA zuschreiben, und, wenn ja, ist es berechtigt, von dort Entschädigungsgelder zu verlangen?

Dazu eine Bemerkung am Rande: Diese Kinder hatten eine kleine Gruppe betroffener Vietnamesen dabei. Natürlich wissen wir, dass in Vietnam seit dem Ende des Krieges mehr als 500.000 durch genetische Veränderungen behinderte Kinder geboren wurden. Aber so einem Zyklopenauge gegenüberzustehen …

Ich kann nicht alle Themen aufzählen, die an diesem Tag auf der Tagesordnung standen. Aber sie waren ohne Frage im Interesse derer, die dann plötzlich den Park bevölkerten. Es hatte am Tag zuvor von der Stadtverwaltung einen ersten Hinweis gegeben, den aber, das muss selbstkritisch eingeräumt werden, niemand von der Konferenzleitung wirklich ernst genommen hat. Offensichtlich waren die vielen Kinder, die nach und nach in die Stadt eingesickert waren, inzwischen aufgefallen. So, wie sie aussahen, war das natürlich auch nicht verwunderlich. Die für Ordnung in der Stadt Verantwortlichen waren sich wegen unserer Konferenz zum Schutz der Kinder am Anfang nicht sicher, wie sie mit ihnen umzugehen hätten.

Wie Sie wissen, hatte es in der Vorbereitungsphase einen scharfen Wettbewerb der Städte untereinander um die Ausrichtung der Konferenz gegeben. Aus einer bestimmten ländlichen Region war sogar der Vorschlag gekommen, das Ganze dort stattfinden zu lassen. Solche Veranstaltungen bieten immer eine interessante Möglichkeit für Politiker, sich zu profilieren. Selbstverständlich haben wir die Landlösung aus Sparsamkeitsgründen von vornherein abgelehnt. Um es klar zu sagen: So viele Vergnügungstempel aus dem Boden zu stampfen, von exquisiten Restaurants und Hotels ganz zu schweigen, die eine solche Konferenz erfordert, hätte eine Verschwendung von finanziellen Ressourcen bedeutet, die unverantwortbar gewesen wäre. Das attraktive Gebäude und das Gelände des Internationalen Seegerichtshofs haben, zusammen mit der vorhandenen Infrastruktur, sehr schnell den Ausschlag für Hamburg gegeben. Gleichzeitig haben wir angenommen, dass die Ordnungskräfte einer Großstadt ohne weiteres in der Lage sein würden, auch mit Krisensituationen fertig zu werden. Und wir sind froh, dass sich diese Annahme als richtig herausgestellt hat. So wurde der Nachteil, den ein Hafen bei der Sicherung vor illegalen Einwanderern grundsätzlich hat, durch die besondere Ausbildung der Ordnungskräfte in diesem Bereich fast vollkommen aufgehoben.

In diesem Zusammenhang möchte ich ein Wort zum Auftreten der Truppe sagen, deren Notwendigkeit unter dem Begriff Heimwehr inzwischen in der Öffentlichkeit diskutiert wird. Sie wissen, dass ich bisher mit meiner Meinung, diese Truppe, zusätzlich zu Polizei, Bundesgrenzschutz und Bundeswehr, sei überflüssig, nicht hinter dem Berg gehalten habe. Wenn ich die perfekt vorbereitete und reibungslos durchgeführte Befriedungsaktion überdenke, dann muss ich allerdings meine bisher ablehnende Haltung revidieren. Mir scheint, Einsätze dieser Art in sensiblen Bereichen können auch in Zukunft nur durch speziell ausgebildete Kräfte problemlos durchgeführt werden. Die in diesem Fall damit befasste Mannschaft hat ihre Aufgabe hervorragend gelöst.

Es scheint – wir wissen nichts Genaues darüber, weil die Befriedung einsetzte, während wir noch das Gespräch mit Jorge und Nan führten – unter den Kindern eine Verabredung gegeben zu haben, den Park vor dem Konferenzgebäude zu besetzen, sobald diese bedauernswerten kleinen Sklaven das Schiff verlassen hätten. Den Weg durch die Stadt, hin zum Treffpunkt, haben sie nicht allein finden können. Wir nehmen an, und diese Vermutung wird dadurch gestützt, dass die Transparente, die man uns entgegenhielt, in Deutsch und in Englisch verfasst waren, dass eine deutsche Helfergruppe ihnen beigestanden hat. Dem Hinweis, dass eine Gruppe von Kindern, die als Drei- bis Siebenjährige als Material für pornografische Filme gedient haben und die sich inzwischen selbst organisieren, dahinter stecken könnte, wird zurzeit nachgegangen.

Die Forderungen, die uns dann vor dem Gebäude entgegengehalten wurden, waren im Grunde harmlos. Man merkte ihnen an, dass für internationale Bedingungen, für Zwänge, denen die globalisierte Wirtschaft ausgesetzt ist, Kindern zwischen sechs und vierzehn oder fünfzehn Jahren das Verständnis fehlt. Im Übrigen ist auch anzunehmen, dass die Wenigsten von ihnen lesen und schreiben konnten; was ebenfalls auf eine deutsche Unterstützergruppe hinweist.

Bei den Forderungen handelte es sich eher darum, die unmittelbare Not der Kinder zu beenden. Darauf haben diese Nan und dieser Jorge bestanden: »unmittelbare Not« und »beenden«; nicht lindern, worüber ja unter Umständen noch zu verhandeln gewesen wäre. Es ging ihnen um so einfache Dinge wie genug zu essen, damit die kleinen Mädchen sich nicht mehr für ihre Familien verkaufen müssten; die Abschaffung der Mordpolizei in Brasilien, Einsatz von Minenräumern in ehemaligen Kriegsgebieten und das weltweite Verbot von Landminen; Abschaffung der Kindersklaverei – im Grunde war, neben Krieg und Kriegsfolgen, der Hunger Hintergrund all ihrer Forderungen. Insofern hatten ihre Wünsche natürlich auch mit unserem Tagungsprogramm zu tun und sind in die Abschlussresolution aufgenommen worden. Da wären sie allerdings auch ohne diese vollkommen sinnlose und gefährliche Zusammenrottung aufgetaucht.

Wir gehen von etwa zweihundert Kindern aus, die sich anmaßten, auf ihre Art auf das zunehmende Elend hinzuweisen. Das Wort ›anmaßen‹ ist in diesem Zusammenhang bewusst gewählt. Wie gesagt: Die Tatsache, dass die Verschlechterung der Lage der Kinder in allen Regionen der Welt zunimmt, ist uns seit langem bekannt. Wir befassen uns damit auf unzähligen Konferenzen, in Aufrufen, bei Wohltätigkeitsveranstaltungen und in Regierungserklärungen. Es wird getan, was möglich ist und manchmal sogar mehr. Praktisches Eingreifen der Betroffenen ist, wie überall in der repräsentativen Demokratie, kontraproduktiv.

Außerdem war natürlich auch mit der Gefahr der Weitergabe von Seuchen zu rechnen und dagegen Vorsorge zu treffen. Aber auf die Ordnungskräfte war

Verlass. Während wir mit den Anführern sprachen, auch, selbstverständlich, weil wir uns für deren authentische Berichte über die aktuellen Verhältnisse in ihren Heimatländern interessierten, wurde im Park vor dem Gebäude eine Speisung veranstaltet, mit der die Kinder ruhig gestellt werden konnten. Durch den komplizierten, langen und anstrengenden Anmarschweg, den sie hinter sich hatten, wirkte ihr großes Schlafbedürfnis nach oder schon während des Essens durchaus verständlich. Die wenigen Pressevertreter, die gebraucht wurden, weil der Unruhe, die sich unter den Bürgern der Stadt und unseres Landes inzwischen verbreitet hatte, entgegengewirkt werden sollte, hatten Gelegenheit, sehr anrührende Fotos zu schießen. Bei der anschließenden Abräumaktion waren sie selbstverständlich nicht zugelassen. Die Aktion der Sicherheitskräfte, die wir von den Fenstern aus beobachten konnten, verlief ruhig und planvoll.

Die Frage, wohin die Kinder später gebracht wurden, hatte uns nicht mehr zu interessieren. Es heißt, dass die kleinen Sklaven zurück auf das Schiff gegangen sind. Im Übrigen konnten wir davon ausgehen, dass es all diesen Kindern bei uns auf jeden Fall besser gehen würde als den Opfern der Polizeischwadronen in Rio oder Saõ Paulo, von denen wir wissen, dass ihre kleinen Körper nach den Aktionen Schweinen zum Fraß vorgeworfen werden.«

Der Bericht der Carola von Werner wurde mit Beifall aufgnommen.

Es muss angemerkt werden, dass Carola von Werner nicht von Anfang an darauf hingearbeitet hat, die Ministerin zu ersetzen. Als diese jedoch entlassen worden und Carola der Auftrag zugefallen war, im Kabinett über die Konferenz zu berichten, hat sie ihre Chance genutzt. Diesem Umstand sind vermutlich die winzigen Verschiebungen in der Darstellung einiger Vorgänge und die Tatsache zu verdanken, dass sie die Beteiligung einer Gruppe von Erwachsenen an der Seite der Kinder in ihrem Bericht unerwähnt ließ. Letzteres geschah in Absprache mit dem Polizeioffizier Kaul, der beim Bekanntwerden bestimmter Nachlässigkeiten in dem von ihm verantworteten Sicherheitsbereich um seine Karriere fürchtete.

Epilog II

Bella, Charly, Brunner und Kranz haben ihre Niederlage ausführlich diskutiert. Sie waren sich am Ende darin einig, dass sie es nicht geschafft hätten, die Aktion der Sicherheitskräfte zu verhindern, da sie nicht damit hatten rechnen können, für das Anliegen der Kinder in der Öffentlichkeit Unterstützung zu erhalten. Es musste ihnen eher darauf ankommen, nicht für Jahre wegen Vorbereitung und Unterstützung terroristischer Aktivitäten hinter Gittern zu verschwinden. Sie beschlossen aber, ihre persönlichen Kontakte zu intensivieren, um für zukünftige Auseinandersetzungen besser gerüstet zu sein.

Martin Wagner quittierte seinen Polizeidienst und schloss sich ihnen an.

Pit, Marie und Hannah blieben der Gruppe fern.

Wohlers arbeitete weiter als Chauffeur für Hannahs Familie.

Carola von Werner bemühte sich sehr darum, für die kleine Maja die Vormundschaft zu erhalten. Das Ehepaar, das das Landhaus der von Werners betreute, nahm sich der Kleinen an. Carola verbachte die wenige freie Zeit, die ihr das neue Amt ließ, bei Maja auf dem Land.

Über das weitere Schicksal von Nan und Jorge ist nichts bekannt.

»Ein fulminantes Debüt!«
Dagbladet

In seinem ersten Fall wird Harry Hole, Polizist aus Oslo, nach Sydney geschickt, um den Mord an einer jungen Norwegerin aufzuklären. Gemeinsam mit seinem australischen Kollegen nimmt er die Ermittlungen auf. Schon bald müssen sie feststellen, daß es sich offenbar nicht um einen Einzelfall handelt …

Der Fledermausmann
Roman
ISBN-13: 978-3-548-25364-0
ISBN-10: 3-548-25364-4

ULLSTEIN

UB309